आज के प्रश्न

स्त्री के लिए जगह

पूर्णिमा वाजपेयी नयनतारा सहगल बालेश्वर राय विनोद भारद्वाज लीला दुबे शम्सुल इस्लाम सुमन केशरी धर्मवीर अरुण कुमार त्रिपाठी कथकली बागची मिनी फिलिप रवीन्द्र वर्मा कृष्ण कुमार राजकिशोर पुरुषोत्तम अग्रवाल अलका सरावगी प्रयाग शुक्ल सुमिता

आज के प्रश्न

इस पुस्तक शृंखला का लक्ष्य है समकालीन राजनीतिक, आर्थिक और सामाजिक दृश्यपट की प्रखर, विस्तृत और वस्तुपरक पड़ताल। कम मूल्य पर विचारपूर्ण सामग्री देने की इस योजना के तहत चार महीने के अन्तराल पर दो ऐसी पुस्तकें प्रकाशित की जा रही हैं, जो किसी महत्वपूर्ण घटना, मुद्दे या समस्या से जुड़ी हों। शृंखला संपादक हैं प्रसिद्ध लेखक और पत्रकार राजकिशोर।

'आज के प्रश्न' शृंखला में अब तक प्रकाशित पुस्तकें :

1. अयोध्या और उससे आगे
2. भारतीय मुसलमान : मिथक और यर्थाथ
3. हिन्दू होने का मतलब
4. विनाश को निमंत्रण : भारत की नयी अर्थनीति
5. कश्मीर का भविष्य
6. हरिजन से दलित
7. स्त्री के लिए जगज
8. भारत का राजनीतिक संकट
9. भ्रष्टाचार की चुनौती
10. मानव-अधिकारों का सघर्ष
11. हिन्दुत्व की राजनीति
12. अश्लीलता का हमला
13. जाति का जहर
14. स्त्री परंपरा और आधुनिकता
15. बच्चे और हम
16. हिंसा की सभ्यता
17. मुस्लिम आतंकवाद बनाम अमेरिका
18. दलित राजनीति की समस्याएँ
19. नैतिकता के नये सवाल

स्त्री के लिए जगह

सम्पादक

राजकिशोर

वाणी प्रकाशन

प्रकाशन के उत्कृष्टतम 63 वर्ष

पेपरबैक पहला संस्करण : 1994
पेपरबैक दूसरा संस्करण : 2000
पेपरबैक तीसरा संस्करण : 2006
पेपरबैक चौथा संस्करण : 2014
पेपरबैक पाँचवाँ संस्करण : 2026

vaniprakashan.com

वाणी प्रकाशन

4695, 21-ए, दरियागंज, नयी दिल्ली-110 002

फ़ोन : + 91 11 23273167, 23275710

शाखाएँ

अशोक राजपथ, पटना-800 004, बिहार

कॉफ़ी हाउस कैम्पस, महात्मा गांधी मार्ग, प्रयागराज-211 001, उत्तर प्रदेश

महात्मा गांधी अन्तरराष्ट्रीय हिन्दी विश्वविद्यालय, वर्धा-442 001, महाराष्ट्र

sales@vaniprakashan.in
vaniprakashan@gmail.com

Stri Ke Liye Jagah
Edited by Raj Kishore

ISBN : 978-81-7055-365-6
Aaj Ke Prashna

मूल्य : ₹ 350

जी.एस. ऑफ़सेट, दिल्ली-110 095 में मुद्रित

वाणी प्रकाशन का लोगो मक़बूल फ़िदा हुसैन की कूची से

सम्पादक की बात

स्त्री क्या चाहती है

सिगमंड फ्रायड का यह बयान मशहूर है कि मनोविश्लेषण के क्षेत्र में इतने वर्ष काम करने के बाद भी मैं समझ नहीं पाया कि स्त्री आखिर चाहती क्या है ? फ्रायड मानव मन के चिकित्सक थे। अपने पेशे के दौरान वे सैकड़ों पुरुषों और स्त्रियों के सम्पर्क में आये। उन दिनों स्त्रियाँ ही मनश्चिकित्सा के लिए ज्यादा आती थीं या यह कहना उचित होगा कि लायी जाती थीं। सभ्यता के प्रसार की कृपा देखिए कि अब मनश्चिकित्सक के पास जाने में पुरुष स्त्रियों से होड़ लेने लगे हैं। अपने व्यक्तिगत जीवन में फ्रायड को कम-से-कम दो स्त्रियों का अनुभव था। फिर भी स्त्री उनके लिए रहस्य बनी रही, क्योंकि वह सभ्यता के इतने जाने-अनजाने परदों से दबी रही है कि उसकी इच्छाओं तक का अनुमान लगाना कठिन है। स्त्री का यह रहस्य लोक पुरुष ने ही बनाया है। क्या हमारे यहाँ भी यह नहीं कहा गया है कि पुरुष का भाग्य और स्त्री का चरित्र देवता भी नहीं जानते—मनुष्य की क्या बिसात!

स्त्री क्या चाहती है, यह इसी लिए स्पष्ट नहीं हो पाया है क्योंकि अपनी मर्जी से चाहने की छूट उसके लिए एक सर्वथा अपरिचित अनुभव है। यह एकमात्र ऐसी जाति है, जो कई हजार वर्षों से पराधीन है। इसी लिए स्त्री को 'अन्तिम उपनिवेश' कहा गया है। लेकिन कोई भी उपनिवेश एक दिन में नहीं टूटता। उसके जोड़ धीरे-धीरे शिथिल होते हैं। पश्चिम में, जहाँ बड़ी संख्या में स्त्रियाँ स्वाधीनता का—हर प्रकार की स्वाधीनता का—अनुभव कर रही हैं, वे अब पहले की तरह रहस्यपूर्ण नहीं रहीं। वे भी उतना ही नग्न यथार्थ हैं, जितना वहाँ के पुरुष। कहना न होगा कि इसलिए भी स्त्री-पुरुष सम्बन्ध वहाँ काफी उलझनमय होते जा रहे हैं। दरअसल, स्वतंत्र पुरुष यह तय नहीं कर पाया है कि नव-स्वतंत्र स्त्री के साथ कैसे पेश आया जाये। अनेक स्त्रियाँ भी नहीं जानतीं कि अपनी इस स्वतंत्रता का क्या करें। सो वे कभी-कभी अपने लिए ऐसा जीवन रचती हैं, जो फिर से एक नये रहस्य लोक की सृष्टि करता है। जहाँ इसे ग्लैमर और मीडिया का समर्थन है, उल्लास और यातना की नयी-नयी परतें खुलती हैं। मरलिन मुनरो को इसका एक प्रतीक माना जा सकता है। वैसे सच तो यह है कि हर आदमी—वह स्त्री हो या पुरुष—एक रहस्य है और जीवन का सारा रोमांच भी इसी कारण है, लेकिन जिस अर्थ में स्त्री को रहस्यमयी या छलनामयी बताया जाता रहा हैं, वह शुद्ध रूप से एक मिथक है। कम-से-कम तब तक,

जब तक हम स्त्री का स्वाधीन व सहज चेहरा नहीं देख लेते।

स्त्री क्या चाहती है ? यह जानने का एक त्रुटिहीन तरीका यह पता लगाना हो सकता है कि वह क्या नहीं चाहती। यही बताने के लिए मैंने शुरू के तीन आत्म-वृत्तान्तों का चयन किया है। पूर्णिमा वाजपेयी के अनुभव मध्य वर्ग की एक युवा होती स्त्री के अप्रिय अनुभव हैं। न केवल घर में, बल्कि घर के बाहर भी—सड़क पर, स्कूल में, कॉलेज में यानी लगभग हर जगह उन्हें उन बंधनों से अवगत कराया जाता रहा, जो स्त्री होने के कारण उन पर स्वाभाविक रूप से लागू होते हैं। पूर्णिमा ने इस अलिखित संविधान के विरुद्ध कभी विद्रोह किया, कभी उसके आगे समर्पण, लेकिन एक पल को भी इस एहसास ने उनका पीछा नहीं छोड़ा कि सामाजिक प्रतिष्ठान की अपेक्षाओं और उनकी अपनी मानवीय इच्छाओं के बीच गहरी खाइयाँ हैं। अंग्रेजी की प्रसिद्ध लेखिका नयनतारा सहगल का दाम्पत्य जीवन भी ऐसा ही था। उनके और उनके पति के बीच एक छोटा-सा सच इस तरह आ कर बैठ गया था, जिससे उनके सभी सम्बन्ध झूठे हो गये थे। अन्ततः यह सम्बन्ध टूट कर ही रहा, लेकिन क्या यह जरूरी भी था ? नयनतारा का यह संवेदनशील सवाल हमें आज भी विचलित करता है। बालेश्वर राय की कथा तो और भी महत्त्वपूर्ण है, क्योंकि वह गाँव की उन स्त्रियों के बारे में बताती है, जिनका मन इतना मर चुका है कि उन्हें स्वतंत्रता की धूप से भी डर लगता है। जाहिर है, स्वतंत्रता को भी अर्जित करना पड़ता है—दी गयी स्वतंत्रताओं के साथ एक अदृश्य भय हमेशा गुँथा रहता है। फिर उनका उपभोग भी अन्ततः एक तरह का आज्ञा पालन ही है, जिसकी कुछ झाँकी अलका सरावगी के लेख में दिखाई देती है।

श्रीमती सरावगी ने उचित ही यह प्रश्न उठाया है कि स्वाधीन होने के बाद क्या स्त्री भी अंधी महत्त्वाकांक्षा की उस कपट-दौड़ में शामिल हो जाये, जिसका नाम आधुनिक सभ्यता है ? यह जीवन कैसा होगा, इसका कुछ जवाब वह काल्पनिक चिट्ठी देती है, जो विनोद भारद्वाज ने एक सफल अभिनेत्री के भीतरी जख्म दिखाने के लिए लिखी है। इस संस्कृति के नियम, जिनके अनुसार स्त्री बाजार में पैर रखते ही बाजारू बना दी जाती है, कौन निर्धारित करता है ? रवीन्द्र वर्मा का अकम्प उत्तर है कि यह सिर्फ 'ताकत का खेल' है। लेकिन ताकत के इस खेल के राजनीतिक-सामाजिक आयाम क्या हैं ? कृष्ण कुमार और पुरुषोत्तम अग्रवाल के लेख इसकी विस्तृत छानबीन करते हैं। शम्सुल इस्लाम, अरुण कुमार त्रिपाठी और धर्मवीर की अंतर्दृष्टि-पूरित विवेचनाएँ धर्म और कानून की कसौटियों पर स्त्री की ट्रेजेडी के विभिन्न पहलुओं पर प्रकाश डालती हैं। पुरुष मन की तानाशाही का एक सुन्दर आलेख सुमन केशरी की मार्मिक टिप्पणी है, जो सीता, सावित्री और द्रौपदी के मिथकों की निर्मम चीर-फाड़ कर अंगारे की तरह यह सवाल हमारी हथेली पर रख देती है कि स्वतंत्र और स्वाभिमानी स्त्री क्यों समाज को हमेशा अपने खिलाफ नजर आती है। मिथक कितने शक्तिशाली होते हैं और किस तरह हमारी मानसिक बुनावट ही नहीं, भौतिक रिश्तों को भी प्रभावित करते हैं, यह देखना हो तो कृपया मानवशास्त्री लीला दुबे का शोधपूर्ण लेख पढ़ें। स्त्री अगर धरती है और पुरुष उसमें बीजारोपण करनेवाला किसान, तो स्त्री

की हैसियत उपनिवेश की ही हो सकती है।

दमन की इस व्यापकता के दो प्रत्यक्ष भौतिक नतीजे निकले हैं। एक है, भारत सहित पूरे दक्षिण एशिया में पुरुषों के मुकाबले स्त्रियों की संख्या का लगातार कम होते जाना। 1911 में भारत में प्रत्येक हजार पुरुषों पर 972 स्त्रियाँ थीं। 1991 की जनगणना में यह अनुपात सिर्फ 927 स्त्रियों का था। भारत में स्त्रियाँ क्यों कम होती जाती हैं ? कथकली बागची और मिनी फिलिप का लेख इसकी तहकीकात करता है और बताता है कि समाज के दृष्टिकोण में बदलाव न आये, तो शिक्षा और विज्ञान भी अन्ततः कातिल रूढ़ियों और नीच स्वार्थों के ही काम आते हैं। दूसरा नतीजा है—बढ़ता हुआ बलात्कार या उसका भय, जिसकी विभिन्न अभिव्यक्तियों पर कृष्ण कुमार ने अत्यन्त संवेदनशील टिप्पणी की है। इससे जरा भी कम संवेदना के साथ बलात्कार के साथ न्याय नहीं किया जा सकता, लेकिन यह समझना भी जरूरी है कि बलात्कार की इस संस्कृति के स्रोत क्या हैं ? क्या यह सिर्फ पुरुष वासना का असभ्य विस्फोट है या स्त्री-पुरुष सम्बन्धों तथा बसावट के मौजूदा पैटर्न में भी इसके कुछ तार छिपे हुए हैं ? मेरा अपना लेख इस दिशा में एक विनम्र तफ्तीश माना जाये, तो मैं कृतज्ञ रहूँगा।

स्त्री के लिए जो भी जगह छोड़ी गयी है, उसका वृत्तान्त निश्चय ही कारुणिक है। लेकिन यह वृत्तान्त हमेशा डरानेवाला नहीं होना चाहिए, नहीं तो स्त्री अपनी वाजिब जगह ढूँढ़ने से हमेशा खौफ खाती रहेगी। सच यह भी है कि इन तमाम डरों का अतिक्रमण करते हुए स्त्री, हमारे अपने देश में भी, खुले में पैर रखना सीख रही है और जीवन के हर क्षेत्र में उसकी व्यापक उपस्थिति से अब इनकार नहीं किया जा सकता। उसकी इस नयी सक्रियता और बढ़ते हुए आत्मविश्वास को प्रयाग शुक्ल ने दृढ़ता से रेखांकित किया है। लेकिन स्त्रियों की दुनिया विस्तृत होने से क्या सम्बन्धों का वह नया व्याकरण भी बना है, जिसके बिना स्त्री-पुरुष अपरिचय और मुठभेड़ की युग्म बुराइयों से मुक्त हो कर एक-दूसरे के साथ सहज रिश्ता बना ही नहीं सकते ? सुमिता का यह प्रश्न दूर तक हमारा पीछा करता है। उनकी टिप्पणी कहीं यह भी आलोकित करती है कि स्त्री को क्या चाहिए।

राजकिशोर

अनुक्रम

1. '70 से '94 तक/ पूर्णिमा वाजपेयी 9
2. मेरा सच/नयनतारा सहगल 21
3. मेरे घर की स्त्रियाँ/बालेश्वर राय 31
4. एक अभिनेत्री का अधूरा पत्र/विनोद भारद्वाज 44
5. धरती और बीज/लीला दुबे 50
6. क्योंकि औरतें तुम्हारी खेती हैं/शम्सुल इस्लाम 65
7. नाम में क्या रखा है /सुमन केशरी 72
8. हिन्दू विवाह की तानाशाही/धर्मवीर 77
9. पुरुष कब्जे में स्त्री कानून/अरुण कुमार त्रिपाठी 91
10. स्त्रियाँ लुप्त क्यों हो रही हैं/कथकली बागची/मिनी फिलिप 102
11. ताकत का खेल/रवीन्द्र वर्मा 110
12. स्त्री कितना डरायेगी/कृष्ण कुमार 114
13. बलात्कार पर कुछ प्रस्ताव/राजकिशोर 119
14. शूद्र पशु नारी/पुरुषोत्तम अग्रवाल 129
15. अपनी बेटी के लिए/अलका सरावगी 142
16. रास्ता इधर से है/प्रयाग शुक्ल 149
17. संबंधों का नया व्याकरण/सुमिता 154

लेखक परिचय 158

’70 से ’94 तक

पूर्णिमा वाजपेयी

हँसी-हँसी में कभी बुआ ने यों ही कह दिया था—‘धूप में न निकला कर, गुड़िया। दूधिया रंगत जो एक बार काली पड़ी तो कोई ब्याह कर भी नहीं ले जायेगा।’

बात मन में गहरे पैठ गयी। बरसों बीत गये। गुड़िया धूप से मुँह चुराती रही और मुँह चुराती रही उस जिंदगी से भी, जो धूप-छाँव के इस खेल में ही करवटें बदलती है।

सत्तरहवें साल में सुना—‘यह अब पहले जैसी नहीं रही। बहुत काली पड़ गयी है।’ राह चलते उस लड़के की टिप्पणी ने मुझे हफ्ते भर सोने नहीं दिया। सारी दोपहर संतरे के छिलकों और हल्दी-चंदन से पुते रहने के बाद शाम को चेहरा दर्पण में निहारती तो यही लगता—‘मैं सचमुच काली हो रही हूँ। अब मेरा क्या होगा ?’

‘जब लगातार दूसरी बार माँ ने बेटे को जन्म दिया, तो पापा ने अपना हाथ सिर पर दे मारा। लोगों ने कहा—बेटा हुआ है, मिठाई खिलाओ। पापा बोले—बेटी होती, तो जरूर खिलाता। और फिर बस, मैं आ गयी घर में। पापा मेरा ही इंतजार कर रहे थे।’

नन्ही सहेलियाँ कुतूहल से सुनतीं। विस्मित होतीं। पूछतीं—‘क्या सच ऐसा ही हुआ था ?’

‘और नहीं तो क्या—मेरे पापा से पूछ लो।’ मैं गर्व से कहती।

अनचाहे बचपनों की भीड़ में बार-बार दोहरायी जानेवाली यह कहानी मुझे अनोखे आत्मविश्वास से भर देती थी।

माँ की एक निश्चित भूमिका थी बचपन में। भूख लगने पर खाना देना, कहे जाने पर किताबें दिलवाना, चाय पीने पर जोरदार डाँट और बाल उलझने या जुएँ पड़ने पर एक-दो करारे तमाचे।

मैं बहुत दबी-दबी, गुमसुम-सी लड़की थी उन दिनों। शायद इसी लिए मुझे डाँटना बहुत ही आसान रहा होगा माँ के लिए। ऐसी कोई याद नहीं जब माँ ने प्यार से करीब बिठा कर मुझे दुलराया हो या मेरी छोटी-छोटी जिज्ञासाओं और सवालों का तसल्ली से

कोई ज़वाब दिया हो।

सात साल की उमर में पापा से पूछा, 'वे मुझे ही इतना क्यों डाँटती हैं—भाइयों को क्यों नहीं ?'

'वो तुझे डाँटती हैं, क्योंकि वो तेरी सौतेली माँ हैं।' पापा की दिल्लगी दिल को लग गयी। तीन-चार सालों तक मन कसैला-सा रहा। मन में अनेक सवाल उठते। घंटों बैठी-बैठी सोचती रहती—'बड़े भाइयों की सगी माँ मेरी सौतेली कैसे हो सकती है ?' तभी किसी बात पर माँ की नयी नसीहत सुनाई देती और अनचाहे ही मन मान बैठता, वे सचमुच सौतेली ही हैं।

भाई की शरारतों और घर के कामों में उलझी माँ के पास इन फालतू बातों के लिए वक्त ही नहीं था।

उन दिनों हम नाथद्वारा में रहा करते थे। वहाँ एक अनोखा चलन था। पाँचवाँ दरजा पास करते ही लड़कियों को गर्ल्स स्कूल में दाखिल करा दिया जाता। लोग कहते—'वे बड़ी हो गयी हैं। वे सयानी हो रही हैं।' इस सयानेपन का सीधा-सीधा मतलब हुआ करता था लड़कों से निश्चित दूरी और इसका कारगर उपाय था लड़कियों का अलग स्कूल।

मुझे भी पाँचवीं पास करते ही एक बड़े-से गर्ल्स स्कूल में डाल दिया गया। उस विशालकाय स्कूल के एक कोने में दड़बानुमा कमरा हुआ करता था कक्षा छह का, जिसमें बंद पच्चीस मुर्गियाँ दिन भर चें-चें करतीं। बारिश के दिनों में सीलन और बदबू से भरे उस कमरे में अध्यापक भूले-भटके ही झाँकते और हमारा पूरा दिन बातें करने या झगड़ने में ही बीतता।

यह स्कूल कई मायनों में मेरे पुराने स्कूल से अलग था। वहाँ अध्यापक हमारी जरूरतों के प्रति उदार और संवेदनशील थे, तो यहाँ किसी को हमारी बात सुनने की फुरसत ही नहीं थी। वहाँ पाठ्यक्रम से इतर हरदम कुछ नया बताने या सिखाने की कोशिश की जाती थी, तो यहाँ पाठ्यक्रम के अलावा केवल 'स्त्री शिक्षा' के उपदेश थे। वहाँ उद्योग की कक्षा में स्याही से ले कर अगरबत्ती बनाने तक की जानकारी दी जाती थी, तो यहाँ गृहविज्ञान के नाम पर रूमाल में टाँके लगवाये जाते। वहाँ दोस्त होते थे, पिकनिकें होती थीं और होते थे खेल, जब हमें मंच पर चढ़ा कर शोर के अलावा कुछ भी करने की आजादी दी जाती थी। नये स्कूल में खेल और आजादी की कोई अवधारणा ही नहीं थी।

यह स्कूल 'स्त्रियोचित' था। यहाँ का हर क़ायदा-कानून 'स्त्रियोचित' था। प्रार्थना के बाद गाया जानेवाला समूह गीत 'स्त्रियोचित' था। समूह गीत के बाद सुनाया जानेवाला उपदेश भी 'स्त्रियोचित' था।

महीने भर नये स्कूल की व्यवस्था अखरती रही। बाद में तो जैसे हमारे बीच 'स्त्री' बनने की होड़-सी लग गयी। हम जोर से नहीं हँसते थे, क्योंकि यह स्त्रियोचित नहीं था। हम तेज नहीं दौड़ते थे, क्योंकि यह 'स्त्रियोचित' नहीं था। हम अध्यापक से पलट कर कोई

सवाल नहीं पूछते थे, क्योंकि यह भी 'स्त्रियोचित' नहीं था।

हमारा तबादला हो चुका था। दो महीने बाद मुझे वह स्कूल छोड़ना पड़ा। उसके बाद 'स्त्रीत्व' सिखानेवाली कोई औपचारिक संस्था जीवन में नहीं आयी।

यह एक खटारा सरकारी स्कूल था। स्कूल के छोटे-से अहाते में खच्चरों की तरह भर कर हमसे प्रार्थना करवायी जाती। प्रार्थना के बाद प्रतिज्ञा होती—'भारत मेरा देश है। समस्त भारतीय मेरे भाई-बहन हैं...' के बाद आये विराम में एक प्रक्षिप्त अंश मेरे कानों में गूँजता—'सिर्फ एक को छोड़ कर।' मेरी ज्यादातर सहपाठिनें यह बोलना भूलती नहीं थीं।

सीकर के पास एक देहाती कस्बे में चलनेवाला यह स्कूल खासा दिलचस्प था। नन्हे दिमागों में बातों का खजाना था, जहाँ बेर, इमली, मेहंदी से ले कर भूत-प्रेत, जादू-टोना, देवी-देवता, सती तक साथ-साथ रहा करते। व्रत-उपवास के नाम पर लड़कियाँ छुट्टी लेतीं तो लड़केवालों के घर पहुँचने पर लड़की के छोटे भाई-बहन सीधे स्कूल आ धमकते।

इसी स्कूल की तीन अध्यापिकाओं ने मिल कर निष्कर्ष निकाला—'यह लड़की तो आदर्श है। इसमें स्त्रियों के सातों ही गुण हैं।'

मैं झेंपू थी—यह लज्जा थी।

मैं संकोची थी—यह शील था।

मैं दब्बू थी—यह सहनशीलता थी।

बाकी चारों गुण मुझे अब याद नहीं।

जहाँ कोई व्यक्तित्व ही नहीं था, वहाँ एक आदर्श की सृष्टि हो चुकी थी।

भाइयों का महँगा और सुविधा-सम्पन्न स्कूल कस्बे से बाहर था। वहाँ जाने के लिए बस होती थी, जिसका मासिक खर्च मेरी सालाना फीस से दस रुपये ज्यादा था। स्कूल की भव्य इमारत में बड़े-बड़े हवादार कमरे थे। शानदार फर्नीचर था। खेल-कूद के तमाम साधन थे। और तो और, वहाँ फिल्म दिखाने के लिए प्रोजेक्टर भी था। सहशिक्षावाला यह स्कूल महँगा, मगर स्तरीय था।

भाइयों का स्कूल, उनकी शिक्षा, उनके खेल, उनकी सुविधाएँ—सभी मुझे मोहते थे। लेकिन यह सब मेरे लिए नहीं था। मुझे लगता—मैं महत्त्वपूर्ण नहीं हूँ—भाइयों की तुलना में तो कतई नहीं।

महँगी शिक्षा के बावजूद भाई लापरवाह और मस्त थे। किसी तरह पास हो जायें—इससे ज्यादा कोई उम्मीद उनसे रखी ही नहीं जाती थी। इधर ग्यारह रुपये सालाना के स्कूल में मैं खटती थी, सर्वोच्च स्थान के लिए। यही घर का जाना-माना सच था। दस साल की उम्र में मुझे मालूम था—मुझे कम कीमत में कुछ अतिरिक्त हासिल करना ही है।

हर रूप में स्त्री से इसी 'अतिरिक्त' की माँग की जाती है।

प्यार से हम उसे चंचल कहते थे। पूरा नाम था—चंचला बाफना। नवीं क्लास की मेरी वह सहपाठिनी बहुत ही शांत, सौम्य और समझदार थी। कक्षा की योग्यता सूची में हमेशा उसका नाम होता और अच्छे आचरण के लिए तो वह न जाने कितनी बार पुरस्कृत हो चुकी थी।

दिखने में सहज-सामान्य चंचल न तो हमारे साथ कभी कोई खेल खेलती और न ही हमारे किसी विवाद में पड़ती। हमारे छोटे-छोटे सुख और दुःख के पलों में वह खिंची-खिंची-सी रहती। पारिवारिक सम्बन्धों का जिक्र छिड़ने पर वह मौन साध लेती। आश्चर्य तब होता जब किसी छिटपुट अनबन पर वह 14 वर्षीया किशोरी काम-क्रोध-मद-लोभ जैसे मानवीय भावों की निस्सारता बताना शुरू कर देती।

उस दिन हमारा परिणाम घोषित हुआ था। सभी सहेलियाँ गोल घेरा बनाये भविष्य की योजनाएँ बता रही थीं। मैंने पूछ लिया—'तुम क्या करोगी, चंचल ?'

'अगले साल दसवीं और अगर कर सकी तो ग्यारहवीं भी करना चाहूँगी।'

'पर तुम्हें तो कम-से-कम बी. ए. करना चाहिए, चंचल। तुम तो बहुत होशियार हो पढ़ाई में।' मैंने कहा।

'पर उसे तो साध्वी बनना है।' जवाब दूसरी लड़की ने दिया।

इतनी प्यारी, होनहार चंचल और साध्वी ! बात कुछ जम नहीं रही थी। तब जो कहानी सामने आयी, उसने मुझे झकझोर कर रख दिया।

गरीब माँ-बाप की संतान, तीन बेटियों में सबसे छोटी थी चंचला। माता-पिता शादी का खर्च उठाने में असमर्थ थे। सो दोनों बड़ी बेटियों ने दीक्षा ले संन्यास की राह पकड़ी। अब चंचला की बारी थी। वह इसके लिए तैयार भी थी।

जगत की निस्सारता पर उपदेश देनेवाली उस प्रौढ़ किशोरी को जीवन का सार जानने का अवसर ही कहाँ मिला था।

तब मैं किशोरी थी। घर में कोई पाबंदी नहीं थी, लेकिन बगलवाले घर में जाने के लिए नौकर का साथ जरूरी था। स्कूल जाने के लिए भाई का साथ जरूरी होता, तो बाजार जाने के लिए माँ का। अजीब सुरक्षाचक्र था, जिसमें सुबह से शाम तक सभी मेरी देखरेख में इतने सतर्क और सचेष्ट नजर आते कि मुझे ग्लानि होने लगती।

उम्र के उस दौर में कभी लगता कि मैं आसानी से टूटने-फूटनेवाली कोई चीज हूँ, जिसे सहेज कर रखा जाना परिवार के लिए जरूरी है। कभी लगता—स्त्री होने की पहली शर्त ही यही है कि मैं खुली हवा में साँस न लूँ। दम घुटता था। यह घुटन तब और बढ़ जाती, जब राह चलते किसी लड़के को रोक मेरा छोटा भाई यह जवाबतलब करने लगता कि उसने मुझे देख कर तो कहीं कुछ नहीं कहा।

इसी खास परवरिश का नतीज़ा था मेरा असहज, डाँवाडोल, लचर व्यक्तित्व। घर से बाहर मैं किसी लड़के से बातें ही नहीं कर पाती थी। कॉलेज में पहली बार जब एक सहपाठी ने मुझे डायरी उपहार में दी, तो मैं घबरा ही गयी। मैं इस उधेड़बुन में थी कि

क्या किसी लड़के के उपहार को रखा जाना चाहिए। जब डायरी लौटाने की कोई वजह समझ में नहीं आयी तो धीमे से कहा, 'थैंक्यू'। कोई पाँच मिनट की हिचकिचाहट के बाद निकले इस 'थैंक्यू' ने सभी को खूब हँसाया।

बहुत मुश्किल होता है उस सुरक्षाचक्र को तोड़ना, जिसे मन अपने चारों ओर खींच लेता है। उस अस्थिर आशंकित मन को नियंत्रित करने में मेरे श्रम और शक्ति का एक बड़ा हिस्सा चुक गया।

माँ से दोस्ताना अजब इत्तफाक था। 15 वर्ष की उम्र में एक शादी में जाना हुआ। वहाँ खाने में न जाने ऐसा क्या आ गया कि तबीयत बिगड़ती चली गयी। डॉक्टरों के अनुसार स्थिति गंभीर थी।

जीवन में पहली बार माँ को अपने लिए इतना दुःखी और परेशान पाया। पूरे वक्त वे मेरा सिर सहलाती रहीं, माथा चूमती रहीं, तो कभी पूजा घर में जा मन्नत के पैसे बाँधती रहीं। मेरी देखरेख में लगी माँ ने पूरी रात आँखों में गुजार दी।

जिसे पाने का कोई एहसास ही नहीं था, उसे खोने की आशंका ने माँ को मेरे करीब ला बिठाया। छोटी-सी एक तकलीफ वरदान बन गयी थी। मैंने माँ को पाया और माँ के रूप में पाया एक सच्चा और भरोसेमंद दोस्त।

इस दोस्त के बिना मैं कितनी अकेली और कमजोर थी।

नवीं कक्षा में हमें अपने विषय निर्धारित करने होते थे। मुझे गणित बेहद पसंद था। शहर के एक प्राइवेट स्कूल में गणित मौजूद था। पर मेरी नियति तो सरकारी स्कूल था। मुझे जीवविज्ञान वर्ग से काम चलाना पड़ा।

दसवीं में जिले भर में सर्वोच्च अंक आये थे। ग्यारहवीं में जब यही चक्र विशेष योग्यता के साथ दोहराया गया, तो पापा ने फैसला सुनाया, 'मेडिकल कॉलेज का माहौल अच्छा नहीं होता। इसे आर्ट्स में डाल देते हैं। हमारी बेटी आइ. ए. एस. बनेगी।'

कला वर्ग में मुझे अर्थशास्त्र पसंद था। पापा की पसंद थी, अंग्रेजी साहित्य। अंग्रेजी साहित्य के साथ अर्थशास्त्र चलाना मुश्किल होगा, पापा ने सोचा। भौतिक विज्ञान, रसायन और जीवशास्त्र से मैं सीधे शेक्सपियर, कालिदास और मैकियावली पर आ गयी।

स्नातक परीक्षा में यूनिवर्सिटी मेरिट के साथ प्रथम श्रेणी थी। एम. ए. में किसी भी विषय में दाखिला लेना आसान था। इस बार माँ की इच्छा सामने आयी—अंग्रेजी साहित्य। माँ की इच्छा को पूरा सम्मान दिया गया।

इस जिंदगी का कोई भी फैसला मेरा अपना नहीं था।

वह केवल अठारह साल की थी। घर की एक शादी में अपने विवाहित किरायेदार पर रीझ गयी। स्थिति का फायदा उठाते हुए किरायेदार ने उसे अनचाहे संसर्ग पर मजबूर कर दिया।

इसी अनचाहे संसर्ग की टीस में उसने किरायेदार को पत्र लिखा।

यह इत्तफाक था कि हॉस्टल से घर पहुँचा वह पत्र सबसे पहले माँ के हाथ लगा। माँ बेटी की लिखावट पहचानती थी। संदेही मन ने पत्र खुलवा ही दिया। पत्र खुलते ही भूचाल-सा आ गया। माँ दनदनाते हुए हॉस्टल में आ पहुँची और फैसला सुना दिया, 'यह अब यहाँ नहीं रह सकती। इस कुलटा को तो अब कमरे में बंद करके रखना होगा।'

माँ के हाथों में बेटी का पत्र था। गुस्से से चेहरा तमतमा रहा था। आँखों से नफरत छलक रही थी। क्रोध में तिलमिलाती, पत्र के जुमले बार-बार दोहराती माँ बेरहमी से बेटी को जलील कर रही थी। लम्बी छीछालेदर और थोड़े बीचबचाव के बाद आखिर माँ ने बेटी को बख्श दिया।

बेटी क्षुब्ध थी। कठोर अनुशासन और पाबंदियों से गुजरा किशोर मन जानता था—बात यहीं नहीं थमेगी। अगले दो हफ्तों में एक के बाद एक तीनों भाइयों और पिता के सरसरी दौरों ने यह साबित भी कर दिया।

इसके बाद न जाने क्या हुआ कि उसे उलटियों का अजीबोगरीब रोग लग गया। सारा दिन हँसने-हँसानेवाली यह लड़की जब सवेरे सो कर उठती, तो सबसे पहले बाथरूम की ओर भागती। वहाँ उसे जी भर कर मितली आती, कै होती और बदहवास-सी वह लड़की बड़ी देर तक कुल्ले किये जाती। मैंने पूरे दो साल उसका यही हाल देखा।

हॉस्टल छोड़ने के बाद सुना—उसका रिश्ता होने में दिक्कतें आ रही हैं। न जाने कैसे उससे पहले उसकी 'प्रेम कहानी' हर घर में पहुँच जाती थी। बाद में पता चला, मजबूरी में उसने एक ऐसे व्यक्ति से शादी कर ली थी, जो उसे सख्त नापसंद था।

स्त्री-पुरुषों की साझा दुनिया में ऐसे अनचाहे प्रसंगों से उबरने का कोई अनुष्ठान तो होना ही चाहिए। यहाँ के बंद कमरों में जख्म नासूर बन रिसते हैं।

'ये छोटे भैया जी आपको बहुत परेशान करते हैं न !' हॉस्टल की बाई ने टोका।

'प्रिंसिपल के बेटे को जानती हो ?'

'कब से ?' 'कैसा लड़का है ?' 'परेशान तो नहीं करता ?' वाइस-प्रिंसिपल ने पूछा।

'जीवन की ऊँच-नीच समझती हो ? स्त्री का एक पैर घर की दहलीज लाँघ जाये, तो पता है क्या होता है ? कभी मत भूलो, अन्ततः तुम एक स्त्री हो। किसी भी वक्त टूट कर बिखर सकती हो। इसलिए जिंदगी का कोई भी फैसला सोच-समझ कर करना।' दीपक के प्रिंसिपल पिता ने समझाया।

मैं हैरान थी। समझ नहीं पा रही थी कि दीपक से मेरी दो मुलाकातों में ऐसा क्या हो गया, जो सभी की आँखों में चुभ रहा था। दोस्तों से पूछा तो हिदायत ही मिली, 'मत मिलना अब उससे कभी। अब मिली तो ऐसी फँसोगी कि जिंदगी भर पछताओगी।'

दीपक मेरा समवयस्क था। बी. ए. के दौरान मेरा सहपाठी रह चुका था। हमारे विषय समान थे। हमारी रुचियाँ समान थीं। इतनी बातें पर्याप्त होती हैं—किसी भी स्वस्थ

मानवीय सम्बन्ध के लिए। बगैर किसी उत्तेजना या रोमांस के ऐसा ही कोई सम्बन्ध हमारे बीच पनप रहा था।

कामवाली बाई से कोई उम्मीद रखना ही व्यर्थ था। लेकिन मेरे दोस्त ? और वाइस-प्रिंसिपल ? दीपक के प्रिंसिपल पिता भी तो यही सब सोचते रहे थे। यह शिक्षा ही बेमानी थी।

हॉस्टल छोड़ते वक्त चाह कर भी दीपक से नहीं मिल पायी। दो दिन पहले ही इन्दु ने कहा था, 'कॉलेज की दीवारें रँगने में वक्त ही कितना लगता है।'

वह सती हो गयी है—ऐसा मुझे बताया गया। यह सतीत्व रूपकुँवर जैसा नहीं था। यह तो आठ साल पुराने वैधव्य पर चढ़ा 'सत' था, जो सभी के सर चढ़ कर बोल रहा था।

जोधपुर के कायस्थ परिवार में ब्याही शारदा ने उन्नीसवाँ वसंत भी नहीं देखा कि पति चल बसा। बाद के सात-आठ साल विधवा-सुलभ अभावों और प्रतिबंधों में बीते। फिर अचानक एक दिन ससुराल से फोन आया, 'बहू को 'सत' चढ़ गया है, जल्दी आओ।'

वहाँ जा कर बड़ा ही अटपटा किस्सा सुनने को मिला। तीज के मौके पर जेठानी के चूड़े देख कर शारदा का मन मचल उठा। उसने सीधे जेठ से कह डाला, 'मुझे भी ऐसा ही चूड़ा चाहिए।' सभी परेशान हो उठे, 'कहीं इसका दिमाग तो नहीं फिर गया। अरे, विधवा भी कहीं लाख का चूड़ा पहनती है।'

चूड़ा नहीं आया और छोटी बहू ने दो दिन खाना नहीं खाया। फिर रक्षा बंधन आया। राखी से दो दिन पहले छोटी बहू ने लाल जोड़े की फरमाइश कर दी। मना किये जाने पर वह बिफर उठी और सन्निपात का एक दौरा पड़ गया। अचानक बरसों से सुनी-पढ़ी बातें शारदा के मुँह से फूटने लगीं। वह खुद को 'बालोतरा की सती' की सेविका बता खुद सतीत्व में लीन होने की बातें करने लगी। उन्माद के न जाने किन क्षणों में उसने पूजा घर में रहनेवाली छिपकली को अपने पति का पुनर्जन्म बताया और उनके रहते अपने सुहागिन होने का एलान भी कर दिया।

हफ्ते भर में शारदा की दुनिया ही बदल गयी। आठ साल पुरानी विधवा अब नवविवाहिता का-सा सिंगार किये सुबह से शाम तक पूजा घर में बैठी रहती। धर्मभीरु सास ने शादी के सभी जेवर उसे पहना दिये तो जेठानी ने नये गोटेदार कपड़ों से उसे लाद दिया। बात उड़ते देर ही कितनी लगती है। देखते ही देखते वह दड़बानुमा घर 'सती निवास' बन गया और दर्शनार्थियों की भीड़ चढ़ावा लिये अपनी बारी आने का इंतजार करने लगी।

अब शारदा उद्विग्न रहती। भोजन के नाम पर वह रोटी के पाँच-छह निवाले निगल पाती और चार-पाँच घूँट भर कर प्याले की बाकी चाय दर्शनार्थियों में बँटवा देती। दिनोंदिन दुबलाते शरीर और कमजोरी से निस्तेज पड़ती उसकी आँखें देख कर लगता, मानो वह खुद मौत को आमंत्रण दे रही हो। जीने की उत्कट चाह में शुरू हुए नाटक की सुखद परिणति के लिए यह अनिवार्य हो चला था।

शारदा दी के बारे में फिर कुछ सुनने को नहीं मिला।

वह असाधारण नहीं थी। उसने असाधारण बनने की कोई चेष्टा भी नहीं की थी। उसने जीवन को उसके सम्पूर्ण रंगों में जीने की चाह भर की थी। जीने की चाह बलवती हुई, तो जीवन ने एक राह चुनी। सीमित संभावनाओं में चुनी गयी उस राह का नाम था—सतीत्व। बरसों का व्यथित संतप्त मन तब सोच भी नहीं पाया होगा, इस राह पर तो एक मृत्युपत्र खुदा है।

---

21 साल की उम्र में व्याख्याता पद पर नियुक्ति हुई। मैं रोमांचित थी। हमउम्र दोस्त जब पढ़ाई पूरी करने में लगे हों, तब मेरे लिए व्याख्याता बनना किसी विशिष्ट उपलब्धि से कम नहीं था।

कार्य भार सँभालने कॉलेज पहुँची तो प्रिंसिपल ने करीब घंटा भर यह समझाने में लगाया कि व्याख्याता के तौर पर मुझे क्या करना चाहिए और क्या नहीं। इन बातों का शिक्षा, पाठ्यक्रम या छात्रों से कोई ताल्लुक नहीं था। ये वे बातें थीं, जो मेरे पहनावे, केशविन्यास और आचार-व्यवहार से सम्बन्ध रखती थीं।

तदर्थ नियुक्ति का समय पूरा होने से एक दिन पहले प्रिंसिपल ने मुझे अपने कमरे में बुला कर बताया कि वे मेरा गोपनीय प्रतिवेदन तैयार कर रहे हैं।

मैं चुप रही। वे ही आगे बोले, 'क्या तुम्हें नहीं लगता, तुम किसी गर्ल्स कॉलेज में बेहतर ढंग से काम कर सकती हो ?'

'पर मुझे तो यहाँ किसी से कोई शिकायत नहीं।'

लेकिन उन्हें थी। कहने लगे, 'तुम बच्ची-सी लगती हो। परिपक्वता नहीं है तुम्हारे व्यवहार में। 21 की हो कर 31 का भ्रम नहीं दे सकतीं तो इस प्रोफेशन के काबिल नहीं हो तुम।'

फिर थोड़ा रुक कर बोले, 'मैं निदेशालय से सिफारिश कर रहा हूँ, तुम्हें गर्ल्स कॉलेज में नियुक्त किये जाने की।'

यह कैसी नाकाबिलियत थी, जो मुझे किसी गर्ल्स कॉलेज के काबिल बनाती थी ? अगर यह व्यवहार की अपरिपक्वता थी, तो उस वरिष्ठ सहकर्मी के व्यवहार में क्या था जो मेरी नापसंदगी के बावजूद निरन्तर मुझे रिझाने के उपाय ढूँढ़ता रहता था ?

विरोध के माने कुछ भी नहीं था। पूरे साढ़े तीन महीने अपने काम और आचरण की सिर्फ तारीफ सुनी थी, सहकर्मियों से। मेरी निष्ठा, मेरी लगन और विद्यार्थियों से मेरे सरोकार को ले कर कुछ वरिष्ठ सहकर्मियों ने कहा भी था, 'इतना करोगी तो इसी में खप कर मर जाओगी।'

खप कर मरने का मौका ही नहीं मिला। मिला तो बस एक फतवा, जिसे जारी करने-वाला मशीनी दिमाग मेरी शकल और व्यवहार से 'अतिरिक्त प्रौढ़ता' की माँग करता था।

पत्रकारिता पाठ्यक्रम के दौरान एक दिन प्रशिक्षक ने अपने चैम्बर में बुला कर सीधे-सीधे पूछ लिया, 'तुम्हें मुझसे राग है या द्वेष ?'

ऐसे किसी सवाल के लिए मैं तैयार नहीं थी। अचकचा गयी।

'क्या राग और द्वेष से परे कहीं कुछ नहीं हो सकता ?'

'नहीं, एक इनसान निकट सम्पर्कवाले दूसरे इनसान को या तो पसंद करता है या नापसंद। ऐसे में उसे या तो उससे राग होना चाहिए या द्वेष। तीसरी कोई संभावना यहाँ नहीं बनती।'

'ऐसा करो, तुम सोच कर मेरे सवाल का जवाब देना।' मुझे चकराया देख उन्होंने रियायत-सी दी।

यह व्यावसायिक प्रशिक्षण था। प्रशिक्षक के किसी भी व्यक्तिगत सवाल का जवाब दिया जाना गैरजरूरी था। फिर भी लगा, जवाब दिया ही जाना चाहिए। सारा ऊहापोह इसी जवाब को ले कर था। राग की वहाँ कोई गुंजाइश ही नहीं थी, मगर द्वेष के लिए भी तो कोई ठोस आधार होना चाहिए था। तीसरी कोई संभावना वह शख्स नकार चुका था।

अगले दो दिन तनाव में गुजरे। तीसरे दिन उन्होंने मुझे अपने चैम्बर में बुलाया और इधर-उधर की बातें करने लगे। मानवीय संबंधों के निर्धारक तत्त्वों की चर्चा करते-करते उनकी सीमाओं पर व्याख्यान शुरू हुआ ही था कि अनायास ही मुँह से निकल पड़ा—'एक सीमा तो वहाँ भी खिंचती होगी न कि आप किसी को किस हद तक बरदाश्त कर सकते हैं ?'

वे स्तब्ध थे।

प्रश्न दोहराया नहीं गया।

उत्तर बतलाया नहीं गया।

लेकिन उस दिन के बाद उनका व्यवहार पर्याप्त कटुतापूर्ण हो गया।

हमारे बीच केवल रिक्शे की साझेदारी थी।

रिक्शा शहर की भीड़ भरी सड़कों से गुजरा ही था कि वे शुरू हो गये। सूखे मेवों के कारोबार से ले कर बंबई में उनकी कोठियों तक, जब मैंने किसी बात में दिलचस्पी नहीं दिखायी तो वे मेरे बारे में जानने को उत्सुक हुए। नाम, जाति, माता-पिता से बात मेरे पेशे पर आयी। 'पत्रकारिता' का नाम सुनते ही उनकी आँखें चमक उठीं। अचानक लहजा बदला और वे धीमे स्वर में बोले, 'होटल में वक्त नहीं कटता। कभी आओ न मिलने—पापा के साथ।'

'मुझे फुरसत नहीं होती अपने काम से। पापा को बोल दूँगी। वे शायद कभी मिल लें आपसे।' उस 60 वर्षीय वृद्ध को टालने के लिए मैंने कह दिया।

'मैं पापा की नहीं, तुम्हारी बात कर रहा हूँ, पगली।' वह लगभग फुसफुसाते हुए

बाला।

मैंने मुड़ कर देखा--उसके चेहरे पर अजब वहशीपन था। कातर आँखों में कामुकता घिनौनी लग रही थी।

एक लिजलिजा-सा एहसास पाँव से सिर तक दौड़ गया। लगा जैसे अंदर ही अंदर कुछ सुलग रहा हो। तुरंत रिक्शा रुकवाया। रिक्शेवाले को पैसे थमाये। उस वृद्ध से इतना ही कहा, 'क्या तुम्हारी बेटियाँ तुम्हारे साथ पूरी तरह सुरक्षित महसूस करती हैं ?'

मैंने पलट कर नहीं देखा। पीछे से दो बार जोरदार आवाज आयी—'रिक्शेवाले को पैसे मैं दे देता, बेटा—तुम मेरी बच्ची जैसी हो।'

यह क्षोभ था, आक्रोश था या ग्लानि, मगर उसके बाद अपने पुरुष सहकर्मियों से सहज होने में मुझे काफी वक्त लगा।

मृदुला से मेरा परिचय एक रेल यात्रा के दौरान हुआ था। एम. कॉम. फाइनल की वह छात्रा इंग्लिश स्पीकिंग कोर्स के लिए दिल्ली जा रही थी। यों कामचलाऊ अंग्रेजी वह बोल सकती थी, लेकिन मँगेतर को चाहिए थी फर्राटेदार अंग्रेजी बोलती बीवी। मृदुला की नयी जिंदगी का सफर अंग्रेजी के बिना संभव ही नहीं था।

ट्रेन में हमने पूरे 18 घंटे साथ गुजारे। इस दौरान उसने करीब दस बार यह दोहराया—'वो कहते हैं, मैं बिल्कुल वैसी ही हूँ जैसी लड़की वे चाहते थे।'

'तो फिर यह इंग्लिश स्पीकिंग कोर्स कहाँ से आ गया बीच में ?' मैंने उसे छेड़ा।

'वे चाहते हैं, तो करना तो होगा ही न।' उसने मासूमियत से कहा।

'और क्या वो बिल्कुल वैसे हैं जैसा पति तुम चाहती थीं ?'

'पता नहीं, मैंने तो कभी सोचा ही नहीं शादी के बारे में। यह रिश्ता घरवालों की पसंद है।'

'और, तुम्हारी पसंद ?'

'मालूम नहीं। पर ये बहुत अच्छे हैं। सच, बहुत अच्छे हैं।' मँगेतर के खयाल से ही वह रोमांचित हुए जा रही थी।

खुद को नकारना स्त्रियों की आम समस्या है। मृदुला की समस्या जटिल थी। वह तो खुद को महसूस ही नहीं कर पा रही थी। जीवन का एक दर्शन उसके सामने था—'ये जैसे चाहते हैं, वैसे ही तो चलना होगा।'

'और तुम्हारा अपना मन कुछ अलग करना चाहे तो ?'

'मैंने खुद को अलग समझ कर कभी कुछ सोचा ही नहीं। मैं वैसी लड़की हूँ ही नहीं। मैं वैसा सोच भी नहीं सकती, जिंदगी में।'

वह सचमुच वैसी लड़की नहीं थी। वह तो वैसी ही थी जैसा बरसों से संचित परम्पराओं ने उसे बनाया था।

गर्भ-जल परीक्षण (एमनियोसेन्टेसिस) पर अपने प्रोजेक्ट के लिए मैं महिलाओं के इन्टरव्यू ले रही थी। परीक्षण के बाद स्त्री भ्रूण गिरवा चुकी कोई भी महिला यह मानने को तैयार नहीं थी कि गर्भपात का कारण भ्रूण का मादा होना था।

तभी महरौली से आयी अनपढ़, गरीब कस्तूरी से बात हुई। परीक्षण के लिए बड़ी मुश्किल से तीन हजार रुपये जुटा सकनेवाली उस महिला ने निस्संकोच कहा, 'पाँच बेटियाँ हो चुकी हैं। आदमी बेटा चाहता है। आखिर मैं भी हाड़-माँस की हूँ। कब तक जनती रहूँ? अगर बेटी ही होनी है, तो क्यों न पहले ही गिरवा दूँ।'

प्रोजेक्ट पर यह मेरा पहला कामयाब इंटरव्यू था।

हमारी दोस्ती को पाँचवाँ साल था। इन पाँच सालों में उसने बी. ए. किया, एम. ए. किया। वायु सेना की मामूली नौकरी छोड़ कर प्रथम श्रेणी का अधिकारी भी बना। उसकी इन उपलब्धियों पर मुझे गर्व था।

यह संयोग था कि उस पुराने दोस्त के घर जाना हुआ। उसके परिवार ने मुझे देखा। पसंद किया और रिश्ते की बात चला दी।

मुझसे रिश्ते की बात पर वह रोमांचित था। उसने कहा था, 'मैं हैरान हूँ! विश्वास नहीं होता कि तुम्हारे साथ जिंदगी बाँटने का मौका मिलेगा।' उसने मुझे वह सब बताया जो बरसों से अनकहा-अनछुआ था। वे सभी बातें, जब उसने मुझे पहली बार देखा था या जब किताब खोलते ही पन्नों पर मेरा चेहरा लहराया था या जब मेरे साथ कुछ और वक्त गुजारने की चाह में उसे रात ग्यारह बजे सर्द जंगल से गुजरना पड़ा था। हर याद दिलकश, हर बात दिलफरेब—ऐसी दीवानगी सिर्फ किताबों में पढ़ी थी।

एकाएक उसने मुझे लिखना छोड़ दिया। वजह थी, पारिवारिक रंजिश। उसके भाई ने शादी के नाम पर मेरे परिवार से सौदेबाजी करना चाहा था। बात मेरे परिवार को नागवार गुजरी। मैंने उसकी खामोशी से खीझ कर लिखा—'तुम्हारी लिखित निष्ठा और समर्पण लौटा रही हूँ। तुम वचनमुक्त हो।'

तुरंत जवाब आया। इस भावुकतापूर्ण पत्र में वह सब था, जो मुझे निष्ठुर और निर्मोही बताते हुए उसके प्यार को सच्चा और परिपूर्ण साबित करता था। बात अखर गयी। हमने मिलना तय किया।

उस मुलाकात में उसके रंग ही निराले थे। पुरुष होने के दंभ में उसने वह सब उगला, जो वह अन्यथा कभी नहीं कह सकता था। शादी के लिए सौदेबाजी का विचार उसका अपना था। सधी हुई रणनीति के तहत एक ओर उसने भाई को तैनात किया था, तो दूसरी ओर मुझे बरगला रहा था। इतना धोखा, इतना झूठ, इतना फरेब—हर कदम पर उसने मुझे छला था।

'प्रतिष्ठित, सम्पन्न परिवार की मनपसंद लड़की' को वह खोना नहीं चाहता था।

वह मुझे पाना चाहता था, लेकिन अपनी शर्तों पर। मुझे वे शर्तें मंजूर नहीं थीं।

मुझे झुकाने के आखिरी हथियार के तौर पर उसने वह सब कहा, जो एक कुंठित और विकृत दिमाग कह सकता था।

'लोग कहते हैं कि हमारे बीच कुछ गलत—मेरा मतलब नाजायज सम्बन्ध है। देखो, मैं नहीं कहता, मगर लोगों को रोक थोड़े ना सकते हैं।'

घंटे भर पहले यही शख्स रिरिया रहा था, 'मैंने कभी तुम्हें हाथ भी नहीं लगाया। प्लीज, ऐसा मत कहो। मुझे मेरी चिट्ठी लौटा दो।'

जाते-जाते वह बोला, 'तुम्हें नहीं लगता कि मैं बहुत बुरा आदमी हूँ ?'

'तुम बहुत बुरे हो, मगर अफसोस इस बात का है कि तुम आदमी नहीं हो।'

वह सन्न रह गया।

इसके बाद भी फोन की घंटी घनघनाती रही। मैंने उससे बात नहीं की। आगे एक भी शब्द कहा या सुना जाना मेरे इनसान होने की गरिमा को खंडित कर रहा होता।

दोस्ती, एतबार और प्यार—सब एक साथ दफन हो गये। मगर आज भी वही कब्र खोदी जाती है। दुनिया को छोड़ो, मेरे अपने ही हर हाल में 'उसका हाल' सुना ही जाते हैं।

राखी के जवाब में एक मुँहबोले भाई ने लिखा—'रक्षा का कोई वचन नहीं—तुम समर्थ हो ...कभी जरूरत पड़े तो याद रखना—मैं हूँ।'

आँखें छलक गयीं।

पूरे विश्वास, थोड़े स्नेह और एक मजबूत कंधे के अलावा मुझे भला और क्या चाहिए था !

मेरा सच

नयनतारा सहगल

ई-8 मफतलाल पार्क, बंबई,
सितंबर 14, 1964

प्रिय बुंची,

यह रहा मेरा सच।

मैं मानती हूँ कि मेरे सारे बचपन में आजादी एक जीवित शब्द रहा—व्यापक अर्थ में भारत की आजादी और घर में प्रत्येक व्यक्ति की आजादी। सुखद बचपन कोई असाधारण बात नहीं है और मेरा बचपन निश्चय ही सुखद था, आत्मा को संतोष देनेवाला। मैं अपने माता-पिता को बहुत चाहती थी और चाचा को भी, जिनके घर हम रहते थे। यह ऐसा घर था, जहाँ हर सदस्य को, छोटे और बड़े, मालिक और नौकर, बच्चे, कुत्ते, मेहमान, अजनबी सबको सम्मान मिलता था। मुझे अब लगता है कि मैं इन सारी बातों को जरूरत से ज्यादा मान कर चलती रही और मैं जानती ही नहीं थी कि किसी और तरह का वातावरण भी हो सकता है, जिसमें पूरी आजादी से कम की स्थिति या व्यक्ति को जैसा वह है, वैसा स्वीकार करने के अलावा भी कोई स्थिति हो सकती है। उस वातावरण में मुझे कभी शर्मिन्दा नहीं होना पड़ा और अपने कामों के लिए मैं ही पूरी तरह जिम्मेदार थी, हालाँकि मुझे जब जरूरत होती थी, मुझे प्यार और सहानुभूति मिलती थी और जब कभी मुझसे गलती होती, मुझे समझाने की कोशिश की जाती थी। तो, दुनिया से मेरा सामना इस माहौल में हुआ और अगर मैं इसके प्रति वफादार रहती, अपनी अंतरात्मा की आवाज सुनती, तो मैं उस शादी के लिए, जिसमें मैं बँधी, कभी तैयार न होती। इसके लिए मैं कुछ तो इसलिए राजी हुई कि मैं अपनी दुनिया से अलग किसी दुनिया को जानती ही नहीं थी। मुझे इसका जरा-सा भी गुमान नहीं था। कुछ कारण इसका यह भी रहा कि मैंने सारी बातों पर विचार नहीं किया और दूसरों के कहने पर मान लिया कि सब ठीक हो जायेगा। यह न होना था और न हो सकता था, इस तरह की आशंकाएँ मेरे मन में बराबर आती रही थीं, लेकिन मैंने झूठमूठ में विश्वास कर लिया कि ऐसा हो जायेगा। इस तरह मेरा गौतम के साथ विवाह हो गया।

मैं कॉलेज की पढ़ाई समाप्त कर अमेरिका से लौटी ही थी। उस चार साल के अरसे के अंतिम दिनों में मेरी एक कलाकार से, जो मुझसे उम्र में काफी बड़ा था, घनिष्ठता हो गयी। उसने मुझे फुसला लिया था—यह नहीं कहा जा सकता। यह एक मूर्खतापूर्ण वर्णन है। इसके अलावा इससे सारी जिम्मेवारी उस पुरुष पर आ जाती है और मैंने उस समय या उसके बाद भी लंबे समय तक इस घटना को उस अर्थ में स्वीकार नहीं किया होता। दरअसल, मुझे लगता था कि मोहित होने में कुछ भूमिका मैंने भी अदा की थी। मैं अब जानती हूँ कि यह भूमिका कितनी छोटी थी और दुनिया के चलन से अनजान मेरे जैसी कच्ची उम्र की लड़की इस मामले में बड़ी उम्र के अनुभवी आदमी की बराबरी नहीं कर सकती थी। मोहित करने में शामिल था—मुझे विचारों से प्रभावित करना, लोगों से और सारी दुनिया से मेरा परिचय कराना। मैं इतनी छोटी थी कि उसकी मनुहार से, अपने प्रति उसकी भावनाओं से, जो सम्पूर्ण हृदय की सच्ची भावनाएँ थीं, अपने को अप्रभावित नहीं रख सकती थी। उसका संबंध ऐसे समाज से था, जिसमें कौमार्य को बहुत महत्त्व नहीं दिया जाता और उसे नहीं लगता था कि वह मुझे कोई नुकसान पहुँचा रहा है। मैं खुद भी ऐसा ही मानती थी। वह मुझसे प्यार करने लगा और यह नहीं समझ पाया कि मैं उसे क्यों प्यार नहीं कर पा रही हूँ। वह सोचता था कि यह अनुभव मेरे लिए अधिक कीमती होगा। लेकिन ऐसा नहीं हुआ। दो महीने बाद मैं उससे अलग हो गयी और मेरी मँगनी हो गयी।

मैंने सोचा, मुझे गौतम को इस आदमी के बारे में सब कुछ बता देना चाहिए। मेरे मन में यह बात आयी ही नहीं कि वह गोपन रखने लायक बात है। मैं अब भी अपने बचपन के मूल्यों के साथ जी रही थी। मैंने गौतम को बता दिया कि इस तरह की घटना मेरे विकास-क्रम में हुई थी। उसने उत्तर में कहा, 'अगर तुमने 50 लोगों से प्यार किया हो और 60 बच्चे पैदा किये हों, तब भी मैं परवाह नहीं करूंगा।' 50 प्रेम-प्रसंग और 60 बच्चे। मैंने इस बात पर विचार किया और मुझे लगा कि ऐसे बढ़िया आदमी के साथ जीवन बिताना मेरी खुशकिस्मती होगी। बात यहीं खत्म हो गयी। लेकिन मैं अपनी मँगनी में सहज महसूस नहीं कर रही थी। गौतम के साथ शारीरिक निकटता के अलावा किसी और प्रकार की निकटता स्थापित करने में मैं अपने को असमर्थ पा रही थी। कुछ बातों और कुछ रवैयों ने मेरे मन में आशंका भर दी। मेरे लिए यह परेशानी भरा समय था और मैंने अपने को अलग करने की कोशिश की, लेकिन अब मुझे लगता है कि यह कोशिश काफी नहीं थी और पूरी ईमानदारी के साथ भी नहीं की गयी थी और यह इस डर से कि इससे उसे दुःख पहुँचेगा। मैं नाखुश थी और कुछ निश्चय नहीं कर पा रही थी कि क्यों। गौतम शादी के लिए बहुत अधीर हो रहा था और उसने बार-बार कहा कि मेरी सारी आशंकाएँ शादी के बाद दूर हो जायेंगी। उसे अपनी बात पर इतना विश्वास था कि मुझे लगा, मेरा डर मूर्खतापूर्ण है। मैंने शादी को स्थगित करने का—खत्म करने का नहीं—एक हताश प्रयास जरूर किया, ताकि मैं सारी बातों पर विचार कर सकूँ, लेकिन गौतम इसके लिए तैयार नहीं था और उसका यह रवैया शायद अनुचित भी नहीं था, क्योंकि मेरे कारण अस्पष्ट थे और उनकी

अस्पष्टता गौतम के निश्चय तथा विश्वास के सामने टिक नहीं पायी। इस प्रकार हमारी शादी हो गयी। लेकिन उसके बाद गौतम उस दूसरे आदमी के संबंध में मेरे द्वारा दी गयी जानकारी को सहन नहीं कर पाया और मेरी लंबी यातना शुरू हुई। मेरे ऊपर एक तरह से रोमन कैथलिक ईसाइयों का धार्मिक मुकदमा चलने लगा। दिन-रात मैं इस मुकदमे की अभियुक्त होती थी। सवालों का सिलसिला कभी खत्म नहीं हुआ। क्यों ? कहाँ ? कैसे? और सब के ऊपर क्यों, क्यों, क्यों ? इन सवालों के पीछे उसकी जो पीड़ा थी, मैं उसे समझ सकती थी और मैंने इसकी भरपाई करने की कोशिश की—वह सब दे कर जो मैं दे सकती थी तथा उसे यह आश्वासन दे कर कि इस तरह की बात अब कभी नहीं होगी। मैं छोटी थी और ये सारी बातें सोचने में असमर्थ थी और मैंने कभी सोचा भी नहीं था कि भविष्य में इसके क्या परिणाम होंगे। लेकिन उसने मुझे या अपने को यातना देना बंद नहीं किया। कई-कई दिनों तक उसने मुझसे बात नहीं की, मुझे देखते ही वह मुँह फेर लेता था और यह मारक चुप्पी बहुत भयानक थी। ऐसे मौकों पर मैं उसकी कुछ मदद नहीं कर पाती थी, क्योंकि वह मुझसे पूरी तरह विमुख था और घंटों अकेले में अपनी लड़ाई लड़ता था। फिर वह अचेतनावस्था हटती थी और वह उसमें से इस तरह बाहर आता था जैसे कोई लंबी बीमारी से उठा हो और स्थिति कुछ देर के लिए सामान्य हो जाती थी। लेकिन कुछ समय बाद फिर प्रश्नों, आरोपों तथा दृश्यों एवं संवादों को दुहराने का सिलसिला शुरू हो जाता था। कोई भी चीज इसे शुरू कर सकती थी, जैसे कोई फिल्म जिसे देखने हम जाते, किसी आदमी द्वारा सुनाया गया किस्सा, कोई होटल, जिसमें हम ठहरे, किसी व्यक्ति द्वारा हलके-फुलके ढंग से कही गयी कोई बात। मैं उसके चिड़चिड़ेपन से डरी-डरी रहने लगी और वे सवाल मुझे असमंजस में डालने लगे, क्योंकि मुझे याद ही नहीं पड़ता था कि कोई बात क्यों और कैसे घटी थी या मैंने ठीक-ठीक क्या कहा अथवा किया था। जिस चीज का मैं उसे आश्वासन नहीं दे सकी, वह था प्रायश्चित्त, क्योंकि मुझे प्रायश्चित्त करने जैसी कोई बात नहीं लगी। मुझे नहीं लगा कि मैंने कोई अपराध किया था। गौतम को मैं जो कष्ट पहुँचा रही थी, उसका मुझे गहरा अफसोस था और मैंने उसे यह बात कई बार बतायी भी, किंतु मैं उससे क्षमा-याचना नहीं कर सकी। इससे उसे आग लग गयी और वह बोला कि मैं बच्चों की माँ बनने के लायक नहीं हूँ। मैं चरित्रहीन हूँ और अपवित्र हूँ। उसने जो-जो बातें कहीं, उन सबको गिनाना यहाँ बेमतलब है। उसने उन सबके प्रति घृणा और संदेह का रवैया बना लिया, जिन्हें मैं शादी से पहले जानती थी।

अमेरिका के प्रति उसने एक घृणा मन में बसा ली थी, जिससे वह अभी तक उबर नहीं पाया है। इन सब घटनाओं के दौरान मैं जानती थी कि वह अपनी वेदना में रोता था और मेरी अपनी इच्छा होती थी कि उसे सांत्वना दूँ। मैंने बार-बार कोशिश की, लेकिन मैं ऐसा नहीं कर सकी, क्योंकि वह जो चाहता था, मैं उसे स्वीकार नहीं कर सकती थी। मैंने शादी का दायरा बढ़ाने की, उससे खुल कर चर्चा करने, बातचीत करने की कोशिश की, लेकिन बातचीत करना समस्या हो गयी, क्योंकि अब मैंने देखा कि कुछ बातें ऐसी हैं

जिनकी चर्चा मुझे नहीं करनी चाहिए। उसे पता भी नहीं चलना चाहिए कि मेरे मन में ऐसी बातें हैं। मैं अब स्वतंत्र नहीं थी। मैं छोटे-से कमरे में बंद थी और मुझे रोशनी तथा हवा उस छोटे-से जालीदार झरोखे से मिलती थी, जो मेरे सिर के ऊपर पहुँच से काफी दूर था। लेकिन उस कमरे में भी मैंने खुश रहने की कोशिश की। आखिर मैंने ही उसे चुना था। किसी ने मुझे जबरदस्ती इसमें नहीं डाला था। मैंने अपने को सारे पुराने संबंधों से काट लिया और उन सब बातों से अलग कर लिया, जिन्हें मैंने कभी जाना, सोचा या महसूस किया था। मैंने गौतम की पत्नी बनने में अपने को समर्पित कर दिया। एक आदमी, जो शादी से पहले मुझे जानता था, मेरे इस रूपांतरण को देख कर दंग रह गया और बोला कि वह मुझे पहचान ही नहीं पा रहा है, क्योंकि मेरी सारी प्रसन्नता और प्रफुल्लता गायब हो चुकी है। मैंने अपने दोस्त के सामने इसे स्वीकार नहीं किया और उस बात को मन के पीछे धकेल दिया। गौतम ने मुझे ऐसा करते नहीं देखा, क्योंकि वह उस समय बहुत खुश होता था, जब मैं विनीत और आज्ञाकारी बन कर उसके आस-पास मँडराती थी। इसी तरह दस साल तक मामला चलता रहा। दस साल का धार्मिक मुकदमा, जिसमें सामान्य स्थिति के कुछ अंतराल थे; धीमी गति से अपने से विच्छेद के दस साल। शायद दस साल एक सीमा थी, जिसे मन सह सकता था, क्योंकि उसके बाद विस्फोट का क्षण आ गया। इस अवधि में भी मैंने कभी-कभी गौतम को यह बताने की कोशिश की कि मैं इस संबंध से कितनी असंतुष्ट हूँ और कैसे मैं समझती हूँ कि सारा बोझ मैं ही उठा रही हूँ—शादी का ही नहीं, बच्चों का भी और घर से संबंधित छोटी-बड़ी सब चीजों का। हम दोनों मिल कर किसी चीज का निर्माण नहीं कर रहे थे। हमारे बीच कोई मिलन-बिंदु नहीं था। उसने कहा, यह सब बेकार की बातें हैं और उसे कोई खालीपन नहीं लगता है। उसे सचमुच यह नहीं लगता था कि कहीं कुछ गलत हो रहा है और वह हमारे शारीरिक संबंधों में सांत्वना प्राप्त करता रहा। उसके लिए एक ही गलत बात थी और वह यह कि उससे मिलने से पहले मैं किसी आदमी को जानती थी। हमारे विवाह में यही विष था, जो निरंतर उसे खाये जा रहा था। मैं जानती हूँ कि उन दस सालों में मेरे भीतर कोई चीज मर गयी थी। अब मैं सहज नहीं रही थी। मैंने कवच ओढ़ लिया था, क्योंकि मैं जानती थी कि मेरी सहजता उसे संदेहशील बनायेगी। इससे मेरा ऐसा पक्ष खुलता था, जो उसे विचलित कर देता था। शायद वह सोचता था कि मैं उसके प्रति वफ़ादार नहीं रहूँगी। उसे मेरा कहीं भी जाना अच्छा नहीं लगता था, लेकिन मेरे लिए खुशी और प्रफुल्लता के मौके तभी आते थे, जब मैं कभी-कभी उससे दूर दिल्ली आती थी। उसके साथ रहते हुए मैं उसकी खुशी के क्षणों को केवल देख सकती थी और जब कभी वह खुश होता, तो मुझे भी खुशी होती थी, लेकिन मैं खुशी के उन क्षणों में हिस्सा नहीं ले सकती थी। मैं दूर खड़ी देखती भर थी। मैं दो अलग-अलग व्यक्ति बन गयी थी—एक तरफ उसकी पत्नी और दूसरी तरफ मैं खुद। मैं इन दोनों भूमिकाओं को अपनी पूरी सामर्थ्य के साथ अदा करने की कोशिश करती थी, किंतु मुझे यातना ही भोगनी पड़ती थी। मैंने उसकी पत्नी के रूप में अपने दायित्व को सँभाला।

यह नौकरी जैसा बन गया। मैं जानती थी कि वह किस तरह के स्तर की मुझसे अपेक्षा करता है और मैंने वह उसे दिया। वह खुश था। वह अधिक सहज हो गया। उसका चिड़चिड़ापन अब काफी कम हो गया। मुझे लगा कि हम सफलता की ओर बढ़ने लगे हैं।

तभी अचानक मैंने महसूस किया कि मैं कितनी निष्प्राण, कितनी जड़ हो गयी हूँ। और जब 1959 में मैं एक आदमी से मिली, जो मुझे काफी दिलचस्प लगा, जिससे मैं बात कर सकती थी, तो मैंने उससे बार-बार मिलना चाहा। मैं उसके साथ लंच करना चाहती थी। गौतम ने इसकी जरूरत नहीं समझी। मैं किसी से अकेले क्यों मिलना चाहती हूँ ? अकेले में क्यों ? यदि मैं उससे बातें ही करना चाहती हूँ, तो उसकी मौजूदगी में क्यों नहीं? अब तक मैंने घर की शांति के लिए सब कुछ किया था, किंतु अब मुझसे बरदाश्त नहीं हुआ। मैंने देखा, मेरे हाथ से कोई चीज निकली जा रही है जो अँधेरे में खनकती थी, जो इतनी मासूम थी कि उसे सीने से लगाये रखा जा सकता था और, तब मेरे मन में विद्रोह जाग उठा। मुझे बिल्कुल अनुमान नहीं था कि हम किस विस्फोट की ओर बढ़ रहे हैं, अन्यथा मैंने तब भी उस आदमी को जाने दिया होता या। हो सकता है, मैं न जाने देती। मैं निश्चित नहीं कह सकती। इस तनाव के बीच मैंने बच्चों को नाटक दिखाने के लिए टिकट ले रखे थे। यह बंबई का एक वार्षिक कार्यक्रम था, जिसमें वह आदमी भी अपनी पत्नी और बेटी के साथ हमारे साथ जानेवाला था। जब हमने टिकट खरीदे थे, तो गौतम भी साथ जाने को तैयार था। उस शाम उसका मूड उस पर फिर हावी हो गया—अक्सर ऐसा होता था और आखिरी वक्त किसी बहाने के साथ टिकट वापस करने पड़ते थे—और उसने कहा कि वह नहीं जायेगा। साधारण तौर पर ऐसी स्थिति में हम दोनों की शाम बरबाद हो जाती, क्योंकि मैं हमेशा घर पर ही रहती बजाय इसके कि लौटने पर तरह-तरह की बातें सुनती। लेकिन इस बार मैं चली गयी और फिर रात भर बाहर रही। नाटक खत्म होने और बच्चों को घर छोड़ने के बाद मैं जेल्ड के साथ एक मित्र के फ्लैट में मिली और हम तीन बजे सुबह तक बैठे बातें करते रहे। मैं किसी वयस्क की मित्रता के लिए, उससे आदान-प्रदान करने के लिए और सहजता प्राप्त करने के लिए तरस रही थी और हमारे बीच व्यक्तिगत तथा मित्रतापूर्ण बातचीत हुई। समय मिलता, तो इससे ज्यादा भी हो सकता था। गौतम ने मुझे वहाँ ढूँढ़ लिया। वह बहुत उत्तेजित था और वह मेरे मित्र पर प्रहार तक करनेवाला था। मैंने उससे कहा कि मैं उसके साथ घर नहीं जाऊँगी, बाद में अपने आप आ जाऊँगी और वह चला गया। उस सुबह मुझे अकेले घर जाने में वास्तव में डर लगा। लेकिन मैं गयी और हम दोनों में बातें हुई तथा मैंने गौतम को बताया कि मेरे और उस आदमी के बीच वैसी कोई बात नहीं है। मैं काँप रही थी और बिल्कुल थक गयी थी। उसकी भी यही हालत थी। मैं नहीं जानती कि उस हालत में हम दोनों के बात करने का क्या तुक था। लेकिन उसके कुछ ही दिनों बाद मैंने उससे कहा कि मैं जेल्ड से पुनः मिलना चाहती हूँ, सिर्फ उससे बात करने के लिए। गौतम को इससे चोट लगी और उसे मुझ पर संदेह हुआ। अकेले में क्यों ? मैंने एक बार फिर अपने को उससे दूर रखा और यह निश्चय किया कि

मैं उसके जख्मों को नहीं सहलाऊँगी तथा अपनी बात मना कर रहूँगी। अंत में मैंने उसे इस बात के लिए मना लिया कि हम जेल्ड को अपनी शादी की दसवीं सालगिरह पर, जो कुछ दिन बाद पड़ रही थी, बुला लें। यह घोर असफल तथा दुःस्वप्न सिद्ध हुआ। यह नहीं होना चाहिए था। मुझे यह बात समझनी चाहिए थी। दूसरों के चले जाने के बाद भी जेल्ड वहाँ रुका रहा। उसने और गौतम ने बहुत ज्यादा पी ली थी। मैं चाहती हूँ कि उस तरह का झगड़ा कभी न देखूँ। उसकी भयानकता और मारपीट अब भी मेरे जेहन में है। बाद के दिनों में मैं इस बोझ को अकेले नहीं बरदाश्त कर सकी। अब तक मैंने अपने विवाहित जीवन को गुप्त रखा था, किंतु मुझे माँ[1] को लिखना पड़ा। मुझे वैसे भी यह करना था, क्योंकि गौतम ने लंदन में उन्हें फोन करके बताया था कि मेरे व्यवहार के कारण वह मुझे तलाक दे रहा है। इसके बाद दो दिन तक वह अपने बिस्तर पर बिना शेव किये और शराब की बोतल पास रखे धुत पड़ा रहा। जैसे-तैसे वे दिन बीते और मैं जैसे-तैसे बच्चों के सामने सहज बनी रही, उन्हें स्कूल भेजती रही और स्कूल से वापस आने पर हमेशा की तरह दुलार करती रही और इस सबके आस-पास वह दुःस्वप्न घूमता रहा।

तभी मामू[2] ने, जिन्हें माँ ने केबल से सूचित किया था, दिल्ली से फोन किया और उनका प्यार पा कर मेरी आँखों में आँसू उमड़ आये। उन्होंने पूछा कि यदि मेरे और गौतम के बीच इतना ही मनमुटाव था तो हम दोनों उनके पास दिल्ली क्यों नहीं आये। उन्होंने कहा कि वे कांग्रेस के अधिवेशन के लिए (जनवरी, 1959) नागपुर जा रहे हैं और हम दोनों उनसे वहाँ मिलें। हम उनसे मिले। उन्होंने हमसे अलग-अलग और फिर एक साथ बात की और ऐसा लगने लगा कि दुःस्वप्न अब वैसा डरावना नहीं रहेगा। इसके बाद मामू ने सुझाव दिया कि मैं घर से दूर उनके साथ दिल्ली कुछ दिन रहूँ और सारी बातों पर विचार करूँ। वे तलाक या संबंध-विच्छेद से कतरा नहीं रहे थे, किंतु वे जल्दबाजी नहीं चाहते थे। वे चाहते थे कि हम भली प्रकार विचार कर लें और सबसे ज्यादा वे मुझे खुश देखना चाहते थे। मैंने लगभग एक महीना दिल्ली में बिताया और जब वापस घर लौटी तो मैं लगभग ठीक थी, कम-से-कम नयी शुरुआत करने के लिए तैयार थी। गौतम की स्थिति भी ऐसी ही थी। लेकिन हम दो अपंग व्यक्तियों की तरह थे, जिन्हें अपने ऊपर भरोसा नहीं रहा था, जो अपने संबंध के चकनाचूर हो जाने से डरे हुए थे और जिन्हें इस बात का यकीन नहीं था कि यह संबंध फिर सार्थक बन सकता है। लेकिन हम इस संबंध को खींचते रहे। गौतम अब भी मुझ पर शक करता था और मुझे लगता था कि यह समस्या का समाधान नहीं है। तथापि मुझे लगता था कि गम में हम एक-दूसरे के इतने निकट आ गये थे जितने पहले कभी नहीं थे और कम-से-कम इस स्थिति से कुछ नया घट सकता था। मैं नहीं जानती थी कि गौतम को ऐसा नहीं लग रहा था। उसका गर्व बुरी तरह आहत हुआ था। यह उसे अंदर ही अंदर जला रहा था और वह भूलनेवाला आदमी नहीं था। मैं नहीं जानती थी कि वह सारी बातें भूलने के लिए और नयी शुरुआत करने के लिए तैयार नहीं था। यह विचार उसका पीछा करता रहा। उसका अपमान हुआ था और उसके लिए मैं जिम्मेवार थी। मुझे इस बात का पता तब चला जब वह उन गरमियों में शिमला गया।

1. जवाहरलाल नेहरू 2. विजयलक्ष्मी पंडित

हम लोग कश्मीर जाने की योजना बना रहे थे, किंतु इस बीच चंडीगढ़ में मकान बनाने का सवाल उठा और हमने शिमला जाने का फैसला किया, ताकि गौतम मकान के इंतजाम के लिए जितनी बार जरूरी हो, चंडीगढ़ जा सके। शिमला में, जब उसके परिवार के लोग आस-पास थे, उसने अपना विलंबित प्रतिशोध लेना शुरू किया। यह तब शुरू हुआ, जब मैंने गौतम को बताया कि मैंने जेल्ड को पत्र लिखा है, क्योंकि मैंने अचानक उसके साथ संबंध तोड़ दिया था और मुझे अपनी बात स्पष्ट करने के लिए उससे टेलीफोन पर भी बात नहीं करने दिया गया। मैंने जो पत्र लिखा था और इसका मुझे जो उत्तर मिला था, उसमें ऐसी कोई बात नहीं थी जिसे गौतम नहीं पढ़ सकता था। उसके बाद जो हुआ, उसे मैं स्पष्ट नहीं कर सकती—सिवाय यह कहने के कि मेरे चारों तरफ शत्रुता का वातावरण बन गया और मैं ऐसे खौफ में जीने लगी जो नितांत तर्कहीनता की उपज था। मैं किसी से बात नहीं कर सकती थी। कोई मेरी भाषा नहीं बोलता था। यह ऐसा समय था, जब मैंने उम्मीद की थी कि नये संबंधों की दिशा में बढ़ा जा सकता है। किंतु यह ऐसा समय बन गया, जब मैंने देखा कि सारे दरवाजे एक-एक कर बंद हो गये हैं और मेरे चारों ओर खालीपन भर गया है। मेरे सामने अनिष्ट था। मैं उससे पीछा नहीं छुड़ा सकती थी। मैं बिस्तर पर पड़ गयी और दीवार पर टकटकी बाँधे रही। मैं उठ भी नहीं पाती थी—सिवाय उन मौकों के, जब गौतम मुझे किसी आगंतुक से मिलाने के लिए उठने को कहता था। मैं बीमार रहने लगी। मैंने शिमला छोड़ कर भाग जाने की योजना बनायी। मैं भाग सकती थी, किंतु मैं बच्चों को अनिष्ट और शत्रुता से भरे इस घर में नहीं छोड़ना चाहती थी। बीमार या स्वस्थ जैसे भी थी, मुझे उनके पास ही रहना था। लेकिन मैं यह भी जानती थी कि उनके लिए या किसी के लिए भी, अपने लिए भी, मैं किसी काम की नहीं हूँ। गौतम का बहनोई अनंतन मेनन भी उस समय वहाँ था। वह मेरे बिस्तर के पास बैठा रहता था और मेरी देखभाल करता था। कभी-कभी वह मेरे पास बगीचे में बैठता और मैं उससे कहती कि वह मुझे छोड़ कर न जाये, क्योंकि मुझे जिंदगी में पहली बार अपनी जान का सचमुच खतरा लगने लगा था। मैं नहीं समझ पाती थी कि ऐसा क्यों हो रहा है और मैंने ऐसा क्या अपराध किया है, जिसकी मुझे सज़ा मिल रही है। अनंतन मेरे पास बैठा रहा, किंतु एक रात गौतम ने गुस्से में आपा खो कर अनंतन को कह दिया कि वह घर से निकल जाये और मुझे भी अपने साथ ले जाये। यह सब तब खत्म हुआ जब हम वापस बंबई आ गये और मुझे कम-से-कम अपने घर की राहत मिली। लेकिन मैं जानती थी कि मुझे गौतम से दूर होना पड़ेगा—इस सबका कारण जानने के लिए। गौतम अचानक, बिना चेतावनी दिये अपने परिवार के मध्य मेरे खिलाफ हो गया था और उसने मुझे दंड देना शुरू कर दिया था।

मैंने अपनी माँ को लिखा कि मैं उसके पास आ रही हूँ। मैंने अपने चाचा को भी लिखा और वे भी राजी हो गये। लंदन में मैं धीरे-धीरे ठीक हो गयी। मैंने गौतम को कई लंबे पत्र लिखे, उसका मन जानने के लिए। उसने तल्खी से उत्तर दिया और मेरे सवालों

का कभी जवाब नहीं दिया। मैं लंदन बच्चों को पीछे छोड़ कर गयी थी। सारे मामलों को तय करने और अपने भविष्य के बारे में फैसला करने के लिए मुझे वापस जाना था। मैंने तय किया कि अगर गौतम बात नहीं करेगा, मुझे समझने की कोशिश नहीं करेगा, तो हम अलग हो जायेंगे। यह फैसला करने के बाद मैं वापस आ गयी। मैं नहीं जानती थी कि मैं आजीविका के लिए क्या करूँगी, बच्चों को अपने साथ रखने के लिए क्या प्रबंध करूँगी—गौतम ने कहा था कि वह इसका विरोध करेगा। उसने कहा था कि बच्चों का पालन-पोषण एक चरित्रहीन माँ के द्वारा नहीं होगा और वह मुझे गुजारा भत्ते के रूप में भी कुछ नहीं देगा।

मैं घर गयी और मुझे हैरानी हुई, जब मैंने उसे खुशी से स्वागत करते पाया। लेकिन वह अब भी मुझसे बात करने को तैयार नहीं था, पहले की तरह केवल मुझसे चिपटे रहना चाहता था। मैंने कहा, यह सब नहीं चलेगा, जब तक कि इसका आधार आत्म-सम्मान नहीं होगा। उसने यह बात मानी और कहा कि हम कोशिश करें तो कोई समाधान निकल सकता है। शायद संबंध-विच्छेद के लिए गौतम तैयार नहीं था। वह मुझ पर अधिक विश्वास करने लगा और मुझ पर शक करना उसने कम कर दिया। मुझे इस नयी कोशिश से कुछ हासिल होने की उम्मीद नहीं थी, लेकिन कुछ आशा दिखाई देने लगी। वातावरण साफ हुआ और मैं अब उसके साथ अधिक बात कर सकती थी। उसका काम भी बढ़ गया और उसे अधिक जिम्मेदारी मिली। इन सब बातों से वह पहले से ज्यादा खुश रहने लगा और उसे जिंदगी में सार्थकता का बोध भी हुआ। चंडीगढ़ के मकान के कारण भी हमारी जिंदगी में नये अध्याय का प्रारंभ हुआ। गौतम को सच्ची दोस्ती मिली और ऐसी मौज-मस्ती भी, जो बंबई में गुजरे सारे वर्षों में उसे नहीं मिली थी। उसने पुराने संबंधों को ताजा किया और उसका जीवन सहज हो गया। यह सहजता उसे पंजाब में ही मिल सकती थी। उसमें आये परिवर्तन को बच्चों ने भी महसूस किया और इससे उन्हें भी लाभ हुआ। मेरे लिए यह सुखद था। लेकिन मैं चंडीगढ़ कवच पहन कर आयी थी। मैं इतनी ज्यादा टूट चुकी थी कि और चोट नहीं खा सकती थी। मैं एकांत चाहती थी। मैं बिलकुल खुलना नहीं चाहती थी। खुल भी नहीं सकती थी। किसके लिए खुलती ? मैं गौतम की पत्नी मात्र थी और मेरी अपनी जिंदगी हमेशा की तरह छिपी हुई थी। मैंने अपनी भावनाओं के बारे में कभी बात नहीं की। कर भी नहीं सकती थी। मैं पुनः कोई जोखिम लेना नहीं चाहती थी। लेकिन गौतम को खुशी-खुशी अपने दोस्तों के साथ बीयर पार्टी में शरीक होते या सैर को जाते देख मुझे प्रसन्नता होती थी। उसका जीवन लौट रहा था और यही मैं लंबे समय से देखना चाह रही थी। जहाँ तक मेरी बात है, मैंने अपने को काम में व्यस्त रखने का फैसला कर लिया था—लिखने की ओर अधिक ध्यान दे कर या कोई भी और काम कर, जो मुझे जिंदगी का संतोष दे। उसकी ईर्ष्या और अधिकार की भावना कम नहीं हुई। कभी-कभी मुझे लगता कि वह मेरी ओर अधिक ध्यान देता है, क्योंकि वह मुझे अधिक महत्त्व देने लगा है।

मेल-मिलाप के बाद से ही मैं महसूस करती रही कि मुझे विचार और कर्म की अधिक

स्वतंत्रता चाहिए। मैंने यह बात भी शिद्दत के साथ महसूस की कि मुझे गौतम के प्यार या विश्वास को आघात पहुँचाये बिना हर तरह से अपनी स्वतंत्रता को बनाये रखने की अधिक कोशिश करनी होगी। मुझे अधिकाधिक अपनी अस्मिता को प्राप्त करना है, किंतु नरमी से, ताकि मैं गौतम को दुःख न पहुँचाऊँ। यदि मेरे शेष जीवन का कुछ अर्थ होना है, तो मेरे लिए जरूरी है कि मैं वापस उन मूल्यों की ओर जाऊँ जिन्हें विश्वास के साथ मैंने अपनाया था या उन मूल्यों के नये अर्थ जानने के लिए आगे बढ़ूँ। मैं वह व्यक्ति नहीं रही हूँ जो किसी समय थी। मेरे चारों ओर पत्थर की दीवार है। अपनी सुरक्षा के लिए मैंने स्वयं ही इसे बनाया है। कोई भी चीज पहले की तरह नहीं बन सकती। लेकिन वह पहले की अपेक्षा बेहतर बन सकती है। यह मेरे ऊपर है कि इस बेहतर स्थिति को ईमानदारी और सम्मान के साथ प्राप्त करूँ—फिलहाल मैं यह नहीं समझ पायी हूँ कि ईमानदार रहते हुए मैं अपने आपको कैसे प्राप्त कर सकती हूँ।

तुम मुझे इसी स्थिति में देख रहे हो।

—तारा

अनुवादक की टिप्पणी : नयनतारा सहगल और ई. एन. मंगत राय के प्रेम-पत्रों की पुस्तक 'रिलेशनशिप' के इस अंश का अनुवाद करते समय मुझे सारी पुस्तक पढ़ने का लोभ हुआ और मैं पुस्तक पढ़ गया। अब लगता है कि मैंने इस लोभ से बचने की कोशिश की होती, तो एक बहुत कीमती अनुभव से वंचित रह जाता। मैं निश्चयपूर्वक नहीं कह सकता कि यदि इस पुस्तक को महात्मा गाँधी या उनके कुजात शिष्य डॉ. राममनोहर लोहिया ने पढ़ा होता, तो उनकी क्या प्रतिक्रिया होती। लेकिन लगता है कि वे खुश होते। बापू यह देख कर कि प्यार, जो स्वतंत्रता की सुंदर अभिव्यक्ति है, अहिंसात्मक सत्याग्रह का सुंदर रूप कैसे लेता है और लोहिया इसके अलावा यह देख कर भी कि प्यार सर्वशक्तिमान सत्ता के खिलाफ विद्रोह का रूप कैसे लेता है। यह देखते हुए कि पुस्तक हजारों पत्रों में से चुने हुए अंशों का संग्रह है, इसे उपन्यास तो नहीं कहा जा सकता, तथापि इसमें बढ़िया उपन्यास की तमाम खूबियाँ हैं और उनके अतिरिक्त कुछ ऐसी चीज भी, जो उपन्यास में कभी नहीं आ सकती। मेरा मतलब है प्यार की यातना के प्रत्यक्ष (फर्स्ट हैंड) अनुभव, जो उपन्यास में तो असंभव ही होते हैं, आत्मकथा में भी नहीं आते—यदि जीवनी अनुचिंतन-स्मरण की प्रक्रिया से निकली हो।

कीर्केगार्द ने एक बार कहा था कि जीवन के दो रूप होते हैं। एक वह, जिसमें कष्ट झेला जाता है और दूसरा वह, जिसमें कष्टों के झेले जाने की व्याख्या की जाती है। इस पुस्तक में पहला अनुभव मिलेगा, जो आम तौर पर उपन्यासों में नहीं मिलता। यह अनुभव है यातना, विद्रोह, वासना और सचेत मस्तिष्क की तात्क्षणिक सम्मिलित क्रिया का या मंगत राय के शब्दों में 'पैशन विद माइंड' (सचेत राय) का, जो लोहिया, सार्त्र आदि का खूबसूरत सपना था। यह अनुभव मीरा की कविता में मिलता है या फिर महाभारत की

द्रौपदी के संवादों में।

इस समय हिंदी और अंग्रेजी में जिस तरह का साहित्य 'चर्चित' हो रहा है, उसे देखते हुए मुझे नहीं लगता कि इस पुस्तक का उचित मूल्यांकन होगा। उचित मूल्यांकन का आज माहौल ही नहीं है। उसकी जगह जन सम्पर्क ने ले रखी है, जो हर बाजारू माल की माँग पैदा कर सकता है। पूर्वाग्रहों से ऊपर उठ कर किसी साहित्यिक रचना को परखने का अब प्रचलन नहीं है और नयनतारा सहगल तथा ई. एन. मंगत राय के संबंध में तो पूर्वाग्रहों का जंगल उगाया गया है। मैं स्वीकार करता हूँ कि कुछ पूर्वाग्रह मेरे मन में भी थे—वैसे नहीं, जैसे मेरे कई मित्रों के मन में हैं। श्री मंगत राय के प्रति मन में वैसे ही भाव थे, जो एक आइ. सी. एस. ब्यूरोक्रेट के प्रति आम तौर पर हो सकते हैं। नयनतारा के कुछ उपन्यास तथा लेख पढ़ने और आपातकाल में उनकी भूमिका को देखने के बाद उनके प्रति मन में आदर की भावना तो थी, लेकिन यह बात मेरे दिमाग में नहीं थी कि उनकी जिस प्रवृत्ति को मामू (जवाहरलाल नेहरू) को छोड़ सारे परिवारवालों ने नापसंद किया, वह स्त्री की अस्मिता के लिए लड़ी गयी इतनी बड़ी लड़ाई थी। इस लड़ाई में मंगत राय की जो भूमिका रही, उसने मेरे मन से उनके प्रति बने सारे पूर्वाग्रहों को धो दिया है।

यदि दूसरों के पाप को ईसा की तरह अपने ऊपर लेना संभव होता, तो मैं भी शायद इन दो पवित्र आत्माओं पर डाले गये कीचड़ को अपने ऊपर समेट लेता। चूँकि यह संभव नहीं है, मैं सिर्फ समाज के गुनाहों के लिए माफी माँग सकता हूँ, यह मान कर कि मैं भी उस समाज का हिस्सा रहा हूँ।

—मस्तराम कपूर

मेरे घर की स्त्रियाँ

बालेश्वर राय

30 वर्ष की उम्र में अब लगता है कि मेरी एक बहन होती तो अच्छा होता। इतने वर्ष बाद बहन का न होना क्यों अखर रहा है ? उसकी चर्चा अंत में। अभी तो यह याद आ रहा है कि जब भी माँ बीमार पड़ती, मुझे ही खाना बनाना पड़ता था। शुरू से पिता जी परदेस रहते थे। हम तीनों भाइयों के बीच पाँच-पाँच वर्ष का अंतराल है। 15-20 वर्ष पहले गाँव में धान कूटने की 'मिल' (मशीन) नहीं थी। इसलिए हम भाइयों को ही धान कूटना पड़ता था और चक्की (जत्ता) भी चलानी पड़ती थी। माँ अकेली क्या-क्या करती! गाँव में ही स्कूल था। स्कूल से चार बजे लौटने पर सबसे पहले घर में झाड़ू लगाता। बीच में यदि कोई साथी आ जाता और खेलने चलने के लिए इसरार करता, तो मैं कहता, 'झाड़ू लगा लूँ तो चलूँगा।' मेरा काम जल्दी-जल्दी पूरा हो जाये, इसलिए साथी मेरे साथ मिल कर काम कर देता। काम खत्म होते ही हम खेल में जुट जाते। खेल से लौटने पर पढ़ने बैठता।

चूल्हा लीपना, बरतन माँजना, झाड़ू लगाना लड़कियों का काम माना जाता है। इसलिए इन कामों को करने के चलते कभी-कभी साथी लोग 'मोगियाहा' (स्त्रैण) कह कर बुलाते। इस पर माँ कहती, 'एक बहन होती तो तुम लोगों को यह अपमान नहीं सहना पड़ता।' कहते-कहते रोने लगती। माँ को चुप कराने के लिए हम कहते, 'सब काम हम लोग कर ही देते हैं तो तुम चिंता क्यों करती हो ?' इस पर माँ कहती, 'बहुत-से ऐसे काम हैं जो तुम लोग नहीं कर सकते।' तब मैं माँ को कहता, 'यदि यही बात है तो परमेश्वर काका क्यों लड़की होने पर चाची को गाली देने लगते हैं और चाची तो अपनी बेटियों को सौरी में ही नून चटाने की बात कहती हैं *(यह माना जाता है कि सूतिका में नमक चटाने से बच्चे की मृत्यु हो जाती है।)* और अपनी बेटियों को दिन भर गालियाँ देती रहती हैं। ये लोग तो भगवान से मनाते हैं कि उनकी बेटियाँ मर जायें और एक तुम हो कि बेटी के लिए रोती हो और हमें कभी मरने के लिए नहीं कहती।'

माँ थोड़ी देर चुप रहती, फिर कहती, 'तुम लोग ही मेरे बेटी और बेटे हो, मरें तुम्हारे दुश्मन।' लेकिन 10-12 वर्ष की उम्र में मैं समझ नहीं पाता था कि लोग बेटी होने पर

क्यों दुःखी होते हैं। इस नासमझी का कारण खासकर मेरी माँ ही रही, क्योंकि जब भी माँ बीमार पड़ती या हम भाइयों को कोई 'मोगियाहा' कह कर बुलाता, तो बेटी न होने का उसे अपार दुःख होता।

एक बार माँ के पेट में भयंकर दर्द उठा। गाँव और बगल के गाँव के डॉक्टर से लाभ नहीं हुआ तो दरभंगा ले जाना पड़ा। अच्छे डॉक्टर के चलते माँ बच गयीं। डॉक्टर ने कहा कि बीड़ी पीते रहने से फिर दर्द हो सकता है, तो मेरी दादी ने माँ से कहा, 'अब कभी बीड़ी पियो तो तीनों बेटों को ख़ाओ।' तब से माँ ने फिर कभी बीड़ी मुँह नहीं लगायी, जबकि वह दिन में एक-डेढ़ बंडल पी जाती थी। यदि दादी ने बेटों की कसम नहीं दिलायी होती, तो माँ का बीड़ी पीना शायद कभी न छूटता।

हमारे गाँव में ज्यादातर पिछड़ी जातियों की स्त्रियाँ ही बीड़ी पीती हैं। चार-पाँच साल घर की किराने की दुकान पर बीच-बीच में बड़े भाई के कहीं चले जाने पर बैठना पड़ता था तो देखता, पिछड़ी जाति की स्त्रियाँ ही बीड़ी खरीदने आती हैं। ऊँची जातियों की कोई-कोई स्त्री ही बीड़ी पीती थी। दुकान में कुछ नयी-नवेली बहुएँ भी आती थीं, जिन्हें ससुराल आये हुए चार-पाँच महीने ही हुए होते। खाना बनाने के लिए उन्हें जो चावल दिया जाता था, उसमें से कुछ निकाल कर वे बीड़ी लेने पहुँचतीं। बीड़ी के लिए स्त्रियों को अलग से पैसे दिये जाने का सवाल ही नहीं उठता था। यदि कोई स्त्री चावल चोरी कर बीड़ी लेते हुए पकड़ी जाती, तो हमें उसके परिवार के लोग कहते कि तुम लोग इनको बीड़ी दे कर चोरी करना सिखाते हो। यह सुनना बड़ा अपमानजनक लगता। पर दुकान चलाने का तकाजा था, इससे चावल सस्ता मिल जाता था। गैट और ग्लोबीकरण के बावजूद आज भी गाँवों में एक हद तक बार्टर (विनिमय) अर्थव्यवस्था चलती है और स्त्रियों के बीच तो यह काफी ज्यादा प्रचलित है।

माँ कभी-कभी कहती, 'चाची बेटियों को गाली देती है, क्योंकि चार-चार बेटियों की शादी कहाँ से करेगी ? दूसरी बात, बेटियाँ तो उसके पास हमेशा रहेंगी भी नहीं। जब काम करने और खेती में मजदूरी करने लायक होंगी, तो ससुराल चली जायेंगी और फिर तुम्हारी चाची को अकेले ही सारा काम करना पड़ेगा। जब तक बेटियों की शादी नहीं हो जाती, चौबीसों घंटों यह डर लगा रहता है कि कहीं कोई उलटी-सीधी बात न हो जाये।' पड़ोसी की एक लड़की दसवीं क्लास में पढ़ती थी। उसे ले कर सारे गाँव में हल्ला था कि वह किसी लड़के से फँसी हुई है। उसके परिवार की नाक कट रही थी। एक अन्य घर की दो-तीन लड़कियों का गर्भपात भी करवाया जा चुका था। माँ कहती, 'जो लड़की पढ़-लिख रही है, वह तो गाँव में और आग लगा रही है। गाँव में किसी लड़की को किसी लड़के से बात करते देख लेने पर सारे गाँव में फुसफुसाहट शुरू हो जाती है। इस हालत में कोई क्यों चाहेगा कि बेटी हो।' लेकिन यह सब कह कर माँ अंत में यह जरूर कहती कि तुम लोगों के एक बहन होती, तो अच्छा होता।

हमारी पाँच फुआएँ (बुआएँ) हैं। एक दिन मैंने माँ से कहा, 'तुम्हारे तो पाँच-पाँच

ननदें थीं। बेटी-बेटी की रट क्यों लगाती हो ?' इस पर माँ ने कहा, 'जब तक तुम्हारी फूआ लोग रहीं, बहुत सुख मिला।' फूआएँ एक-एक कर ब्याह के बाद अपने-अपने ससुराल चली गयीं तभी से माँ को लगने लगा था कि घर में हमेशा एक बेटी रहनी चाहिए। माँ-बाप अपनी संतानों में कम से कम एक बेटी चाहते हैं, क्योंकि कहीं यह धारणा भी है कि बेटी से जो सुख माँ-बाप को मिलता है, वह बेटे से नहीं। अभी कुछ दिन पहले मैंने स्वामी विवेकानंद का यह कथन जाना कि 'बेटी हमेशा बेटी ही रहती है, बेटा सिर्फ पत्नी के न आने तक ही बेटा रहता है।' क्या पता माँ के मन में अनजाने में स्वामी विवेकानंद की बात रही हो।

धीरे-धीरे हम तीनों भाई बड़े होते गये और तब चूल्हा पोतने, घर में झाड़ू लगाने, धान कूटने में ज्यादा ही शर्म आने लगी। मैं सातवीं-आठवीं क्लास में पढ़ने लगा था। स्कूल में आनेवाले दूसरे गाँवों के लड़के भी जान जाते कि मैं चूल्हा पोतने, बरतन माँजने का काम करता हूँ, तो 'मोगियाहा' के रूप में स्कूल में 'ख्याति' हो जाती। इस ख्याति से कैसे निपटता ? सो मैं और मेरे भाई सुबह चार-पाँच बजे उठ कर धान कूटते, गेहूँ पीसते, चूल्हा पोतते, बरतन माँजते। माँ उठती, तो सारा काम देख कर कई बार रोती और कहती, 'इसी लिए तो एक बेटी चाहती हूँ। इतनी रात में क्यों उठते हो ? सर्दी लग जायेगी।' बहरहाल, साथियों की नजर बचा कर घर का काम मैट्रिक पास करने तक करता रहा। मेरे बड़े भाई की शादी की बातचीत होने लगी। माँ चाहती थी, जल्द से जल्द शादी हो जाये—बहू के आ जाने पर उसे जो सुख बेटी से मिलता वह मिलने लगेगा। चार-पाँच साल बाद मेरी भी शादी हो गयी। अब हमारा चूल्हा पोतने और धान कूटने का काम हमेशा के लिए छूट गया।

भाई नौकरी करने कलकत्ता चले गये। भाभी और मेरी पत्नी का घर से बाहर निकलना सख्त मना था। तीन कोठरियों में सारे दिन इधर-उधर करती रहतीं। यदि माँ से कोई बात हो जाती तो हमेशा तनातनी का वातावरण बना रहता। ऐसे में भाभी की चिट्ठी भाई के पास पहुँचती। यदि भाभी की चिट्ठी पर भाई नहीं आते, तो वह माँ से और ज्यादा झगड़ने लगती। तब माँ को ही भाई को बुलाना पड़ता। आज सोचने पर लगता है भाभी और पत्नी माँ से क्यों झगड़ती हैं। उन्हें कहीं बाहर जाने को तो मिलता नहीं। गाँव में जिसके घर की स्त्रियों को दूसरे के आँगन जाने की जरूरत पड़ती है या काम करने खेत जाना पड़ता है, उसकी कोई हैसियत नहीं मानी जाती। माँ के साथ पत्नी और भाभी के झगड़े का एक बड़ा कारण परदेस रहने पर समझ में आने लगा है। परदेस में मेरी किसी के साथ तनातनी हो जाती है, तो मन में हमेशा प्रतिहिंसा का भाव रहता है। उससे मुक्त होने के लिए भिन्न-भिन्न प्रकार के काम कर लेता हूँ। कहीं घूम-फिर आता हूँ। इससे भी मन शांत नहीं हुआ तो फिल्म देखने चला जाता हूँ। कभी-कभी नशा तक कर लेता हूँ। लेकिन पत्नी और भाभी तो ऐसा कुछ भी नहीं कर सकतीं। यदि करें तो बदचलन कहलायेंगी। यदि उन्हें मेरी जैसी सुविधा मिलती होती, तो वे निश्चय ही कम झगड़तीं। स्त्रियों के बारे में हमारे गाँव में तो यह कहा जाता है कि उन्हें किसी चीज की समझ नहीं है। गाँव में कई पुरुष

स्त्रियों के बारे में यहाँ तक कह डालते हैं कि 'स्त्रियों को नाक न रहे तो वे गू भी खाने से न हिचकें' हमारे गाँव में पुरुषों के बारे में भी कुछ ऐसे ही 'सर्वमान्य सत्य' प्रचलित हैं, जैसे जो पुरुष अपनी स्त्री को दबाता नहीं, स्त्री की बात पर चलता है, वह स्त्रैण है। एक बार किसी बात पर मैं रोने लगा था, तो माँ ने लगभग डाँट कर कहा था, 'पुरुष भी कहीं रोता है !' मुझे अपने पौरुष पर तरस आने लगा था और चुप हो गया।

मेरी एक 10-11 वर्ष की भतीजी है। पाँचवीं क्लास में पढ़ रही है। देखने में सुन्दर है, इसलिए शादी के लिए कई लोग आते हैं। लड़की जल्द से जल्द विदा हो और उसके बोझ से मुक्ति मिले, यह चाहते हुए भी कहीं न कहीं शहरी प्रभाव पड़ने लगा है जिसके चलते गाँव में कुछ लड़कियों की शादी अब 17-18 की उमर तक होने लगी है। पर बेटी चाहनेवाली मेरी माँ भतीजी की शादी जल्द से जल्द करना चाहती हैं। कम उम्र में विवाह की बात और नापसंद पत्नी से बँध जाने की बात कह कर गाँव के बाहर काम करनेवाले कई परदेसी शहर में नया विवाह भी कर लेते हैं। पिछड़ी जातियों में तो पति यदि पत्नी को छोड़ भी देता है, तो उसकी फिर शादी होने में कोई सामाजिक बाधा नहीं। लेकिन ऊँची जातियों के प्रभाव के कारण ऐसी परित्यक्ता स्त्रियों का विवाह होना पहले की अपेक्षा अधिक कठिन हो गया है। गाँव में ऊँची जातियों की दो-तीन ऐसी भी लड़कियाँ हैं, जो शादी के बाद कभी ससुराल गयीं ही नहीं, क्योंकि दो के तो पति एक्सीडेंट में मारे गये और एक पति को पसंद नहीं आयी। गाँव जाता हूँ तो इन तीनों को देख कर रोना आता है और सोचता हूँ कि अगर ये शहर में जनमी होतीं, तो कहीं दाई का ही काम कर लेतीं और बेहतर हालत में होतीं। पिछड़ी जातियों में तो स्त्रियों को छोड़ देना आम बात है। लड़की के घरवाले सम्पन्न और प्रभावशाली हुए, तो वे ज्यादा से ज्यादा लड़केवालों से पंचायत वगैरह कर कुछ रुपया वसूल सकते हैं।

मेरी भतीजी की शादी अधिक से अधिक मैट्रिक पास न होने तक रुक सकती है, पर उसके आगे कतई नहीं। वैसे मेरे दादा जी पिछले साल से कह रहे हैं कि शादी कर दें, क्योंकि एक सम्पन्न परिवार का रिश्ता आ रहा है। मैं दादा जी को समझाने लगा, तो उलटे वे मुझ पर ही बिगड़ गये। उन्होंने कहा, 'कौन उसे डाक्टर बनाना है या अफसर ! यह रिश्ता हाथ से निकल गया तो बाद में बहुत पछताना पड़ेगा।' पिता जी ने भी दादा जी की बातों का ही समर्थन किया। भाभी कहने लगी, 'अभी शादी हो जाती तो अच्छा ही था, पता नहीं कब हम लोग अलग हो जायें।' मैंने हँसते हुए कहा था, 'क्या तुम बेटी की शादी कर अलग हो जाना चाहती हो ? निश्चिंत रहो, जब तक शादी नहीं होगी, तब तक हम अलग नहीं होंगे। तुम उसे मन से पढ़ने दो।' भाभी कहने लगी, 'पढ़ कर क्या करेगी ? घर का सारा काम सिखा रही हूँ।' मेरी भतीजी दस-ग्यारह वर्ष की उमर में घर का सारा काम जानती है, क्योंकि उसे ससुराल में यही सब करना होगा। गाँव में दस-बारह वर्ष की लड़की खाना बना सकती है, जबकि शहर की मेरी कई 20-25 वर्ष की परिचिताएँ गर्व से बताती हैं कि वे खाना नहीं बना सकतीं। शारदा ऐक्ट को लागू हुए पचहत्तर वर्ष

हो गये होंगे, पर अभी भी गाँव में दस-ग्यारह वर्ष की उम्र में लड़कियों की धड़ल्ले से शादी हो रही है। थाने से पैसे ऐंठने के लिए भी कोई आ कर नहीं कहता कि इतनी कम उम्र में शादी क्यों की जा रही है। आज तक कम उम्र में शादी करने या दहेज लेने पर किसी को गिरफ्तार किये जाते, किसी प्रकार की कानूनी अड़चन आते मैंने नहीं देखा है। अलबत्ता अखबार में कभी-कभी पढ़ने को मिला है कि कम उम्र में शादी करने के जुर्म में गिरफ्तारी की गयी है।

तीन-चार साल पहले मेरे छोटे भाई की शादी हुई। मेरे बाबू जी तीस हजार रुपये नगद और सामान की माँग कर रहे थे। चूँकि मैं शहर में रहता हूँ, पुस्तकालय में काम करने की वजह से पढ़ी-लिखी लड़कियों से परिचय है। दहेज और स्त्रियों के शोषण पर उनसे कभी-कभार बातचीत भी हो जाती है। सो मैंने पिता जी से कहा, 'हमारा भाई कोई पशु नहीं है जिसे हम बेचें।' वहाँ मौजूद कई लोग इस पर मुझे कहने लगे—खूब सिनेमा देखते हो, सो ऐसे डायलाग मार रहे हो।

खैर, शादी हुई। जो सामान मिलना था, वह नहीं मिला। घर में भाभी और माँ ने नयी बहू को ताना मारना शुरू किया कि बी. ए. पास लड़के को ठग लिया। आज भी छोटे भाई की पत्नी को यह उलाहना सुनना पड़ता है। शहर की मेरी परिचिताएँ हमेशा पुरुषों को स्त्रियों के शोषण का कारण बताती हैं। कभी कभी उन्हें उलट कर कहता हूँ कि मेरे पिता दहेज न मिलने से नाराज जरूर थे, पर उन्होंने इसे गाँठ बाँध कर नहीं रखा। पर मेरे घर की स्त्रियाँ बात-बात में छोटी बहू को ताना मारती रहती हैं। भाभी और मेरी पत्नी अब घर की स्वामिनी हो जाने के कारण अपने अनुभव को भूल चुकी हैं। अगर इस सीमाबद्ध दृष्टि से देखा जाये, तो स्त्रियाँ भी स्त्रियों का शोषण करती हैं। घर में स्त्री को कष्ट पहुँच रहा है, तो सिर्फ पुरुष के द्वारा नहीं, स्त्री के द्वारा भी।

मेरी पत्नी को मेरी भाभी या माँ कुछ कहती हैं, तो उसके लिए वह मुझे दोषी ठहराती है। यदि उसके कहने पर अलग हो जाऊँ तो ठीक है, नहीं तो मैं ही उसका शोषण कर रहा हूँ। मैंने एक बार कहा भी था, 'अच्छा, तुम यह बताओ मैं परदेस में रहता हूँ और भाभी व माँ से लड़ती-झगड़ती हो तुम, तो मैं दोषी कैसे हूँ?' उसने कहा, 'आप दोषी इसलिए हैं कि मैं कब से कह रही हूँ कि अलग रहिए और आप सुनते ही नहीं।' मैंने कहा, 'अच्छा, यह बताओ, माँ से अलग हम कैसे हो सकते है?' इस पर वह कहने लगी, 'तो माँ ऐसा क्यों करती हैं? माँ को कहिए कि ठीक से रहें।' मैंने कहा, 'मैं माँ को तुम्हारे सामने ही कह देता हूँ। अच्छा तो यह होता कि तुम्हीं कहती। तुम स्त्री हो, सो तुम अच्छी तरह समझा सकती हो। लेकिन तुम लोग तो केवल मर्दों को ही दोष देती हो। तुम लोगों के झगड़े में हम तीनों भाई कहाँ से आते हैं?'

मैंने एक बार बड़े भाई से कहा, 'आप इन्हें अपने खेत में काम करने से रोकते हैं। चार कोठरियों में चार औरतें कितनी देर रहेंगी और कितने प्रेम की बात करेंगी! यदि ये लोग भी परदेस में हमारे साथ रहें तो शायद झगड़ा होना कम हो।' भाभी तो दरभंगा

की है। घर में ज्यादा झगड़ा या काम होता है तो पीहर चली जाती है और दस-पन्द्रह दिन रह कर फिर वापस चली आती है। मेल होने पर अपनी देवरानियों को बताती है कि इस बार वह अमुक फिल्म देख कर आयी तब कहीं उसका मन बहला। मैंने भाई से कहा, 'भाभी का पीहर शहर में है, तो चली जाती है, लेकिन ये दोनों कहाँ जायें ?' अगर मैं पत्नी को साथ ले जाने की बात करता हूँ, तो घर की अन्य स्त्रियाँ कहती हैं, 'तुम्हारी पत्नी तो मौज करे और हम खटें !' अपने घर की स्त्रियों के झगड़े के कारण के बारे में सोचता हूँ तो लगता है उनका सीमित संसार और एक जगह पशु की तरह बँधे रहना, बोलने-चालने की स्वतंत्रता का न होना, अपने मन की न कर पाना, पति का भरपूर साहचर्य न मिल पाना ही इसकी जड़ में है।

एक महीने पहले घर गया था। एक दिन मैंने माँ से कहा, 'तुमको बेटी नहीं हुई, इसका दुःख आज भी है, लेकिन अब शहरों में स्त्रियाँ गर्भवती होती हैं तो यह पता कर लेती हैं कि संतान लड़का है या लड़की। यदि लड़की हुई तो गर्भ गिरवा देती हैं।' माँ आश्चर्यचकित हो कर पूछने लगी कि कैसे पता चला जाता है कि पेट में लड़की ही है। मैंने कहा एक मशीन आयी है, उससे पता चल जाता है। माँ को तब भी मेरी बात पर विश्वास नहीं हुआ। शायद उसे लगा, मैं लड़की नहीं चाहता हूँ, इसलिए इस तरह की बात गढ़ रहा हूँ। सच्चाई तो यह है कि स्त्रियाँ चाहे गाँव की हों या शहर की, लड़की नहीं चाहतीं। हाल में स्त्री स्वतंत्रता की बात करनेवाली मेरी एक परिचिता ने एक बेटी को जन्म दिया। जब मैंने उसे पूछा—क्या हुआ, तो उसने मुँह बिचका कर कहा कि लड़की हुई है। सबके मुँह से यही सुनता हूँ। लोग सोचते हैं, देश में भगत सिंह, खुदीराम बोस, लक्ष्मीबाई जैसी हस्तियाँ हों, लेकिन उनके घर न हों। यही हालत स्त्रियों की भी है। इसका क्या समाधान है, मेरी तुच्छ बुद्धि में नहीं आता।

गाँव में स्त्रियों के शोषण का एक और कारण है। छोटी उम्र में लड़के की जब शादी होती है तो वह बेरोजगार रहता है और उसे सिर्फ इतना ही पता होता है कि उसे शादी करनी है। जब लड़का रोजगार के लिए शहर ज़ाता है तो उसे नौकरी के लिए भटकना पड़ता है। कम पैसों की नौकरी करनी पड़ती है और वह हमेशा अपना आर्थिक बैलेंस ही ठीक करने में लगा रहता है। इस तरह उसे वर्षों तक परदेस में रहना पड़ता है। इस स्थिति में वह कभी-कभी अन्य स्त्रियों से यौन संबंध भी स्थापित कर लेता है। शहरी चमक-दमक के कारण उसे गाँव की बीवी पसंद भी नहीं रह जाती। ऐसे में स्वाभाविक है कि पैसे भी वह घर भेजना कम कर देता है। इस स्थिति में स्त्री को ही सजा मिलनी होती है। सास-श्वसुर की प्रताड़ना बढ़ जाती है और किसी प्रकार के भावनात्मक संबल के अभाव में वह भयंकर तनाव में जीती रहती है। कुछ स्त्रियाँ तो ऐसे में घर में ही देवर, श्वसुर या पास-पड़ोस के किसी पुरुष से संबंध बना लेती हैं। लेकिन कहावत है कि चोर एक न एक दिन पकड़ा ही जाता है। यदि वह पकड़ी गयी, तो उसका जीवन और नरक बन जाता है। जब उसका शहरवाला पति आता है, उसे किसी भी हालत में स्वीकार नहीं करता। वह पीहर भी नहीं

जा सकती। उसके लिए एक ही उपाय रह जाता है, आत्महत्या। इस कारण गाँव में आत्महत्याएँ होती ही रहती हैं, लेकिन कह यह दिया जाता है कि साँप ने काट लिया है या उसकी आयु इतने ही दिनों तक ही थी। गाँव में जो फुसफुसाहट होती रहती है और जो सच्चे-झूठे 'स्कैंडल' प्रचारित होते हैं, वे न जाने कितनी स्त्रियों की मौत का सबब बनते हैं।

यदि देवर-भाभी में अवैध संबंध हैं और भाभी को उससे गर्भ रह जाता है, तो उस हालत में भी स्त्री ही दोषी मानी जाती है। उसका पति उसे ही बदचलन कह कर घर से निकाल देता है, अपने भाई को नहीं। शहर की तरह गाँव में यह संभव नहीं कि स्त्री गर्भ गिरवाये और किसी को पता नहीं चले। कुछ स्त्रियाँ तो जानबूझ कर घर में ही संबंध बना लेती हैं, ताकि घर के सारे पुरुष उन्हें मानते रहें और उन्हें अपनी इस कला पर गर्व भी होता है। इस तरह की स्त्रियाँ बढ़ रही हैं। इस तरह के संबंध वर्षों चलते रहते हैं और उनके प्रति पहले की अपेक्षा 'सब चलता है' का भाव भी कहीं बढ़ा है। लेकिन इसका नतीजा स्त्रियों को ही भोगना पड़ता है, क्योंकि कोई भी स्त्री अपने स्त्री होने का फायदा एक उमर तक ही उठा सकती है।

मेरे घर के बगल के परिवार में एक सुन्दर स्त्री ब्याह कर आयी। वह हमेशा यह सोचती कि उसके घर में उससे बढ़ कर सुन्दर कोई स्त्री न आये। इसलिए वह किसी लड़के का ब्याह होने के पहले यह पता करती कि लड़की कैसी है। यदि उसे यह बताया जाता कि उससे सुन्दर है, तो वह कोई न कोई अड़चन डाल देती। एक बार उसके देवर की शादी होनेवाली थी, तो वह पता करती फिर रही थी कि लड़की कैसी है। जब तक वह जान नहीं गयी कि लड़की उससे सुन्दर नहीं है, तब तक उसे चैन नहीं पड़ा। ऐसी भी स्त्रियाँ हैं, जो देवर से इसलिए संबंध बना लेती हैं, ताकि उसके हिस्से की सम्पत्ति बँट न जाये और कोई-कोई देवर इस तरह शादी नहीं भी करता है। इस तरह के संबंध में पति की भूमिका संदिग्ध मानी जा सकती है।

स्त्री को वस्तु मानना कोई नयी बात नहीं। यह कहा जाता है कि शहरों में उपभोक्ता संस्कृति ने स्त्री को पहले की अपेक्षा जयादा 'भोग्य पण्य' बना दिया है। पन्द्रह वर्ष पहले की बात याद आती है। मैं उन दिनों नौवीं-दसवीं क्लास में पढ़ता था। मेरे एक साथी की शादी हुई। जब उसकी बहू आयी तो उसे देख कर मैंने कहा, 'यार, तुम कहाँ से सड़ा माल उठा कर ले आये ! क्या तुमको और कुछ नहीं मिला ?' मेरे मन में यह धारणा थी कि स्त्री तो ऐसी होनी चाहिए कि मर्द कहीं से कितना भी काम करके आये, कितना भी थका क्यों न लौटे, एक बार सूरत देखते ही थकावट दूर हो जाये। यदि किसी साथी का ब्याह होता और उसकी पत्नी देखने में मुझे सुन्दर लगती, तो यह जरूर कहता, 'क्या उम्दा माल लाये हो !' स्त्री का मेरे लिए इतना ही महत्त्व था। मैं स्त्री को मन बहलाने का माध्यम ही मानता था।

गाँव से जब शहर में आया तो देखा कि अधिकांश स्त्रियाँ सिर नहीं ढकतीं। मैं

गाँव में रहता था, तो मेरे घर की स्त्रियाँ यदि जोर से बोलतीं और दरवाजे के बाहर उनकी आवाज सुनाई पड़ती तो मैं अंदर जा कर उन्हें फटकारता कि वे इतने जोर-जोर से क्यों बोल रही हैं कि उनकी आवाज बाहर तक सुनाई पड़ती है। कभी सिर से पल्लू हट जाता और देख लेता, तो उन्हें जो इच्छा होती बोल देता। मैं यह मानता कि मेरे घर की स्त्रियों को कोई पुरुष न देखे, यहाँ तक कि उनकी आवाज भी कोई पुरुष न सुने। इस तरह घर की स्त्रियों पर शासन करना मैं अपनी शान समझता था। गाँव में मैं उस वक्त जो व्यवहार करता था, वह आज भी चल रहा है। लेकिन ज्यों-ज्यों शहर में दिन बीतते जा रहे हैं, त्यों-त्यों अपने इस तरह के आचरण के बारे में सोचने पर लगता है कि मैं कितना क्रूर और नृशंस था।

शहर में स्त्री-पुरुषों को एक साथ खाते-पीते देखता, तो और भी आश्चर्य होता। सास-श्वसुर, जेठ-जेठानी, देवर-देवरानी को एक साथ बैठे खाना खाते देखना आश्चर्य जैसा लगता। तब मैं यह सोचता कि गाँव में ऐसा क्यों नहीं होता। हमारे गाँव में जेठ का स्पर्श देवरानी से हो जाये, तो दोनों को स्नान करना पड़ता है। यदि जाड़ा हो, तो गंगा जल देह पर जरूर ही छिड़का जायेगा। ऐसी बात हमारे घर में ही कई बार हुई है। गाँव की एक-एक कर सारी बातें सोचने पर अजीब-सा लगता। यह सोच कर परेशान हो जाता कि गाँव की स्त्रियों के साथ कितना अन्याय होता है और उन्हें शहर की स्त्रियों की तरह क्यों नहीं स्वतंत्रता मिलती। मैं मन ही मन सोचता कि मैं अपने घर में जरूर ही स्थिति को बदलूँगा। घर गया तो शहर की स्त्रियों से गाँव की स्त्रियों की पग-पग पर तुलना करने लगा। सबसे पहले मैंने पत्नी से दिन में बात करना शुरू किया। पत्नी बात नहीं करना चाहती थी। जब मैं कहता—कलकत्ता में स्त्रियाँ अपने पति से दिन में भी बात करती हैं, तो वह कहती, 'माँ, भाभी के सामने कैसे बात करें, बात करते शर्म आती है।' मेरे बार-बार कहने पर मान जाने की स्थिति में वह घूँघट रख कर ही बात करती। अब धीरे-धीरे शहर के प्रभाव से कम से कम कुछ पुरुष तो दिन में पत्नी से बात करने लगे हैं। लेकिन आज भी मेरे बड़े भाई पिता जी के सामने भाभी से बात नहीं करते। छोटे भाई को तो मैंने आज तक अपनी पत्नी से बात करते नहीं देखा, जबकि उसके एक बच्चा भी है। पिछले साल मेरे छोटे भाई की पत्नी पीहर जा रही थी। मैं और बड़े भाई आँगन में खड़े थे। छोटे भाई की पत्नी आयी और उसने पाँव छू कर प्रणाम किया। इसके लिए घर की सारी स्त्रियों ने उसे क्या-क्या कहा। मुझे और बड़े भाई को माँ ने कहा, 'देह पर गंगा जल छिड़क लो। मैंने माँ से कहा, 'फालतू की बात मत करो।'

मैं अक्सर ही गाँव की स्त्रियों के बारे में कलकत्ता में रह रहे अपने एक मित्र को बताता। वह बार-बार कहते, 'तुम तीनों भाई पढ़े-लिखे हो, सो तुम्हें पत्नी के साथ ही खाना चाहिए। परदा दूर करना चाहिए।' मैं कहता, 'मेरे घर की स्त्रियाँ ही यह सब नहीं चाहेंगी।' संयोग से कुछ दिन बाद ही मेरे इस मित्र का मेरे गाँव जाना हुआ। जिस दिन वह पहुँचे, उन्होंने मेरी पत्नी से बात करना चाहा, लेकिन वह तैयार नहीं हुई। मेरे बहुत कहने पर

ही उसने बात की। बात करते ही मेरे मित्र मेरी पत्नी से कहने लगे कि वह अपने जेठ से भी बात करे। चार-पाँच दिन वह हमारे घर रहे, लेकिन वह मेरी पत्नी को मेरे भाई के सामने खड़ा नहीं करवा सके। कलकत्ता लौटने पर वह मुझसे कहने लगे, 'तुम लोग स्त्रियों को डरा कर रखते हो।' मैंने कहा, 'ऐसा नहीं है। वे खुद बात करना पाप समझती हैं।' इस पर मैंने उन्हें अपने साथ हुई एक बात बतायी। एक बार मेरी पत्नी को सिर में भयंकर दर्द हो रहा था। मैंने पत्नी से कहा, 'लाओ, सिर दबा देता हूँ।' वह उठ बैठी, कहने लगी, कि दर्द नहीं हो रहा है। मैं बार-बार कहता रहा, लेकिन वह सिर दबवाने को राजी ही नहीं हुई। बार-बार यही कहती रही कि यह पाप वह कहाँ रखेगी। मैं सिर दबा देना चाहता था, इसकी चर्चा पत्नी ने एक पड़ोसिन से की। उसने यह बात गाँव में फैला दी। कई स्त्रियों ने यह कहना शुरू कर दिया कि अब धर्म बचना कठिन है।

मेरे घर के सभी पुरुष अधिकांश समय शहर में ही रहते हैं, सो कुछ शहरी प्रभाव आ ही गया है। जहाँ तक शिक्षा की बात है, हम तीनों भाई लगभग ग्रेजुएट हैं और भाभी व छोटी बहू भी दरजा आठ-नौ तक पढ़ी हैं। दूसरे परिवारों में जहाँ पढ़ाई-लिखाई बिलकुल नहीं है, वहाँ क्या स्थिति होगी, इसकाअंदाजा सहज ही लगाया जा सकता है। शहर में मेरी कई महिला साथी हैं। घर जाने के अवसर पर साड़ी आदि खरीदने के लिए उन्हें साथ ले कर चला जाता हूँ और वे मेरा इतना काम करने में जरा भी नहीं हिचकिचातीं। उन्हें भी कोई जरूरत हुई, तो मैं उनके साथ चला जाता हूँ। ऐसे वक्त मुझे अपने घर तथा गाँव की स्त्रियों की पराधीनता की बात कुछ ज्यादा ही याद हो आती है। वर्षों पहले जब कलकत्ता आया ही आया था तो गाँव से मेरे एक परिचित आये। उनसे घर के समाचार जानने गया, तो उन्होंने बताया कि मेले में उन्होंने मेरे घर की स्त्रियों को देखा था। सब ठीक है। मेरी माँ से उनकी मेले में बात हुई थी। मैंने और ज्यादा जानने की जरूरत भी नहीं समझी और सीधे बासे जा कर घर पत्र लिखा कि घर की स्त्रियाँ क्यों मेले में गयीं। काफी क्रुद्ध हो कर पत्र लिखा था। पन्द्रह दिनों में ही माँ, भाभी, पत्नी और पिता जी के अलग-अलग पत्र आये। पत्नी ने काफी गिड़गिड़ा कर अफसोस प्रकट करते हुए लिखा था कि उससे गलती हो गयी, क्षमा कर दूँ। इसी तरह का पत्र भाभी का भी आया था—इस बार उसे माफ कर दूँ, आइंदा कभी उससे ऐसी गलती नहीं होगी। माँ ने लिखवाया था कि उनके साथ हमारा छोटा भाई भी था और चाचा-चाची भी, इसलिए चली गयी। आगे से ध्यान रखेगी। पिता जी ने लिखा था—पूरे परिवार के साथ स्त्रियाँ गयी थीं; यदि तुम्हें बुरा लगा है तो आगे से कहीं जाने से पहले तुमसे पूछ लिया जायेगा। घर की स्त्रियाँ इतना डर गयी थीं कि आज यह सब याद आने पर ग्लानि होती है और अपने घर की स्त्रियों की विवशता पर मन भर आता है।

इस घटना के छह महीनें बाद ही मेरा घर जाना हुआ। संयोग से घर पर था तभी कार्तिक पूर्णिमा का दिन आया। तीन-चार किलोमीटर दूर मेला लगता है। मैंने सोचा, प्रायश्चित का यही मौका है। सो मुझे सभी स्त्रियों को मेले जाने के लिए कहना चाहिए।

मैंने घर में तीन दिन पहले कहा कि सबकी सब मेले चलना। मेरी बात सुन कर घर की स्त्रियों को बहुत आश्चर्य हुआ, आखिर मैं इतना बदल कैसे गया। भाभी ने तो कह भी दिया कि लगता है कि सूर्य अब पश्चिम में उगना शुरू करेगा। यह मेरे लिए सही था भी। माँ कहने लगी कि वह नहीं जायेगी। मैं समझ गया कि वह मेरी चिट्ठीवाली बात नहीं भूल पायी है, तो मैंने माँ को समझाया, 'समय ठीक नहीं। इज्जत लोग बड़ी कठिनाई से अर्जित करते हैं, बेइज्जत होने में देर नहीं लगती। देखो न, तुम लोग मेले गयी थी तो जो लोग गाँव से कलकत्ता आये थे, उन सभी ने बताया था कि पत्नी और भाभी बिना सिर पर पल्लू लिये मेले में घूम रही थीं। इसी लिए मैंने तैश में आ कर पत्र लिख दिया था। अब समझ रहा हूँ कि मुझसे गलती हुई।' लेकिन माँ कहने लगी, 'पत्र लिख कर अच्छा ही किया। जब से पत्र आया, तब से ये लोग हमेशा डरी रहती हैं। कहीं भी मेला लगता है तो नहीं जातीं।' मैंने बात को और नहीं बढ़ाया। सिर्फ इतना ही कहा, 'तुम्हें मेले चलना है।' माँ ने भी हामी भर दी। मेले जाने की बात से ही घर में उत्साह की लहर दौड़ गयी। घर की स्त्रियाँ मेले जाने की तैयारी में दो दिन पहले से ही जुट गयीं। उनका उत्साह देख कर लगता था कि वे कितनी पराधीन हैं। उन लोगों ने अपनी खुशी में आस-पड़ोस की स्त्रियों को भी इकट्ठा कर लिया।

मेले के दिन जब मैं सदलबल चला, तो देखा, मेरे साथ बच्चों और स्त्रियों की संख्या 35-40 तक हो गयी है और सभी पैदल चल रहे हैं। तब मुझे लगा, शहर में इतने लोगों के जुलूस तो निकलते ही रहते हैं। खैर, उस दिन मैं जुलूस ले कर मेले पहुँचा। एक अच्छी जगह देख कर बैठ गया। मैंने सबसे कहा : मैं यहाँ बैठता हूँ, तुम लोग मेले घूम आओ। पत्नी ने कहा : यह अच्छा नहीं लगता कि सब लोग घूमें और मैं बैठा रहूँ। मैंने कहा कि मैं हमेशा मेला देखता रहता हूँ, सो तुम लोग जाओ। वह भाभी के साथ चली गयी। सभी के चले जाने पर मैं बहुत खुश था कि चलो, मैंने पश्चात्ताप कर लिया। लेकिन मेले में स्त्रियों को ध्यान से देखना शुरू किया, तो पाया कि जो स्त्रियाँ मेले घूमने आयी थीं, उनमें 80 प्रतिशत पिछड़े वर्ग की ही हैं। यह देख कर एकाएक उत्साह एकदम मंदा पड़ गया और मुझे लगने लगा कि नाहक सबको मेले ले आया।

एक दिन मैंने पत्नी और भाभी से कहा कि वे भी मेरे साथ ही खाना खायें, अकेले खाते अच्छा नहीं लगता। उन्हें कई बार कहा, लेकिन वे तैयार नहीं हुईं। तब मैंने कहा, 'कलकत्ता में दोपहर के समय दफ्तर में लड़कियों के साथ ही टिफिन करता हूँ। जब हम खाने बैठते हैं, तो एक-दूसरे को जबरदस्ती खिलाना चाहते हैं।' मेरे बार-बार कहने पर भाभी तैयार हो गयी। तीन-चार दिन उसने साथ खाया भी, लेकिन एक दिन कहने लगी कि चार दिनों से वह शर्म के मारे भर पेट खाना नहीं खा पाती। फिर मैं अकेला ही खाने लगा। कई बार माँ को कहा होगा—खाओ, लेकिन वह भी कहती, मैं खा लूँ तभी खायेगी। गाँव में पुरुष को खाना खा लेने के बाद तुरत ही घर से बाहर निकलना पड़ता है, ताकि स्त्रियाँ भी खाना खा सकें। नहीं तो पुरुष को 'मोगियाहा' और 'घरघुसवा' कहना शुरू कर

दिया जाता है।

एक दिन रात में खाना खाया और बाहर न जा कर कमरे में ही लेट गया। दरवाजा भिड़ा दिया। तबीयत ठीक नहीं लग रही थी। थोड़ी ही देर में स्त्रियों की फुसफुसाहट सुनाई पड़ी। ध्यान से सुनने लगा। सब्जी नहीं बची थी, इसलिए छोटी बहू हल्ला मचा रही थी। मेरी पत्नी घबरा गयी थी कि मैं क्या सोचूँगा। वह धीरे-धीरे छोटी बहू को समझा रही थी कि कल से किसी के लिए रखी न भी जाये, लेकिन उसके लिए जरूर रख दी जायेगी। आज पिता जी भाँग खा कर आये थे, इसलिए उन्होंने ज्यादा सब्जी खा ली, वह चुप हो जाये। लेकिन छोटी बहू की तो मंशा ही यह थी कि मैं सब सुनूँ। नींद नहीं आ रही थी, इसलिए बातें जयादा ही ध्यान से सुनने लगा था। उस दिन हो-हल्ला मचा और फिर सभी स्त्रियों ने नमक के साथ दिन का भात और रात में जो रोटी बनी थी, वह खायी। मुझे पहली बार इस बात का एहसास हुआ कि घर की स्त्रियों को सब्जी खाने को नहीं मिलती।

उस दिन मुझे छोटी बहू के हल्ला मचाने पर गुस्सा नहीं आया। पत्नी देर से आयी और जब पाँवों में तेल लगाने लगी, तो मैंने ऐसा भान किया कि गहरी नींद से जाग गया हूँ। मैं यह देखना चाहता था कि पत्नी हल्ले के बारे में बताती है कि नहीं। उसने पूछा : मेरी तबीयत अब कैसी है ? मैंने कहा : ठीक है। क्या बात हुई, तुम लोग आज आपस में बहुत देर तक बातचीत करती रहीं ! इस पर पत्नी ने कहा : कभी-कभार ऐसे ही देर हो जाती है। लेकिन हल्ले के बारे में उसने कुछ भी नहीं बताया। मैंने कहा : आज देर हो गयी है, सो पाँव दबाना छोड़ दो। इस पर उसने कहा : यह तो उसका धर्म है। जब तक वह मर नहीं जाती, तब तक अपना धर्म नहीं छोड़ेगी। मेरा मन पत्नी के प्रति अपार ममत्व से भर आया था। मैंने उसे खींच कर बगल में सुला लिया और कहा, 'तुम्हारे धर्म की ऐसी की तैसी।' लेकिन पत्नी को लगा कि मैं ज्यादा ही कामुक हो गया हूँ, इसलिए उसे पाँव दबाने नहीं दे रहा हूँ। मेरे बार-बार पूछने पर उसने 'क्या हुआ था' बताया। मैं मन ही मन यह सोचता रहा कि स्त्री सचमुच ही 'बरदाशी' (सहनशील) होती है। मैंने पत्नी से पूछाः क्या तुम लोग सब्जी नहीं खातीं ? उसने बताया कि खाना बना हुआ रहता है और बीच में कोई मेहमान आ जाता है। कभी-कभी बाबू जी के साथ कोई आ जाता है। हमेशा कोई न कोई पड़ोस की स्त्री सब्जी माँगने आ ही जाती है। इस तरह सब्जी नहीं बचती या कम हो जाती है। अगर स्त्रियाँ रोज ही सब्जी खायेंगी तो कैसे चलेगा ? मैंने इस पर पूछा : क्या पड़ोस के घरों में सब्जी नहीं बनती, तो पत्नी ने बताया कि जिनके घर के पुरुष बाहर चले गये होते हैं, उनके यहाँ सब्जी नहीं बनती। मैंने पत्नी से कहा : 'थोड़ी ज्यादा सब्जी बना लिया करो।' इस पर उसने कहा : कितनी भी क्यों न बने, पर होगा यही। वह इस घर में दस वर्षों से है और हमेशा इसी तरह होता आया है। मैंने पत्नी से उस दिन यह भी पूछा था कि अपने घर में स्त्रियों को कम सब्जी मिलती है या सभी के घरों में ऐसी बात है, तो उसने कहा : अपने यहाँ तो स्त्रियों को सब्जी मिल भी जाती है, बहुत घरों में तो सिर्फ पुरुषों के लिए ही सब्जी बनायी जाती है।

उस दिन पत्नी की बातें सुन कर मुझे लगा हम पुरुष स्त्रियों के बारे में कभी सोचते ही नहीं। पता नहीं उस दिन मुझमें एकाएक अपनी पत्नी और सारी स्त्रियों के प्रति सहानुभूति का ज्वार-सा उमड़ा। जब तक घर पर रहा, खाने से पहले यह ध्यान रखता कि जो बना है, सबको मिले। मेरी माँ ने कई बार छोटी बहू पर लांछन लगाया कि उसके हल्ला मचाने के कारण ही मैं कम खाना खा रहा हूँ।

शहर की स्त्रियाँ अपने को स्वतंत्र मानती हैं, लेकिन हैं नहीं। शहर में स्वतंत्रता के कई रूप होते हैं। पुस्तकालय में एक स्त्री आयी। मैं उसे स्वतंत्र स्त्री मानता था। उसने कहा कि जल्दी से जल्दी किताब दे दूँ। उसने बताया कि उसके यहाँ ताश पार्टी बैठ गयी होगी। उसकी सास हमेशा ही ताश खेलने में मशगूल रहती है। अगर उसे पहुँचने में देर हो गयी तो कैफियत देनी पड़ेगी। मैं दफ्तर में काम करनेवाली स्त्रियों को स्वतंत्र मानता था, क्योंकि वे सज-सँवर कर रहती हैं। एक दिन एक लड़की ऐसे कपड़े पहन कर ड्यूटी पर जा रही थी, जिसे गाँव में कोई भी पुरुष बरदाश्त नहीं करता। लेकिन लोगों से पूछने पर पता चला कि यदि वह इस तरह के कपड़े पहन कर और सज-सँवर कर न जाये, तो उसकी नौकरी नहीं रहेगी। तब से मैं किसी स्त्री को सज-सँवर कर जाते हुए देखता हूँ तो यह मानता हूँ कि वह स्वतंत्र नहीं है। ऐसा करना उसके लिए विवशता भी है। लेकिन शहर में एक अद्‌भुत बात कभी-कभी देखने को मिलती है कि लड़कियाँ शादी तय होने के बावजूद किसी और लड़के के साथ घूमती-फिरती हैं। बहुत बार यह देखा है कि लड़कियाँ शादी से पहले वर्षों तक कई लड़कों के साथ घूमती-फिरती रहती हैं, लेकिन विवाह किसी और लड़के के साथ होता है। गाँव में कोई भी लड़की यह नहीं कर सकती।

शहर में पति को खुश करने के लिए या किसी प्रेमी को खुश करने के लिए 'आइ ब्रो' 'प्लक' करवाना पड़ता है। कभी-कभी पाँवों के बाल तक तरह-तरह के मलहमों से उड़वाने पड़ते हैं। ब्यूटी पार्लर महीने में एक-दो बार जाना ही पड़ता है। स्त्रियों को इस तरह करता देखता हूँ तो नहीं लगता कि वे स्वतंत्र हुई हैं। उन्हें भी तो पुरुष को खुश करने के लिए ही तो यह सब करना पड़ता है। यहाँ तक कि लगभग बिकनी जैसे कपड़े तक पहनने पड़ते हैं। कुछ स्त्रियाँ इसी को स्वतंत्रता मान बैठी हैं और इस पर गर्व करती हैं। कपड़ों और शृंगार की स्वच्छंदता को ही उन्होंने स्वतंत्रता का पर्याय मान लिया है। इस तरह की स्त्रियाँ और लड़कियाँ गाँव की स्त्रियों की पराधीनता की बात जोर-शोर से करती हैं। मैं छोटे-से गाँव का रहनेवाला हूँ। इन लड़कियों की ऐसी स्वतंत्रता मेरी समझ में नहीं आती।

शहर की स्त्रियों को देख कर गाँव से आये कुछ पुरुष अपनी पत्नी के लिए इसी तरह के कपड़े खरीदने लगे हैं। छह महीने पहले एक परिचित, जिनकी उम्र 38-40 है और जिन्हें सात-आठ सौ तनख्वाह मिलती है, गाँव जा रहे थे। उनसे मिलने गया, तो वे घर के लिए जो सामान खरीद कर लाये थे दिखाने लगे। वे एक सेट ऐसे कपड़े भी लाये थे, जिन्हें पहन कर सर्कस में लड़कियाँ करतब दिखाती हैं। मैंने पूछा : इनका क्या होगा? इस पर उन्होंने थोड़ा लजाते हुए बताया कि पत्नी के लिए खरीदे हैं। मैंने कहा : वह गाँव

में इन्हें कैसे पहनेगी ? उनका कहना था, वह इन कपड़ों को जब उनके पास रहेगी तब पहनेगी। मैं क्या कहता। इसी तरह गाँव में सलवार-कुरती आयी होगी। देखें, सरकसवाले कपड़े कब आते हैं। जब कभी शहर में बिकनी जैसे कपड़े-पहने किसी लड़की या स्त्री को देखता हूँ, तो सोचता हूँ कि मेरे परिवार में यदि स्त्रियाँ ऐसी वस्त्र स्वच्छंदता अपना लें तो मैं क्या करूँगा। शहर की लड़कियों की स्वतंत्रता की बात सोचता हूँ, तो लगता है अभी वे उन्माद में हैं और उन्माद में किसी को समझाना बड़ा कठिन है।

बहरहाल, अब यह बात मुझे बार-बार कोंचती है कि मेरी एक बहन होती तो अच्छा होता। भाई-बहन के एक परिवार में रहने से कहीं न कहीं स्त्रियों के प्रति संवेदना रहती है। यदि बहन होती, तो निश्चय ही जो मानसिकता मैंने आज स्त्रियों के प्रति बना रखी है, वह शायद नहीं होती। स्त्रियों के प्रति जितना उदार होना चाहिए, उतना नहीं हो पाता हूँ। यदिं किसी लड़की का आचरण मुझे अच्छा नहीं लगता, तो यह धारणा बना लेता हूँ कि सारी लड़कियाँ ऐसी ही होती होंगी। इसका कारण शायद यह है कि मैं हमेशा लड़कों के साथ ही बड़ा हुआ हूँ और इसलिए लड़कियों की स्थितियों को पूरी तरह समझ नहीं पाता।

एक अभिनेत्री का अधूरा पत्र

विनोद भारद्वाज

प्रिय मिथिलेश,

चौंक गयी न मेरा पत्र देख कर ? दो साल बाद तुम्हारे पत्र का उत्तर दे रही हूँ। शायद इस बीच तुम्हारा पता भी बदल गया हो—पर पूरी उम्मीद है, तुम्हें यह पत्र मिलेगा जरूर। देर से ही सही। तुम्हारा पत्र अचानक पा कर सचमुच मैं चौंक गयी थी। पढ़ा—तुरत उसे पढ़ा। कई बार पढ़ा। कई बातें याद आयीं। वह जमाना याद आया जब हम यूनिवर्सिटी में पढ़ते थे। 'लैब' में जब हम सबने मिल कर सफेद चूहे पर नौ दिन तक प्रयोग किया था। बेचारे चूहे—उस प्यारे चूहे को जब भूखा रखा जाता था और एक भूलभुलैया में दौड़ाया जाता था। हथेली पर उस चूहे को रख कर पहली बार तो सचमुच डर गयी थी। जैसे प्लास्टिक की हड्डियाँ हों ! वे हड्डियाँ चुभती थीं और वह चूहा चमकता था।

आज जब इस 'ग्लैमर' की भूलभुलैया में पाँच साल हो गये हैं—पत्र-पत्रिकाओं में जब मैं सोनाली सिंह की रंगीन और लुभावनी तस्वीरें देखती हूँ, तो कभी-कभी मुझे उस निरीह चूहे की याद आ जाती है। नहीं, मैं यह नहीं कह रही हूँ कि बड़ी निरीह हूँ मैं इस ग्लैमर के संसार में। बस, मुझे उस चूहे की याद आती है। तुम्हारी याद आती है और उस प्रताप नारायण की, जिसके साथ बड़ी गंभीरता से मैंने प्रेम का नाटक किया था। याद आते हैं वे दिन, जब मैं 'अनारकली' का गाना गाती थी और वह 'प्रेम पुजारी' का। मनोविज्ञान विभाग की प्रयोगशाला का बूढ़ा चपरासी गवाह था हमारा या फिर वह सफेद चूहा। या तुम ! सच बताओगी, तुम खुश हो अपने प्रोफेसर के साथ ? याद है वह लड़का, जो तुम्हें देखने आया था और तुमने उसे 'मूर्ख गंजू' कहा था ! अरे, मैं भी कैसी मूर्ख हूँ—शायद वही इस पत्र को पहले खोले और पढ़े। पति-पत्नी एक-दूसरे के पत्र कितने अधिकार के साथ खोलते हैं।

आज मैं तुम्हें बहुत-सी बातें बताना चाहती हूँ। तुम्हारे साथ बहुत-सी बातें 'शेयर' करना चाहती हूँ। मिथिलेश, इस पत्र को सँभाल कर रखना। यह एक 'कन्फेशन' है। पत्रकार के हाथ यह पत्र लग जाये, तो उसकी एक रंगीन कहानी बन जाये। रंगीन कहानियाँ तो पिछले कई सालों से मेरे बारे में छप रही हैं। फर्क यह है कि वे काल्पनिक, रसीली और

मनगढ़ंत हैं। जो कहानी मैं तुम्हें लिख रही हूँ, वह सच्ची, निष्कपट और अंत में शायद 'बेकार' है। तुम्हें चूँकि मेरी बहुत-सी 'बेकार' बातें मालूम हैं, इसलिए यह बंबइया 'चैप्टर' क्यों अनकहा रह जाये।

यह 'चैप्टर' दिल्ली में शुरू हुआ था। मंडी हाउस में, जब मैं एक रंगमंच की अभिनेत्री बनने के सपने देखती थी। धारावाहिकों का जमाना आ चुका था। मुझे तरह-तरह के सपने दिखाये जा रहे थे। पत्रकार, पी. आर. ओ. ,फोटोग्राफर, निर्देशक, संस्कृतिकर्मी—सभी मुझे एक धनी और रचनात्मक दुनिया के स्वप्न दिखा रहे थे।

थियेटर में मैं अधिक संघर्ष नहीं करना चाहती थी। सब मुझे यही कहते थे, आखिर थियेटरवाले भी छोटे या बड़े परदे पर जा कर अपने सपने साकार कर रहे हैं। तुम सीधे टीवी पर जाओ। और अचानक, एक दिन मैं पहुँच गयी टीवी के मेकअप रूम में। बड़ा तेज पंखा चल रहा था। फोटोग्राफर साथी कोने में खड़ा एक अजीबोगरीब 'गर्व' से मुझे देख रहा था। और वह अधेड़ मेकअप मैन बार-बार मुझे छूने की कोशिश कर रहा था। कभी ब्लाउज ठीक करने की कोशिश करता, कभी बालों को ठीक करता, कभी रूई से चेहरे की मैल उतारने का नाटक करता। गुस्सा तो आ रहा था, पर चुप रही। डी. टी. सी. की बसों में बहुत धक्के खा चुकी थी। निहायत शरीफ नजर आनेवाले बुजुर्ग भी जिस तरह से शरीर से सटने की कोशिश करते थे, उसके मुकाबले में यह 'ह्यूमीलियेशन' शायद साधारण ही था।

एक दिन एक मीडिया विशेषज्ञ के साथ खूब बीयर पी। दूसरी बार मैंने बीयर पी थी। खूब चढ़ा गया वह और मेरी उँगलियों में अपनी उँगलियाँ फँसाता हुआ बोला—बंबई जा रही हो। बच कर रहना। ये डायरेक्टर सबसे ज्यादा रंगीन मिजाज के होते हैं। राज कपूर अपनी हर हीरोइन को अपनी प्रेमिका के रूप में देखना चाहता था।

मैं खूब हँसी। हँसती रही—'तुम जानते हो, राज कपूर अब नहीं रहे। वो जमाना चला गया। अब एक नयी तरह की स्त्री की छवि सिनेमा या टेलीविजन पर उभर रही है। एक शक्तिशाली स्त्री अब परदे पर आ चुकी है।'

पर उस कंबख्त की एक बात में दम था। बोला, 'मर्द होना एक 'पोजीशन' है। औरत जब उस 'पोजीशन' पर बैठ जाती है, तो वह भी एक मर्द हो जाती है। मर्द की सबसे बड़ी जीत इसी में है कि वह औरत को इस 'पोजीशन' पर बैठा दे।'

दिल्ली में एक विदेशी महिला पत्रकार से मेरी दोस्ती थी। स्पेनिश पत्रकार मार्ता, जो जी. बी. रोड की वेश्याओं पर एक फीचर कर रही थी, एक बार मुझे भी साथ ले गयी। साथ में एक पत्रकार था। थाने में उसके अच्छे संबंध थे। कोई दिक्कत नहीं हुई। पत्रकार मार्ता के एक परिचित का परिचित था। बाद में विदा लेते समय उसने अपना 'बिजनेस कार्ड' भी दिया—कभी मिलिए।

और एक दिन मार्ता के पास उस पत्रकार का फोन आ गया। 'डिनर' पर बुलाना चाहता था। मार्ता उस दिन अच्छे 'मूड' में नहीं थी। बोली—क्या समझते हैं ये हिंदुस्तानी

मर्द ! कोई महिला अकेली रहती है, तो क्या वह 'अवेलेबल' भी है ! न जान न पहचान, पर 'डिनर' का निमंत्रण !

मार्ता 42-43 साल की थी। दस साल एक मूर्तिशिल्पी मित्र के साथ रही थी, पर शादी नहीं की। वे दोनों आज भी अच्छे दोस्त हैं। मार्ता के पास हिंदुस्तानी मर्दों के कई अच्छे किस्से थे। एक बार चंडीगढ़ अकेली घूमने गयी। नयी-नयी भारत आयी थी। एक 'गाइड' दिन भर साथ रहा। निहायत शरीफ नजर आ रहा था। 'दिन भर अपने बीवी-बच्चों की बातें करता रहा। बेटी को जर्मन सिखाना चाहता हूँ, बीवी बड़ी घरेलू और 'परफेक्ट' है। अँधेरा हुआ नहीं कि गाइड महोदय ने तुरत सेक्स की इच्छा प्रकट कर दी। मैं हैरान रह गयी। आखिर मैंने उससे झूठ बोल कर अपनी जान बचायी कि मेरे पति भी इसी शहर में हैं और किसी भी वक्त होटल में आ सकते हैं।'

मार्ता ने मुझे बहुत कुछ सिखाया था। बंबई में उसी के एक दोस्त ने मुझे एक विदेशी परिवार का 'पेइंग गेस्ट' बनवा दिया। टेलीविजन के धारावाहिक 'सहेली' ने मुझे कुछ मौके दिये थे। पर सोनाली सिंह छोटे परदे की 'छोटी' दुनिया की कैदी नहीं होना चाहती थी। कैदी ही बनना है, तो 70 एम. एम. की कैद में रहूँगी। स्टीरियोफोनिक साउंड, 70 एम. एम. का बड़ा रंगीन परदा और एक सोनाली !

बंबई में कई सोनालियाँ थीं। मैं भी उस भीड़ में शामिल हो गयी। शुरू में हम लोग अपने को 'स्ट्रगलर' कहते थे। मिथिलेश, तुम्हें एक कविता बहुत पसंद थी। कुछ ऐसी ही पंक्तियाँ थीं न उस कविता में—एक चेहरा, जो मेरे लिए चाँद हो सकता था, भीड़ बन कर रह गया।

पर मैं अपने को 'बॉर्न फाइटर' समझती रही हूँ। भीड़ मुझे नहीं होना था। भीड़ को मेरे पीछे होना था। शायद सफलता और प्रसिद्धि का अपना एक नशा होता है। एक बार एक संवाद लेखक ने शूटिंग के दौरान मुझे बताया—कमलापति त्रिपाठी कहते थे, जब लोग आपको हार पहनाना शुरू कर देते हैं, तो उसका एक नशा-सा हो जाता है।

मैं सफलता, फेम, ताकत के नशे को करीब से महसूस करना चाहती थी, मिथिलेश! मुझे सचमुच नफरत थी एक साधारण गृहिणी के जीवन से ! मैं मिथिलेश नंदिनी निगम नहीं बनना चाहती थी।

मिथिलेश, जब पहली बार मुझे तथाकथित प्रेस कान्फ्रेंस का सामना करना पड़ा था, तो मेरे लिए यह एक 'नाइटमेयर' की तरह था। यह बात दिल्ली की है। बंबई जाने से ठीक पहले की। एक फिल्म पत्रिका के भारी-भरकम संपादक ने मेरे पिता जी से संपर्क किया। पिता जी मेरी कुछ रंगीन तस्वीरें ले कर उस संपादक के पास गये थे। उसने सुझाव दिया—आप एक होटल में प्रेस कांफ्रेंस कीजिए। जबरदस्त पब्लिसिटी मिलेगी। अखबारों में, पत्रिकाओं में सोनाली सिंह की धूम मच जायेगी।

पिता जी ने कहा—होटल का तो बहुत बिल आ जायेगा। अभी मेरी हैसियत कोई बड़ी पार्टी देने की नहीं हैं। हाँ, मेरे एक दोस्त की बरसाती में पार्टी 'अरेंज' की जा सकती

है। आप करीब पच्चीस पत्रकारों को बुला लीजिए। संपादक ने कहा—ठीक है, लेकिन आने-जाने का प्रबंध करा दीजिए। हिव्स्की भी अच्छी होनी चाहिए। 'नॉन-वेज' का भी इंतजाम रहे।

पिता जी का एक परिचित अपने बूढ़े पिता के साथ एक पॉश कॉलोनी की बरसाती में रहता था। बेचारे बूढ़े पिता जी उस शाम कमरे में बंद कर दिये गये। पिता जी के परिचित ने कहा—'नॉन-वेज' हमारे घर में नहीं आ सकता। हाँ, अंडे वगैरह से मुझे कोई एतराज नहीं है।

बहरहाल, एक भड़कीली पोशाक मुझे पहनायी गयी। मेरी माँ साथ में थीं। छोटा भाई भी था। हम करीब साढ़े सात बजे उस प्रेस कांफ्रेंस में पहुँचे। मैं लगभग डरी हुई थी—'नर्वस' तो थी ही। देखा कि ड्राइंग रूम में पत्रकार आधे घंटे में ही बुरी तरह शराब चढ़ा चुके हैं। जो खाने को आता है, उस पर बुरी तरह से टूट पड़ते हैं। 'नॉन वेज' नहीं है, इसे ले कर पार्टी के 'ऑर्गनाइजर' संपादक ने जबरदस्त रोष प्रकट किया—'इनमें से कई नेशनल डेलीज और प्रतिष्ठित पत्रिकाओं के पत्रकार हैं। क्या कहेंगे सब मुझसे !'

मेरी माँ तो माहौल देख कर घबरा गयीं। दूसरे कमरे में चली गयीं, जहाँ एक बूढ़ा आदमी मेहमानों के इस हमले से लगभग सहमा हुआ बैठा था। प्रेस कांफ्रेंस का माहौल था ही नहीं। संपादक महोदय लिफाफे में मेरे बारे में एक 'राइटअप' और तस्वीरें बाँट रहे थे। समस्या यह थी कि बातचीत कैसे हो। सवाल-जवाब कैसे हों।

एक गंभीर-से नजर आनेवाले पत्रकार ने 'ऑर्गनाइजर' संपादक से दबे स्वर में कहा (जो मैंने सुन लिया)—'यार, यह ठीक नहीं है। दारू से पहले ही इनसे मिलवा देते।' संपादक 'हें-हें' कर हँसने लगा। बेशर्मी से बोला, 'इस सुरूर में प्रेस कांफ्रेंस का मजा ही कुछ और है।'

दो-तीन 'ग्रुप' बना दिये गये। बारी-बारी से मैं इन फिल्म पत्रकारों से मिली। शुरू में कुछ ठीकठाक सवाल किये जाते थे। अभिनय का शौक कैसे हुआ ? किसने प्रेरणा दी? वगैरह-वगैरह। बाद में कुछ सवाल फिल्मों में अंग प्रदर्शन को ले कर जरूर होते थे। क्या मैं सेक्सी पोशाकें पहनूँगी ? रोमांटिक दृश्यों में कहाँ तक कपड़े उतारूँगी ? एक सवाल तो मैं भूल नहीं सकती। एक 70 साल के बुजुर्ग थे। वे जब कमरे में आये, तो उन्हें बैठाने में भी मदद करनी पड़ी। रात को उन्हें दीखता कम था। किसी तरह से एक पेग उन्होंने लिया। मुझसे बोले—सोनाली जी, आप क्या ऐसी ही सेक्सी पोशाकें फिल्मों में भी पहनेंगी ?

मिथिलेश, मैं तो बस उन साहब को देखती रह गयी। माहौल बिगड़ता देख कर प्रेस कांफ्रेंस थोड़ा जल्द खत्म कर दी गयी। हम लोग तो आ गये, पर बाद में पता चला कि रात ग्यारह बजे तक हुड़दंग चलता रहा। कुछ पत्रकार रसोई घर में घुस गये। फ्रिज में अंडे देखे, तो भुर्जी बनवायी गयी। फ्रिज में जो कुछ भी खाने को था, उसे बेरहमी से खत्म कर दिया गया। 'टायलेट' में दो-तीन लोगों ने बड़ी 'अव्यवस्थित उलटियाँ' कर रखी

थीं। 'ऑर्गनाइजर' संपादक ने एक हजार रुपये नकद लिये, ताकि पत्रकारों को बाहर कुछ 'नॉन-वेज' खिलाया जा सके।

यह थी एक नयी—बिल्कुल नयी तारिका की फिल्म पत्रकारों से पहली मुलाकात! पर मुझे दो दृश्य भूलते नहीं। एक तो उन बुजुर्ग पत्रकार का प्रश्न और दूसरे, अंदर सहमे बैठे दूसरे बूढ़े सज्जन। मेरे पिता जी को उनके सामने काफी शर्मिंदा होना पड़ा। पिता जी ने 'ऑर्गनाइजर' संपादक से शिकायत की—खास तौर पर 'फ्रिज' पर हुए हमले का विरोध किया। संपादक बोले—देखिए, सब बड़े-बड़े पत्रकार थे। मैं क्या कर सकता हूँ। आप लाखों की पब्लिसिटी चाहते हैं और खिलाना चाहते हैं घासफूस ! ह्विस्की भी 'डीलक्स' नहीं थी।

अब तो खैर इस तरह के पत्रकारों को झेलने की आदत-सी पड़ गयी है। फिल्म इंडस्ट्री का सीधा-सा नियम है। आप 'स्ट्रगलर' हैं—प्रचार चाहिए, तो ये थोड़े-बहुत अपमान आपको सहने पड़ेंगे। आपका नाम हो जाये, फिल्में चल जायें, तो ये सब आपसे 'इंटरव्यू', 'फोटो सेशन' आदि की मिन्नतें करेंगे। और, अगर आप दुर्भाग्य से एक एक्ट्रेस हैं, तो आपकी 'स्ट्रगल' कई गुना बढ़ जायेगी। वैसे सच बताऊँ, मिथिलेश ! उस रात प्रेस कांफ्रेंस में तो बहुत बुरा लगा था। पर जब दो-चार पत्रिकाओं में अपनी ग्लैमरस तस्वीरें देखीं, तो सारे अपमान भूल गयी। 'एक नयी सेक्सी सेंशेसन : सोनाली'—एक हेडिंग यह थी।

उस समय तो मुझे सचमुच अच्छा लगा था, मिथिलेश—पर अब मुझे यह अपनी छवि हास्यास्पद-सी लगती है। सवाल सिर्फ नैतिकता का नहीं है। आज से बीस साल पहले जो अश्लील लगता था, वह आज 'इनोसेंट' लग सकता है। साहित्य, कला, विज्ञापन, सिनेमा, टेलीविजन—सभी क्षेत्रों में उसे देखा और पहचाना जा सकता है।

तो फिर क्या बात है ? बड़ा मुश्किल है कुछ ठीक-ठीक कहना। क्या मुझे इस दुनिया में रचनात्मक संतोष—थोड़ा-सा भी रचनात्मक संतोष मिल पा रहा है ? क्या सिर्फ पैसा और प्रसिद्धि ही महत्त्वपूर्ण हैं ? क्या मैं किसी भी कीमत पर ये चीजें चाहूँगी ?

एक मेरे कला समीक्षक मित्र अक्सर अमेरिकी पॉप कलाकार एंडी वारहोल का एक कथन सुनाते रहते हैं—आज की इस दुनिया में हर आदमी पंद्रह मिनट के लिए प्रसिद्ध हो सकता है।

पहले तो मैं इस बात का अर्थ समझ ही नहीं पायी। लेकिन अब मुझे यह बात कई तरह से समझ आ रही है। बड़ी मार्मिक बात है यह, मिथिलेश ! प्रसिद्धि आसान भी है, लेकिन इस प्रसिद्धि में जीना आसान नहीं है।

अक्सर अब मैं सोचती हूँ कि परदे पर अभिनेत्रियों को जो हरकतें करनी पड़ती हैं, जो संवाद बोलने पड़ते हैं, जिस तरह के आँसू बहाने पड़ते हैं, वे सब किसके लिए हैं? कौन-सा दर्शक इन्हें देख रहा है ?

आज निरूपा राय वाली माँ की छवि या शशिकला या ललिता पवार वाली सास की छवि भी प्रासंगिक नहीं रह गयी है। यहाँ इंडस्ट्री में इन दिनों कहा जाता है कि वीडियो, केबल के प्रचार-प्रसार के बाद औरतें सिनेमा घरों में नहीं जा रही हैं। पहले डिस्ट्रीब्यूटर

मानते थे कि सिनेमा घर से औरत रोती हुई निकले, तो समझ लो कि निर्माता-वितरक के 'हँसने' की बारी है। यानी फिल्म खूब चलेगी।

पर आज सिनेमा घर में कौन-से दर्शक हैं ? एक साहब का कहना है कि फिल्में इन दिनों हॉल में जा कर तो लुच्चे-लफंगे ही देखते हैं। काफी सच्चाई है इस बात में। फिल्में सड़कछाप दर्शकों से चल रही हैं या छात्रों से। इन दोनों ही वर्गों को कौन-सी स्त्री की छवि परदे पर देखनी है ?

नहीं, गरिमा और सम्मान की बात छोड़ दो। ये दर्शक स्त्री को अपनी ही नजरों से देखना चाहते हैं—'नग्न' नहीं, बल्कि उसे 'नंगा' देखना चाहते हैं। मुझे तो '60 के दशक की किसी पुरानी फिल्म की नायिका का शरारत में जीभ दिखाना करिश्मा कपूर के 'सेक्सी-सेक्सी' चीखने से कहीं ज्यादा 'सेक्सी' लगता है।

लेकिन इस तरह की सेक्स अपील, इरॉटिक आनंद की कोमलता और सूक्ष्मता को पहचाननेवाले कितने दर्शक सिनेमा घरों में मौजूद हैं ? फूहड़ गानों और द्विअर्थी संवादों पर सीटियाँ बजानेवाले दर्शक के लिए सिनेमा नाम का मनोरंजन एक अफीम है। वह सच्चाई देखना नहीं चाहता। एक रंगीन, ऐयाश, अमीर दुनिया की फैंटेसी के मुकाबले में वह कड़वे यथार्थ को कम-से-कम देखना चाहता है।

मुझे अब कोई हैरानी नहीं होती है कि हिंसक फिल्मों की इस दुनिया में औरत एक सजावटी चीज है या देह प्रदर्शन का साधन। अगर वह आक्रामक है, उसके तेवर हैं, तो भी वह मर्द ही है। औरत की वेशभूषा में एक मर्द। हाल में एक फिल्म मैंने देखी। एक विधवा अपनी सास से बराबर पिटती रहती है, रोती रहती है। एक दिन उसकी सास कुछ गुंडों को बुला कर अपनी बहू को 'धंधे' के लिए भेजना चाहती है। विधवा रो-चिल्ला रही है। नायक सब चुपचाप देख रहा है। अचानक नायक को गुस्सा आ जाता है। वह विधवा को एक लंबा-चौड़ा लेक्चर पिला देता है। स्वयं कुछ नहीं करता। सिर्फ उसे भड़का देता है। बस, अब शुरू होती है फिल्मी फैंटेसी। वह विधवा ठीक फिल्मी हीरो की तरह गुंडों को धराशायी कर देती है। सास के पीछे डंडा ले कर पड़ जाती है। यानी मर्द उसे भी एक मर्द बना देता है। और वह खुश है।

आज शायद मैं भावुक हूँ—शायद मैं बहुत उदास हूँ। शायद मेरे भीतर जो यह बौद्धिक कीड़ा है, वह मुझे इस फिल्मी दुनिया में रहने नहीं देगा। मैं एक भूलभुलैया में हूँ। मैं पंद्रह मिनट के लिए 'फेमस' हो चुकी हूँ, मिथिलेश ! मैं अपनी पूरी कहानी भी तुम्हें नहीं बता पा रही हूँ। उसके लिए पंद्रह घंटे, पंद्रह दिन, पंद्रह साल भी शायद काफी नहीं हैं। मैं एक डायरी लिखना चाहती थी—नहीं लिख पाती। अब तुम्हें खूब सारे खत लिखना चाहती हूँ। मुझे इन खतों का कोई जवाब नहीं चाहिए। सिर्फ ए. डी. चाहिए—छोटा-सा एकनालिजमेंट ड्यू !

—तुम्हारी सोनाली

धरती और बीज

लीला दुबे

एक

लगभग संपूर्ण उत्तर और मध्य भारत तथा पूर्वी भारत के कुछ हिस्सों में प्रजनन की प्रक्रिया को धरती और बीज के रूपक के माध्यम से अभिव्यक्त किया जाता है। 'धरती' के पर्याय के रूप में 'खेत' का प्रयोग भी किया जाता है। यह बात पश्चिमी और दक्षिणी भारत के बड़े हिस्से के लिए भी सही है। 'बीज' पिता के योगदान का और 'धरती' माँ की भूमिका का प्रतीक है। पुरुष बीज की मार्फत संतान की रचना का सत्व प्रदान करता है। इसलिए जहाँ तक कुल निर्धारण का सवाल है, बच्चे की पहचान उसके पिता द्वारा होती है।

यह बीज पुरुष के वीर्य में रहता है, जिसका सम्बन्ध रक्त से माना जाता है। पोषण से रक्त बनता है और रक्त से वीर्य। पारंपरिक विश्वास के अनुसार वीर्य की मात्रा पुरुष के शरीर में पाये जानेवाले कुल रक्त की मात्रा का एक निश्चित अनुपात होती है। इस तरह बच्चे का रक्त पिता के रक्त का एक अंश है। पुत्र में पिता के रक्त को अगली पीढ़ी में ले जाने की क्षमता होती है। दूसरे शब्दों में वह वंश परंपरा (रक्त रेखा) का वाहक होता है। सपिण्ड पुरुष संबंधी को हिस्सेदार (पट्टीदार) माना जाता है—यानी वह, जिसका रक्त समान है और जो संपत्ति या जीविका के साधनों में हिस्सेदार है। दूसरी ओर लड़की के रक्त का संवहन नहीं हो सकता। स्त्री को अंततोगत्वा किसी अन्य रक्तवाले पुरुष से मिल कर उसके लिए संतान उत्पन्न करना होता है। इस तरह स्त्री एक तरह का खेत उपलब्ध कराती है, जिसमें पुरुष अपना बीज बोता है। माँ की भूमिका गर्भ में आये तत्व की वृद्धि करना है। वह अपने रक्त के माध्यम से ऊष्मा और भोजन प्रदान कर उसके विकास में सहायता करती है। यह प्रक्रिया लंबी है—प्रसव के साथ समाप्त नहीं हो जाती। बाद में माँ अपने दूध से बच्चे का पोषण करती है। उसकी भूमिका पोषक की है।

प्राचीन काल से भारत में मानव प्रजनन को स्त्री के खेत में पुरुष के बीज के अंकुरण के रूप में समझा गया है, इसे विवाह या जीवन के अन्य संस्कारों के समय प्रयुक्त होनेवाली सूक्तियों में देखा जा सकता है, जिनका स्रोत वेदों, महाभारत तथा अन्य ग्रंथों में है। विधि के ग्रंथों में, जिनमें सबसे महत्त्वपूर्ण मनुस्मृति है, इस प्रतीक का उपयोग मिश्रित समागम

से उत्पन्न संतान की प्रस्थिति और उसके अधिकार निर्धारण में किया गया है। यहाँ यह उल्लेख करना आवश्यक है कि इस अवधारणा से निकला सिद्धांत लोक प्रथा से जुड़े कानून और गाँवों की पारंपरिक निर्णय प्रक्रिया में सदियों तक किसी भी उल्लेखनीय परिवर्तन के बिना चलता रहा है।

लगता है, मानव प्रजनन की प्रक्रिया की यह अवधारणा युगों तक साक्षर परंपरा और जन चेतना दोनों का अंश रही है। देश के विभिन्न क्षेत्रों में किये गये मानवशास्त्रीय अध्ययनों में इस अवधारणा की उपस्थिति दर्ज की गयी है। यह रूपक न सिर्फ हिंदू समुदाय में, बल्कि पितृवंशावली माननेवाले सभी समुदायों में (जिनमें जनजातियाँ भी सम्मिलित हैं) प्रचलित है। अधिकांशतः भारतीय मुसलमानों में भी यह अवधारणा मान्य है। इसका उल्लेख उनके धर्मग्रन्थों में भी है। यही बात ईसाई धर्मग्रन्थों तथा यूनानी मिथकों के विषय में भी कही जा सकती है।

भारतीय संस्कृति ने जैविक प्रजनन में लैंगिक विषमता को इन दो प्रतीकों के माध्यम से जिस तरह समझा है और उत्पादन सम्बन्धों में स्त्री और पुरुष के अलग-अलग योगदान और लैंगिक विषमता को जिस ढंग से परिभाषित किया है, उसमें एक तरह की सजातीयता बनती है। इसकी अभिव्यक्ति स्वामित्व पर नियंत्रण, उत्पादक साधनों के उपयोग के संरचनात्मक नियम और घरेलू संगठन की संरचना तथा कार्य प्रणाली में व्यक्त होते हैं। यह कैसे होता है ? इसे जानने के लिए कुछ अंतर्संबंधों की पड़ताल आवश्यक है।

दो

प्राचीन और बाद के उन संस्कृत ग्रंथों में, जो विधि, समाज और संस्कारों से संबंधित हैं, स्त्री के खेत में पुरुष का बीज गिरने की अवधारणा साफ शब्दों में उल्लिखित हैं। अथर्ववेद के एक श्लोक में कहा गया है, '... वास्तव में पुरुष में बीज का विकास होता है। उसे स्त्री के भीतर डाल दिया जाता है। वही पुत्र प्राप्ति है... ।'

विवाह का मुख्य उद्देश्य संतानोत्पत्ति बताया गया है, जिसमें खास तौर पर पुरुष संतान पर जोर है। इस उद्देश्य के लिए पुरुष में कौन-से गुण होना आवश्यक है, इसे नारद स्मृति में इस प्रकार विश्लेषित किया गया है, 'स्त्रियाँ संतानोत्पत्ति के लिए बनायी गयी हैं; स्त्री खेत है और पुरुष बीज का मालिक; खेत उसे दे दिया जाना चाहिए जिसके पास बीज है; जिस पुरुष के पास बीज नहीं है, वह पत्नी पाने का हकदार नहीं है।'

महाभारत में संतति प्राप्ति के लिए पति का विकल्प खोजने का भी उल्लेख है। स्मृतियों में भी पति की मृत्यु, नपुंसकता या अवैध होने की स्थिति में उसके भाई या कुल या गोत्र के किसी ऐसी समतुल्य पुरुष में विकल्प की खोज करने का सुझाव दिया गया है, जिसका बीज स्वीकार्य माना जाता हो। इरावती कर्वे के अनुसार महाकाव्यात्मक साहित्य में बीज और खेत का उदाहरण बार-बार आता है। इस संदर्भ में जिस शब्द समुच्चय का

प्रयोग किया गया है, वह है बीजक्षेत्र न्याय। यह प्रयोग किसी व्यक्ति का पत्नी पर स्वामित्व निरूपित करने के लिए किया जाता है। इसके अलावा किसी और के माध्यम से पत्नी से पुत्र प्राप्त करने को उचित भी ठहराया जाता है। तर्क दिया जाता है कि यदि किसी व्यक्ति के पास थोड़ी जमीन है और किसी और का बीज उस जमीन में पड़ जाता है, तो उसके फल पर खेत के मालिक का अधिकार है, न कि बीज के स्वामी का।

स्त्री पुरुष की संतान की वाहक है, यह बात स्पष्ट शब्दों में कही गयी है। यहाँ एक बार फिर महाभारत का उल्लेख किया जा सकता है, जिसमें गुप्त विवाह करनेवाले राजा दुष्यंत शकुंतला का तिरस्कार करते हुए उससे अपना पुत्र ले जाने को कहते हैं। इस पर शकुंतला तर्क देती है, 'पत्नी के गर्भ में प्रवेश करनेवाला पुरुष पुत्र के रूप में स्वयं बाहर आता है।' उसी समय आकाशवाणी होती है, 'माँ तो मांस का आवरण है, पिता से उत्पन्न होनेवाला पुत्र वास्तव में स्वयं पिता का ही रूप है।'

मानवीय प्रजनन की प्रक्रिया को अभिव्यक्त करने के लिए बीज और धरती का प्रतीकात्मक प्रयोग विधि की पुस्तकों में भी मिलता है। विशेषतः मिश्रित विवाह (अंतर्वर्णीय और अंतर्जातीय) के नियम और सिद्धांत तथा मिश्रित समागम की संतति की प्रस्थिति के संदर्भ में इसका उल्लेख आया है। मनुस्मृति का संदर्भ देते हुए कहा गया है कि मिश्रित विवाह की व्याख्या में एक महत्त्वपूर्ण विशिष्टता गर्भ धारण के सिद्धांत में पुरुष के 'बीज' और स्त्री के 'खेत' व 'मृदा' के प्रतीकों की है। घोषणा की गयी है कि इन दोनों में पुरुष का बीज अधिक महत्त्वपूर्ण है। किन्तु ऐसा हमेशा नहीं होता। यदि बीज बंजर धरती में डाल दिया जाये, तो वह नष्ट हो जाता है, जबकि अच्छा बीज अच्छी मिट्टी में ही अंकुरित होता है और अच्छी तरह से विकसित होता है।

पुरुष के बीज और स्त्री के खेत का तुलनात्मक स्तर जाति के सिद्धांत के लिए भी महत्त्वपूर्ण है। इस मान्यता से कुछ समस्याएँ भी उत्पन्न होती हैं। श्रेष्ठ कोटि के पुरुष और निम्न श्रेणी की स्त्री की संतति केवल पुरुष की श्रेष्ठता के आधार पर ऊपर नहीं उठ जाती। यह मत भी है कि द्विज पुरुषों और उससे एक दरजा नीची जाति की स्त्री से पैदा हुई संतान अपने पिता के समतुल्य होती है। लेकिन अपनी माता में अंतर्निहित दोषों के कारण उसे दोषयुक्त भी ठहराया गया है। साधारणतः अनुलोम विवाहों की तो मान्यता है, पर प्रतिलोम विवाहों की नहीं, क्योंकि श्रेष्ठ बीज निकृष्ट खेत में तो पड़ सकता है, पर निकृष्ट बीज श्रेष्ठ खेत में नहीं पड़ने दिया जा सकता।

हिंदू विवाह के कर्मकांडों में बीज और खेत के प्रतीकों का उल्लेख बार-बार आता है। क्षेत्र संस्कार या खेत के पवित्रीकरण का अनुष्ठान वधू की कोख के शुद्धीकरण के लिए किया जाता है, ताकि वह बीज ग्रहण करने योग्य बने। योग्य संतति के लिए पति के प्रति पत्नी में दृढ़ता, निष्ठा और श्रद्धा के मूल्य उत्पन्न करना जरूरी माना जाता है। इसी लिए वधू को दृढ़ता के प्रतीक पत्थर पर खड़ा करने के लोकाचार में वर वधू से कहता है कि वह संतति के लिए उस शुभ और मजबूत पत्थर पर खड़ी हो। इसी तरह का संदेश उस

समय भी दिया जाता है, जब शाम को वर वधू से ध्रुव तारा देखने को कहता है। माना जाता है कि ध्रुव तारा आकाश में अटल है यानी वह चंचलता के विपरीत दृढ़ता के गुण का प्रतीक है। माना जाता है कि पुरुष की संतति जनने के लिए स्त्री में दाम्पत्य निष्ठा होना पहली शर्त है, इसलिए स्त्री को नियंत्रित किया जाना आवश्यक है। स्त्री को अपने भीतर बाँधने की पुरुष की इच्छा निम्न आशय के श्लोक में स्पष्ट दिखाई पड़ती है। इस श्लोक का उच्चारण वर वधू का हृदय स्पर्श करनेवाले अनुष्ठान के दौरान उसका दाहिना कंधा छूते हुए करता है :

'तुम्हारा हृदय मेरे हृदय में हो, तुम्हारा चित्त मेरे चित्त में हो। तुम मेरे शब्दों को ध्यान से सुनो। तुम शपथ लो कि अकेले मेरा ही अनुसरण करोगी। तुम मेरी सहभागिनी बनो।' (बौधायन गृह्यसूत्र) पाराशर गृह्यसूत्र में भी इसी अर्थ का श्लोक है।

यह भी उल्लेखनीय है कि पुत्र के जन्म को जो महत्त्व दिया गया है, वह विवाह मंडप में होनेवाले विभिन्न अनुष्ठानों पर पढ़े जानेवाले श्लोकों में अभिव्यक्त आशीर्वादों, आशीषों और कामनाओं में बहुत स्पष्ट है। वर द्वारा पढ़े जानेवाले दो श्लोकों का यहाँ उल्लेख किया जा रहा है :

1. उसे इच्छा अनुरूप गौरव, आयु, वैभव और दस पुत्रों का शुभ और यशस्वी आशीष प्राप्त हो। हे इंद्र, हे सावित्र, वह यश, जो उसकी पुत्रविहीनता की स्थिति दूर करे, तुम शीघ्र उसे दो। (वैखानस गृह्यसूत्र)

2. तुम्हारी कोख में पुरुष भ्रूण उसी तरह प्रवेश करे, जैसे तरकस में तीर; दस महीने बाद पुत्र का जन्म हो और इस तरह यहाँ कई पुरुष उत्पन्न हों। (सांख्यायन गृह्यसूत्र)

पुत्र की इच्छा रखनेवालों के लिए विशेष अनुष्ठानों का उल्लेख है। पुरुष का सर्वप्रथम दायित्व गृहस्थ बनना और परिवार या वंश को पुरुष संतति के माध्यम से स्थायी बनाना है।

क्षेत्रीय परिवर्तनों के साथ लोकाचार और स्त्री आचार कहे जानेवाले अनुष्ठान आज भी हिंदू विवाह संस्कारों के महत्त्वपूर्ण अंग हैं। वैद्यनाथ सरस्वती ने स्वजातीय विवाह करनेवाले भारत के दस ब्राह्मण समूहों की धार्मिक परंपराओं का अध्ययन करने के बाद यह निष्कर्ष निकाला है कि थोड़े-बहुत अंतर के साथ आज के ब्राह्मणों में ज्यादातर विवाह धर्मग्रंथों की परंपराओं के आधार पर होते हैं। हिंदुओं के एक बड़े हिस्से, विशेषकर सवर्णों, में वैवाहिक अनुष्ठानों का सार एक ही है। जहाँ वैदिक श्लोकों का स्थान बाद में लिखे गये पुराणों के श्लोकों ने ले लिया है, वहाँ भी समान अर्थ और समान सांस्कृतिक विचारधारा है।

इस बात के पर्याप्त मानवशास्त्रीय प्रमाण हैं कि कन्या दान, वर-वधू द्वारा अग्नि की परिक्रमा, लड़की की विदाई या पिता के घर से स्थानांतरण और पति के घर का विधिवत सदस्य बनना, यह सब पितृवंशानुगत हिंदुओं में सभी स्तरों पर प्रचलित है। यही रिवाज पितृवंशानुगत आदिवासी समूहों में भी पाये जाते हैं। बेटी परदेस जानेवाली चिड़िया है,

बेटी ऐसी वस्तु है जिसे विवाह तक सुरक्षित रखना पड़ता है, बेटी किसी और की अमानत है, आदि ऐसी आम धारणाएँ हैं, जो आदिवासी समूहों से ले कर उच्च वर्ण हिंदुओं तक में पायी जाती हैं।

तीन

जैविक प्रजनन में स्त्री और पुरुष के योगदान को समझाने के लिए आदिवासी और ग्रामीण समुदायों में भी धरती और बीज के प्रतीक का उपयोग किया जाता है। श्यामाचरण दुबे ने मध्य प्रदेश के उड़ीसा से सटे दक्षिण-पूर्वी भाग में रहनेवाले कमार आदिवासियों का अध्ययन किया। यह जाति शिकारी, भोजन चुननेवाली और झूम खेती करनेवाली है। इसमें भी संभोग और गर्भ धारण के लिए सामान्य बोलचाल में कहा जाता है, 'जब तक बीज नहीं बोया जायेगा, फसल कैसे पैदा होगी ?' परन्तु गर्भ धारण के लिए केवल संभोग पर्याप्त नहीं है। कोई स्त्री तब तक गर्भ धारण नहीं करेगी, जब तक पुरखों में से किसी की आत्मा परिवार में जन्म लेने को उत्सुक नहीं होती या जब तक ईश्वर किसी जीव को मुक्त नहीं करते। मध्य प्रदेश की गोंड स्त्रियों पर मैंने जो अध्ययन किया, उससे पता चलता है कि धरती और बीज की विचारधारा लोक चेतना में गहरे पैठी हुई है। इसका जिक्र न सिर्फ प्रजनन की प्रक्रिया पर होनेवाली बहस में आता है, बल्कि वधू का मूल्य, उत्तराधिकारी, संपत्ति का वितरण, विवाहेतर संबंध और मिश्रित विवाह से होनेवाली संतान की प्रस्थिति तय करने में भी होता है।

गोंडों की मान्यता है कि गर्भ उस समय ठहरता है, जब पुरुष का बीज स्त्री की कोख में गिरता है। हर संभोग में ऐसा नहीं होता। बच्चे के शरीर और हाथ-पैर का निर्माण मासिक धर्म बंद होने से इकट्ठा हो रहे रक्त के माध्यम से होता है। किन्तु बच्चे की नसों में बहनेवाला रक्त पिता के बीज से आता है और वह बच्चे (विशेषकर लड़के) को पिता के वंश और कुटुंब से जोड़नेवाली एक पहचान देता है। इस तरह माँ का रक्त बच्चे को आकार देता है और पिता का रक्त उसे नाम, वंश परंपरा और कुटुंब देता है। बाँझपन को यह कह कर समझाया जाता है कि जिस तरह बाँझ धरती होती है, जिसमें बीज अंकुरित नहीं होते, उसी तरह ऐसी औरतें भी होती हैं जिनकी कोख में पुरुष का बीज कभी जम नहीं सकता। इसी तरह कुछ ऐसे पुरुष भी होते हैं, जो स्त्री से संभोग तो कर सकते हैं, पर उनका बीज शक्तिहीन होता है।

मेयर ने मध्य भारत में जाति और नातेदारी पर लिखी अपनी पुस्तक में कहा है कि देवास जिले में भी इसी तरह के रूपक का प्रयोग होता है। जैक्बसन ने भी 1960 में मध्य भारत के रायसेन जिले में किये गये अध्ययन में यही बात देखी है। उन्होंने यह लोक विश्वास उद्धृत किया है कि माँ सिर्फ विकसित होने की जगह देती है—जिस तरह हम किसी खेत में बीज बोते हैं, उसी तरह पिता द्वारा बोये गये बीज से बच्चे का विकास

होता है। ग्रामीण आंध्र प्रदेश में भी लोग इसी रूपक का प्रयोग करते हैं। तेलुगु में बीज को विट्टनम् कहते हैं और प्रजनन में पुरुष का योगदान स्पष्ट करने के लिए इस शब्द का अक्सर प्रयोग होता है।

यदि किसी छोटी जाति के लड़के की शक्ल, बुद्धिमत्ता और नेतृत्व की क्षमता उसकी जाति के गुणों से मेल नहीं खाती, तो लोग इसकी व्याख्या यह कह कर करते हैं कि उसकी माँ के ऊँची जाति के किसी असरदार व्यक्ति यानी कम्मा या रेड्डी जमींदार से अवैध संबंध रहे होंगे। 'आखिरकार अगर आप अरहर का बीज बोते हैं, तो चने की फसल कैसे पा सकते हैं ?'—इस तर्क के माध्यम से उपर्युक्त संदेश देने की कोशिश की जाती है। यदि किसी व्यक्ति के अपनी पत्नी के अलावा दूसरी स्त्री से संबंध हैं और पत्नी गर्भ धारण नहीं कर पा रही है, तो उसके संबंधी यह कहते हुए उसका बचाव करते हैं कि, 'गली में बीज बोनेवाले को खेत में फसल कैसे मिल सकती है ?' किसी नवयुवती के विवाह के बाद जल्दी गर्भ धारण कर लेने की व्याख्या यह कह कर की जाती है कि 'मिट्टी बड़ी उपजाऊ है।'

बीज धारण करने से पहले धरती को तैयार करना पड़ता है, इस धारणा को भी स्पष्ट तरीके से अभिव्यक्त किया जाता है। उदाहरण के तौर पर यदि कोई नवयवुती एक-दो साल में गर्भ धारण नहीं करती, तो उसके बारे में कहा जाता है कि 'जिस जमीन की ठीक से जुताई नहीं हुई है, उसमें तुरंत अच्छी फसल नहीं हो सकती। धरती को उर्वर बनाने में समय लगता है।' अगर किसी बच्चे की शक्ल उसकी माँ के प्रेमी से मिलती है, तो लोग मजाक में कहते हैं, 'एक ने जमीन जोती, दूसरे ने बीज बोया। फिर बच्चा किसका है ?'

पितृवंशानुगत भारत के बाकी हिस्से की तरह आंध्र प्रदेश में भी बच्चों पर पिता का हक होता है और विवाद की स्थिति में पिता के अधिकार पर जोर देने के लिए धरती और बीज के रूपक का प्रयोग किया जाता है। झगड़े के बाद पत्नी पति को छोड़ने की धमकी देती है, तो पति फट से कहता है, 'तुम चाहो तो जा सकती हो, पर मेरी पौध मेरे साथ छोड़ दो।' इसी तरह तलाक की स्थिति में पिता पुत्रों पर यह कहते हुए दावा करता है कि वे उसके शरीर के कणों से उगे हुए पौधे हैं। बाद में वह यह कहते हुए भी दावा कर सकता है, 'इस लड़के की नसों में मेरी ही तरह का रक्त है।'

भारत के विभिन्न भागों में पितृवंश परंपरा पर आधारित हिंदू नातेदारी के विषय में हुए अनेक अध्ययनों में मानवशास्त्रियों ने बताया है कि प्रजनन में पुरुष और स्त्री की भूमिका स्पष्ट करने के लिए धरती और बीज के रूपक का प्रयोग किया जाता है, ब्योरे में कुछ अंतर जरूर है। इनमें वीणा दास का पंजाबी नातेदारी पर लिखा हुआ निबंध, इंडेन और निकोलस की बंगाली नातेदारी पर लिखी हुई पुस्तक, आस्टर व फ्रुजेटी का बंगाली कस्बे पर निबंध, जिसका शीर्षक ही बीज व धरती का उल्लेख करता है तथा त्रिलोकीनाथ मदन का कश्मीरी पंडितों पर लिखा हुआ निबंध उल्लेखनीय हैं। आस्टर फ्रुजेटी के अनुसार, 'विवाह के विषय में बंगाल में आम तौर पर खेत और खेत में बीज बोने का उदाहरण दिया जाता है। स्त्री खेत है, जोतनेवाला बीज प्रदान करता है और खेत को संवर्धित करता है।

पत्नी पात्र या धरती है, जहाँ बीज बढ़ता है।' कश्मीरी पंडितों के विषय में त्रिलोकीनाथ मदन लिखते हैं, 'माना जाता है कि पुरुष के बीज में पूर्ण मानव बनने के सारे आवश्यक तत्व होते हैं, जैसे हड्डी, मांस, रक्त, सभी आंतरिक और बाह्य अंग, बाल, नाखून, बुद्धि, ज्ञान, स्वास्थ्य, रोग वगैरह।'' माँ के मासिक स्राव का रक्त बीज के विकास के लिए जमीन प्रदान करता है। माँ भ्रूण की पोषक और संरक्षक है। बच्चे के शरीर का विकास माँ और उसकी भौतिक और नैतिक स्थितियों पर निर्भर करता है।' मंदन के एक सूचनादाता ने उन्हें बताया है कि मानव बीज बहुत कुछ अखरोट की तरह है, जो अपने भीतर एक विकसित वृक्ष छुपाये रहता है। प्रसंगवश अखरोट कश्मीर का सबसे ज्यादा फल देनेवाला वृक्ष है।

जीववैज्ञानिक अर्थों में एकवंशीय समूह की सदस्यता का आधार समान रक्त है और पितृ वंशजों के समान-रक्त होने की धारणा को इस माध्यम से असरदार ढंग से समझाया जाता है कि पुरुष बीज रक्त से बनता है और इस तरह बच्चे को जीवन देनेवाला रक्त प्रदान करने की अहम भूमिका निभाता है। इस मामले में हम पितृवंशानुगत और मातृवंशानुगत समुदायों की धारणाओं में अंतर देख सकते हैं। उत्तर-पूर्व भारत की मातृवंशानुगत खासी जनजाति में मान्यता है कि बच्चे को जीवन और रक्त माँ से तथा संरचना और आकार पिता से मिलते हैं। मामा और भांजा समान मांस और रक्त से जुड़े माने जाते हैं। परन्तु एक पिता अपने बच्चों के साथ मांस और रक्त की एकरूपता का दावा नहीं कर सकता। वह प्रजनन के लिए आवश्यक है, पर उसकी भूमिका अत्यंत सीमित है। इसलिए इन जनजातियों में बच्चे और पिता में उतना मजबूत रिश्ता नहीं माना जाता। यदि पिता बच्चे की देखभाल नहीं करता, तो बात समझ में आती है। गुस्से में पिता बच्चे को पीटता है, तो माँ पूछ सकती है कि 'मेरे बच्चे को पीटनेवाले तुम कौन होते हो ? क्या तुम उसे अपना रक्त-मांस समझते हो ? यदि तुम बच्चे की आदतों को सह नहीं सकते, तो यहाँ से जा सकते हो, क्योंकि तुम्हारा यहाँ एक नाखून पर भी अधिकार नहीं है।'

इसी तरह दक्षिण-पश्चिम भारत के जंगलों में रहनेवाली कनिक्कर जाति भी मातृवंशानुक्रम में विश्वास करती है। उनका मानना है कि माँ की कोख के रंग से बच्चा रँग जाता है। मतलब माँ व बच्चे का खून एक जैसा होता है। एक मातृवंश के सदस्यों का खून एक ही होता है, यह धारणा मातृवंशी समूहों में आम तौर पर पायी जाती है। संपत्ति में उत्तराधिकार, संसाधनों पर हक तथा वंश पर आधारित समूहों की सदस्यता—इन सबके नियमों का आधार भी यही धारणा है।

चार

धरती और बीज के रूपक के माध्यम से व्यक्त की जानेवाली मानवीय प्रजनन की प्रक्रिया की सांस्कृतिक अवधारणा को किस सीमा तक लोकविज्ञान के रूप में देखा जा सकता है? या, इस रूपक का उपयोग केवल चुनिंदा तरीके से जीववैज्ञानिक नातेदारी की भाषा का

प्रयोग कर एक विशेष उद्देश्य के लिए किया जाता रहा है ?

हम समाज संबंधी तथ्यात्मक सामग्री के आधार पर कह सकते हैं कि यहाँ मानवीय प्रजनन की प्रक्रिया की जिस प्रचलित धारणा की चर्चा की जा रही है, वह मानव शरीर रचना और कायिकी के ज्ञान की कोई निश्चयात्मक प्रणाली नहीं है। बच्चे के निर्माण में माता-पिता के योगदान के विषय में आयुर्वेद की अवधारणा भिन्न है। इस प्रणाली का लंबा इतिहास है और इस बात के पर्याप्त प्रमाण हैं कि आयुर्वेद की अवधारणाओं का लोगों के जीवन पर गहरा प्रभाव है। आयुर्वेद के अनुसार रक्त से शुक्र का निर्माण निम्न प्रक्रिया के तहत होता है। भोजन रस में परिवर्तित होता है, रस से रक्त बनता है, रक्त से मांस, मांस से मेदा, मेदा से मज्जा और मज्जा से वीर्य बनता है। यह पता लगा पाना कठिन है कि परिवर्तन की इस प्रक्रिया के विषय में सामान्य लोगों को कितनी जानकारी है। फिर भी मोटे तौर पर लोगों का मानना है कि भोजन या पोषण से रक्त बनता है और रक्त से वीर्य। वीर्य शरीर में रक्त की मात्रा के अनुपात में होता है। आयुर्वेद के ग्रंथों में शुक्र को बीज भी कहा जाता है, लेकिन कुछ जगहों पर जहाँ धरती और बीज के रूपक का उल्लेख है, वे प्रजनन में दोनों लिंगों की असमान भूमिका का अर्थ नहीं देते। सुश्रुत संहिता और चरक संहिता में 'शरीरस्थानम्' के अध्याय में बच्चे के शरीर के निर्माण में माता-पिता दोनों के विशेष योगदान का उल्लेख है। चरक संहिता के तीसरे अध्याय 'शरीरस्थानम्' में निम्न विवरण मिलता है, 'भ्रूण न माँ से पैदा होता है, न पिता से, न आत्मा से, न सामंजस्य से, न ही पोषण से। न ही ऐसा कोई मन है, जो सबको जोड़ता है··· भ्रूण इन सभी के साथ-साथ सक्रिय होने से बनता है। एक अर्थ में भ्रूण माँ से भी पैदा होता है। अब हम भ्रूण के माँ से उत्पन्न अंगों की गिनती करेंगे। भ्रूण निर्माण में जो हिस्से माँ से आते हैं, वे हैं : रक्त, मांस, गर्भनाल, हृदय, यकृत, तिल्ली, गुर्दा, मूत्राशय, पेड़ू और पेट, बृहदांत्र, मलाशय, छोटी आँत, बड़ी आँत, वाप और आंत्रयोजनी। एक अर्थ में भ्रूण पिता से भी उत्पन्न होता है ··· अब हम पिता से प्राप्त अंगों की गणना करेंगे। वे हैं : सिर के बाल, दाढ़ी, नाखून, शरीर के बाल, दाँत, हड्डी, शिराएँ, घुटने, धमनियाँ और वीर्य।'

सुश्रुत संहिता में भी यह वर्णन है कि माता-पिता से भ्रूण को क्या मिलता है। कहा जाता है कि पिता शरीर के कड़े हिस्से जैसे बाल, मूँछ, दाढ़ी और शरीर के बाल, हड्डी, नाखून, दाँत, शिराएँ, स्नायु और रेशेदार ऊतक, धमनियाँ और वीर्य तथा माँ शरीर के कोमल हिस्से, जैसे मांस (जिससे मांसपेशियाँ बनती हैं), रक्त, चरबी, मज्जा, हृदय, गर्भनाल, यकृत, तिल्ली, आँत और मलाशय के निर्माण में योगदान देते हैं।

ऐसा लगता है कि यहाँ दिये गये वर्णन, जिनमें माता और पिता के विशेष योगदान का उल्लेख है, सिर्फ आयुर्वेद के सिद्धांतकारों और वैद्यों तक सीमित रहे हैं। निःसंदेह मानव शरीर की वृद्धि और विकास, स्वस्थ शरीर के रख-रखाव और अस्वस्थ शरीर के निदान और चिकित्सा के विषय में उनके विचारों में आनुवंशिकता को महत्त्वपूर्ण आधार माना गया है, जिसमें माता या पिता किसी की उपेक्षा नहीं की गयी है। लोग भी इस बात से परिचित

हैं। दरअसल, लोग खुद बच्चों की शक्ल और शरीर रचना के गुणों को ले कर माँ के पक्ष से भी संबंध जोड़ते हैं। लेकिन वे इस धारणा और प्रजनन में पिता की प्रमुख भूमिका की प्रचलित धारणा में कोई असंगति नहीं देख पाते। इससे पता लगता है कि प्रजनन के बारे में आयुर्वेद में विकसित सिद्धांत का प्रयोग जन संस्कृतियों ने चुनिंदा तरीके से किया और उस ज्ञान ने अधिकारों के सवाल पर माता-पिता में से एक को बहुत अधिक महत्त्व देने की अवधारणा में हस्तक्षेप नहीं किया। इसके अलावा आयुर्वेद की कुछ अवधारणाओं ने बच्चे के प्रति माँ की भूमिका और उसके कर्तव्यों पर जोर देने में महत्त्वपूर्ण योगदान दिया है।

आयुर्वेद के ग्रंथों की प्रचलित धारणाएँ, सिद्धांत और निर्देशन मानव प्रजनन के विशिष्ट आयाम में एक विशेष सीमा तक अभिसारित होते दिखते हैं। वे सब जन्म से पूर्व और जन्म के बाद की स्थितियों में माँ और बच्चे के निकट संबंध को मानते हैं। इसी से माँ के अभीष्ट तथा निर्दिष्ट व्यवहार का ताना-बाना निकलता है। यह स्वयंसिद्ध है कि माँ का आचरण गर्भस्थ शिशु को प्रभावित करता है। गर्भ को बुरी शक्तियों से बचाना होता है और सुरक्षित प्रसव के साथ ही उसका उचित विकास भी सुनिश्चित करना जरूरी होता है। सुश्रुत संहिता के 'शरीरस्थानम्' भाग में भ्रूण के विकास की विभिन्न स्थितियों का वर्णन है। वह सुझाव देती है कि गर्भ के दौरान माँ को अधिक श्रम, दिन में शयन, रात्रि जागरण, बग्घी की सवारी, भय, मुर्गे के आसन में बैठने और रंचक तथा मल-मूत्र के सामान्य प्रवाह को स्थगित करने से बचना चाहिए।

गर्भवती स्त्री की जो विशेष लालसाएँ हों उन पर खास ध्यान देना चाहिए। उदाहरण के लिए इस बात पर जोर दिया जाता है कि जल्द ही माँ बननेवाली स्त्री की उसके पाँचों ज्ञानेंद्रियों—श्रवण, दृष्टि, स्पर्श, स्वाद और गंध—संबंधी इच्छाएँ पूरी होनी चाहिए। इसके पीछे तर्क यह है कि यदि होनेवाली माँ की ज्ञानेंद्रिय से जुड़ी कोई इच्छा अतृप्त रह जाये, तो बच्चे के समानान्तर भाग में या तो पीड़ा होती है या उसमें कोई खोट रह जाती है। कान, नाक, आँखें, जीभ, हाथ, पैर सभी—अवयवों तथा इंद्रियों का बचाव करना होता है। (शरीरस्थानम्)। कहा जाता है कि माँ की शारीरिक स्थिति और उसके विचारों और भावनाओं का भी भ्रूण पर असर पड़ता है। इसलिए स्वस्थ बच्चे को जन्म देने के लिए माँ को प्रसन्नचित्त रहना चाहिए। इसके अलावा उसे अपना भोजन नियंत्रित करना चाहिए (क्योंकि भ्रूण का पोषण माँ से होता है) और चलने-फिरने, सोने व दूसरी गतिविधियों को भी अनुशासित करना चाहिए।

गर्भवती स्त्री को क्या करना चाहिए और क्या नहीं, इस विषय में विभिन्न क्षेत्रों से संबद्ध मानवशास्त्रीय साहित्य से काफी जानकारी मिलती है। लोक गीत और लोक साहित्य में इस बारे में अनेक उल्लेख मिलते हैं। भिन्न-भिन्न संस्कृति क्षेत्रों में इन निर्देशों में थोड़ा-बहुत अंतर होता है, किन्तु इन सबमें यह धारणा समान है कि भ्रूण माँ पर पूरी तरह से निर्भर होता है और दोनों के बीच निकट का रिश्ता होता है। गर्भवती महिला की

अभिलाषाएँ पूरी करने के लिए विशेष प्रकार के समारोह आयोजित किये जाते हैं, विशेषकर पहले गर्भ के समय। माना जाता है कि अगर गर्भवती स्त्री की कोई लालसा अधूरी रह गयी, तो इससे उसके बच्चे के स्वस्थ और सामान्य विकास पर प्रभाव पड़ेगा और प्रसव में भी कठिनाई आ सकती है। ज्यादातर लालसाएँ तो तरह-तरह के व्यंजनों को ले कर होती हैं। इस संबंध में सासों को यह कहते सुना गया है कि बहुओं की विशेष लालसाओं को वे इसलिए पूरा करना चाहती हैं कि उनके होनेवाले पोते को कोई बीमारी न हो या उसका कोई अंग अधूरा या विकृत न हो।

स्तन पान की अवधि में भी माँ पर बच्चे की निर्भरता बनी रहती है। आयुर्वेद में स्तन पान करानेवाली माँ के भोजन और आचरण के बारे में निश्चित धारणाएँ हैं। बच्चे की हर बीमारी की जड़ माँ के खानपान और पर्यावरण में देखी जाती है। साथ ही यह भी देखा जाता है कि उसने किस तरह के तनाव झेले। जैसा कि पहले कहा जा चुका है, माँ के दूध की उत्पत्ति रक्त से होती है, अतः माँ अपने रक्त से बच्चे का पालन करती है। यह भी माना जाता है कि माँ के दूध में भोजन के अनुरूप विशेष गुण तो होते ही हैं, उसकी मनोदशा और आचरण से भी ऐसे गुण मिलते हैं जो बच्चे के चरित्र और स्वभाव को निर्धारित करते हैं तथा कायरता और बहादुरी, ईमानदारी और बेईमानी तथा वफादारी और विश्वासघात जैसे गुण प्रदान करते हैं।

इस तरह हम कह सकते हैं कि माँ और बच्चे के कायिक संबंध और माँ पर बच्चे की निर्भरता स्त्री के लिए एक जबरदस्त नैतिक जिम्मेदारी बन जाते हैं। कोई स्त्री अगर बच्चे को छोड़ कर जाती है या उसकी उपेक्षा करती है, तो उससे उसके मातृत्व के गुणों को बट्टा लगता है। माँ अपनी संतान के लिए जो कुछ करती है, उसे त्याग कहा जाता है। कहा जाता है कि मातृ ऋण ऐसा ऋण है, जिसे आजीवन पूरा नहीं किया जा सकता। माँ के प्रति बार-बार श्रद्धा व्यक्त की जाती है। लेकिन जहाँ तक सामाजिक पहचान और अधिकारों का प्रश्न है, उनके संदर्भ में बच्चे का पिता से ज्यादा करीबी रिश्ता होता है, न कि माँ से। दरअसल, हम कह सकते हैं कि एक स्त्री का अपनी संतान पर केवल नैतिक अधिकार होता है। इस तरह माँ और बच्चे के प्राकृतिक संबंधों का उपयोग माँ के दायित्वों पर जोर देने के लिए तो होता है, पर संतान पर उसका हक साबित करने के लिए नहीं।

पाँच

अंत में हम धरती और बीज के रूपक के प्रभावों को रेखांकित करने का प्रयत्न करेंगे, जिससे स्त्री-पुरुष के संबंधों और उनके अधिकार व स्थितियों को समझने में मदद मिलेगी।

दो मुद्दे साफ तरीके से उभरते हैं। पहला यह कि प्रतीकों के माध्यम से स्त्री-पुरुष में एक असमानता का संबंध निरूपित किया जाता है और इस पर जोर दिया जाता है। दूसरा मुद्दा यह है कि जन समूह इस प्रतीक का उपयोग प्रजनन में स्त्री के योगदान को

एक तरह से द्वितीयक बताने के लिए करते हैं। स्त्री को मातृत्व के महान कर्तव्य से बाँधते हुए यह प्रतीक बच्चे पर उसके नैसर्गिक अधिकार का संकुचित सीमांकन करता है और ऐसी विचारधारा गढ़ता और उसे स्थिरता प्रदान करता है, जिसमें भौतिक और मानवीय दोनों तरह के संसाधनों का नियंत्रण पुरुष के हाथ में रहता है।

इस रूपक के संदर्भ में स्त्रियों की स्थिति और संसाधनों पर उनके अधिकारों को समझने के लिए उन्हें पितृवंशानुगत नातेदारी के ढाँचे और कृषि अर्थव्यवस्था के परिप्रेक्ष्य में देखना होगा। कृषि अर्थव्यवस्था में भूमि मुख्य संसाधन है। दूसरा संसाधन है श्रम। ऐसी व्यवस्था में स्वामित्व का अधिकार और भूमि का उपयोग पितृवंशानुगत सिद्धांतों से निर्धारित होता है। जिस घर में पति-पत्नी वैवाहिक जीवन व्यतीत करते हैं, उसके भौतिक ढाँचे पर पति का अधिकार होता है और कौटुंबिक पहचान भी पति से होती है। इन अधिकारों में शामिल हैं रहने के लिए एक निश्चित स्थान—चाहे वह अस्थायी ही क्यों न हो, उत्पादन के संसाधनों और उपयोग की वस्तुओं के स्वामित्व पर नियंत्रण, दूसरों के श्रम और दूसरों की गतिविधियों के बारे में निर्णय लेने का अधिकार, परिवार के सदस्यों के उत्पादन और अर्जन की व्यक्तिगत क्षमताओं से प्राप्त होनेवाले फल पर अधिकार, परिवार की निश्चित परंपराओं पर अधिकार।

इस दृष्टि से घर में आनेवाली बहू की अपने पति से और घर से विदा होनेवाली बेटी की अपने भाई से तुलना की जा सकती है। पति परिवार से जुड़े रहते हैं और उसके साधनों पर उनका पूरा अधिकार होता है। वे पत्नियों को अपने घर में साथ रहने के लिए लाते हैं। इसी तरह अपनी बहनों के विपरीत भाई मूल परिवार के पूर्ण सदस्य होते हैं और वे कहीं स्थानांतरित नहीं किये जाते। उनके अधिकार बरकरार रहते हैं और उन्हें परिवार की पंक्ति को बनाये रखनेवाला और अपनी कमाई से माता-पिता व परिवार के अन्य सदस्यों की सहायता करनेवाला माना जाता है।

कुछ इलाकों को छोड़ कर भारत में कुल की पहचान निश्चित करने में व उत्तराधिकार की दिशा और उत्तराधिकार तय करने में पितृवंशीयता का सिद्धांत लागू होता है। वैवाहिक जीवन में आवास की सामान्य व्यवस्था यही है कि पत्नी पति के घर जा कर रहे। स्त्रियों को सिर्फ भरण-पोषण का अधिकार रहा है। मिताक्षर विधिक प्रणाली, जो भारत के बहुत बड़े हिस्से में हिंदुओं में प्रचलित रही है, के अनुसार लड़के को जन्म से ही पैतृक संपत्ति में स्थायी अधिकार मिल जाता है। यह कानून सह-समांशिता के सिद्धांत से संचालित होता है। बंगाल में तथा बिहार और उड़ीसा के कुछ विभागों में प्रचलित दयाभाग प्रणाली में भी लड़के को सपिण्ड कुल की संपत्ति में उत्तराधिकार दिया गया है, हालाँकि इस प्रणाली में पिता के जीवन काल में उसका नियंत्रण ज्यादा मजबूत होता था। 1956 में लागू हुए नये कानूनी प्रावधानों के अनुसार बेटी का अपने सपिण्ड कुल की खानदानी संपत्ति में तो सीमित हक होता है, परन्तु उसे माता-पिता की अर्जित संपत्ति में भाइयों के बराबर हक दिया गया है। हालाँकि इस बात के साफ सबूत हैं कि लोगों को न सिर्फ इसके औचित्य पर, बल्कि

पिता की संपत्ति पर, विशेषकर अचल संपत्ति, में बेटी के दावे की व्यावहारिकता पर भी आपत्ति है।

देश के विभिन्न भागों के मानवशास्त्रीय और साहित्यिक प्रमाण इस विचारधारा को स्पष्ट करते हैं कि भूमि पुरुषोचित संपत्ति है। यह अवधारणा इतनी गहराई से पैठी हुई है कि भूमि सुधार के क्रांतिकारी कामों के तहत जब भूमिहीनों में जमीन बाँटी जाती है, तो उसमें आम तौर पर स्त्रियों की भागीदारी की उपेक्षा की जाती है। यह बात महत्त्वपूर्ण है कि जहाँ बेटी को जमीन का एक टुकड़ा देने की प्रथा है, वहाँ भी वह हिस्सा मान कर नहीं, बल्कि उपहार के तौर पर दिया जाता है। उदाहरण के लिए आंध्र प्रदेश की कुछ भूपति जातियों में बेटी को जमीन का हिस्सा दिया जाता है, पर उसे 'बहुमानम्' यानी उपहार या सम्मान कहते हैं न कि 'भागम्' यानी हिस्सा। इसी तरह पुरुष सपिण्ड जीते जी संपत्ति या संसाधनों के हिस्सेदार या सह-उत्तराधिकारी माने जाते हैं। स्त्री सपिण्ड इस श्रेणी में नहीं आती। बेटी या बहन को दी गयी थोड़ी चल या अचल संपत्ति को उसकी मदद या प्रतिष्ठा की रक्षा के लिए दिया गया उपहार कहा जाता है। या फिर यह उपहार उसे चूड़ी, हल्दी या सिंदूर खरीदने के लिए दिया जाता है ,जो सांस्कृतिक रूप से उसके सौभाग्य के प्रतीक हैं।

भारत की ज्यादातर स्त्रियों को विरासत की संपत्ति नहीं मिलती। आज भी नये कानून के प्रावधान के बावजूद सामान्यतः स्त्रियों को यह हक नहीं मिलता। बहन पिता की संपत्ति में यह सोच कर हक नहीं माँगती कि भाइयों से उसके संबंध बिगड़ जायेंगे और पिता के न रहने पर उसे भाई से मदद की जरूरत पड़ सकती है। यह बात देश के अलग-अलग हिस्सों से जुटाये गये साक्ष्यों से पुष्ट होती है। पत्नी के रूप में पति की भूमि में स्त्री का कोई स्वामित्व नहीं होता। विधवा के तौर पर उसके पास उत्तराधिकार के सीमित अधिकार होते हैं, लेकिन उनका उपयोग भी अक्सर नहीं किया जाता।

जनजातियों में, जहाँ पितृवंशानुगत कुटुंबों या पीढ़ी का भूमि के निश्चित हिस्से पर सामूहिक नियंत्रण होता है, पितृवंशावली के सदस्य होने की वजह से ही उन्हें खेती का अधिकार मिल जाता है। पत्नी के रूप में औरतें पति के पितृवंश की भूमि का उपयोग कर सकती हैं और बेटी के रूप में उन्हें तलाक या वैधव्य की स्थिति में पिता की वंशावली में भरण-पोषण का तथा खेत में काम करने का हक होता है। उन्हें बेटी के तौर पर जो कुछ मिलता है, वह अधिकार से कहीं ज्यादा एक सुविधा है। बच्चों को सामान्य तौर पर माँ की वंशावली का सदस्य बनने या उस वंश की भूमि में किसी तरह का हक नहीं होता। इन जनजातियों में भी स्त्री पिता के घर से पति के घर स्थानांतरणीय मानी जाती है।

गोंड, ओरांव और मुंडा जैसी खेतिहर जातियों में भूमि के संदर्भ में पितृवंशावली का सिद्धांत ज्यादा मजबूत है, चाहे वह सामुदायिक नियंत्रण की जमीन हो, पितृवंश के कब्जेवाली जमीन हो या पितृवंशी कुटुम्ब की दो या तीन पीढ़ियों का परिवार ही हो। स्त्रियों को बेटी या पत्नी, किसी भी रूप में भूमि का स्वतंत्र अधिकार नहीं है। जिस विधवा के

बच्चे छोटे हैं, उसका पति की भूमि में हक है, लेकिन यह हक सीमित है।

अब हम मूल विषय की ओर लौटें। स्त्री की उपमा धरती से की गयी है और अक्सर इसे स्त्री की आदर्श भूमिका के रूप में प्रक्षेपित किया जाता है। धरती की तरह स्त्री को भी दर्द सहना पड़ता है। धरती को जोता जाता है, चीरा जाता है और खोदा जाता है। संभोग के लिए जुताई एक आम रूपक है। पुरुष अपनी कामेच्छा व्यक्त करने, संकेत देने और स्त्री व उससे पैदा हुई संतान पर अपना हक जमाने के लिए इस शब्द योजना का उपयोग करता है। संभोग के लिए जुताई के रूपक का प्रयोग करने से यह निष्कर्ष निकलता है कि स्त्री की भूमिका निष्क्रिय है और पुरुष की भूमिका प्रभुत्व, आधिपत्य और सक्रियता की। पुरुष की नपुंसकता की तुलना बीज की अनुर्वरता के रूप में की जाती है। अंकुरण की प्रक्रिया में बीज धरती का पेट चीर कर बाहर निकलता है। माना जाता है कि इस प्रक्रिया में धरती को पीड़ा होती है। धरती की तरह स्त्री भी जनन और पोषण करती है। माँ का योगदान स्थायी और दीर्घकालीन है और इसमें पर्याप्त आत्मोत्सर्ग और बलिदान निहित है। धरती और स्त्री, दोनों मौन रह कर पीड़ा सहती हैं और अपने शरीर का उदारता से योगदान करती हैं। इसके बावजूद फसल की किस्म बीज द्वारा निर्धारित होती है, न कि मिट्टी से। जिस प्रकार का बीज बोया जायेगा, उसी प्रकार की फसल होगी। भूमि की गुणवत्ता बीज की गुणवत्ता पर प्रभाव डाल सकती है, पर उसकी किस्म निर्धारित नहीं कर सकती।

इस प्रतीकवाद का सबसे महत्त्वपूर्ण आयाम है प्रजनन में दोनों सहभागियों की स्थिति को परिभाषित करना । गर्भ के अतिरिक्त स्त्री के शरीर के शेष भाग भी प्रजनन से जुड़े होते हैं। उसका पूरा शरीर भ्रूण के विकास में योगदान देता है। इस बीच स्तन भी जन्म के बाद बच्चे के पोषण के लिए तैयार हो रहे होते हैं। इस तरह जहाँ तक प्रजनन की प्रक्रिया का संबंध है, दोनों सहभागी एक-दूसरे के बराबर नहीं हैं। फिर भी संतान उसी की है, जिसका बीज है। वास्तव में वही खेत का मालिक माना जाता है। बीज और धरती, दोनों पर पुरुष का अधिकार है।

अधिकारों की यह अवधारणा व्यवहार और आस्था की विभिन्न प्रणालियों और संबंधों के स्थानीकरण में परिलक्षित होती है और उसे वैधता प्रदान करती है। उदाहरण के लिए धरती और बीज की भाषा का प्रयोग स्त्री के यौनत्व पर पति का हक जताने और अलगाव व तलाक की स्थिति में अपनी संतानों पर स्त्री की अधिकारविहीनता स्पष्ट करने के लिए किया जाता है। जैसा कि पहले उल्लेख किया जा चुका है, आंध्र प्रदेश के गाँवों में घरेलू झगड़े के बाद (या तनाव की स्थिति में) पिता अपने बच्चों पर यह कह कर दावा करता है कि वे उसकी पौध हैं या उसके शरीर के कणों से पैदा हुए पौधे हैं। दक्षिण-पूर्व मध्य प्रदेश के गाँवों में गोंड और हिंदू स्त्रियाँ इस तरह अपनी लाचारी व्यक्त करती हैं, 'वे हमारे गर्भ से पैदा हुए हैं। हम उन्हें नौ महीने तक अपने पेट में रखती हैं और अपने रक्त से सींचती हैं, लेकिन पुरुष यह कह कर उन पर हक जमा लेता है कि आखिरकार उनकी उत्पत्ति हमारे बीज से हुई है।' अलगाव, तलाक और पुनर्विवाह असामान्य नहीं हैं।

कुछ ऊँची जातियों को छोड़ कर वे परंपरागत रूप से मान्य हैं। किन्तु सामान्य स्थितियों में चलन यह है कि जब कोई स्त्री अपने पति को छोड़ती है, तो उसे अपने बच्चों को भी छोड़ना होता है। किसी माँ के लिए अपने छोटे बच्चों को छोड़ कर अन्य पुरुष के पास जाना एक तरह का पाप माना जाता है और उसे बहुधा सामाजिक भर्त्सना का सामना करना पड़ता है। इस स्थिति का उपयोग माँ के विरुद्ध उसके बच्चों के दिमाग में जहर भरने के लिए भी किया जाता है। गोंड जनजातियों में ऐसे भी उदाहरण सामने आये हैं, जिनमें बेटी ने माँ से यह कह कर बात करने से इनकार कर दिया कि उसने अपनी संतान की चिन्ता न कर अपने सुख के लिए बचपन में उसे छोड़ कर दूसरा पति कर लिया। यदि कोई स्त्री छोटे बच्चों को छोड़ कर दोबारा विवाह कर लेती है और फिर उसके कोई बच्चे नहीं होते, तो कहा जाता है कि यह मातृत्व न निभाने के पाप का फल है। कोई विधवा पुनर्विवाह करती है और उसके दूसरे पति की पहले पति से किसी तरह की नातेदारी या हिस्सेदारी नहीं है, तो अक्सर दूसरा पति बच्चों को अपने घर में नहीं चाहता। ऐसी स्थिति में स्त्री को बच्चों को छोड़ना पड़ता है।

जब कोई असंबद्ध महिला गर्भवती होती है, तो आम तौर पर पिता की पहचान की समस्या खड़ी होती है। उसकी तुलना बीज बोनेवाले की पहचान की समस्या से की जाती है। मिश्रित समागम में, सिर्फ उस स्थिति को छोड़ कर जहाँ स्त्री पुरुष की तुलना में काफी निम्न जाति की होती है, आम तौर पर बच्चे पिता की जाति में शामिल कर लिये जाते हैं। इसके लिए यही तर्क दिया जाता है कि बच्चे का दरजा उस बीज से तय होता है, जिससे वह पैदा हुआ है। दूसरी ओर स्त्री अपनी ही जाति में रह जाती है।

धरती और बीज की विचारधारा स्त्री के यौनत्व पर बंदिशें लगाने और उन पर नियंत्रण बनाये रखने की 'आवश्यकता' का औचित्य सिद्ध करती है, हालाँकि प्रजनन की प्रक्रिया के कारण मातृत्व को अस्वीकार कर पाना संभव नहीं होता, किन्तु कोई स्त्री पिता की पहचान के बिना अपने बच्चों को सामाजिक पहचान और स्वीकृति नहीं दिला सकती। इसका अर्थ यह निकलता है कि स्त्री को हमेशा संरक्षण और नियंत्रण की आवश्यकता होती है।

जैसा कि पहले उल्लेख किया जा चुका है, उत्पादन उसी का होगा जिसका बीज होगा। अतः सामान्यतः वह खेत भी उसी का होना चाहिए जिसमें बीज बोया जाता है। ऐसा ही होता भी है। इसी के फलस्वरूप पति को परमेश्वर, मालिक या स्वामी कहा जाता है। उसे रक्षक या पालनकर्ता भी कहा जाता है। पत्नी (या बेटी) का उल्लेख बहुधा संपत्ति या सामान के रूप में आता है। कहीं भी संसाधनों पर स्त्री का पूरा हक नहीं होता। जहाँ पिता के खानदान में अपने वंश की वृद्धि और निरंतरता बनाये रखने के लिए स्त्री की स्थानांतरता और गैर-क्रियात्मक प्रकृति पर जोर दिया जाता है, वहीं पति के यहाँ उसकी पात्र, वाहक या वंश वृद्धि के माध्यम की भूमिका का जिक्र किया जाता है। इस सामाजिक व्यवस्था में भाई और बहन, पति और पत्नी के रूप में स्त्री और पुरुष की स्पष्ट रूप से

असमान अधिकार स्थिति और भूमिकाएँ तय की गयी हैं। इसे प्रकृति की व्यवस्था के अनुरूप बताया जाता है, 'जिसने प्रजनन में दोनों लिंगों की असमान भूमिकाएँ निर्धारित की हैं।'

पुरुष का हक सिर्फ स्त्री के यौनत्व और प्रजनन की क्षमता पर ही नहीं, बल्कि उसकी उत्पादन क्षमता और श्रमशक्ति पर भी बनता है। इसी तरह उसे उसके श्रम और उत्पादन पर भी नियंत्रण रखने का अधिकार है। उत्पादन की प्रक्रिया में स्त्री जितना वास्तविक योगदान देती है, उससे उसकी हिस्सेदारी का मूल्य नहीं तय होता, क्योंकि जहाँ तक उत्पादन के संसाधनों का संबंध है, वह इस मामले में निर्भर रहती है और एक तरह से पारिवारिक मजदूर की तरह काम करती है। आश्रय के मामले में भी उसे निर्भर माना जाता है, क्योंकि विधि और प्रथा दोनों ही दृष्टियों से एक वैवाहिक घर बसाना पति का अधिकार है। यह अवधारणा जन मानस में गहरे पैठी हुई है कि पुरुष आश्रय देनेवाला और अन्नदाता है। इसलिए इस बात पर आश्चर्य नहीं होता कि खेती और दूसरी उत्पादक गतिविधियों में स्त्री की भूमिका सिर्फ सहायक समझी जाती है। सैद्धान्तिक रूप से एक स्त्री का अपनी कमाई पर कोई हक नहीं है, क्योंकि वह अपने पुरुष के घर में रहती है और उसका कमाया खाती है, हालाँकि इस दौरान वह खुद भी कमाती है। यह तर्क वहाँ भी काम करता है, जहाँ स्त्री दिहाड़ी पर काम करती है।

अर्थव्यवस्था में स्त्री के योगदान को महत्त्व न देना या कम महत्त्व देना, दोनों ही यहाँ ऊपर चर्चित विचारधारा से असंबद्ध नहीं हैं। निष्कर्ष के तौर पर कहा जा सकता है कि 'धरती और बीज' के रूपक के माध्यम से मानवीय प्रजनन में स्त्री और पुरुष के असमान योगदान की जो कल्पना की गयी है, वह एक ऐसी व्यवस्था को तार्किकता प्रदान करती है, जिसमें स्त्री उत्पादक संसाधनों से कट जाती है, उसका अपनी श्रमशक्ति पर कोई नियंत्रण नहीं रहता और अपने बच्चों पर अधिकार से भी वह वंचित रहती है।

क्योंकि औरतें तुम्हारी खेती हैं

शम्सुल इस्लाम

भारतीय समाज में औरत ही एक ऐसी हस्ती है, जिसका नसीब संस्कृतियों, क्षेत्रों, वर्गों और धर्मों में व्यापक अंतर और भेद होने के बावजूद हर जगह एक जैसा ही रहता है। लगातार तिरस्कार और अपमान जैसे उसकी नियति है। औरत की अक्ल उसकी एड़ी में होती है, औरत झगड़े का सबसे बड़ा कारण होती है और औरत की असल दवा पिटाई है—औरत के बारे में इस तरह का सोच केवल गँवार कहे जानेवालों की ही बपौती नहीं है। भारतीय संसद में कई बार ऐसा हुआ है कि सत्ताधारी पक्ष को शर्म दिलाने के लिए चूड़ियाँ पेश की गयीं। जाहिर है कि चूड़ियाँ पेश करने का मकसद यह जतलाना रहा कि आप औरत की तरह नालायक हैं। यहाँ पर भारतीय प्रजातंत्र की एक और विडम्बना की ओर ध्यान दिलाना अप्रासंगिक न होगा। यूरोपीय उदारवादी परम्परा में प्रशिक्षित भारतीय संविधान के निर्माताओं ने राष्ट्र अध्यक्ष के लिए जो नाम चुना, वह 'राष्ट्रपति' था। इसके दो ही अर्थ हो सकते थे। या तो यह मान कर चला गया कि कभी कोई महिला इस पद पर विराजमान हो ही नहीं पायेगी या अगर कोई महिला इस पद को ग्रहण कर भी लेती है तो उसे पुरुष रूपी पति का रूप धारण करना ही होगा। वह सुश्री या श्रीमती रहते हुए इस पद की परिभाषा से बाहर मानी जायेगी।

महिलाओं के बारे में इस घटिया सोच (इसे पाशविक सोच इसलिए नहीं कहा जा सकता, क्योंकि जानवरों में मादा जानवर के साथ ऐसा सुलूक होता हो, ऐसा कोई सबूत हमारे सामने नहीं है) की पैठ को समझना है, तो हमारे आस-पास घट रही दुर्घटनाओं के संबंध में इसे अच्छी तरह देखा जा सकता है। अगर सड़क पर किसी वाहन से कुचल कर कोई व्यक्ति मर जाये तो अक्सर भीड़ उस वाहन को आग लगा देती है, पड़ोस से झगड़े की आवाज आ रही हो तो पड़ोसी दखल देते हैं या पुलिस बुला देते हैं, पर दिल्ली जैसे शहर में जहाँ औसतन रोज एक बहू जला कर मार दी जाती है, इस बात पर कोई दंगा नहीं होता। चश्मदीद गवाह अनजान बन जाते हैं। मध्यवर्गीय बस्तियों में जहाँ एक सर्वेक्षण के अनुसार 20 से 30 प्रतिशत घरों में पत्नियों को अक्सर पीटा जाता है, पड़ोसी बिल्कुल बहरे-गूँगे बने रहते हैं। सबसे शर्मनाक हाल तो पुलिस थानों का है। इस तरह के सैकड़ों उदाहरण हैं कि जब पीड़ित महिलाएँ अपना दुखड़ा ले कर थाने गयीं और रपट दर्ज कराना

चाहा, तो थाने में मौजूद पुलिस कर्मियों ने यह कह कर रपट लिखने से मना कर दिया कि भारतीय परिवारों में औरत के साथ मारपीट तो चलती ही है, इतना 'एडजस्ट' तो औरत को करना ही चाहिए।

महिलाओं के बारे में व्याप्त इस तरह के रुझानों का सामाजिक आधार क्या है? क्या यह कुछ लोगों के समाज विरोधी सोच का नतीजा है ? क्या औरत पर ये अत्याचार इसलिए हो रहे हैं कि समाज का अपराधीकरण हो रहा है ? सच इससे कहीं ज़्यादा कड़वा, खतरनाक और चौंका देनेवाला है। महिला होने की सबसे बड़ी त्रासदी यह है कि पैदा होने के साथ जीवन भर जो तिरस्कार और ज़ुल्म उन्हें भुगतना पड़ता है, उसे हमारा समाज और हमारे समाज में पायी जानेवाली धार्मिक मुख्यधाराएँ समाज विरोधी और अमानवीय मानती ही नहीं हैं।

इस सदर्भ में प्राचीन शिव पुराण और कुरान के अध्ययन से ही काफी बातें स्पष्ट हो जाती हैं। शिव पुराण की उमा संहिता का चौबीसवाँ अध्याय महिलाओं की प्रकृति की व्याख्या करता है। इसके अनुसार, औरतें 'नीच प्राणी हैं'। वे 'मंदबुद्धि होती हैं और वे हर समस्या की जड़ हैं।' औरतों की एक समस्या यह है कि 'हर औरत शालीनता की सीमाओं को लाँघ जाती है।' शिव पुराण में यह भी बताया गया है कि 'औरत से ज्यादा गुनाहगार और पापों से ओतप्रोत कोई दूसरा नहीं है। हर पाप की जड़ में औरत ही होती है।... औरतें आम तौर पर परम्परागत शिष्टाचार की मर्यादा को नहीं निभातीं। अगर वे अपने पतियों का साथ नहीं छोड़तीं तो उसका कारण यह है कि कोई दूसरा मर्द उन्हें घास नहीं डालता है या उन्हें अपने पतियों का भय होता है।... हद तो यह है कि वे औरतें भी, जिनको पूरा सम्मान दिया जाता है, भरपूर प्यार मिलता है और जिनका खूब ध्यान रखा जाता है, कुबड़े, अंधे, अल्पबुद्धि और बौने मर्दों के मोह में फँस जाती हैं।... क्योंकि वे खुला संभोग करती हैं, इसलिए वे ढुलमुल और पापिन होती हैं... अग्नि चाहे कितनी ही लकड़ी जला ले, संतुष्ट नहीं होती है, महासागर में कितनी भी नदियाँ मिल जायें, पर उसको कोई नहीं छका सकता; मौत का देवता कितने भी लोगों को मौत के घाट उतार दे, फिर भी तृप्त नहीं होता और महिलाएँ चाहे कितने भी मर्दों के साथ संभोग करें, तृप्त नहीं हो पाती हैं।' शिव पुराण का यह अध्याय इस निष्कर्ष पर खत्म होता है कि अगर एक ओर महिला हो और दूसरी ओर मौत का देवता, यम, तेजधार तलवार, जहर, नाग और अग्नि एक साथ भी हों, तब भी बुराई में महिला का ही पलड़ा भारी रहेगा।

कुरान के अध्याय सूरतुलबकर में इस बात को बहुत स्पष्ट करके लिखा गया है कि 'तुम्हारी औरतें तुम्हारे लिए ऐसी हैं जैसे खेती की जमीन, इसलिए जिस तरह चाहो उसमें खेती करो और भविष्य का सामान अर्थात औलाद पैदा करो।' इसी अध्याय में इस बात को भी रेखांकित किया गया है कि मर्दों को औरतों पर एक खास दरजा दिया गया है। एक और अध्याय, जिसका शीर्षक 'निसा' अर्थात औरत है, में मर्दों को यह छूट दी गयी है, 'जो औरतें तुम्हें पसंद आयें उनसे निकाह कर लो। दो-दो, तीन-तीन, चार-चार

तक कर सकते हो।'

इन धार्मिक स्रोतों से छन कर औरतों से सम्बन्धित जो साहित्य बाजार में उपलब्ध है, उसका थोड़ा जायजा लेना जरूरी है। इस साहित्य की जानकारी महिलाओं की कभी न खत्म होनेवाली त्रासदी के स्रोत को पहचानने में काफी मदद करेगी। यहाँ आशय उस भौंडे और अश्लील साहित्य से नहीं है जो किसी भी शहर में फुटपाथों पर रंगीन-पन्नी कागज में लिपटा खुलेआम मिलता है, बल्कि धार्मिक कहे जानेवाले उस साहित्य से है जो धार्मिक पुस्तक विक्रेताओं द्वारा आध्यात्मिक एवं शैक्षिक उद्देश्य से छापा जाता है और जोरदार तरीके से बिकता है। औरतों को ले कर हिंदू और मुसलमान दोनों ही तरह के पुस्तक प्रकाशनों में किताबों की बाढ़-सी आयी हुई है। हिंदू स्त्री के जीवन उद्धार को ले कर गीता प्रेस, गोरखपुर के पास पुस्तकों का भण्डार है, जिन्हें प्राप्त करने के लिए किसी रेलवे स्टेशन पर जाना ही काफी है। (गीता प्रेस को पुस्तकों की बिक्री के लिए देश के हर बड़े स्टेशन पर हमारे देश की धर्मनिरपेक्ष सरकार ने स्टाल उपलब्ध कराये हैं।) मुसलमान औरतों को जन्नत का रास्ता दिखानेवाला साहित्य किसी भी मुस्लिम-बहुल इलाके में आसानी से हासिल किया जा सकता है।

गीता प्रेस की 'नारी शिक्षा' (28 संस्करण), 'गृहस्थ में कैसे रहें' (11 संस्करण), 'स्त्रियों के लिए कर्तव्य शिक्षा' (32 संस्करण), 'दांपत्य जीवन का आदर्श' (7 संस्करण) और आठ सौ पृष्ठों में 'कल्याण नारी अंक' काबिले गौर है। ये पुस्तकें एक स्तर पर महिलाओं को निर्बल और पराधीन मानती हैं।

'कोई जोश में आ कर भले ही यह न स्वीकार करे, परंतु होश में आ कर तो यह मानना ही पड़ेगा कि नारी देह के क्षेत्र में कभी पूर्णतः स्वाधीन नहीं हो सकती। प्रकृति ने उसके मन, प्राण और अवयवों की रचना ही ऐसी की है। जगत के अन्य क्षेत्रों में जो नारी का स्थान संकुचित या सीमित दीख पड़ता है, उसका कारण यही है कि नारी बहु क्षेत्र व्यापी कुशल पुरुष का उत्पादन और निर्माण करने के लिए अपने एक विशिष्ट क्षेत्र में रह कर ही प्रकारांतर से सारे जगत की सेवा करती रहती है। यदि नारी अपनी इस विशिष्टता को भूल जाये तो जगत का विनाश बहुत शीघ्र होने लगे। आज यही हो रहा है।' हनुमान पोद्दार 'नारी शिक्षा' में इसी पहलू को आगे रेखांकित करते हैं, 'स्त्री को बाल, युवा और वृद्धावस्था में जो स्वतंत्र न रहने के लिए कहा गया है, वह इसी दृष्टि से कि उसके शरीर का नैसर्गिक संघटन ही ऐसा है कि उसे सदा एक सावधान पहरेदार की जरूरत है। यह उसका पद-गौरव है न कि पारतन्त्र्य।' क्या स्त्री को नौकरी करनी चाहिए ? बिल्कुल नहीं ! 'स्त्री का हृदय कोमल होता है, अतः वह नौकरी का कष्ट, प्रताड़ना, तिरस्कार आदि नहीं सह सकती। थोड़ी ही विपरीत बात आते ही उसके आँसू आ जाते हैं।'' अतः नौकरी, खेती, व्यापार आदि का काम पुरुषों के जिम्मे है और घर का काम स्त्रियों के जिम्मे।' क्या बेटी को पिता की सम्पत्ति में हिस्सा मिलना चाहिए ? सवाल-जवाब के रूप में छापी गयी पुस्तिका 'गृहस्थ में कैसे रहें' के लेखक स्वामी रामसुख दास का जवाब इस बारे में दो टूक है, 'हिस्सा माँगने

से भाई-बहनों में लड़ाई हो सकती है, मनमुटाव होना तो मामूली बात है। वह जब अपना हिस्सा माँगेगी तो भाई-बहन में प्रेम नहीं रहेगा। हिस्सा पाने के लिए जब भाई-भाई में भी खटपट हो जाती है, तो फिर भाई-बहन में खटपट हो जाये इसमें कहना ही क्या है। अतः इसमें बहनों को हमारी पुराने रिवाज (पिता की सम्पत्ति में हिस्सा न लेना) ही पकड़नी चाहिए, जो कि धार्मिक और शुद्ध है। धन आदि पदार्थ कोई महत्त्व की वस्तुएँ नहीं हैं। ये तो केवल व्यवहार के लिए ही हैं। व्यवहार भी प्रेम को महत्त्व देने से ही अच्छा होगा, धन को महत्त्व देने से नहीं। धन आदि पदार्थों का महत्त्व वर्तमान में कलह करानेवाला है और परिणाम में नर्कों में ले जानेवाला है। इसमें मनुष्यता नहीं है।' क्या लड़के-लड़कियों को एक साथ पढ़ने की इजाजत दी जा सकती है ? नहीं, क्योंकि 'दोनों की शरीर रचना में भेद है, दोनों के कार्यों में भेद है, दोनों के हृदयों में भेद है... स्त्री और पुरुष के शरीर की रचना ही कुछ ऐसी है कि उनमें एक-दूसरे को आकर्षित करने की विलक्षण शक्ति मौजूद है। नित्य समीप रह कर संयम रखना असम्भव सा है।' इन्हीं कारणों से स्त्रियों को साधु-संन्यासी बनने से रोका गया है—'स्त्री का साधु-संन्यासी बनना उचित नहीं है। उसे तो घर में रह कर ही अपने कर्तव्य का पालन करना चाहिए। वे घर में ही त्यागपूर्वक संयमपूर्वक रहें। इसी में उसकी (उनकी) महिमा है।' दहेज की समस्या का समाधान भी बहुत रोचक तरीके से किया गया है। क्या दहेज लेना पाप है ? उत्तर है, 'शास्त्रों में केवल दहेज देने का विधान है, लेने का नहीं है।'

बात अभी पूरी नहीं हुई है। अगर पति मारपीट करे, दुःख दे, तो पत्नी को क्या करना चाहिए ? जवाब बहुत साफ है, 'पत्नी को तो यही समझना चाहिए कि मेरे पूर्व जन्म का कोई बदला है, ऋण है जो इस रूप में चुकाया जा रहा है, अतः मेरे पाप ही कट रहे हैं और मैं शुद्ध हो रही हूँ। पीहरवालों को पता लगने पर वे उसे अपने घर ले जा सकते हैं, क्योंकि उन्होंने मारपीट के लिए अपनी कन्या थोड़े ही दी थी।' अगर पीहरवाले खामोश रहें, तो वह क्या करे ? 'फिर तो उसे अपने पुराने कर्मों का फल भोग लेना चाहिए, इसके सिवाय बेचारी क्या कर सकती है। उसे पति की मारपीट धैर्यपूर्वक सह लेनी चाहिए। सहने से पाप कट जायेंगे और आगे सम्भव है कि पति स्नेह भी करने लगे। लड़की को एक और बात का भी ध्यान रखना चाहिए, 'वह अपने दुःख की बात किसी से भी न करे... नहीं तो उसकी अपनी ही बेइज्जती होगी, उस पर ही आफत आयेगी, जहाँ उसे रात-दिन रहना है वहीं अशांति हो जायेगी।' अगर इस सबके बाद भी पति त्याग कर दे तो ? 'वह (स्त्री) अपने पिता के घर पर रहे। पिता के घर पर रहना न हो सके तो ससुराल अथवा पीहरवालों के नजदीक किराये का कमरा ले कर रहे और मर्यादा, संयम, ब्रह्मचर्यपूर्वक अपने धर्म का पालन करे, भगवान का भजन-स्मरण करे।' अगर किसी का पति मांस-मदिरा सेवन करने से बाज न आये तो पत्नी क्या करे ? 'पति को समझाना चाहिए... अगर पति न माने तो लाचारी है... पत्नी को तो अपना खान-पान शुद्ध ही रखना चाहिए।' अगर हालात बहुत खराब हो जायें तो स्त्री पुनर्विवाह कर सकती है ? 'माता-पिता ने कन्यादान कर दिया, तो उसकी

अब कन्या संज्ञा ही नहीं रही, अतः उसका पुनः दान कैसे हो सकता है ? अब उसका विवाह करना तो पशुधर्म ही है।' पर पुरुष के दूसरे विवाह करने पर कोई प्रतिबंध नहीं है। 'अगर पहली स्त्री से संतान न हो तो पितृ ऋण से मुक्त होने के लिए केवल संतान उत्पत्ति के लिए पुरुष शास्त्र की आज्ञानुसार दूसरा विवाह कर सकता है''' और स्त्री को भी चाहिए कि वह पितृ ऋण से मुक्त होने के लिए पुनर्विवाह की आज्ञा दे दे।' स्त्री के पुनर्विवाह की इसलिए इजाजत नहीं है क्योंकि 'स्त्री पर पितृ ऋण आदि कोई ऋण नहीं है। शारीरिक दृष्टि से देखा जाये तो स्त्री में कामशक्ति को रोकने की ताकत है, एक मनोबल है''' अतः स्त्री जाति को चाहिए कि वह पुनर्विवाह न करे। ब्रह्मचर्य का पालन करे, संयमपूर्वक रहे।' इस साहित्य के अनुसार गर्भपात महापाप से दुगुना पाप है। जैसे ब्रह्महत्या महापाप है, ऐसे ही गर्भपात भी महापाप है। अगर स्त्री की जान को खतरा है तो भी इसकी अनुमति नहीं दी जा सकती—'जो होनेवाला है, वो तो होगा ही। स्त्री मरनेवाली होगी तो गर्भ गिरने पर भी वह मर जायेगी, यदि उसकी आयु शेष होगी तो गर्भ न गिरने पर भी वह नहीं मरेगी।' फिर भी कोई स्त्री गर्भपात करा ले तो ? 'इसके लिए शास्त्र ने आज्ञा दी है कि उस स्त्री का सदा के लिए त्याग कर देना चाहिए।' यदि कोई विवाहित स्त्री से बलात्कार करे और गर्भ रह जाये तो ? 'जहाँ तक बने स्त्री के लिए चुप रहना ही बढ़िया है। पति को पता लग जाये तो उसको भी चुप रहना चाहिए।'

सती प्रथा का भी इस साहित्य में जबरदस्त गुणगान है। सती की महिमा को ले कर अध्याय पर अध्याय हैं। सती क्या है, इस बारे में इन पुस्तकों के लेखकों को जरा-सा भी मुगालता नहीं है''' 'जो सत्य का पालन करती है, जिसका पति के साथ दृढ़ संबंध रहता है, जो पति के मरने पर उसके साथ सती हो जाती है, वह सती है।' अगर बात पूरी तरह समझ न आयी हो, तो यह लीजिए, 'हिंदू शास्त्र के अनुसार सतीत्व परम पुण्य है''' इसलिए आज इस गये-गुजरे जमाने में भी स्वेच्छापूर्वक पति के शव को गोद में रख कर सानंद प्राण त्यागनेवाली सतियाँ हिंदू समाज में मिलती हैं।' 'भारतवर्ष की स्त्री जाति का गौरव उसके सतीत्व और मातृत्व में ही है। स्त्री जाति का यह गौरव भारत का गौरव है। अतः प्रत्येक भारतीय नर-नारी को इसकी रक्षा प्राणपण से करनी चाहिए।' सती के महत्त्व का बयान करते हुए कहा गया है, 'जो नारी अपने मृत पति का अनुसरण करती हुई श्मशान की ओर प्रसन्नता से जाती है, वह पद-पद पर अश्वमेध यज्ञ का फल प्राप्त करती है।' सती स्त्री अपने पति को यमदूत के हाथ से छीन कर स्वर्गलोक में जाती है। उस पतिव्रता देवी को देख कर यमदूत स्वयं भाग जाते हैं।

मुसलमान औरतों को ले कर जो साहित्य हमारे देश में उपलब्ध है, वह इससे किसी मायने में उन्नीस नहीं है। दर्जनों उपलब्ध क़िताबों में से नमूने के तौर पर 'मियाँ बीवी के हकूक' (लेखक : मुफ्ती अब्दुल गनी) और 'मुसलमान बीवी' (लेखक : इदरीस अंसारी) को लेने से ही साफ तस्वीर उभर कर सामने आ जायेगी। यह बात बहुत स्पष्ट करके बतायी गयी है कि 'औरतें मर्दों की खेतियाँ हैं, वे इनका चाहे जैसा इस्तेमाल करें।' मुफ्ती साहब

फरमाते हैं, 'बस अपने आपको गुलाम माने और शौहर को आका।' और अगर मान लो किसी वक्त शौहर हिंसा भी करे तो अपने अन्नदाता की हिंसा को सब्र से सहे।' वे यह भी बताते हैं कि 'नर्क में बहुमत औरतों का ही होगा।' औरत टेढ़ी पसली से पैदा की गयी है। सीधा करने की फिक्र मत करो, वरना टूट जायेगी। और न बिलकुल आजाद छोड़ दो, नहीं तो और टेढ़ी हो जायेगी।' इस्लाम का हवाला देते हुए बताया जाता है कि 'जिसका शौहर उससे नाखुश हो, उसकी नमाज कबूल नहीं की जायेगी। और जो औरत ऐसी हालत में मरे कि उसका शौहर उससे नाराज रहा तो वह जन्नत में दाखिल न होगी।' इदरीस अंसारी तो यहाँ तक फरमाते हैं कि 'अगर पति संभोग के लिए बुलाये और बीवी मना कर दे तो फरिश्ते उस औरत को तब तक कोसेंगे जब तक वह समर्पण न कर दे।' शौहर के साथ जिन्दगी कैसे बितानी चाहिए, इसके भी नुक्ते बताये गये हैं—'उसकी आँख के इशारे पर चला करो। मसलन शौहर हुक्म दे कि रात भर हाथ बाँध कर खड़ी रहो तो तकलीफ गवारा करके आखरत की भलाई और सुर्खरूई हासिल करो। किसी वक्त कोई ऐसी बात न करो जो उसके मिजाज के खिलाफ हो। मसलन अगर वो दिन को रात बतला दे तो तुम भी दिन को रात कहने लगो।' और 'जो औरत खुशबू लगा कर मर्दों के पास से गुजरती है, ऐसी औरत बदकार है। औरत परदे में रहने की चीज है। फिर जब वह अपने घर से बेपरदा निकलती है, तो शैतान उसे मर्दों की नजर में अच्छा करके दिखला देता है और बदमाश उस औरत को खूबसूरत समझ कर उसके पीछे लग जाते हैं।' आगे चल कर यह भी बताया जाता है कि 'मर्द का हर झूठ लिखा जाता है, लेकिन मर्द अपनी बीवी को खुश करने के लिए बोले तो उसका कोई गुनाह उसे नहीं लगता।' मुफ्ती साहब की किताब में तो 'औरत को मारने का हक' शीर्षक से अलग से एक अध्याय ही है। 'शौहर को जबरदस्ती करने का भी हक़ है। वह सजा के तौर पर मार भी सकता है। लेकिन इतना न मारे कि निशान पड़ जाये और बहुत तकलीफ पहुँचे। वह डंडे से भी मार सकता है।'

समानता, न्याय और व्यक्ति की गरिमा बनाये रखने की दुहाई देनेवाले हमारे इस विशाल लोकतंत्र में औरत के बारे में इस तरह के हिंसक और उत्पीड़क विचार खुले आम फैलाये जा रहे हैं। औरत के खिलाफ प्रसारित किया जा रहा यह दर्शन मानवीय अधिकारों की अंतर्राष्ट्रीय घोषणा, भारतीय संविधान, भारतीय पेनल कोड और क्रिमिनल प्रोसीजर कोड की खुल्लम-खुल्ला मजाक उड़ा रहा है। औरतों के बारे में ऐसे विचारों से पुरुष प्रधान समाज के हर अंग की सहमति लगती है। जरा-जरा-सी बात पर पुस्तकों, नाटकों और कविताओं पर प्रतिबंध लगानेवाले प्रजातंत्र की इस मामले में खामोशी का आखिर कुछ मतलब तो होगा ही (गीता प्रेस की महिलाओं पर किताबें फेरीवालों द्वारा सुप्रीम कोर्ट अहाते में खुली बिकती हैं)।

इस संबंध में एक और पहलू पर ध्यान देना जरूरी है। हिंदू-मुसलमान सांप्रदायिक और कठमुल्लावादी ताकतों ने हमारे देश को युद्ध का अखाड़ा बना रखा है। पर औरत के मामले में दोनों के विचारों में जबरदस्त समानता और एकता है। गीता प्रेस वाली महिलाओं

की किताबों को मुस्लिम महिलाओंवाली किताबों के खाते में लिख दें या इसका उलटा हो जाये तब भी कोई फर्क नहीं पड़ता। सच्चाई तो यह है कि इस विडम्बना को खत्म करने के लिए भारतीय उपमहाद्वीप में एक नहीं, सैकड़ों तसलीमा नसरीनों को जन्म लेना होगा।

नाम में क्या रखा है

सुमन केशरी

क्या आपने कभी किसी को अपनी बेटी या पोती आदि का नाम द्रौपदी रखते सुना है ? सीता, रमा, लक्ष्मी, सावित्री, दुर्गा यहाँ तक कि काली नाम की लड़की आपको मिली होगी, लेकिन मैंने कभी किसी का नाम 'द्रौपदी' नहीं सुना।

अब आप यह तर्क दे सकते हैं कि नाम में क्या रखा है ? क्या हुआ, अगर कोई लड़की का नाम द्रौपदी नहीं रखता। किंतु हम सभी जानते हैं कि नाम रख कर हम किसी भी व्यक्ति में उस नाम से संबंधित भावों के विकास की परिकल्पना करते हैं, तभी तो असत् भावों या चरित्रोंवाले नाम नहीं रखे जाते। मिथकीय चरित्रों पर आधारित नामों में हमारी सांस्कृतिक धरोहर का नैरन्तर्य निहित है। क्या कोई भी माता-पिता अपने पुत्र-पुत्री का नाम रावण, दुर्योधन, ताड़का या सूर्पनखा आदि रखेंगे ? कभी नहीं। कोई नहीं चाहेगा कि उनकी संतान पर इन खल चरित्रों की छाया तक पड़े। इसके सर्वथा विपरीत सत् भावों या चरित्रों पर ढेरों नाम मिलेंगे। हमें लाखों राम, कृष्ण, शिव, सीता, पार्वती आदि मिलेंगे। ये नाम श्रुतिमधुर भी हैं और शुभ भी। लेकिन एक बार अपनी बात मैं फिर दोहराऊँ कि पंचकन्याओं में गिनी जाने के बावजूद हमें 'द्रौपदी' नाम की स्त्री या कन्या नहीं मिलती।

आखिर ऐसा क्यों है ? क्या इसका कारण द्रौपदी का एक ही साथ पाँच पतियों की पत्नी होना है, जिसे जन मानस आसानी से पचा नहीं पाता। लेकिन नहीं, अगर ऐसा होता तो देश भर में हमें इतनी कुंती देवियाँ न मिलतीं। आखिरकार कुंती ने भी तो एकाधिक पुरुषों से संतान उत्पन्न किये थे। और तो और, कर्ण का जन्म तो कुंती के विवाह से पहले ही हो चुका था। किंतु कुंती ने कभी इतना साहस न दिखाया कि सर्वत्र तिरस्कार झेलते और आहत होते कर्ण को अपना बेटा कह दे। वह चुप्पी साधे रही। इसके विपरीत सत्यवती ने विवाह-पूर्व संतान महर्षि वेद व्यास को अपने कुल के नैरन्तर्य का भार सरेआम दिया। यानी कम से कम उस काल में एकाधिक पुरुषों से नारी का संबंध कोई खास बड़ी बात न थी। द्रौपदी को कालान्तर में 'पंचभोग्या' या 'पुंश्चली' कह कर समाज द्वारा उसकी उपेक्षा को भले ही उचित ठहरा दिया गया हो, लेकिन 'द्रौपदी' के बहिष्कार का मूल कारण तो उसके प्रबल व्यक्तित्व में ही निहित है, जिसकी प्रश्नाकुलता किसी भी समाज द्वारा नहीं

झेली जा सकती। आखिरकार चीरहरण जैसे लज्जास्पद प्रसंग पर द्रौपदी अपने पति धर्मराज (!) युधिष्ठिर से यह पूछने का साहस दिखाती है कि क्या एक हारा हुआ व्यक्ति दूसरों को दाँव पर लगा सकता है ?

वेदव्यास भी उसी के मुँह से यह मार्मिक सत्य कहला सकते थे—'वह सभा सभा नहीं, जहाँ बड़े-बूढ़े न हों। वे बड़े-बूढ़े बड़े-बूढ़े नहीं, जो धर्म की बात न करें। वह धर्म धर्म नहीं, जो सत्य पर न टिका हो। और वह सत्य सत्य नहीं, जो छल से बिंधा हो।' क्योंकि वह स्त्री छल से बिंधे सत्य और ऐसे छलपूर्ण सत्य की चाकरी कर रहे वृद्धों के सामने 'पंच भोग्या' अर्थात 'पुंश्चली' कह कर नग्न की जा रही थी और कहीं से कोई सहायता नहीं थी—सिवाय कृष्ण के, जो 'मर्यादा' के नहीं, 'प्रेम' के प्रतीक हैं। कृष्ण और कृष्णा (द्रौपदी) दोनों अपने-अपने ढंग से उस प्रेम के रूपक हैं, जो 'मर्यादा' से टकराता है और इसी लिए 'मर्यादा' के रूपान्तरण को संभव कर पाता है। दूसरे शब्दों में, मनुष्य की जययात्रा को !

दरअसल, द्रौपदी का चरित्र 'भारतीय नारी' की परम्परागत छवि का व्यापक निषेध है। भारतीय नारी कहते ही हमारे जेहन में कुल की मर्यादा की रक्षा करनेवाली और पति का मौन भाव से सदा अनुगमन करनेवाली स्त्री की छवि उभरने लगती है, जो तुलसीदास के इन शब्दों में व्यक्त होती है—

वृद्ध रोग बस जड़ धनहीना। अंध बधिर क्रोधी अतिदीना।
ऐसेहु पति कर किए अपमाना। नारि पाव जमपुर दुख नाना।

अनुसूया ने ये उपदेश सीता को दिये थे और हम आज भी स्त्री से ऐसे ही आचरण की उम्मीद रखते हैं। इस प्रकार हम एक खाका-सा निर्मित कर तमाम नारी चरित्रों को उसमें फिट करने लगते हैं। जो उस खाके में फिट बैठी, उनका महिमा मंडन कर दिया जाता है और उनके चरित्र को तोड़-मरोड़ कर व्यवस्था उन्हें बखूबी हथिया लेती है। सीता और सावित्री, दोनों के ही मिथक इस षड्यंत्र के प्रबल उदाहरण हैं। ये दोनों ही चरित्र तथाकथित भारतीय नारी के प्रतीक हैं और हमें हर घर में इन नामों की एकाध स्त्रियाँ मिल जाती हैं। हम दिन-रात सुनते हैं कि भारत सीता और सावित्री का देश है और ऐसा सुनते ही आधुनिक चित्त वितृष्णा से भर जाता है, क्योंकि सीता और सावित्री की जो छवि हमारे सम्मुख है वह अत्यन्त दब्बू, व्यक्तित्वहीन, सदा पति और परिवार की इच्छाओं की पूर्ति करनेवाली औरत की छवि है। जब समाज इन मिथकीय चरित्रों को महिमा मंडित कर भारतीय नारी के आदर्श के रूप में निरूपित करता है, तब ऐसा करनेवालों के मन में कहीं न कहीं उन प्रतिभाशाली व व्यक्तित्व-सम्पन्न स्त्रियों के प्रति नकार ही छिपा रहता है, जो अपने जीवन को भी महत्त्वपूर्ण, अतः जीने योग्य मानती हैं।

यह अलग बात है कि अगर गहराई से सीता और सावित्री के मिथकों का अध्ययन किया जाये, तो हम पायेंगे कि ये दोनों चरित्र पति व परिवार के इर्द-गिर्द घूमने के बावजूद शब्द के बड़े मूलभूत अर्थ में क्रांतिकारी चरित्र हैं। राम के प्रति अदम्य प्रेम के कारण

सास-ससुर की अनिच्छा के बावजूद वन-गमन करने वाली, रावण जैसे पराक्रमी चक्रवर्ती राजा के प्रेमपूर्ण प्रलोभनों व उसके डराने-धमकाने को अविचल भाव से झेलने की शक्ति रखनेवाली सीता क्या दुर्बल व्यक्तित्व की स्वामिनी है ? अगर सीता इतनी रीढ़विहीन होती, जैसी कि उसकी छवि है, तो लवकुश प्रसंग के बाद राम द्वारा पुनः अयोध्या लौटने के आग्रह पर वह निछावर हो जाती। किंतु सीता ने ऐसा नहीं किया, बल्कि अपने अपमान से पीड़ित हो धरती में समा जाने का फैसला किया। सीता का प्रतिरोध मौन प्रतिरोध है। क्या यह उसकी दुर्बलता का प्रमाण है ?

इसी प्रकार सावित्री भी अपने प्रेम को चिरंजीवी बनाने के लिए जीवन मात्र के सबसे प्रबल शत्रु मृत्यु तक को परास्त कर देती है। मृत्यु का भेद जानना और उस पर विजय प्राप्त करना मनुष्य की आदिम इच्छा रही है। सावित्री का मिथक मनुष्य की इसी इच्छा की पूर्ति का प्रयत्न है। दरअसल, उपभोक्ता संस्कृति के अवसरवाद और पारम्परिक संस्कृति के भाग्यवाद दोनों का प्रखर प्रतिवाद है सावित्री का मिथक।

लेकिन इन चरित्रों को व्यवस्थानुरूप बनाना बेहद आसान है। हम देखते हैं कि सीता और सावित्री दोनों ही को विशुद्ध पतिपरायणा व पारिवारिक मर्यादा का पालन करनेवाली स्त्रियों के रूप में हमारे सम्मुख रखा जाता है। 'सुहाग की रक्षा' वह मिथक है, जिसमें सावित्री का सत्यवान के प्रति प्रेम व उसके लिए अपने माता-पिता से विरोध और यमराज से टक्कर लेने की शक्ति को समाहित कर दिया जाता है। इसी प्रकार धोबी प्रसंग के बाद हुए राम के प्रति सीता के मोहभंग को भी बिल्कुल नजर अंदाज कर दिया जाता है और सीता के धरती में प्रवेश को केवल कारुणिक बना कर प्रस्तुत किया जाता है। इस तरह इस प्रसंग में निहित विरोध को करुणा के आवरण से ढक दिया जाता है।

द्रौपदी की ही भाँति सीता और सावित्री दोनों के चरित्र मानवीय गरिमा से पूर्ण हैं, इनमें विरोध करने की क्षमता भी है, लेकिन इनमें सतत प्रश्नाकुलता का अभाव है, जो द्रौपदी के चरित्र की विशेषता है। द्रौपदी का चरित्र इसी लिए असुविधाजनक है, क्योंकि वह बातचीत में, व्यवहार में प्रश्नाकुलता को मूर्त करती है। उसकी यही प्रश्नाकुलता कालान्तर में अपना अपमान करनेवालों से बदला लेने की भावना में रूपान्तरित हो जाती है। द्रौपदी के चरित्र की ये ही विशेषताएँ उसे तमाम मिथकीय और ऐतिहासिक नारी चरित्रों से अलग करती हैं और इन्हीं के कारण द्रौपदी समाज में विशुद्ध सत् चरित्र के रूप में स्वीकार्य नहीं है। भला कौन चाहेगा कि उसकी बेटी या पोती में यह ज्वाला निरन्तर विद्यमान रहे और वह हर पल व्यवस्था से टकराती रहे। लेकिन द्रौपदी का प्रतिशोध कोरा क्रोध नहीं, जिसे जगा कर दुर्गा और काली की भाँति एक-दो असुरों का संहार कराया जा सके। यहाँ संक्षेप में इन दो दैवी चरित्रों पर प्रकाश डालना वांछनीय होगा।

दुर्गा और काली दोनों ही का अवतरण क्रमशः महिषासुर मर्दन एवं रक्तबीज के नाश के लिए हुआ। महिषासुर के आतंक से पीड़ित हो कर सभी देवी-देवताओं ने शक्ति का आह्वान कर उसे अपने-अपने अस्त्र-शस्त्रों से विभूषित किया और शक्ति के इस रूप

को दुर्गा का नाम दिया गया। महिषासुर मर्दन के पश्चात सभी शक्तियाँ पुनः देवी-देवताओं के पास चली गयीं और दुर्गा का यह रूप शक्ति की आराधना तक सीमित रह गया। इसी प्रकार दुष्ट रक्तबीज के संहार के लिए काली अवतरित हुईं। रक्तबीजों का संहार करते-करते वे इतनी प्रचण्ड हो गयीं कि उन्हें रोकने के लिए स्वयं शिव को उनके मार्ग में लेटना पड़ा। पति पर पद प्रहार होते ही काली स्तब्ध रह गयीं और लज्जा एवं आश्चर्य से उनकी जिह्वा बाहर निकल आयी।

इन दोनों ही शक्ति रूपों की सर्जना देवताओं ने स्वयं असमर्थ सिद्ध होने पर असुरों के संहार के लिए किया और इस प्रकार इनका चरित्र व इनके अवतरण का प्रयोजन सुस्पष्ट है। ये चरित्र व्यवस्था विरोधी नहीं, बल्कि इनका काम ही व्यवस्था की रक्षा, उसका हितसाधन व पोषण करना है। ये चरित्र अपने किसी भी काम की नैतिकता-अनैतिकता पर प्रश्नचिह्न नहीं लगाते और देव सभ्यता की रक्षा का काम स्पष्ट रूप से पूरा करने के पश्चात ये देवियाँ अपने रूपों से मुक्त हो कर पूर्व रूप धारण कर लेती हैं। इस प्रकार दुर्गा और काली दोनों ही देवियाँ शक्ति का क्षणिक विस्फोट भर हैं। इसी लिए आज तक ये देवियाँ पूज्य हैं। इसके विपरीत द्रौपदी का आक्रोश व्यवस्था पचा नहीं सकती।

इसके कई कारण हैं। सबसे पहले तो यह कि सारे आक्रोश के बावजूद द्रौपदी प्रतिशोध की हिंसक ज्वाला मात्र नहीं है। वह अत्यंत संवेदनशील व मानवीय स्त्री है, जो भरी सभा में अपमानित होने के बावजूद, अपने पतियों और उनके महान कुल की मर्यादा को धिक्कारने के बावजूद वनवास और अज्ञातवास में पूरी निष्ठा से उनके साथ है। दूसरा कारण यह कि द्रौपदी का आक्रोश सिर्फ स्थिति विशेष से उत्पन्न क्रोध भर नहीं है, वरन उसकी स्वभावगत प्रश्नाकुलता का ही विस्तार है। ऐसी प्रश्नाकुलता, जो व्यवस्था के मूल तर्क से ही जा टकराती है। इसी लिए तो वनवास के दौरान युधिष्ठिर उसे डाँटते हैं कि उस पर उन नास्तिकों का प्रभाव है, जो बचपन में उसके पिता के घर आते रहते थे। उस समय नास्तिक ईश्वर निन्दक को नहीं, वरन वेद निन्दक को कहते थे। वेद यानी वर्णाश्रम व्यवस्था का आधिकारिक स्रोत। उसकी निन्दा के मायने हैं समाज की जड़ पर चोट। अर्थात अगर कभी धर्मराज युधिष्ठिर कबीर से जा टकराते, तो उन्हें भी नास्तिक ही मानते—बावजूद कबीर की तमाम ईश्वर भक्ति के।

द्रौपदी के चरित्र की यही जटिलता उसकी जीवंतता और व्यवस्था के लिए उसके अग्राह्य होने के मूल में है। वर्णाश्रम व्यवस्था और उसके तर्क की रणनीति ही यह है कि या तो हथिया लो पचा लो, अथवा उपेक्षा से या पूजा कर उसे नखदंतविहीन बना दो। सो द्रौपदी पंचकन्याओं में तो है, लेकिन साथ ही प्रतिशोध की ज्वाला भी है। उसकी उपेक्षा ही बेहतर है, ताकि वे सवाल भी भुलाये जा सकें, जिन्हें पूछते-पूछते द्रौपदी प्रतिशोध की ज्वाला बन गयी।

द्रौपदी देवी नहीं, जो चुपचाप सहे और समाज के हृदय में असीम करुणा जगाये और न ही शक्ति का विस्फोट है, जिसके सम्मुख सिर श्रद्धा से झुक जाये। द्रौपदी का चरित्र

तो प्रसंग-दर-प्रसंग एक भिन्न अनुभूति से मन को भरता है। लेकिन अपनी पूर्णता में वह एक अत्यंत त्रासद चरित्र है, जो स्वर्गारोहण के समय अपने पतन पर कई विरोधी भाव जगाता है। इस अवसर पर युधिष्ठिर का यह उत्तर सुन कर कि द्रौपदी का पतन इसलिए हुआ कि वह हम पाँचों में से अर्जुन को सर्वाधिक चाहती थी, मन आक्रोश से भर जाता है। यह उत्तर युधिष्ठिर का नहीं, बल्कि उस पुरुष प्रधान व्यवस्था का है, जो औरत को किसी भी हाल में व्यक्ति नहीं बनने देना चाहता। उस व्यवस्था ने निर्णय किया कि द्रौपदी, तुम पाँचों भाइयों में बाँटी गयी (गोया जमीन या जायदाद बाँट दी गयी हो), अब यह कैसा दुःसाहस कि वस्तु व्यक्ति की तरह आचरण करे और किसी एक को दूसरों से अधिक चाहने का साहस करे ? द्रौपदी ने तो इससे भी आगे बढ़ कर कदम-कदम पर सबको ललकारा, धिक्कारा और अपने बाल तभी सँवारे जब उन्हें दुःशासन के खून से धो लिया। क्या कोई भी समाज या व्यवस्था ऐसी सचेत स्त्री का सम्मान कर सकता है, जो अपने अपमान पर आँसू न बहाये और न ही धरती में समा कर आत्महत्या कर ले, बल्कि अपमान करनेवाली व्यवस्था को समूल नष्ट करने के लिए प्रतिज्ञाबद्ध हो जाये ?

औरत ही तो समाज व्यवस्था और परिवार की संस्था को कायम रखनेवाली धुरी है। उसमें प्रेम, आत्मपीड़ा और आत्मकरुणा के भाव स्वीकार्य हैं, लेकिन सतत जिज्ञासा व प्रश्नाकुलता कतई अस्वीकार्य हैं—खासकर ऐसी प्रश्नाकुलता, जो अपने अपमान को भाग्य का लेख न मान कर अपमान करनेवालों से हिसाब चुकाने में व्यक्त हो। फिर भला किसमें इतना साहस है कि कोई अपनी बेटी का नाम उस ज्वाला पर रखे !

हिन्दू विवाह की तानाशाही

धर्मवीर

एक

सबसे पहले हिन्दुओं के पुनर्विवाह कानून का एक छोटा-सा जायजा ले लिया जाये।

पिछली शताब्दी में हिन्दुओं ने सती प्रथा रुकवायी और विधवा विवाह को चलन में लाये, लेकिन तलाक के बाद औरत के लिए पुनर्विवाह का चलन आज तक भी नहीं हो सका है। हिन्दू विवाह अधिनियिम, 1955 इस तरह का बनाया गया है कि यह तलाकशुदा औरत को पुनर्विवाह से जबरदस्त रूप में रोकता है। इसमें औरत को स्थायी निर्वाहिका और भरण-पोषण के भारी-भरकम प्रलोभन दे रखे हैं। ये प्रलोभन हटें, तो पुनर्विवाह का नया चलन कायम हो।

यह डॉ. पी. वी. काणे द्वारा धर्मशास्त्र के इतिहास में बतायी गयी वही बात है कि हिन्दू नारी त्यागे जाने पर या नये शब्दों में तलाकशुदा होने पर भी पुनर्विवाह नहीं कर सकती। उसे धर्मशास्त्र में पुनर्विवाह करने का डॉ. काणे के अनुसार कहीं हक नहीं है। उसे पहले भी भवन के एक कोने में रखा जाता था, पर अब उसे आवास का अधिकार दे दिया गया है। उसे पहले भी रोटियाँ मिलती थीं, पर अब उसे भरण-पोषण प्राप्त करने का अधिकार दे दिया गया है। पहले उसे ये सारी सुविधाएँ पति की इच्छानुसार मिलती थीं, लेकिन अब बढ़ोत्तरी कर इन्हें कानून-सम्मत कर दिया गया है।

हिन्दू विवाह अधिनियम, 1955 ने तलाक को निरर्थक कर रखा है। यह भी एक विशेष बात है कि हिन्दू विवाह अधिनियम के आधिकारिक हिन्दी अनुवाद में 'डाइवोर्स' को तलाक न लिखा जा कर 'संबंध-विच्छेद' लिखा गया है। सच में यह तलाक न हो कर संबंध-विच्छेद ही है। इस अधिनियम में हिन्दू पति-पत्नी का तलाक नहीं होता, बल्कि मात्र 'संबंध-विच्छेद' होता है, ताकि वह पत्नी पुनर्विवाह न कर सके। वास्तव में हिन्दू पति नहीं चाहता कि उसकी रखी हुई औरत को तलाक के बाद कोई और रख सके। इसलिए हिन्दू विवाह अधिनियम, 1955 में उसने अपनी पत्नी को पुनर्विवाह से रोकने के लिए भरण-पोषण के लुभावने और मोहक प्रलोभन दे रखे हैं।

यह बल दे कर कहा जा सकता है कि यह अधिनियम लोभी और झूठी हिन्दू नारी

के पक्ष में लिखा हुआ है तथा स्वतंत्र हिन्दू नारी के पक्ष में नहीं है। यह अधिनियम चाह रहा है कि हिन्दू नारी स्वतंत्र न हो जाये और भरण-पोषण के जाल में जकड़ी रहे। इस व्यवस्था में पुरुष संबंध-विच्छेद कर नवयौवना से पुनर्विवाह कर लेगा, लेकिन वह अपनी छोड़ी हुई नारी को किसी नवयुवक से पुनर्विवाह की इजाजत नहीं देगा। क्या हुआ, इस प्रकार पुरुष का कुछ ज्यादा पैसा ही तो खर्च हुआ है, लेकिन उसने अपनी तलाकशुदा औरत के पुनर्विवाह की संभावनाएँ तो मिटा दी हैं।

यहाँ डॉ. पी. वी. काणे को अविकल उद्धृत करना अच्छा रहेगा। डॉ. काणे अपने 'धर्मशास्त्र का इतिहास' में लिखते हैं, 'वैदिक साहित्य में कुछ ऐसी उक्तियाँ हैं, जिन्हें हम विधवा-पुनर्विवाह के अर्थ में ले सकते हैं। 'पुनर्भू' शब्द से पर्याप्त प्रकाश मिलता है। किन्तु विवाह-विच्छेद या तलाक के विषय में यहाँ कुछ भी प्राप्य नहीं है और पश्चात्कालीन वैदिक साहित्य में भी हमें कुछ विशेष प्रकाश नहीं मिल पाता। धर्मशास्त्रकारों का सिद्धान्त है कि होम एवं सप्तपदी के उपरान्त विवाह का विच्छेद नहीं हो सकता। मनु (9/101) ने लिखा है—'पति-पत्नी की पारस्परिक निष्ठा आमरण चलती जाये, यही पति एवं पत्नी का परम धर्म है।' मनु ने एक स्थान (9/46) पर और कहा है—'न तो विक्रय से और न भाग जाने से पत्नी का पति से छुटकारा हो सकता है, हम समझते हैं यह निर्णय पुरातन काल में सृष्टिकर्ता ने बनाया है।' धर्मशास्त्रकारों का कथन है कि विवाह एक संस्कार है, पत्नीत्व की स्थिति का उद्‌भव उसी संस्कार से होता है, यदि पति या पत्नी पतित हो जाये, तो संस्कार की परिसमाप्ति नहीं हो जाती, यदि पत्नी व्यभिचारिणी हो जाये, तो भी वह पत्नी है और प्रायश्चित कर लेने के उपरान्त उसे विवाह का संस्कार पुनः नहीं करना पड़ता (विश्वरूप, याज्ञवल्क्य, 3/25254 पर)। हमने देख लिया है कि पुरुष एक पत्नी के रहते दूसरा या कई विवाह कर सकता है और कुछ स्थितियों में अपनी स्त्री को छोड़ सकता है। किन्तु यह विवाह-विच्छेद या तलाक नहीं है, यहाँ अब भी विवाह का बंधन अपने स्थान पर दृढ़ ही है। हमने यह देख लिया है कि नारद, पराशर एवं अन्य धर्मशास्त्रकारों की अनुमति से एक स्त्री कुछ स्थितियों में, यथा पति के मृत हो जाने, गुम हो जाने आदि से, पुनर्विवाह कर सकती थी, किन्तु निबन्धों एवं टीकाकारों ने इसे पूर्व युग की बात कह कर टाल दिया है। अतः विवाह-विच्छेद की बात धर्मशास्त्रों एवं हिन्दू समाज में लगभग दो सहस्र वर्षों से अनसुनी-सी रही है। हाँ, परम्परा के अनुसार यह बात नीची जातियों में प्रचलित रही है। यदि पति उसे उसकी त्रुटियों के कारण छोड़ दे, तो भी पत्नी भरण-पोषण की अधिकारी मानी जाती रही है। अतः इस प्रकार का त्याग विवाह-विच्छेद का द्योतक नहीं रहा है। पश्चात्कालीन स्मृतियों एवं निबंधों में नारद को छोड़ कर कोई यह बात सोच ही नहीं सकता था कि पत्नी अपने पति का त्याग कर सकती है। नारद ने अवश्य कहा है कि नपुंसक, संन्यासी एवं जातिच्युत पति को पत्नी छोड़ सकती है। याज्ञवल्क्य (1/77) की टीका में मिताक्षरा का कहना है कि जब पति पतित (जातिच्युत) हो, पत्नी उसके नियंत्रण के बाहर रहती है, किन्तु उसे तब तक जोहते रहना चाहिए जब तक वह प्रायश्चित द्वारा पुनः पवित्र न हो जाये एवं जाति

में न ले लिया जाये: और उसके उपरान्त वह पुनः उसके नियंत्रण में चली जाती है। बड़े से बड़ा पाप प्रायश्चित्त से कट जाता है, अतः पत्नी अपने पति को सदा के लिए नहीं छोड़ सकती। (मनु, 10/89, 92, 101, 105-106)। केवल त्याग या वर्षों तक बाहर रहने या व्यभिचार से हिन्दू विवाह की इतिश्री नहीं हो जाती।'

इस लम्बे उद्धरण से देखा जा सकता है कि पुराने और नये कानून में परिणाम की दृष्टि से कोई अन्तर नहीं है, क्योंकि दोनों में असल बात यह है कि तलाकशुदा औरत का पुनर्विवाह न होने पाये। यह सवर्ण समाज की मानसिकता है। लेकिन निचली जातियों में इस कानून के दुष्परिणामों का अन्दाजा लगाया जा सकता है। इन औरतों में दूसरे पति को रखने की परम्परा है। ये तत्काल पुनर्विवाह करती हैं। इनके संस्कारों में दूसरे विवाह से तनिक भी हिचक नहीं है। लेकिन अब हिन्दू विवाह अधिनियम, 1955 इन्हें आर्थिक प्रलोभन दे कर पुनर्विवाह से रोकता है। इन्हें बताया जा रहा है कि अब तुम्हें पहले पति के पास रहने की जरूरत नहीं है, दूसरा विवाह न करने पर तुम्हें पति से भारी-भरकम स्थायी निर्वाहिका और भरण-पोषण मिलेंगे। यहाँ तक भी गनीमत थी, परन्तु ये अपने खुले संस्कारों के कारण पर-पुरुष से कामाचार अवश्य करेंगी। इन्हें मना करो तो आत्महत्या की धमकी देंगी तथा उद्धत हो जायेंगी। इस तरह हिन्दू विवाह अधिनियम, 1955 दलित जातियों की औरतों को उद्धत बनाने का कारखाना साबित हो रहा है। चूँकि ये घर के निजी मामले हैं, इसलिए पुलिस हाथ नहीं डालेगी। पत्नी परपुरुष से मिल कर पति का समाज में फजीता कर देगी। बिना जरूरत हाथापाई भी होगी। इस तरह इस कानून से दलित जातियाँ न इधर की रही हैं और न उधर की। एक तरह से इनका बुरा हाल हो गया है। इस कानून ने तनावमुक्त कौमों को तनावयुक्त कर दिया है और वह भी एक खाली वहम के लिए।

दलित जातियों के लिए हिन्दू विवाह अधिनियम, 1955 की धारा 25 (2) पूर्णतया अनावश्यक है। इसमें लिखा गया है कि 'यदि न्यायालय को समाधान हो जाये कि इसकी उपधारा 25 (1) के अधीन आदेश करने के पश्चात पक्षकारों में से किसी की भी परिस्थितियों में तब्दीली हो गयी है, तो वह किसी भी पक्षकार की प्रेरणा पर ऐसी रीति से, जो न्यायालय को न्यायसंगत प्रतीत हो, ऐसे आदेश में फेरफार कर सकेगा या उसे उपान्तरित अथवा विखंडित कर सकेगा।'

इसका मतलब यही है कि कमानेवाला व्यक्ति और ज्यादा न कमाये तथा निठल्ला व्यक्ति यह चाहेगा कि कमानेवाला व्यक्ति और कमाये। यहाँ सम्पत्ति पर चार्ज लगना एकदम गलत है। भविष्य में अर्जित होनेवाली नयी सम्पत्ति के कारण तब्दीली और भी गलत है। इस तब्दीली से यह उपधारा सीधे निठल्ले के पक्ष में और कमाऊ व्यक्ति के खिलाफ जाती है।

यह सब इस दिशा में कदम है कि हिन्दू तलाकशुदा औरत पुनर्विवाह न कर ले। उसे लोभ में रखा जा रहा है कि उसे उसके तलाकशुदा पति की नयी-नयी भावी आमदनियों में से भी सम्पत्ति मिलनेवाली है। इसलिए वह चोरी से सेक्स की पूर्ति करेगी। इस औरत

को यह नहीं सिखाया जा रहा है कि वह पुराने पति की सम्पत्ति में लात मार दे। वास्तव में, इस नये हिन्दू कानून में भी नारी को इतनी अधिक सुरक्षा इसलिए दी गयी है, ताकि (1) पुरुष उसे त्याग न सके, क्योंकि यदि उसे इतना धन देते रहना है तो उसे त्यागने में ज्यादा नुकसान है; और (2) स्त्री तलाक के बाद भी पति की भावी सम्पत्तियों तक के लोभ में पड़ी रहे।

हिन्दू विवाह अधिनियम, 1955 की धारा 25 (3) भी अनावश्यक है, क्योंकि यह भरण-पोषण देनेवाले व्यक्ति का जिम्मा नहीं है कि वह भरण-पोषण पानेवाले व्यक्ति के बारे में रात-दिन जाँच-पड़ताल करता फिरे। पहली बात, जिस केस में जार कर्म के आधार पर तलाक प्राप्त हुआ है, उसमें कोई स्थायी निर्वाहिका और भरण-पोषण नहीं मिलना चाहिए। यह देखना किसी तरह ठीक नहीं है कि तलाक के बाद दूसरी पक्षकार शादी नहीं करेगी या पतिव्रता बनी रहेगी। दूसरी बात, यदि जार कर्म के आधार पर तलाक न मिला हो, तो भी वह औरत जार कर्म से नहीं रुकेगी। असल में वह किसी के वश में नहीं है। इस बात की क्या गारंटी है कि वह ऐसा जार कर्म चोरी से नहीं करेगी ? पहले पक्षकार ने उस औरत से पीछा छुड़ाने के लिए तलाक लिया है, वह उसका नाम भूल जाना चाहता है, पर क्या अब वह उसका पीछा कर उसे हर समय याद करता रहेगा ? पुनः कहा जाये कि यह वही हिन्दू परम्परा की बात है कि सेक्स की चोरी भी होती रहेगी और पुनर्विवाह भी नहीं होगा।

यहाँ भरण-पोषण के कानून का थोड़ा जायजा ले लिया जाये।

सी. आर. पी. सी. में भरण-पोषण का कानून है। यह इसकी धारा 125 के अन्तर्गत है। लेकिन तब हमारे हिन्दू चिन्तकों को बहुत परेशानी हुई थी जब शाहबानो के केस के कारण मुस्लिम औरतों के लिए हमारी संसद ने मुस्लिम स्त्री (विवाह-विच्छेद पर अधिकार संरक्षण) अधिनियम, 1986 बनाया था। तब हिन्दू पत्रकारिता ने शोर मचा दिया था कि इसमें संसद ने उच्चतम न्यायालय की अवमानना की है। वे चाह रहे थे कि मुसलमान औरतों के भरण-पोषण के केस भी सी. आर. पी. सी. के अधीन तय हों। लेकिन खुद हिन्दुओं ने सी. आर. पी. सी. का उल्लंघन हिन्दू विवाह अधिनियम, 1955 और हिन्दू दत्तक एवं भरण-पोषण अधिनियम, 1956 के अधीन कर रखा है। हिन्दू कानूनों ने सी. आर. पी. सी. को कुछ समझ ही नहीं रखा है। 1986 के मुस्लिम महिलाओं के लिए कानून में यह प्रावधान है कि पति-पत्नी दोनों चाहें तो सी. आर. पी. सी के अधीन अपने मुकदमे को तय करवा सकते हैं, लेकिन मेरे मत में हिन्दुओं के कानून में यह होना चाहिए कि वे अपने केसों को केवल सी. आर. पी. सी. के तहत ही तय करवायें।

यह विचारणीय है कि हिन्दुओं ने सी. आर. पी. सी. के सिवाय भरण-पोषण के दो अन्य कानून क्यों बना रखे हैं तथा मुसलमानों के लिए भी 1986 में कानून क्यों लाना पड़ा। यह भी एक खास वजह है कि हिन्दुओं के कानूनों में भरण-पोषण की रकम की मात्रा सी. आर. पी. सी. में बतायी गयी पाँच सौ रुपये की सीमा से ऊपर भी निश्चित हो सकती है, परन्तु मुसलमानों के कानून में पाँच सौ रुपये की सीमा भी अधिक और गैर-जरूरी मानी

जाती है।

भरण-पोषण की समस्या का संबंध सीधे पुनर्विवाह से है। हिन्दुओं में नारी के लिए पुनर्विवाह नहीं है, इसी लिए वे भरण-पोषण की ज्यादा रकम देना चाहते हैं। वे चाहते हैं कि उनकी नारियाँ विवाह-विच्छेद तक सीमित रहें और पुनर्विवाह तक न जायें। मुसलमानों ने औरतों को ऐसे बंधन में नहीं रखा है। वे चाहते हैं कि उन्हें भरण-पोषण न देना पड़े और उनकी तलाकशुदा औरतें जल्द से जल्द दूसरी शादी कर लें। यह भी सच हो सकता है कि वर्ण व्यवस्था में कमाने के लिए शूद्र होने के कारण हिन्दू खुद नहीं कमाते, इसलिए उन्हें भरण-पोषण की भारी रकम देते जोर नहीं पड़ता, जबकि मुसलमान कमा कर खाता है, इसलिए उस पर अपनी कमाई में से तलाकशुदा औरत को बड़ा हिस्सा देने पर जोर पड़ता है।

हिन्दू पति की यह गलती है कि वह अपनी पत्नी को त्याग कर भी उसे किसी दूसरे की पत्नी नहीं बनने देना चाहता। उसका सोच यह है कि औरत पत्नी के रूप में उसकी गुलाम है और सम्पत्ति है। हिन्दू पत्नी की यह गलती है कि वह जार कर्म करते हुए भी अपने पति की कमाई को लूट कर खानेवाली पत्नी बने रहना चाहती है। हिन्दू पति और हिन्दू पत्नी के बीच पैसा आता है। यदि हिन्दू पति के पास से पैसा छीन लिया जाये तो उसकी पत्नी उससे छिन जायेगी और पुनर्विवाह कर लेगी। यदि हिन्दू पत्नी को भरण-पोषण के रूप में भारी-भरकम रकम न दी जाये तो वह पति को तत्काल छोड़ देगी और पुनर्विवाह कर लेगी।

कानून का एक पक्ष और है। आधुनिक कानून की सबसे बड़ी विशेषता यह बतायी गयी है कि यह सब व्यक्तियों पर एक समान लागू होता है। कहा जाता है कि अंग्रेजों से प्रभावित कानून ने ब्राह्मण और शूद्र को एक कर दिया है तथा ये कानून राजा और रंक पर समान रूप से लागू होते हैं। लेकिन सिविल कानूनों का भीतर से अध्ययन और विश्लेषण करने पर पता चलता है कि परिणाम में यह सच नहीं है। इन कानूनों में प्रयुक्त भाषा अवश्य समानता की है, लेकिन असमान सामाजिक वर्गों में उनके परिणाम असमान और बेहद असमान होते हैं।

उदाहरण के लिए हिन्दू विवाह अधिनियम, 1955 की धारा 13 (1) देखी जा सकती है। इसमें लिखा गया है—'कोई भी विवाह पति अथवा पत्नी द्वारा उपस्थापित अर्जी पर विवाह-विच्छेद की डिक्री द्वारा इस आधार पर विघटित किया जा सकेगा कि—

(1) दूसरे पक्षकार ने विवाह के अनुष्ठापन के पश्चात अपने पति या अपनी पत्नी से भिन्न किसी व्यक्ति के साथ स्वेच्छया मैथुन किया है।'

तलाक के अन्य कारण भी दिये गये हैं, लेकिन यहाँ अपने प्रयोजन के लिए यहीं तक सीमित रहा जा रहा है।

ऊपर देखा जा सकता है कि कोई भी पक्षकार इस आधार पर तलाक प्राप्त कर सकता है कि दूसरे पक्षकार ने किसी अन्य व्यक्ति से स्वेच्छया मैथुन किया है। यहाँ तक

समानता की बात पूरी हो जाती है। लेकिन इसमें असमानता तब पैदा हो जाती है जब एक व्यक्ति इस आधार पर तलाक प्राप्त करता है और दूसरा तलाक प्राप्त करना नहीं चाहता। यह व्यक्ति पर छोड़ दिया गया है कि वह शिकायत करे या न करे। एक तरह से सारे कानून को व्यक्ति के हवाले कर दिया गया है।

ऐसा क्यों है कि एक ही बात के लिए एक घर में तलाक लिया जा रहा है तथा दूसरे घर में तलाक नहीं लिया जा रहा है ? बात यहीं तक सीमित नहीं है। परिणामों में इससे भी अधिक अन्तर पैदा होता है। एक घर में ऐसा स्वेच्छया मैथुन हो रहा है, पर उसका कोर्ट से ले कर समाज तक में कोई जिक्र नहीं है। दूसरे में ऐसा स्वेच्छया मैथुन नहीं हो रहा है, पर वहाँ झूठा इल्जाम लगा कर सामाजिक फजीता किया जा रहा है। क्या यह अन्तर व्यक्तियों के कारण है, परिवारों के कारण है या जातियों के कारण है ? असल में यह अन्तर बहुत कुछ द्विजों और गैर-द्विजों के कारण है। समाज को यह कानूनी अधिकार नहीं दिया गया है कि वह कहीं भी ऐसा स्वेच्छया मैथुन होने पर उस परिवार को पंचायत बैठा कर जबरदस्ती विघटित कर दे।

हिन्दू विवाह अधिनियम, 1955 के तहत एक व्यक्ति पहली पत्नी रखते हुए दूसरी पत्नी नहीं रख सकता। यह ठीक है। लेकिन आगे यह भी है कि पहली पत्नी से तलाक लगभग असंभव बना दिया गया है। पहला विवाह पूरी तरह निरर्थक हो चुका हो, ऐसी हालत में भी पुरुष दूसरा विवाह नहीं कर सकता। कोई गुंडा, दुराचारी या जार व्यक्ति, जिसने शादी नहीं की है, अपनी शादी तत्काल कर सकता है। एक सजायाफ्ता व्यक्ति भी शादी कर सकता है। जेल में रहते हुए भी शादियाँ होती हैं। अविवाहित व्यक्ति कितना भी बड़ा अपराधी हो, कानून उसे विवाह करने से नहीं रोकता। लेकिन एक विवाहित व्यक्ति, जो दुराचारी नहीं है, लेकिन अपनी पत्नी से तलाक के लिए पर्याप्त साक्ष्य नहीं जुटा पा रहा है, किसी दूसरी स्त्री से विवाह नहीं कर सकता। अर्थात अविवाहित व्यक्ति पर कोई रोक नहीं है, लेकिन विवाहित व्यक्ति पर रोक ही रोक है। हिन्दू विवाह की यह तानाशाही कब खत्म होगी ?

दो

पुरुष औरत को एकदम पहचान लेते हैं। यदि सभ्यता के आवरण हटा दिये जायें तो औरत और मर्द की पहचान करना एकदम सरल हो जाता है, लेकिन कोशिश यह की जाती है कि सभ्यता के विकसित होने पर भी यह पहचान अलग-अलग बनी रहे।

खालिस औरत जैसी चीज जरूर होती है, लेकिन वह हमारी पकड़ में नहीं है। परमात्मा ने उसे मर्द के पास अमूर्त बना कर नहीं भेजा। हमारे मस्तिष्क में औरत के बारे में अमूर्त का विचार बनता है, लेकिन औरत हमारे सामने कोई न कोई पारिवारिक संबंध बना कर ही आती है। औरत मर्द की माँ होती है, वह मर्द की पत्नी होती है और वह मर्द

की बेटी भी होती है। हमने समाज का विस्तार इसलिए किया है, ताकि औरत को उसकी इन अलग-अलग भूमिकाओं में पहचाना जा सके।

सामाजिक वर्गों की दृष्टि से औरत निरपेक्ष नहीं है। ब्राह्मणी, मुसलमानी, ईसायन और चमारी—ये सभी अलग-अलग औरतें हैं। सम्यक समाधान के लिए इन सबको एक कह देना हमारी भूल बन जाती है, जबकि यह बात भी उतनी ही सत्य है कि ये सब औरत के रूप में पैदा हुई हैं।

समस्या स्त्री-पुरुष के संबंधों को ले कर है। इसके लिए सभी समाजों में सिविल संहिताएँ खड़ी की गयी हैं। ये इस प्रकार खड़ी की गयी हैं कि यदि पति और पत्नी को एक-दूसरे से शिकायत नहीं है, तो यह मान लिया जाता है कि वह घर ठीक चल रहा है। यदि मियाँ-बीवी राजी हैं, तो मुल्ला और काजी को उनके दायरे से दूर कर दिया जाता है। निश्चित रूप से समाज को कुछ हक मिले हैं, लेकिन वे बहुत सीमित हैं। समाज को हक मिला है कि वह माँ की बेटे से और बाप की बेटी से शादी नहीं होने देगा, लेकिन तलाक के मामले में पति और पत्नी ही मालिक बना दिये गये हैं। कभी समाज इन दोनों के बीच में चौधरी बन कर बैठ जाता है, लेकिन वह दो दिलों को मिलाने की ताकत में कभी नहीं रहता। वह सम्पत्ति बँटवा सकता है, बच्चों की देख-रेख करवा सकता है, लेकिन पति और पत्नी को एक साथ जबरन सुला नहीं सकता। ऐसी जबरदस्ती करने पर पति और पत्नी मानव निर्मित समाज क्या, पूरी सृष्टि से विद्रोह कर बैठते हैं। वे एक-दूसरे को मार देते हैं या आत्महत्या कर बैठते हैं।

जब परिवार बिगड़ता है, उस समय स्त्री, पुरुष और बच्चे—समाज के ये तीनों पक्ष अलग-अलग प्रभावित होते हैं। ऐसा नहीं है कि जो परिवार टूटे नहीं हैं, उनके बारे में सोचने की कोई आवश्यकता नहीं है, लेकिन इस छोटे लेख में उसी समस्या तक सीमित रहा जा सकता है जब परिवार टूट गया हो।

परिवार एक घरौंदा होता है जो खत्म हो जाता है। इस घोंसले को आग किसी ने भी लगायी हो, लेकिन जिम्मेदारी घोंसले में रहनेवालों पर आती है।

टूटे हुए परिवारों में पहले क्रूरता और सहनशक्ति की लम्बी लड़ाई चला करती है। क्रूरता का एक कानूनी दायरा होता है। इसकी पक्की परिभाषा बताये बगैर भी शारीरिक और मानसिक विभाजन में इसकी व्याख्या की जाती है। लेकिन यहाँ उस सबको क्रूरता कहा जा रहा है, जिसके कारण परिवार टूटता है। क्रूरता हावी हो जाती है और धैर्य की सीमा चुक जाती है, तब कहा जाता है कि परिवार टूट गया है। आखिर बरदाश्त करनेवाला किस हद तक बरदाश्त करे।

पूछा जा सकता है कि औरत पर असली आफत कब आती है ? उस पर असली आफत तब आती है, जब वह अकेली छोड़ दी जाती है। धरती की वह इतनी कमजोर मादा है कि अकेली नहीं रह सकती। उसे मर्द का साथ मिला है, लेकिन उसे वह दगा कर जाती है। बच्चे उलटे उस पर जिम्मेदारी बन जाते हैं—वह अपना पेट भरना नहीं जानती तो दूसरों

का क्या भरेगी ?

स्त्री और पुरुष की लड़ाई में पुरुष को यह लगता है कि स्त्री उसका घर बिगाड़ कर चली गयी है, लेकिन स्त्री को यह लगता है कि उसकी रोटी का क्या होगा ? सबसे बड़े दुःख की बात यह है कि दुनिया की तमाम मादाओं में मनुष्य की ही मादा इतनी कमजोर है कि कई बार योनि को बेच कर अपना पेट भरती है। योनि का रोटी से कोई रिश्ता नहीं था, लेकिन वेश्या बन कर इसने सृष्टि को इसी रूप में फैल किया है।

सही प्रश्न है : आज हमें समाज में जो बुराई दीख रही है, क्या वह केवल आज की है ? क्या आज के विज्ञान और उद्योगीकरण ने नयी सामाजिक बुराइयों को जन्म दिया है या इन्होंने पहली बुराइयों को ज्यादा साफ दर्पण में दिखा दिया है ?

सच यह है कि स्त्री-पुरुष के संबंधों को ले कर हमारे समाज में बुराई उस दिन से शुरू हो गयी थी, जिस दिन से औरत ने अपने उदर के बारे में भ्रम पाला था। हमारे शरीर की एक-एक इन्द्रिय के कई-कई पक्ष होते हैं, पर जब हम उन्हें गलती से एक ही पक्ष से जोड़ देते हैं तो इसमें बुराई पैदा होने के अवसर बढ़ जाते हैं।

उदाहरण के लिए नहीं, बल्कि इस विषय पर सीधे आने के लिए औरत के उदर या पेट की बात ली जा रही है। औरत इस बात को आज तक गर्व से कहती आ रही है कि उसके पेट में मनुष्य का बच्चा पलता है। लेकिन पूछने की बात है कि क्या यह बच्चा केवल पुरुष का है, जो वह उसके प्रति एहसान जता रही है ? क्या यह खुद उस औरत का भी बच्चा नहीं है, जो वह अपने पेट में पाल रही है ? फिर इसमें पुरुष के सामने व्यर्थ अहंकार या एहसान कैसा ?

बच्चे के जनने में औरत के पेट की बात पूरी नहीं हो जाती। पेट होने का अगला पक्ष यह है कि उस औरत को खाने को भी चाहिए। और चूँकि यह पेट खुद औरत के ही लगा है, इसलिए इसका मतलब यह है कि अपना पेट भरने की उसकी खुद की जिम्मेदारी है। सृष्टि का कोई भी पेटधारी जीव इस जिम्मेदारी से बच नहीं सकता, भले ही वह मनुष्य की मादा क्यों न हो।

यहाँ प्रश्न किया जा सकता है कि आज कितनी औरतें अपना पेट आप कमा कर भर रही हैं ? इस प्रश्न को ले कर तमाम औरतों को दो श्रेणियों में बाँटा जा सकता है। पहली वे औरतें हैं, जो अपना पेट खुद कमा कर भर रही हैं और दूसरी वे औरतें जो अपना पेट आप कमा कर नहीं भर रही हैं। जो औरतें अपना पेट आप कमा कर भर रही हैं—कम या ज्यादा की बात अलग है, क्योंकि उसके व्यक्तिगत स्तर पर अनेक दूसरे समीकरण हो सकते हैं, उन्हें अपने पुरुष से सम्मान और बराबरी जरूर मिल रही है। लेकिन जो औरतें अपना पेट खुद कमा कर नहीं भर रही हैं, उनके सम्मान और बराबरी के बारे में क्या कहा जाये ? कोई कानून, कोई सभ्यता और कोई सहृदयता उनके सम्मान की गारंटी नहीं दे सकती।

पुरुष बिना पेटवाला नहीं है; उसके अपना पेट भी लगा हुआ है। प्रकृति की ओर

सें उसकी जिम्मेदारी अपना पेट भरने तक सीमित थी, लेकिन यहाँ वह अपना पेट भरने के साथ-साथ अपने हिस्से की एक औरत का भी पेट अतिरिक्त भरता है। सच तो यह है कि वह अपना पेट काट कर अपने हिस्से से अपनी औरत का पेट भरता है या फिर इस आपाधापी में समाज में शोषण की व्यवस्था अस्तित्व में आ जाती है जिसमें सबके पेट कटने लगते हैं।

जब औरत अपने पेट के लिए अपनी रोटी आप नहीं कमाती, तो वह किसी पुरुष के आश्रित ही है। अपने पेट की रोटी के लिए किसी दूसरे का मोहताज होना तो भगवान की भी तौहीन है। मानव सभ्यता कहीं तक भी फिरे और वह कितने भी दिमागी कानून बनाये, परन्तु नारी को घर में निठल्ली रख कर नारी जीवन की गुलामी समाप्त नहीं की जा सकती। सहृदय चिन्तक ऐसी नारी का ज्यादा पक्ष ले कर उसके आँचल से दूध की धारा तो छुड़वा सकते हैं, पर उसकी आँखों के आँसू नहीं थमवा सकते। हाथ से तकली पर सूत तक न कातनेवाली एक निठल्ली औरत के बारे में कवि द्वारा यह सपने सँजोना कि वह पुरुष के जीवन के सुन्दर समतल में पीयूष स्रोत-सी बहा करेगी, एकदम निरर्थक और अव्यावहारिक है। आशा के विपरीत और व्यवहार के अनुरूप ऐसी औरत पुरुष के जीवन में जहर ही घोल सकती है। नारी के पक्ष में कानून की पचास धाराओं के मुकाबले में एक कमा कर खानेवाली औरत के सौ दुकड़े तत्काल समाप्त हो जाते हैं। यह 'समान अधिकार और समान दायित्व' की बात है। इसका मतलब है कि स्त्री-पुरुष दोनों स्वस्थ समाज के निर्माण में समान रूप से भागीदार हैं, अन्यथा न कमानेवाली औरत को ले कर मानव सभ्यता तांत्रिक बन कर चाहे किसी भी प्रतीक की देवी खोज कर ले, पर ऐसे साहित्यिक टोटकों से नारी जीवन का निस्तार संभव नहीं है।

यहाँ लगे हाथ एक बात पुरुष के लिए भी कही जा सकती है। खुद पुरुष जीवन औरत के भार को सहता-सहता दुर्घटनाग्रस्त हो गया है। औरत के निठल्लेपन से सभ्यता और समाज का दम घुट रहा है और औरत पुरुष को बदनाम करने पर लगी है। पुरुष जाने किस लोभ में या घमण्ड में इतना बोझा उठाये जा रहा है। वह रात-दिन कमाता-कमाता खुद रोटी के लिए मोहताज हो गया है, पर निठल्ली औरत को घर में सामन्ती चाहत की पटरानी बनाये हुए है। राजा बनने के चक्कर में पुरुष को अपने पिचके हुए गाल ही मिले हैं।

इस जगह कोई प्रश्न उठा सकता है कि जब औरत को कोई कमाने नहीं देता तो वह क्या करे ? इसका जवाब यह है कि जैसे वह न कमाने के लिए लड़ती है, वैसे ही वह कमाने के लिए भी लड़े। लेकिन यहाँ उस स्थिति की बात कही जा रही है जहाँ नारी को कमाने के लिए कहा जा रहा है, पर वह किसी हालत में कमाने को तैयार नहीं है। उलटे वाचाल हो कर कई औरतें जो कुछ करती हैं, उसी को काम कहती हैं। मसलन वे इसे भी काम कहती हैं कि उन्होंने रोटी खायी और इसे उन्होंने काम कह कर सारी दुनिया के सामने गा-बजा रखा है कि उन्होंने रोटी बनायी। वे घर में वीडियो फिल्म के सामने बैठी हैं या

पलंग पर पड़ी सो रही हैं—उनके घर में काम करने को नौकरानी है जिसे वे अपने पति की अतिरिक्त पत्नी न मानने देने के लिए नारी मुक्ति के आधुनिक आन्दोलन में सम्मिलित हो रही हैं। न कमानेवाली ये औरतें डायनासोर बन कर मनुष्य की नस्ल को धरती से नष्ट करना चाहती हैं। कामिनी बनने के चक्कर में इन्होंने अपना सम्मान बेच दिया है।

पुरुष क्या गलती करता है ? वह रात-दिन मेहनत कर एक घर बनाता है। दूल्हा बन कर उसमें एक औरत लाता है और उसे सम्मानपूर्वक तथा प्रेमपूर्वक पत्नी कहता है। फिर उसके साथ मिल कर अपने बच्चों को पालता है। लेकिन वह औरत जब जी चाहे वेश्या बन कर उसके बसे-बसाये घर को उजाड़ देती है। क्योंकि औरत ठाली है, इसलिए उसे सेक्स नहीं, बल्कि चौबीस घंटे की सेक्स की बकवास चाहिए। पति धनपति हुआ तो वह औरत अंधाई में आ कर दूसरों की होड़ा-होड़ घर में नौकर-चाकर भी रखेगी। वह इतना भी नहीं कर सकती कि हाथ में झाड़ू ले कर अपने घर के पानी के निकास की नालियाँ तक साफ कर दे। उसके घर के सामने की गली यूँ ही गन्दी पड़ी रहेगी और वह औरतों में बैठ कर दूसरों की चुगली में सारा समय बितायेगी। वह सामूहिक रूप में श्रमदान कर सड़क से पैरों की गन्दगी नहीं हटा सकती।

वास्तव में ऐसे हिन्दू परिवार बिल्कुल कच्ची मिट्टी के और बालू के ढेर पर बने होते हैं। जिन घरों में औरतें नहीं कमातीं, वे फूँक मारते ही उड़ सकते हैं। ऐसी औरतों को नेकनीयती और ईमानदारी कतई पसन्द नहीं है। यदि सरकारी नौकर और अफसर रिश्वत लेना बन्द कर दें, तो इसका पहला परिणाम यह होगा कि उनके परिवार विघटित हो जायेंगे। यदि व्यापारी और दुकानदार सरकार द्वारा तय की गयी दरों पर सामान बेचने लगें, तो उनकी औरतें उन्हें अगले दिन ही छोड़ देंगी। यहाँ पत्नी अपने पति को उसके धंधे में बेईमान होने के लिए मजबूर करती है। इसे वह अपना अधिकार कह कर पति से बाकायदा लड़ती है। वह सफलता के लिए हमेशा अपने पति के सामने भ्रष्ट लोगों के उदाहरण पेश करती है। यहाँ ईमानदार होने का पति को पहला दण्ड यह मिलता है कि उसका परिवार छूट जाता है—वह बेघर हो जाता है।

यदि पति विवाह के समय पत्नी पक्ष से दहेज माँगने का अपराध करता है, तो पत्नी विवाह के बाद हर महीने और हर मौसम में पति से जेवरों और ऐशो-आराम के सामान की सूची बना कर जीवन भर दहेज से भी बढ़ कर माँगती रहती है। यदि पत्नी इस सूची को छोटी कर अपने पति के ऊपर आर्थिक दबाव कम करने का कष्ट करे, तो देश से रिश्वतखोरी, मुनाफाखोरी और दलाली कम होने के काफी अवसर बनते हैं। हिन्दू स्त्री रोज घर में कीना ले कर बैठ जाती है, कभी बात न मनने पर खाना छोड़ बैठती है, पर क्या कोई हिन्दू स्त्री यह शपथ ले सकती है कि वह अपने घर में रिश्वत का या माल में मिलावट का एक पैसा भी नहीं आने देगी ? पत्नी अपने पति के बारे में यह शिकायत तो करती है कि वह शराबी है, जुएबाज है, पर-स्त्रीगामी है या उसे मारता है, पर वह इसकी शिकायत कभी नहीं करती कि उसका पति रिश्वतबाज है या मुनाफाखोर है। क्या कोई पत्नी कभी

अपने पति के खिलाफ ऐसे केस ले कर कोर्ट में गयी है कि उसके घर में हराम की कमाई आ रही है, जबकि अनेक घरों में ऐसी कमाई आ रही है ?

स्त्री में और पुरुष में लिंग-भेद और लिंग-भेद के व्यापार से उपजी बातों के सिवाय कोई असमानता नहीं है। स्त्री चक्की पीसने से ले कर हवाई जहाज उड़ाने तक का कोई भी काम बखूबी कर सकती है, पर वह ऐसा करके दिखाये तो। यों कहने मात्र को पुरुष और पुरुष में भी समानता है, पर बिना इसके लिए प्रयत्न किये कई बार यह व्यवहार में धरती और आसमान के अन्तर की असमानता हो जाती है।

तीन

औरत को जब पुरुष दुःख देता है, तो औरत की शिकायत में दम होता है। उसे ऐसे समय लड़ना चाहिए। कोई भी दूसरे व्यक्ति को दुःखी कैसे रख सकता है ? लेकिन इन मामलों में दुःख की बात यह है कि औरत शिकायत तक ही सीमित रहती है। जब उसके साथ अन्याय होता है, वह शिकायत करके रह जाती है और लड़ाई नहीं लड़ती—वह लड़ाई को छोड़ देती है और रोती रहती है। ऐसी हालत में औरत जाने क्या-क्या सह जाती है, जो उसे नहीं सहना चाहिए।

लेकिन मैं एक अगली बात कह रहा हूँ। औरत का यह दुःख कोई दुःख नहीं है कि पुल्लिंग के मुकाबले में वह स्त्रीलिंग है। उसका यह दुःख भी कि 'औरत के पेट लगा है और वह कमा कर नहीं खा सकती' किसी हद तक पुरुष ने अपने सम्मान से जोड़ कर समाप्त कर रखा है। औरत का असली दुःख यह बनता है कि वह सही जगह लड़ाई भी नहीं लड़ती। जहाँ उसे लड़ना चाहिए, वहाँ वह मौज-मस्ती में पड़ी रहने के कारण लड़ाई नहीं लड़ती और जहाँ उसे लड़ाई से बच कर चलना चाहिए, वहाँ वह भिड़ कर चलती है। जहाँ उसे चुप रहना चाहिए, वहाँ वह अद-बद कर लड़ती है।

स्त्री के इस दुःख का मनोविज्ञान बताया जा सकता है। ऐसा बहुत कम हुआ है कि जिस स्तर का पुरुष होता है, उसी स्तर की उसे स्त्री मिलती है। वर चुनते समय प्रमुख रूप से इस बात का ध्यान रखा जाता है कि वर वधू की तुलना में अधिक बुद्धिमान, पढ़ा-लिखा तथा बलशाली हो। चुनने की यह प्रक्रिया ही स्त्री को वधू के रूप में छोटा बना देती है। कोई स्त्री इसका प्रतिवाद भी नहीं करती। वह इसी बात में खुश होती है कि उसे उससे अच्छा वर मिले। पुरुष भी इस बात के लिए कभी खुश नहीं होता कि उसे उससे अधिक पढ़ी-लिखी और अधिक कमानेवाली स्त्री मिले। कई समाजों में ऊपर की दोनों बातों के अपवाद मौजूद हैं, पर वे अपवाद ही हैं।

यह सामान्य स्थिति की बात है कि पुरुष प्रधान सामाजिक व्यवस्था में स्त्री पुरुष से निचले स्तर की चाही जाती है। आगे चल कर वैवाहिक जीवन में भी इस सामान्य स्थिति के अपवाद खड़े नहीं हो पाते जो अधिक संख्या में गिनाये जा सकें बल्कि उसी पहली

सामान्य स्थिति का विस्तार होता चला जाता है कि पुरुष आगे बढ़ता रहता है और स्त्री एक जगह ही खड़ी रह जाती है। उससे भी आगे जब बढ़ते-बढ़ते पुरुष की मानसिक स्थिति में गुणात्मक परिवर्तन होते हैं, तो उस समय उसकी सामान्य नारी, जो उसकी पत्नी है, हक्की-बक्की खड़ी रह जाती है। ऐसे समय नारी को अपने मन को सँभालने की आवश्यकता पड़ती है। वह पुरुष की उत्साहवर्धक सहायता भी कर सकती है। लेकिन यदि स्त्री को इस समय समझाया नहीं जाता, तो वह केवल पुरुष के मुकाबले खड़ी हो जाती है। वह स्वयं अपने जीवन में कुछ नहीं कर सकती, पर वह उस पुरुष को भी कुछ नहीं करने देना चाहती जिससे सहयोग के लिए उससे शादी की गयी है। इस समय के लिए कई धर्मशास्त्रों में स्त्री को शुरू से ही प्रताड़ित करने के लिए कहा गया है।

इसका मनोविज्ञान यही है कि पुरुष और नारी में आरंभ में जो मान्य सामाजिक व्यवस्था का सामान्य अन्तर होता है, वह गृहस्थ जीवन के बाद के हर दिन के साथ गहराता चला जाता है।

हमारे सन्त धर्मशास्त्रों से भिन्न विचारधारा के रहे हैं, लेकिन स्त्री के संबंध से ये दोनों एक हो जाते हैं। धर्मशास्त्र स्त्री की निन्दा करते हैं, तो सन्त भी स्त्रियों की निन्दा करते हैं। यह पुरुष प्रधान सामाजिक व्यवस्था की दुर्भाग्यपूर्ण स्थिति है। सन्तों का हृदय शास्त्रकारों की तुलना में कोमल होता है, लेकिन नारी के संबंध में उन्हें भी कठोर होना पड़ गया है। सन्तों का वश चले तो वे नारी की प्रशंसा में गीत रच सकते हैं, पर नारी उन्हें ऐसे गीत नहीं लिखने देती।

यह विचित्र स्थिति है कि पत्नी ही, जो पुरुष की धरती पर सबसे अधिक सगी-संबंधी है, उसकी सबसे बड़ी शत्रु बन जाती है। ऐसे समय उस पुरुष की बाकी समाज प्रशंसा करता है, पर केवल उसकी पत्नी उसकी निन्दा करती है। वह पुरुष की तुलना में कुछ नया करके नहीं दिखा सकती। बस केवल अपने पति की प्रतिष्ठा पर तरह-तरह के लांछन लगा सकती है। वह अन्तिम हद तक आर्थिक रूप से पति का शोषण भी करना चाहती है। यह पुरुष के लिए सबसे बड़ी अनहोनी तथा नारी के लिए सबसे अधिक दुर्भाग्यपूर्ण स्थिति है। नारी अपने सुख को ही दुःख बना कर रह जाती है। इस मनोविज्ञान का कोई इलाज नहीं होता।

इसमें जो दुःख की बात है, वह संतों की बन गयी परम्परा है, जिसमें वे शास्त्रकार बन कर नारी की निन्दा में लग जाते हैं। 'अपना कोई नहीं जग में' या 'मात पिता सुत संपत द्वारा मोह के ज्वाल जरे' या 'माया महाठगिनी हम जानी' की आवाजें तभी रचना में आती हैं।

सन्तों के द्वारा नारी का जो अपमान हो गया है, उसका कारण यह है कि जब उस पुरुष से दूसरे लाखों पुरुष भी मुकाबला नहीं कर पाते तब वह घर में बैठ कर उससे मुकाबला करने की सोचती है। आगे बढ़नेवाला पुरुष किसी की सुना नहीं करता—जब वह पुरुषों से लड़ता है तो वह नारियों से भी लड़ता है। इस अनमेल संबंध में एक सामान्य नारी इतने

बड़े पुरुष से टक्कर लेने बैठ जाती है, जिसकी शक्ति का लोहा संसार भी मानता है। पुरुष हिटलर बने या कबीर—वह नारी की पत्नी के रूप में सुननेवाला नहीं है। वह अपनी बात निस्संकोच और निर्भीक रूप से ढोल बजा कर कहता है और उसके अनुसार काम करता है।

नारी की यही दारुण स्थिति है। यह सामान्य अवस्था में नहीं लड़ती और खुद को सदा असामान्य अवस्था में लड़ने को मजबूर पाती है, जिसमें उसका हारना निश्चित होता है। इससे दूसरी औरतों का भी मनोबल गिरता है। सही समय पर सही लड़ाई लड़े तो उसे विजय प्राप्त हो सकती है, पर जहाँ उसे पैरों की जूती बना कर रखा जाता है वहाँ वह नहीं लड़ती। जो पुरुष उसे पैरों की जूती से ऊपर उठाना चाहता है—एक स्थिति में वह अपने आपको उसी के विरोध में खड़ी हुई पाती है।

समानता के लिए लड़ना किसी भी स्तर पर अच्छा है। यह बात भी सच है कि जब नारी को लड़ने का मौका नहीं दिया जाता, तो वह कैसे लड़ सकेगी। पर अगला दुःख यह है कि जब उसे पुरुष से लड़ने का अवसर मिलता है, तो वह उसी स्थिति का लड़ना है जिसमें यह जीत ही नहीं सकती। पहले ही कहा जा चुका है कि नारी हिटलर से या कबीर से जीत नहीं पायेगी। हिटलर उसका कत्ल कर देगा, क्योंकि वह हजारों पुरुषों का पहले ही कत्ल कर चुका है और कबीर उसे माया कह कर छोड़ देगा, क्योंकि वह संसार के सारे दूसरे संबंधों को भी मोह कह कर पहले ही त्याग चुका है।

यहाँ इस समस्या का एक नया प्रश्न बनता है—जब कोई पुरुष पति के रूप में फकीर रहना चाहता है, तो इसमें नारी क्या कर सकती है ? नारी उससे यह कह सकती है कि वह कमा कर लाया करे। पति उसकी बात को मान कर रोज कमाने जाता है। वह अपने हिस्से का रोज कमाता है और घर में लाता है। इससे बच्चों को दाल-रोटी मिल जाती है। अब पत्नी क्या करे—क्या उसे इस स्थिति से संतुष्ट हो जाना चाहिए ? इसका उत्तर 'हाँ' या 'ना' में नारी को ही देना है।

यदि उसका उत्तर 'ना' में है, तो वह पति से ज्यादा कमाने के लिए कहेगी। अब यह पुरुष के अधिकार क्षेत्र में है कि वह ज्यादा कमाने की अपनी पत्नी की बात को माने या न माने। मान लीजिए, पति ने यह तय कर लिया कि वह दाल-रोटी जुटाने से अधिक नहीं कमायेगा। अब पत्नी क्या करेगी ? उसे जरूरत हो तो वह स्वयं कमाने का प्रयत्न कर सकती है। एक दूसरा विकल्प यह है कि वह उस पति के साथ रात-दिन झगड़ा रखने लगे। उसके हाथ में दोनों विकल्प हैं—वह उस पति से संतुष्ट भी रह सकती है और उसे त्याग भी सकती है। पति दाल-रोटी से ज्यादा कमाने नहीं जा रहा है। यदि पत्नी ने उसे अधिक तंग किया, तो वह गृह त्याग कर सकता है।

इससे आगे एक प्रश्न और बनता है—क्या समाज द्वारा स्त्री या पुरुष को गृह त्याग करने का अधिकार दिया जाना चाहिए ? यदि इस प्रश्न का उत्तर दिया जाना है, तो इस प्रश्न का उत्तर भी दिया जाना चाहिए कि समाज में स्त्री या पुरुष में से किसी को भी आजीवन

विवाहित रहने की अनुमति मिलनी चाहिए या नहीं ? हमारा कानून इन दोनों स्थितियों के बारे में कुछ नहीं कहता। जो व्यक्ति चाहे गृह त्याग कर सकता है और जो व्यक्ति चाहे आजीवन अविवाहित रह सकता है।

पुरुष कब्जे में स्त्री कानून

अरुण कुमार त्रिपाठी

बेंथम ने संसद को समाज सुधार की सबसे बड़ी संस्था और कानूनों को सुधार का सबसे बड़ा औजार माना है। इसके साथ ही उन्होंने संसद को क्रांति रोकने की ढाल भी कहा है। इस बात का दूसरा हिस्सा भारत में स्त्री अधिकार संबंधी कानूनों के लिए जितना सटीक बैठता है, पहला हिस्सा उतना ही उलट।

पिछले दशक में स्त्रियों का उत्पीड़न रोकने और उन्हें उनके हक दिलाने के बारे में बड़ी संख्या में कानून पास हुए हैं। यह सिलसिला इस दशक में भी जारी है। अगर इतने कानूनों का सचमुच पालन होता, तो भारत में स्त्रियों के साथ भेदभाव और अत्याचार अब तक खत्म हो जाना था। दहेज हत्या, सती, बलात्कार या संपत्ति में हक संबंधी प्रतिनिधि घटनाएँ जब-जब देश के मानस को झकझोरती हैं, संसद एक नया कानून पास कर देती है। इससे महिला संगठन और स्त्रियों के प्रति हमदर्दी रखनेवाले खुश हो कर खामोश हो जाते हैं। लेकिन व्यापक समाज में कानून और आचरण के बीच गहरी खाई है। कानून जिसे अपराध मानता है, व्यापक समाज उसे अपनी परंपरा और रीति-रिवाज। विकास के कई स्तरों पर जी रहे हमारे समाज में बाहरी हस्तक्षेप से आयी विकृतियाँ भी अपनी भूमिका निभाती हैं। इतनी पेचीदा स्थितियों में राज्य की संस्थाएँ भी पुरुष प्रधान मानसिकता से चलती हैं। नतीजतन किसी भी कानून का पूरी तरह से पालन होने के बजाय ढेर सारे कानूनों का थोड़ा-सा पालन होता है।

सख्त से सख्त कानूनों के बावजूद अत्याचार नहीं रुकते। वे कम होने के बजाय बढ़ते जाते हैं। कुछ साल बाद इन कानूनों की समीक्षा होती है तथा सजा के प्रावधान और कड़े कर दिये जाते हैं। जुर्माना बढ़ा दिया जाता है। लेकिन नतीजा फिर वही। दहेज हत्या, बलात्कार, घरेलू हिंसा और वेश्यावृत्ति की घटनाओं में कमी आने के बजाय बढ़ोत्तरी होती जाती है। इसके अलावा इन कानूनों से सजा पानेवालों की तादाद भी नगण्य होती है।

स्त्री अधिकारों के प्रति बढ़ती चेतना के इस दौर में पास हुए तमाम कानून सही मायने में उपयोगी होने के बजाय सजावट की वस्तु साबित हुए हैं। उन्होंने स्त्रियों को अधिकार-संपन्न बनाने के बजाय राज्य को ज्यादा अधिकार-संपन्न बनाया है। नतीजतन

स्त्री स्वतंत्र होने के बजाय और लाचार हुई है। फिर महिला, गरीब और अल्पसंख्यक-विरोधी मानसिकता से ग्रस्त राज्य से न्याय की उम्मीद कैसे की जाये। समय-समय पर पास होनेवाले इन कानूनों की सबसे बड़ी 'उपलब्धि' यही रही है कि वे सामाजिक आक्रोश के लिए 'सेफटी वॉल्व' साबित हुए हैं। इस तरह स्त्री के अधिकारों के बारे में विचारधारात्मक बहस अवरुद्ध हो जाती है और आंदोलन आराम करने लगते हैं।

स्त्री अधिकारों संबंधी कानूनों को मोटे तौर पर दो श्रेणियों में बाँटा जा सकता है। एक वे, जो पारंपरिक समाजों में स्त्री को पुरुष के समान अधिकार दिलाने की कोशिश करते हैं। दूसरे वे, जो आधुनिक नागरिक समाज को हिंसा और उपभोक्तावादी हमलों से उसे बचाने का दावा करते हैं। पहली श्रेणी में विशेष विवाह अधिनियिम, भारतीय उत्तराधिकार अधिनियम, हिंदू विवाह अधिनियम, हिंदू उत्तराधिकार अधिनियम, हिंदू दत्तक और भरण-पोषण अधिनियम वगैरह शामिल किये जा सकते हैं। इसके अलावा इस श्रेणी में सती प्रथा निवारण अधिनियम वगैरह को भी रखा जा सकता है। दूसरी तरफ दहेज निवारण अधिनियम, लिंग निर्धारण विरोधी अधिनियम या अश्लीलता विरोधी अधिनियम को आधुनिकता के साथ आयी बुराइयों से स्त्रियों की रक्षा करनेवाले कानूनों की श्रेणी में रखा जा सकता है। वेश्यावृत्ति दमन कानून या बलात्कार व घरेलू हिंसा से निपटने के लिए पुराने कानूनों में किये गये संशोधनों में भी अपराध की आधुनिक स्थितियों से निपटने की कोशिश साफ दिखाई पड़ती है, हालाँकि ये अपराध बहुत पुराने हैं।

स्त्री अधिकारों के बहाने कभी-कभी पारंपरिक और आधुनिक समाज इन कानूनों को हथियार बना कर एक-दूसरे पर हमला करते नजर आते हैं और इस दौरान स्त्री अधिकारों पर व्यापक समाज में विवाद खड़ा होता है। यही क्षण महिला संगठनों के सक्रिय होने और नया कानून पास कराने का होता है। लेकिन यह सक्रियता क्षणिक होती है और उससे आये परिवर्तन भी टिकाऊ नहीं होते। ज्यादातर मामलों में पारंपरिक और आधुनिक समाज में व्यापक साँठगाँठ है। जो काम पारंपरिक समाज नैतिकता के तर्कों के सहारे करता है, वही काम आधुनिक समाज उत्पादकता, विकास और लोकतांत्रिक अधिकारों के बहाने कर डालता है। आखिरकार हैं तो दोनों ही समाज पुरुष-प्रधान।

शाहबानो, मेरी राय या खातून निसा के सहारे उठे विवादों में समाज के उस चरित्र को स्पष्ट तरीके से देखा जा सकता है। शाहबानो सुप्रीम कोर्ट से तो मुकदमा जीत गयी, लेकिन अपने समाज से हार गयी। इस विवाद के दौरान पारंपरिक समाज पूरी कट्टरता से उसके पीछे पड़ गया। आधुनिक कहे जानेवाले समाज ने थोड़ी दूर तक तो उसका साथ दिया, लेकिन धीरे-धीरे वह पीछे हट गया। अंत तक शाहबानो के साथ जो लोग बचे, वे दूसरे समुदाय के 'पारंपरिक लोग' थे। उन्हें शाहबानो और उसके माध्यम से स्त्री जाति को अधिकार दिलाने के बजाय मुसलमान समाज के फटे में टाँग अड़ाने में ज्यादा दिलचस्पी थी। अंत में शाहबानो न सिर्फ पराजित हुई, बल्कि समाज सुधार का केंद्र समझी जानेवाली संसद ने इतनी कठिन लड़ाई के बाद हुई उपलब्धि को छीनते हुए एक प्रतिगामी कानून

पास कर दिया। दिलचस्प बात यह है कि आधुनिकतावादी लोग भी आज इस बारे में उसी तरह का तर्क दे रहे हैं, जिस तरह मुल्ला-मौलवी देते रहे हैं।

स्त्री के आर्थिक अधिकारों से जुड़ा एक और मुकदमा मेरी राय का है। मेरी राय की लड़ाई सीरियाई ईसाई समाज के महिलाओं की ऐतिहासिक लड़ाई बन गयी है। सारा जीवन भाइयों का भरण-पोषण करनेवाली यह शिक्षिका जब स्कूल से रिटायर हुई, तो भाई उसे पिता की संपत्ति में हक देने को तैयार नहीं हुए। मेरी राय ने सुप्रीम कोर्ट तक लड़ाई लड़ी और अंत में उसके पक्ष में फैसला हुआ। 1986 में हुए इस फैसले में सुप्रीम कोर्ट ने कहा कि स्वतंत्रता के बाद त्रावणकोर और कोचीन राज्य का विलय हो गया। उसके बाद वहाँ भारतीय उत्तराधिकार अधिनियम, 1925 लागू हो गया। इसलिए अब त्रावणकोर ईसाई उत्तराधिकार अधिनियम और कोचीन उत्तराधिकार अधिनियमों का कोई औचित्य नहीं है। अदालत ने भारतीय उत्तराधिकार अधिनियम को 1951 से लागू कर दिया। अदालत के इस फैसले से जहाँ ईसाई महिलाओं को आर्थिक आत्मनिर्भरता के अवसर दिखे, वहीं पुरुष समाज हिल उठा। हालाँकि इस फैसले ने निश्चित रूप से विवादों का भानुमती का पिटारा खोल दिया और 35 सालों की वसीयतों, बँटवारों और अन्य मुकदमों का नये सिरे से निपटारा करने की जरूरत पैदा हो गयी। ऊँचे ओहदों पर बैठे शिक्षित ईसाई समाज के तमाम पुरुष एकजुट हो गये। वे किसी भी तरह इस फैसले को लागू नहीं होने देना चाहते। वकीलों ने ऐसे मुकदमे लेने से इनकार कर दिया। केरल के संपन्न और असरदार ईसाई समाज ने इस फैसले को बेअसर करने के लिए पूरी ताकत लगा दी। केरल की करुणाकरन सरकार त्रावणकोर और कोचीन ईसाई उत्तराधिकार कानूनों को बहाल करने के लिए विधेयक पेश कर दिया है। इसका उद्देश्य अप्रैल 1951 से 1986 फरवरी यानी 35 सालों के लिए उन कानूनों को प्रभावी बनाना है, जिनमें पिता की संपत्ति में स्त्री का हक नहीं बनता।

दूसरी तरफ मेरी राय जैसी महिलाओं की एक कतार खड़ी हो गयी है। इसमें इलीकुट्टी और मारियाकुट्टी जैसी महिलाएँ प्रमुख हैं। ये महिलाएँ भी अदालत से मुकदमा जीत कर फैसला लागू होने का इंतजार कर रही हैं। इन महिलाओं ने केरल सरकार के इस कदम के विरोध का एलान किया है। पर पुरुष-प्रधान समाज की ताकत के आगे उनकी जीत आसान नहीं लगती।

हाल में इलाहाबाद हाई कोर्ट की लखनऊ बेंच के एक दिलचस्प फैसले से गंभीर विवाद खड़ा हो गया है। खातून निसा के पति रहमतउल्ला ने भूमि हदबंदी कानून से अपनी जमीन बचाने के लिए उसे तीन बार तलाक कह कर तलाक दे दिया। इस तरह बीवी के हिस्से में जमीन बँट जाने से रहमतउल्ला की जमीन सीलिंग से बच गयी। लेकिन न्यायमूर्ति हरिनाथ तिलहरी ने इस तलाक को अमान्य करार देते हुए कहा कि उन्हें भूमि हदबंदी कानून के तहत छूट का अधिकार नहीं है।

इस फैसले का असर यह हुआ कि 25 साल पहले हुआ तलाक भारतीय संविधान के मुताबिक अवैध माना गया और 'तीन तलाक' पर व्यापक बहस खड़ी हो गयी।

मुल्ला-मौलवी तो उस फैसले का विरोध धार्मिक आधारों पर कर रहे हैं। वे तीन तलाक को रद्द करने को शरीयत में हस्तक्षेप मानते हैं। लेकिन इस फैसले के विरोध के आर्थिक बिंदु भी हैं। न्यायमूर्ति तिलहरी ने तीन तलाक को तो अवैध करार दे दिया, लेकिन उन्होंने उस भूमि हदबंदी कानून पर गौर नहीं किया, जिसमें स्त्री की संपत्ति को पति की संपत्ति से जोड़ दिया गया है। भूमि हदबंदी कानून ने बालिग बेटे की संपत्ति को भी अलग माना है, पर बालिग बेटी या पत्नी को यह सुविधा नहीं दी है। लगता है, न्यायमूर्ति तिलहरी का स्त्री अधिकारों से संबंधित सनसनीखेज पहलू तो दिखाई पड़ा, लेकिन संपत्ति का अधिकार जैसा ठोस मुद्दा नहीं दिखाई दिया। लेकिन इस वजह से पूरे फैसले का विरोध करना पुरुष-प्रधान समाज का ही समर्थन करना है।

व्यक्तिगत संपत्ति को महत्त्व देनेवाले समाज में पिता और पति की संपत्ति में अधिकार स्त्री की आत्मनिर्भरता की आधारशिला है। लेकिन यह आधारशिला स्त्री आज तक नहीं रख सकी है। इस मामले में न सिर्फ कानूनी विसंगतियाँ हैं, बल्कि सामाजिक कट्टरता और दोगलापन भी है। ऐसा नहीं है कि स्त्री के नाम से संपत्तियाँ नहीं हैं या वे खरीदी व बेची नहीं जातीं। लेकिन ऐसा तभी किया जाता है, जब पति या पिता को किसी तरह की बेईमानी या चोरी करनी होती है। अगर किसी जमींदार को हदबंदी कानून से अपनी जमीन बचानी होती है, तो वह पत्नी और बेटी ही नहीं, 'ठाकुर जी', 'राम-जानकी जी' और नौकर-चाकर सबके नाम जमीन कर देता है। इसी तरह अगर किसी अधिकारी को काला धन छिपाना है, तो बेटी को उपहार देने लगता है और पत्नी के नाम प्लॉट, मकान या जायदाद खरीदने लगता है। लेकिन सामान्य तौर पर पिता की संपत्ति में बेटी को हक नहीं दिया जाता।

हिंदू समाज में मेरी राय जैसे विवाद नहीं सुनाई पड़ते, तो उसकी वजह यह नहीं है कि वहाँ बेटियों को खुशी-खुशी पिता की संपत्ति में हक दे दिया जाता है। दरअसल, स्त्रियाँ इस बारे में न तो पूरी तरह से जाग्रत हैं और न ही इस अधिकार के औचित्य से सहमत। फिर दहेज के व्यापक चलन के माध्यम से हिंदू समाज ने इस मुद्दे पर समझौते का एक बिंदु निकाल लिया है। संभवतः इसी लिए संपत्ति के बँटवारे पर जितने तनाव की संभावना रहती है, वह दहेज को ले कर पैदा हो जाती है। इसी लिए मधु किश्वर जैसी सामाजिक कार्यकर्ताओं ने दहेज के विरोध पर ज्यादा जोर देना छोड़ दिया। उनका कहना है कि बेटी को पिता की संपत्ति में हक तो मिलता नहीं, उलटे हम दहेज का विरोध कर उसकी आर्थिक स्थिति को और कमजोर बनाते हैं।

पिता की संपत्ति में स्त्री के हक के बारे में जबरदस्त कानूनी विसंगति भी है। हिंदू उत्तराधिकार अधिनियम के अनुसार बेटे और बेटी को पिता की संपत्ति में एक साथ हक मिलेगा। उसमें वरीयता क्रम में कोई किसी से आगे-पीछे नहीं है। जाहिर-सी बात है कि हिंदू विधि में 1956 के पहले यह स्थिति नहीं थी और यह सामाजिक सुधार के बढ़ते दबाव का परिणाम है। लेकिन कई राज्यों के भूमि कानूनों पर हिंदू समाज के पुराने

उत्तराधिकार नियम हावी हैं।

उदाहरण के लिए उत्तर प्रदेश जमींदारी उन्मूलन और भूमि सुधार कानून की धारा 171 के तहत अगर किसी पुरुष काश्तकार का वसीयत के बिना निधन होता है, तो सबसे पहले उसके बेटे को संपत्ति मिलेगी। अविवाहित बेटी का नंबर चौथा और विवाहित बेटी का नंबर सातवाँ है। यह नंबर भी तब आयेगा, जब बीच के सारे नंबरों के उत्तराधिकारी न हों। यानी बेटे के होते हुए बेटी को जमीन में हक नहीं मिल सकता।

इसी तरह स्त्री और पुरुष काश्तकारों के अधिकार भी अलग-अलग हैं। हिंदू उत्तराधिकार अधिनियम में तो स्त्री संपत्ति की पूर्ण स्वामिनी है, पर भूमि कानूनों में ऐसा नहीं है। पुरुष उत्तराधिकार में पुरुष से प्राप्त संपत्ति का पूर्ण स्वामी होता है, जबकि स्त्री पुरुष से प्राप्त संपत्ति की पूर्ण स्वामिनी नहीं होती। उसके निधन के बाद उसकी संपत्ति उसी पुरुष के पास लौट जायेगी जहाँ से उसने प्राप्त की थी। फिर वह उसी पुरुष के करीबी उत्तराधिकारियों को मिलेगी। दिलचस्प बात यह है कि स्त्री की तन्हा जमीन पर भी पहला दावा बेटे और पोतों का ही है। बेटी का दावा तीसरे नंबर पर है। गनीमत यही है कि पति की जमीन में बेटे के साथ उसे भी हिस्सेदार बनाया गया है।

इस तरह बेटी सिर्फ पिता की जायदाद पर दावा कर सकती है, न कि उसकी जमीन पर। ग्रामीण समाज जमीन पर दावा यह कह कर देने से इनकार करता है कि इससे जमीन के टुकड़े होंगे व उत्पादकता घटेगी और गाँव में बाहरी व्यक्ति (दामाद) के आने से तनाव बढ़ेगा। दूसरी तरफ शहर का समाज यह कह कर हिस्सा देने से इनकार करता है कि उसके पास संपत्ति है ही नहीं।

संपत्ति पर पुरुष किस तरह कुंडली मार कर बैठना चाहता है, इसका एक रोचक उदाहरण बिहार के बोधगया संघर्ष में देखने को मिला। क्रांतिकारी चेतना से लैस लोग वहाँ के महंत की जमीन का वितरण किसानों में कर रहे थे। इस दौरान शुरू में बहुत कम लोगों का ध्यान इस तरफ गया कि यह सारी जमीन पुरुषों के नाम चढ़ायी जा रही है। बाद में जब स्त्रियों के नाम जमीन करने की बात आयी, तो इसका आंदोलनकारी किसानों ने ही विरोध किया।

जिन राज्यों में पिता की जमीन में बेटी को हक दिया गया है, वहाँ भी इस अधिकार को लागू करवा पाना आसान नहीं है।

दरअसल, यह विवाद बहुत पेचीदा है कि स्त्री को बाप की जायदाद में हक मिले या पति के या दोनों के। अगर स्त्री को पिता की सभी संपत्तियों में हक देना उचित है, तो जमीन में क्यों नहीं ? इस तर्क में कोई दम नहीं लगता कि इससे गाँव में बाहरी व्यक्ति आ कर बसेगा और गाँव की व्यवस्था में गड़बड़ी पैदा होगी। रही जमीन के बँटने और उत्पादकता घटने की बात, तो जमीन भाई के रहने पर भी बँटती है। तब क्या उत्पादकता बढ़ जाती है ? ये सब स्त्री अधिकारों के बारे में उसी तरह के पुरुषवादी अड़ंगे हैं जैसे आरक्षण के विरोध में ब्राह्मणवादी तर्क खड़े किये जाते थे। बेटी को पिता की जमीन में

निश्चित तौर पर हक होना चाहिए—वह चाहे तो भाई को दे दे। दूसरी बात यह है कि इस मामले में हर क्षेत्र विशेष की संस्कृति के हिसाब से संशोधन भी होना चाहिए। दरअसल, भारत के कुछ पारंपरिक समाजों में स्त्री पूरी तरह से संपत्तिहीन नहीं रही है। तमिलनाडु और लक्षद्वीप में स्त्रियों को संपत्ति के अधिकार रहे हैं। लेकिन बात सिर्फ संपत्ति के अधिकार की नहीं। जरूरत बेटी और बहू को आर्थिक रूप से आत्मनिर्भर बनाने की है।

संपत्ति के अधिकार से परोक्ष या प्रत्यक्ष रूप से जोड़ी जा रही दहेज की समस्या घरेलू अपराध और अत्याचार की गंभीर समस्या बनी हुई है। 1961 में बना दहेज निरोधक कानून इस बारे में बेहद लचर और बेअसर साबित हुआ। उसमें दहेज की परिभाषा 'विवाह के प्रतिफल और विवाह की शर्त के रूप में दी गयी संपत्ति' के रूप में रखी गयी। तब अधिकतम सजा छह महीने और 5,000 रुपये का जुर्माना था। उस समय अपराध संज्ञेय नहीं था और जमानती था। यह कानून उस स्थिति में 1984 तक रहा। यही वह दौर था, जब भारत में हरित क्रांति हुई और ज्यादातर शहरों का विस्तार हुआ। इस दौरान हाहाहूती मध्य वर्ग का उदय हुआ और उसमें नये-नये हथकंडों से दहेज हासिल करने का चलन बढ़ा। हजारों बहुओं को यातना दी गयी और जलाया गया। पर यह कानून तमाशबीन बना रहा। बल्कि हर कोई इसका मजाक उड़ाता रहा। दरअसल, यह कानून शादी के बाद होनेवाली दहेज की माँग पर लागू नहीं होता था। इसी आधार पर एल. वी. जाधव बनाम शंकर राव साहेब पवार (1983) 4 एससीसी 231 के मुकदमे में बंबई हाई कोर्ट ने फैसला दिया कि लड़की के पिता से दंपति को विदेश भेजने के लिए 50,000 रुपये की माँग दहेज नहीं है, क्योंकि यह माँग शादी के समय पर नहीं की गयी थी।

इन स्थितियों की वजह से दहेज के खिलाफ सामाजिक असंतोष बढ़ता गया। वधू दहन, यातना और दहेज विरोधी प्रदर्शन की घटनाएँ आम हो गयीं। जून 1980 में प्रमिला दंडवते के निजी विधेयक के आधार पर एक कमेटी बनी और उसके सुझावों की रोशनी में दहेज निरोधक कानून में संशोधन किया गया। दहेज की परिभाषा बदली गयी। 'विवाह के प्रतिफल के रूप में' की जगह पर 'विवाह के सिलसिले में' कर दिया गया। लेकिन विवाह के मौके पर दिये जानेवाले उपहारों और फिजूलखर्ची पर रोक लगाने के बारे में कमेटी के सुझाव पर गौर नहीं किया गया। सजा छह महीने से बढ़ा कर पाँच साल और जुर्माना 5,000 से 10,000 रुपये कर दिया गया। इससे भी दहेज संबंधी अपराधों में खास कमी नहीं आयी और 1986 में फिर संशोधन कर इसे गैर-जमानती अपराध बना दिया गया। सबूत का भार अभियुक्त पर डाल दिया गया। अगर स्त्री की अप्राकृतिक मृत्यु होती है, तो उसकी संपत्ति बच्चों और बच्चों के न होने पर माता-पिता को मिलने की व्यवस्था की गयी। भारतीय दंड संहिता में संशोधन कर धारा 304 बी जोड़ी गयी। इसके तहत विवाह के सात साल के भीतर जलने, चोट लगने या किसी भी असामान्य तरीके से स्त्री की मृत्यु होने और अगर इससे पहले उससे पति या अन्य संबंधी द्वारा दहेज की माँग की गयी हो व उसे ले कर सताया गया हो, तो ऐसी मृत्यु को 'दहेज मृत्यु' कहेंगे और इसके लिए पति

या संबंधी जिम्मेदार होंगे। इस कानून के तहत न्यूनतम सात और अधिकतम आजीवन कारावास की सजा का प्रावधान रखा गया। इसी तरह भारतीय दंड संहिता में धारा 498 ए जोड़ कर दहेज के नाम पर होनेवाली क्रूरता को रोकने की व्यवस्था की गयी। दहेज रोकने के लिए ही फौजदारी कानूनों में दो बार 1983 और 1986 में संशोधन किये गये।

इतने सारे संशोधनों के बाद निश्चित तौर पर दहेज संबंधी कानून सख्त हुआ है और ऊपर से देखने पर लग सकता है कि महिलाओं की स्थिति बहुत मजबूत है, पर वास्तविक स्थिति ऐसी है नहीं। जहाँ तक क्रूरता का सवाल है, इस मामले में स्त्रियाँ किसी फैसले के बजाय समझौते का इरादा रखती हैं, क्योंकि वे इतनी मजबूत स्थिति में नहीं होतीं कि ससुरालवालों को क्रूरता की सजा दिला कर चैन से रह सकें। फिर मायकेवालों का भी जोर समझौते पर ही होता है। इसलिए क्रूरता से संबंधित जितने मामले अदालत तक पहुँचते हैं, उनमें ज्यादातर दहेज हत्या के होते हैं। हालाँकि पुणे की माधुरी चिटनीस ने क्रूरता के एक मामले में पति से 30, 000 रुपए वसूल लिये। यह जुर्माना सुप्रीम कोर्ट से बहाल हुआ। लेकिन इस मामले में पीड़ित पक्ष यानी माधुरी चिटनीस खुद वकील हैं। इसी लिए उन्होंने पति द्वारा चरित्र पर आक्षेप लगाने को ही क्रूरता साबित करवा दिया। (माधुरी मुकुंद चिटनीस बनाम मुकुंद मरकंद चिटनीस)।

दूसरी ओर सामान्य महिलाओं की क्रूरता की वजह से हुई मृत्यु भी खुदकुशी के खाते में चली जाती है। अशोक कुमार बनाम पंजाब राज्य (1987) के मामले में पंजाब और हरियाणा हाई कोर्ट ने सेशन कोर्ट से खुदकुशी को उकसावा देने के आरोप में दोषी पाये गये पति को बरी कर दिया। इसी तरह मध्य प्रदेश हाई कोर्ट ने पद्मावती बनाम मध्य प्रदेश राज्य (1987) के मामले में सास की तीन साल की सजा खत्म कर दी। अदालत का कहना था कि बहू ने जब घर में अपने को जलाया, उस वक्त वहाँ कोई मौजूद नहीं था। इसलिए यह काम अवसाद और अति संवेदनशीलता में किया गया लगता है। इसी तरह सरला प्रभाकर बाघमारे बनाम महाराष्ट्र (1990) के मुकदमे में बंबई हाई कोर्ट ने फैसला दिया कि हर तरह की तकलीफ या हर तरह की क्रूरता पर भारतीय दंड संहिता की धारा 498 ए नहीं लागू होती। इस तरह यह बात साबित नहीं होती कि पति की पिटाई या यातना या अवैध माँग की वजह से पत्नी ने खुदकुशी की।

ऐसे तमाम मामले हैं, जिनमें दहेज हत्या संदेह के परे साबित नहीं हो सकी। अभियुक्तों को या तो संदेह का लाभ मिल जाता है या फिर हत्या के मामले को खुदकुशी मान लिया जाता है। दरअसल, सख्त से सख्त कानून होने के बावजूद हमारा न्याय विवेक पुरुषवादी है। हमारी न्यायपालिका, प्रशासन, पुलिस और समाज महिलाओं पर होनेवाले अत्याचार को ज्यादा तूल नहीं देना चाहते। इसी लिए अभियुक्त या तो पकड़े नहीं जाते, पकड़े जाते हैं तो सजा नहीं होती, सजा होती भी है तो ऊपरी अदालतों से छूट जाते हैं। अगर ऊपरी अदालतों से सजा हो गयी तो कई बार मुजरिम 'विशेष योग्यता' से छुट्टे घूमते रहते हैं। सामान्य तौर पर स्त्री के प्रति होनेवाले अपराधों को ले कर समाज या उसकी

संस्थाओं की यही प्रतिक्रिया होती है। हाँ, कभी-कभार सामाजिक असंतोष और महिला संगठनों के आंदोलन को देखते हुए उसका न्याय विवेक जागता है, तो वह राजस्थान हाई कोर्ट के लक्ष्य देवी केस (1985) की तरह स्टेडियम ग्राउंड या रामलीला मैदान में सार्वजनिक फाँसी का आदेश दे देता है। अदालत को यह उम्मीद थी कि व्यापक समाज और खासकर महिला संगठन इससे बड़े खुश हो जायेंगे। पर 'मानुषी' ने इसकी कड़ी निन्दा की।

दरअसल, हमारे समाज में बुराइयों से लगातार लड़ते रहने और अच्छाइयों की रक्षा करने का विवेक नहीं है। हम दुष्ट और अपराधी व्यक्तियों को दंडित करने का अभियान चलाने के बजाय उनसे साँठगाँठ करने और फायदा उठाने में यकीन करते हैं। कानून के राज की चाहे जितनी बात की जाये, पर भारतीय समाज 'समरथ को नहिं दोष गुसाईं' वाली अवधारणा में ज्यादा यकीन करता है। हमारा पारंपरिक समाज तो एक अतिवादी न्यायिक प्रक्रिया को मानता है। यानी जब तक पाप का घड़ा न भर जाये तब तक न्याय करनेवाली शक्ति का अवतार नहीं होगा।

नाबालिग आदिवासी लड़की मथुरा के साथ थाने में हुए बलात्कार के मुकदमे के साथ समाज की निगाह बलात्कार कानूनों की तरफ गयी। इस मुकदमे में सुप्रीम कोर्ट ने थाने में बलात्कार करनेवाले दो सिपाहियों को बरी कर दिया था। इस फैसले के खिलाफ जबरदस्त सामाजिक प्रतिक्रिया हुई। बलात्कार कानून को बदलने की तेज माँग उठी। विधि आयोग के कई सुझावों को मानते हुए बलात्कार कानून को सख्त बनाया गया। संरक्षण में बलात्कार, सामूहिक बलात्कार, गर्भवती महिला से बलात्कार और नाबालिग लड़की से बलात्कार की सजा दस साल कर दी गयी। इसके अलावा इन मामलों में सबूत का भार अभियुक्त पर डाल दिया गया। लेकिन एक गौरतलब तथ्य यह है कि बलात्कार की परिभाषा आज भी वही है, जो 1860 में थी। 'भेदन' (पेनीट्रेशन) के बिना बलात्कार पूरा नहीं होता। इसी लिए मुकदमा दर्ज होने और गिरफ्तारी होने के बावजूद अक्सर मामले छूट जाते हैं। हाल में सुमन रानी के मुकदमे (हरियाणा राज्य बनाम प्रेमचन्द व अन्य, 1989-90) में सुप्रीम कोर्ट के फैसले से महिला संगठनों को बड़ी निराशा हुई। पुलिस बलात्कार के मामले में न्यूनतम सजा दस साल से घटा कर पाँच साल कर दी गयी।

बाल विवाह से जुड़े बलात्कार के मामले में भी कानून असमंजस की स्थिति में है। वह एक तरफ दूल्हे की उम्र 21 और दुल्हन की उम्र 18 वर्ष न होने पर दंड का प्रावधान करता है, तो दूसरी तरफ इस विवाह को गैरकानूनी नहीं मानता। अगर विवाह के समय लड़की की उम्र 15 साल से कम है और 18 वर्ष की होने से पहले उसने इस विवाह से इनकार कर दिया है तो वह तलाक ले सकती है। लेकिन अगर 18 वर्ष की होने से पहले मना नहीं किया, तो वह फिर इस आधार पर तलाक नहीं ले सकती। इसी तरह अगर विवाह के समय लड़की की उम्र 15 साल से ज्यादा है, तो वह इस आधार पर तलाक नहीं ले सकती। पत्नी की उम्र अगर 18 साल से कम और 15 साल से ज्यादा है, तो उस स्थिति में पति के बलात्कार पर कानूनी कार्यवाही नहीं हो सकती। 15 से कम और 12 साल

से ज्यादा उम्र की पत्नी से बलात्कार पर सिर्फ दो साल की सजा है।

सहमति की उम्र की अवधारणा और पारंपरिक समाज में गहरा द्वंद्व है। इसलिए सहमति की उम्र की अवधारणा के साथ अगर पारंपरिक समाज का खयाल रखा जाता है, तो इस तरह की तमाम विसंगतियाँ होना स्वाभाविक है। कानूनी रूप से सहमति और विवाह की उम्र तय होने के बावजूद प्रेम और स्त्री-पुरुष संबंधों पर उम्र का बंधन एक सीमा तक लागू होता है। आजकल दक्षिण भारत में किशोरों के बीच बढ़ते प्रेम और अविवाहित मातृत्व की बढ़ती समस्या की वजह से तमाम पढ़े-लिखे अभिभावक कम उम्र में बेटियों के विवाह की सोचने लगे हैं। हाल में मद्रास हाई कोर्ट ने नाबालिग बेटी के गर्भपात की माँग करनेवाले बाप की याचिका खारिज कर दी। अदालत ने उस लड़की को बाकायदा गर्भ धारण की इजाजत दी।

इन घटनाओं से यह बात बार-बार साबित होती है कि किसी भी समाज में अच्छी स्थितियाँ सिर्फ कानून के माध्यम से नहीं पैदा की जा सकतीं। उसके लिए जागरूक सामाजिक शक्तियों का सतत प्रयास जरूरी है। अगर यह प्रयास नहीं चलता है, तो कानून 'कॉमेडी' बन कर रह जाता है। पुरुष-प्रधानता को बनाये रखने के लिए पारंपरिक और आधुनिक समाज में अद्वितीय साँठगाँठ का नमूना लिंग निर्धारण टेस्ट है। एक ने स्त्री की हीनता का मूल्य दिया और दूसरे ने अत्याधुनिक टेक्नोलॉजी और पढ़े-लिखे डॉक्टर। लड़कियों की भ्रूण हत्या को रोकने के लिए कई राज्यों ने कानून पास कर रखे हैं, पर बढ़ते निजी मेडिकल सेंटरों की संस्कृति में पैसा ही सर्वश्रेष्ठ मूल्य है। लिंग निर्धारण रोकनेवाले कानून में संबंधित महिला के लिए भी सजा का प्रावधान होने की वजह से उसके दुरुपयोग के भी खतरे हैं। इसी तरह 1988 में बने सती निरोधक कानून में संबंधित महिला के लिए सजा का प्रावधान भी स्त्री को ताकत देने के बजाय उसे कमजोर करता है।

वैसे तो स्त्री अधिकारों से संबंधित बहुत सारे कानून हैं, पर वेश्यावृत्ति संबंधी कानूनों पर विचार किये बिना यह चर्चा अधूरी रहेगी। दुनिया में वेश्यावृत्ति के बारे में सामान्यतः तीन सामाजिक दृष्टियाँ हैं। एक दृष्टि वेश्यावृत्ति को स्त्री जाति ही नहीं, संपूर्ण मानवता पर कलंक मानती है और इसके उन्मूलन का लक्ष्य रखती है। इस धारणा के आधार पर जो व्यवस्था बनायी जाती है, उसे निषेधात्मक प्रणाली कहते हैं। अमेरिका में नेवादा के अलावा बाकी राज्यों में यही व्यवस्था है। इस व्यवस्था के कानून वेश्यावृत्ति से जुड़ी सभी गतिविधियों को अपराध मानते हैं। इसमें चकलाघर के मालिक, भड़ुए, दलाल, ग्राहक और वेश्या सबके लिए दंड की व्यवस्था है।

दूसरी प्रणाली सहनशील प्रणाली कही जाती है। 1949 के देह व्यापार और वेश्या शोषण के दमन संबंधी संयुक्त राष्ट्र के समझौते के तहत ब्रिटेन, भारत और फ्रांस में यह प्रणाली लागू की गयी। इस प्रणाली की मान्यता है कि वेश्यावृत्ति उतनी ही पुरानी है, जितनी मानव सभ्यता। यह सार्वभौमिक और अपरिहार्य सामाजिक बुराई है। इसे खत्म करना संभव नहीं है। ज्यादा से ज्यादा इसे नियंत्रित किया जा सकता है, ताकि यह सामाजिक स्वास्थ्य

के लिए खतरा न पैदा करे। इस प्रणाली के तहत सिर्फ वेश्यावृत्ति अपने में अपराध नहीं है। वह अपराध तब बनती है, जब उसे देह व्यापार का रूप दिया जाये और उसमें अन्य लोग भी शामिल हों। हालाँकि इस प्रणाली में वेश्या को दंडित करने की व्यवस्था नहीं है, पर जिन देशों ने इसे अपनाया है, उन्होंने अपने-अपने ढंग से वेश्याओं को दंड देने की व्यवस्था बनायी है। लेकिन गौरतलब बात है कि ग्राहक को दंड देने की व्यवस्था नहीं है।

तीसरी प्रणाली वैधानिक वेश्यावृत्ति की है, जो अमेरिका के नेवादा, जर्मनी, वियना और स्विट्जरलैंड में लागू है। यह इस अवधारणा पर टिकी है कि वेश्यावृत्ति एक आवश्यक सामाजिक बुराई है, जो शरीफ महिलाओं को पुरुषों के यौन आक्रमण से बचाती है और परिवार के ढाँचे की हिफाजत करती है। इस प्रणाली में वेश्याओं के खास केंद्र होते हैं और यौन रोगों की रोकथाम के लिए उनकी नियमित जाँच होती है। पहले भारत और इंग्लैंड में यही प्रणाली लागू थी। पश्चिम के कुछ आधुनिक नागरिक अधिकारवादी और वेश्या अधिकारों के समूह इसे बाकायदा एक व्यवसाय का दरजा देने की माँग कर रहे हैं। वे इसे अपमान या आवश्यक सामाजिक बुराई नहीं मानते।

भारत में 1956 में महिला और बालिका अनैतिक देह व्यापार दमन अधिनियम (सीता) बना। लेकिन उस कानून में पुरुष वर्ग यानी ग्राहक, दलाल और वेश्यालयों के मालिक के बजाय वेश्याओं को दंड देने की व्यवस्था थी। इसमें 1978 में संशोधन हुआ, लेकिन उससे भी धंधा करनेवाले पकड़ में नहीं आये। 1987 में हुए संशोधन में उस कानून का नाम बदल कर अनैतिक देह व्यापार नियंत्रण अधिनियम कर दिया गया। यह कानून व्यावसायिक उद्देश्यों के लिए यौन शोषण या दुरुपयोग को वेश्यावृत्ति मानता है। वेश्या को शोषित माननेवाला यह कानून शोषकों को दंड देने की व्यवस्था करता है। यह संशोधन एक हद तक सकारात्मक कदम कहा जा सकता है, पर इसमें अंग्रेजी राज की झलक दिखाई पड़ती है। आज देश में लगभग 17 लाख वेश्याएँ हैं। अंग्रेजों ने तो अपनी फौज की यौन इच्छा की तृप्ति के लिए वेश्यावृत्ति को बढ़ावा दिया, लेकिन हम क्यों इतने बड़े पैमाने पर वेश्यावृत्ति पाले हुए हैं ?

उदारीकरण के इस दौर में अश्लीलता तेजी से बढ़ रही है। फिल्म, मीडिया, साहित्य, संगीत हर क्षेत्र में काम वासनाओं को उभार कर धन कमाने का चलन है। नारी गरिमा पर हो रहे इस हमले के आगे स्त्री के अश्लील प्रदर्शन को रोकने संबंधी कानून अपर्याप्त साबित हो रहे हैं।

स्त्री के लिए सबसे जरूरी आर्थिक आत्मनिर्भरता है। संपत्ति के साधनों पर उसको कब्जा मिलना चाहिए। इसके लिए संपत्ति के निर्माण की और संपत्ति के वितरण की प्रक्रिया चलनी चाहिए। आज भारतीय समाज में संपत्ति तो जरूर बढ़ी है, पर वितरण की अवधारणा को नकारा जा रहा है। ऐसी स्थिति में स्त्री को आधुनिक और पारंपरिक दोनों समाजों की पुरुषवादी मानसिकता से लड़ना होगा, क्योंकि इनमें से किसी भी एक प्रणाली में मुक्ति का मार्ग नहीं है। लेकिन सिर्फ इतने से काम नहीं चलेगा। उसे पूँजीवादी अर्थव्यवस्था की

शोषक प्रवृत्तियों के खिलाफ भी खड़ा होना पड़ेगा, क्योंकि पूँजीवाद के इस हमले में नारी आत्मनिर्भरता की राह खो गयी है। लगातार घटते रोजगार और बढ़ते निजीकरण में स्त्री के ग्लैमर की संभावनाएँ तो बन रही हैं, पर गरिमा की नहीं। भोगवाद का यह प्रवाह वैसे तो पुरुष-स्त्री दोनों को भँवर में ले जा रहा है, पर यह स्त्री का ज्यादा नुकसान करेगा, क्योंकि पुरुष वर्चस्व के चंगुल से निकल रही स्त्री फिर उसी में फँस जायेगी।

पिछले दशक ने स्त्री को रक्षा के लिए कानूनों का जो कवच दिया था, वह नयी चुनौतियों के आगे अपने को लाचार पा रहा है। अब उन कानूनों के भरोसे निश्चिंत नहीं हुआ जा सकता। वे कानून ठीक तरह से लागू हों, इसके लिए तो सजग रहना ही पड़ेगा, लेकिन आनेवाली सदी में स्त्री की जगह क्या हो, इस बारे में एक समग्र दृष्टि विकसित करनी होगी। जरूरत ज्यादा से ज्यादा कानूनों के थोड़े-से पालन की नहीं, थोड़े-से कानूनों के अच्छी तरह पालन की है।

स्त्रियाँ लुप्त क्यों हो रही हैं

कथकली बागची / मिनी फिलिप

स्त्रियों के साथ बढ़ता अत्याचार हमारे दैनिक समाचारों का एक आम हिस्सा हो गया है परन्तु यह जानकारी लोगों को बहुत ही कम है कि जितनी स्त्रियाँ बलात्कार, दहेज औ अन्य मानसिक और शारीरिक अत्याचारों से उत्पीड़ित की जाती हैं, उनसे कई सौ गुना ज्याद तो जन्म लेने से पहले ही मार दी जाती हैं। वस्तुतः यह आज स्त्रियों के प्रति प्रभेदकार समाज की आधुनिक तकनीकों के सहारे की जानेवाली चरम बर्बरता है।

1981 और 1991 की जनगणना के आँकड़ों की तुलना करें, तो हम पायेंगे कि इन दस वर्षों में तीन करोड़ से ज्यादा स्त्रियाँ 'लुप्त' हो गयी हैं। 1901 में जहाँ प्रति 1000 पुरुषों पर 972 स्त्रियाँ थीं, आज सिर्फ 929 हैं। आधुनिक स्वास्थ्य और शिक्षा सुविधाओं के बावजूद ऐसा क्यों हो रहा है ? इसका जवाब हमें अपने इतिहास और परम्परा में मिलेगा।

'स्त्री हि ब्रह्मा वभूविथ'—यह वेद वाक्य ऋग्वेद (8. 33 : 19) का है। इसमें स्त्री को स्वयं ब्रह्मा का स्थान दिया गया है। वैदिक व्यवस्था में कुमारी व विवाहित महिलाओं को बहुत सम्मान दिया जाता था। उन्हें सभी सामाजिक व धार्मिक कार्यों में पुरुषों के बराबर अधिकार और दायित्व थे। तब बालिकाएँ भी अपने भाइयों की तरह जनेऊ पहनती थीं और गुरुकुल में उनके साथ अध्ययन करती थीं।

विश्व की प्राचीनतम सभ्यताओं में भारतीय और चीनी सभ्यताएँ ही ऐसी हैं, जिनकी सामुदायिक परम्परा अविच्छिन्न है। आज भी हम अपने पाँच हजार साल पुराने मंत्रों और आचारों में से अनेक का पालन करते हैं। प्रातः काल के सूर्य नमस्कार से ले कर विवाह और दाह संस्कार के मंत्र आज भी वही हैं। परन्तु जहाँ स्त्री जाति को बराबर स्थान देने की बात कही गयी थी, वे वाक्य, कहावतें और आचार धीरे-धीरे हमारे समाज की स्मृति से लुप्त हो गये। स्त्रियों के प्रति निषेधात्मक उपपत्तियाँ क्यों प्रचलित की गयीं—यह कहना तो मुश्किल है, परन्तु उसके परिणाम इसके लगभग डेढ़ हजार साल बाद हमें पुराणों में साफ दिखाई देते हैं। वराह पुराण में कहा गया है : 'स्त्रीबालविप्रगोहंता सर्वकर्मबहिष्कृतः।। स याति नरकान् घोरन् याव दिद्राश्चतुर्दश।।' यानी जो मनुष्य स्त्री बाल हत्या, ब्राह्मणों की

हत्या या गोहत्या करे, वह घोर अपराधी है और जब तक चौदह इंद्र वर्तमान हैं, उसे घोर नरक में स्थान मिलेगा। याज्ञवल्क्य स्मृति भी स्त्री बाल हत्या, गोहत्या और ब्राह्मण हत्या को बराबर मानती है। अग्नि पुराण तो यहाँ तक कहता है कि : 'अंतर्जले त्रिरावर्त्य गायत्री प्रयतोजपेत्।। मुच्यते पातकैः सर्वैर्यदिन भ्रूणहा भवेत्।' यानी नदी में खड़े हो कर निरन्तर गायत्री मंत्र जपने से भ्रूण हत्या के अलावा सभी पापों से मुक्ति पायी जा सकती है। भ्रूण और बाल हत्या की निन्दा पद्म पुराण, ब्रह्म वैवर्त्य पुराण, गायत्री पंचांग, भागवत पुराण आदि में भी की गयी है। इससे हम दो बातों का अनुमान लगा सकते हैं। पहली बात यह कि स्त्री बाल और भ्रूण हत्या की घटनाएँ समाज में शुरू हो चुकी थीं, जिस कारण से इसके दंड का वर्णन इन ग्रंथों में हम देख रहे हैं। दूसरी बात यह है कि इस तरह की जाति हत्या की गंभीरता को समझते हुए दण्ड भी भयानक दिये गये हैं। भ्रूण और बाल हत्या को ब्राह्मण और गोहत्या से भी घोर पाप बताया गया है।

यह एक अद्‌भुत बात है कि आज जहाँ हमारे देश में गोहत्या को ले कर दंगे शुरू हो जाते हैं, वहीं मानव भ्रूण हत्या को सिर्फ एक आर्थिक और सामाजिक मजबूरी ही समझा जाता है। स्त्रियों का महत्त्व और सम्मान आज के समाज में क्या एक जानवर से भी कम हो गया है ?

पुराणों के बाद हमें कन्या शिशु हत्या का कोई प्रत्यक्ष उदाहरण अठारहवीं सदी तक नहीं मिलता। परन्तु हम अपने महाकाव्यों, रामायण और महाभारत, से भी भारतीय समाज में स्त्रियों और बालिकाओं की दशा का अनुमान लगा सकते हैं। इस संदर्भ में पाँच आदर्श स्त्रियों अर्थात प्रातः स्मरणीय पंच कन्याओं की सामाजिक और पारिवारिक भूमिका की जाँच कर देखते हैं। ये पाँचों हैं, अहल्या, तारा, मंदोदरी, द्रौपदी और सीता।

अहल्या गौतम मुनि की पत्नी थी। वह इतनी गुणी और सुन्दर थी कि स्वयं इंद्र भी प्रलुब्ध हो गये। परन्तु गौतम मुनि की शक्ति के भय से वे अपनी मनोकामना पूर्ण करने से हिचकिचा रहे थे। एक दिन जब संयम और नहीं रखा जा सका, गौतम मुनि का ही रूप धारण कर इंद्र ने अहल्या का सतीत्व भ्रष्ट कर दिया। कुछ ही देर बाद वास्तविक मुनि लौटे, तो अहल्या को कुछ शक हुआ और सारी बात बता दी। अपनी स्त्री के इस 'लज्जास्पद कार्य' के बारे में सुनते ही गौतम मुनि ने क्रोध में आ कर अहल्या को पत्थर की मूर्ति बना दिया। इतने सिद्ध पुरुष होते हुए भी उन्हें यह खयाल नहीं आया कि वह तो इंद्र के छल की शिकार हुई है। आज तक हमारे समाज में बलात्कार की शिकार स्त्री के साथ ऐसा ही नजरिया दिखाया जाता है।

दूसरी पंचकन्या है तारा—राजा बालि की पत्नी। रामायण में हम सिर्फ एक बार उसका जिक्र पाते हैं और वह है एक परिपक्व राजनीतिज्ञ और एक अनुरक्त पत्नी के रूप में। अपने पति का जीवन और अपनी गृहस्थी को छिन्न-भिन्न होने से बचाने के लिए उसने अपने पति को बहुत समझाया-बुझाया, परन्तु बालि ने क्रोध में अपनी पत्नी की बात नहीं मानी और राम के हाथों मारा गया।

मंदोदरी रावण की प्रधान रानी थी। हालाँकि रावण उसका बहुत सम्मान करता था, फिर भी जब मंदोदरी ने सीता को लौटा देने की सलाह दी, तो उसने एक नहीं सुनी। अपने पति के शत्रु की पत्नी होते हुए भी मंदोदरी सीता का बहुत सम्मान करती थी और रावण के मन में सद्विचार लाने के लिए उपदेश भी देती थी। तारा और मंदोदरी दोनों ही विवेकशील और पतिव्रत महिलाएँ थीं, परन्तु उनके पतियों ने उनकी बात नहीं मानी, जिसके कारण दोनों ही विधवा हो गयीं।

द्रौपदी और सीता महाभारत और रामायण की प्रमुख रानियाँ हैं। दोनों ने अपने पतियों के साथ वनवास के सभी कष्ट झेले। दोनों ही सुशील और शिक्षित थीं। द्रौपदी अपने पाँचों पतियों की मूर्खता के कारण कौरवों के हाथों भरी सभा में अपमानित की गयी। परन्तु जब तक उसने इस अपमान का प्रतिशोध नहीं ले लिया, वह अपने पतियों को संघर्ष के लिए प्रवृत्त करती रही। सीता का अपमान तो स्वयं अपने पति के हाथों हुआ। लंका से लौटने पर अपने सतीत्व को साबित करने के लिए एक बार तो वह अग्निपरीक्षा दे कर खरी उतरी। दूसरी बार जब अयोध्या में राजा राम ने एक धोबी को संतुष्ट करने के लिए सीता को फिर से अग्निपरीक्षा देने का आदेश दिया, तो सीता ने पहली बार अपना दुःख प्रकट करते हुए लक्ष्मण से प्रश्न किया : 'वाचस्तया मदवचनात् सः राजा'। अपने पति को 'वह राजा' कह कर संबोधित करते हुए उसने इस निर्णय को प्रश्नित किया।

इन उदाहरणों से यही समझ में आता है कि स्त्रियों को भी पुरुषों की तरह शिक्षा-दीक्षा मिलती थी, परन्तु यह जरूरी नहीं था कि उनकी सलाह या बात पर गौर किया जाये। स्त्री चाहे जितनी भी गुणी और पतिव्रता हो, उसकी शारीरिक पवित्रता ही सबसे महत्त्वपूर्ण थी। यह भी माना जाता था कि सारे खानदान की इज्जत इसी के साथ जुड़ी हुई है। इसी से हम अनुमान लगा सकते हैं कि स्त्री के मन और बुद्धि से ज्यादा उसके शरीर को महत्त्व दिया जाने लगा। इसी से उसे 'पवित्र' रखने के लिए एक बहुत विस्तृत सामाजिक प्रक्रिया उत्पन्न की गयी, जिसके प्रतिबिम्ब हम आज भी देख सकते हैं। मसलन परदा, स्त्रियों को अशिक्षित रखना, सार्वजनिक जीवन में उनकी कोई भूमिका न होना इत्यादि। सती प्रथा, बाल विवाह सभी इसी के रूप हैं।

इस तरह आहिस्ता-आहिस्ता इन अंधविश्वासों के चलते स्त्री अपना अस्तित्व खो बैठी और सिर्फ पुत्री, पत्नी, माँ या देवी बन कर रह गयी। अगर समाज की आधी जनसंख्या (स्त्री) पुरुषों पर अपनी आर्थिक और मानसिक जरूरतों के लिए अवलम्बित हो जाये, तो निश्चित है कि समाज का संतुलन बिगड़ जायेगा और पितृसत्तात्मक समाज अपने भार को कम करने के लिए 'मुसीबत की जड़' को ही खत्म करने की कोशिश करेगा। शायद इसी लिए भ्रूण और कन्या शिशु हत्या इतनी प्रचलित हो गयी।

कन्या शिशु की हत्या का पहला उल्लेख हमें 1789 में सर जोनाथन डंकन के लेख में मिलता है। सर डंकन वाराणसी के आयुक्त थे। वे एक माने हुए अध्यापक भी थे। वाराणसी के निवासियों के बारे में सीखते और समझते हुए 'राजकुमार' नामक राजपूतों

के एक वर्ग से उनकी मुलाकात हुई। उनसे सर डंकन को पता चला कि कन्या शिशुओं की हत्या की प्रथा वे कई पीढ़ियों से चलाते आ रहे हैं। जब इसका कारण पूछा गया, तो 'राजकुमारों' ने बताया कि यह दहेज प्रथा और विवाह के भारी खर्चों की वजह से है। हत्या का तरीका यह था कि कन्या शिशु पैदा होते ही वे उसे घर के पिछवाड़े छोड़ देते थे। वहीं पर वह भूख, गर्मी या सर्दी से मर जाती थी। सर डंकन को यह भी ज्ञात हुआ कि इसी इलाके के पास जौनपुर के कुछ राजकीय परिवारों में भी यही प्रथा प्रचलित है। ये परिवार अमीर थे और शादी के सभी खर्च उठाने में पूरी तरह सक्षम थे। यहाँ कन्या शिशु हत्या का कारण यह था कि उन्हें अपने दामाद के परिवार के लोगों के सामने अपना सिर झुकाना पड़ता और रिश्ते में 'ससुर' और 'साला' भी कहलाते।

बहुत समझाने और धमकाने के बावजूद जब बात नहीं बनी, तो सर डंकन ने इन इलाकों के सरदारों से 3 दिसम्बर 1789 को एक इकरारनामा लिखवाया कि वे इस घिनौनी प्रथा को छोड़ देंगे और इनका कोई भी परिवार इस इकरारनामे का उल्लंघन करे, तो समाज से उसका बहिष्कार कर दिया जाये।

सर डंकन के बाद सर जॉन शोर 1795 में वाराणसी के आयुक्त बने। इस विषय पर रॉयल एशियाटिक सोसाइटी में उन्होंने भाषण दिया और इस विषय को आम जनता तक पहुँचाने के लिए सभी उपस्थित लोगों से कहा। 22 मई 1795 को प्रथम रेग्युलेशन XXI उन्होंने पास करवाया। इसमें साफ-साफ घोषणा थी कि ब्रिटिश सरकार कन्या शिशुओं की हत्या को आम हत्या के बराबर ही मानेगी और इसका दण्ड भी उसी के बराबर होगा। इतनी सख्ती दिखाने पर भी लोगों पर ज्यादा असर नहीं हुआ। 1804 में एक और रेग्युलेशन पास करवाया गया।

परन्तु 1836 में जब थॉमसन नामक सैनिक अफसर आजमगढ़ जिले के करों का निबटारा करने आये तो मजाक-मजाक में उन्होंने गाँव के एक व्यक्ति को एक दूसरे व्यक्ति का 'दामाद' कह कर पुकारा। इस पर सभी लोग हँस पड़े और बताया कि यह तो असंभव है, क्योंकि उनके गाँव में 200 सालों से कोई लड़की ही नहीं रही। थॉमसन ने लिखा है कि लगभग दस हजार राजपूतों की बिरादरी में एक भी परिवार में पुत्री नहीं थी। यह भी पता चला कि आस-पास के इलाकों में भी यह प्रथा बहुत ज्यादा प्रचलित है और सबसे ज्यादा चौहान राजपूतों में है। इन सभी जगहों में आश्चर्य की बात यह थी कि जितनी ऊँची सामाजिक हैसियत होती थी, उतनी ही ज्यादा निष्ठुरता से उन घरानों में इस प्रथा का पालन किया जाता था।

लगभग दस साल बाद पहला पंजाब युद्ध घटित हुआ। 1846 में जलंधर-दोआब को ब्रिटिश साम्राज्य में संयुक्त कर दिया गया। युद्ध के बाद सैनिक घरों में छुपाये धन और गहनों की खोज में घर के आँगन और पिछवाड़े की जमीन खोदने लगे, तो उन्हें हर घर में ढेरों शिशुओं के कंकाल मिले। निश्चय ही वे उस घर की कई पीढ़ियों की कन्या शिशुओं के कंकाल थे। लॉर्ड लॉरेन्स ने, जो यहाँ के आयुक्त बने, तुरन्त जाँच-पड़ताल

शुरू की। तब उन्हें पता चला कि ऐसी हत्याएँ पंजाब में बहुत प्रचलित हैं। खासकर यह पंजाब की बेदी नामक जाति में अनेक पीढ़ियों से प्रचलित थी। इसके अलावा बुझाई, माझा, खत्री, लाहोरिन नामक जातियाँ भी इस प्रथा को चलाती थीं।

बेदियों का कहना था कि वे इस प्रथा को अपने गुरु परमचन्द के कहने पर निभा रहे हैं। उन्होंने इस प्रथा की शुरुआत का भी विवरण दिया। परमचन्द जी के दो बेटे और एक बेटी थी। तब बेटी की शादी के बाद यह आचार प्रचलित था कि डोली के साथ भाई अपनी बहन को गाँव के बाहर तक छोड़ आयेगा। परमचन्द जी के दोनों बेटे भी बहन को छोड़ने गये। पर संबंधियों ने शैतानी कर गाँव के बाहर तक पहुँचने के बाद आचार के अनुसार वापस जाने को नहीं कहा। इस तरह उन्हें बहन की ससुराल तक चलना पड़ा। जब परमचन्द जी को इस अपमान का पता चला, तो वे आग बबूला हो गये। उन्होंने कहा कि उनके बेटों पर यह कष्ट चूँकि बेटी के कारण आया है, अतः कोई भी सिख अपनी बेटी को जिन्दा नहीं रखेगा।

जहाँ राजपूत इस प्रथा का पालन चोरी-छिपे करते थे, वहीं सिख बहुत गर्व से अपनी 400 सालों से चली आ रही कन्या शिशु हत्या की परंपरा के बारे में बताने में संकोच नहीं करते थे। सिखों के दसवें गुरु गोविंद सिंह (1666-1708) जब पंज प्यारों को अभिमन्त्रित कर रहे थे, तो यह भी कहा था कि इस प्रथा को खत्म किया जाये। उन्होंने सिख परिवारों को आपस में रिश्ते करने की अनुमति दी और दहेज लेने या देने से भी मना किया। विवाह खर्च को कम करने के आदेश पर भी कन्या शिशुओं की हत्या बंद नहीं हुई। 1846 में जलंधर-दोआब की जनगणना में 2000 बेदी परिवारों में एक भी लड़की नहीं मिली। 1852 में पूरे प्रदेश में सिर्फ 50 लड़कियाँ एक से पाँच वर्ष की उम्र में पायी गयीं। परन्तु इनमें से कोई भी बेदी घराने की नहीं थी।

यह देख कर सर मान्टगोमरी ने अक्टूबर 1853 में एक ऐतिहासिक सभा बुलायी। इसमें पूरे लाहौर, झेलम और पंजाब के प्रांतों के लोग शामिल हुए। वहाँ पर आर्थिक क्षमता के आधार पर लोगों को तीन या चार वर्गों में बाँटा गया। इस विभाजन के आधार पर उन्होंने शादी पर होनेवाले खर्चों की सीमा तय कर दी। सभी वंशों और जातियों के प्रतिनिधियों ने इसके अनुकूल इकरारनामों पर दस्तखत कर इसे अपनाने की प्रतिज्ञा की।

उदाहरण के तौर पर हम यहाँ कस्बा डेरा बाबा नानक, जिला गुरदासपुर के बेदी वंश पर लगायी गयी पाबंदियों का एक विवरण देते हैं। दावत की मद में प्रथम श्रेणी के लोगों में सात सौ पूरियाँ, सात सेर मिठाई और चौदह सेर कचौड़ियाँ ही बनायी जा सकती थीं, जिसके लिए 25 रुपये से ज्यादा खर्च करना मना था। तृतीय श्रेणी में दो सौ पूरियाँ, दो सेर मिठाई और चार सेर कचौड़ियाँ, जिस पर वे दस रुपये तक खर्च कर सकते थे। इसी तरह प्रसाद, मत्था टेकना, मिलनी, ब्रह्म भोज, जेवर, कपड़े, पलंग, बरतन आदि और यहाँ तक कि करवा चौथ पर कितने पैसे खर्च किये जावें, इसका भी विस्तृत उल्लेख था।

सब कुछ मिला कर बेदियों की प्रथम श्रेणी की सीमा 500 रुपये; द्वितीय श्रेणी

की सीमा400 रुपये; तृतीय श्रेणी की सीमा250 रुपये और चतुर्थ श्रेणी की सीमा सवा सौ रुपये रखे गये। इन सब प्रयासों के बावजूद 1901 की जनगणना में पंजाब में सारे भारत की तुलना में सबसे कम स्त्रियाँ पायी गयीं। वहाँ प्रति हजार पुरुषों के पीछे 832 स्त्रियाँ ही थीं। 1991 में यह संख्या बढ़ कर 888 हो गयी।

1807 में कन्या शिशु की हत्या की प्रथा बंबई प्रेसिडेन्सी (अब गुजरात, महाराष्ट्र और कर्नाटक) में मेजर वॉकर की नजर में आयी। यह घिनौनी प्रथा जड़ेजा नामक वर्ग के कुलीन परिवारों में सबसे ज्यादा प्रचलित थी। कुछ ऐसे परिवारों से बात करने पर मेजर वॉकर को पता चला कि यहाँ भी यह प्रथा एक राजा ने अपनी सुविधा और स्वार्थ के लिए प्रचलित की थी। बताया जाता है कि एक शूरवीर और शक्तिशाली राजा की एक अति सुन्दर और सुशील पुत्री थी। विवाह कराने के लिए उन्होंने अपने राजगुरु से अपनी पुत्री के लिए उचित वर ढूँढ़ने को कहा। बहुत जगह जा कर देखने पर भी राजकुमारी के गुणों और राजा के प्रताप से मेल खाता हुआ कोई वर नहीं मिला। इस पर राजगुरु ने सलाह दी कि जवान बेटी को घर में रख कर बदनाम होने से अच्छा है कि उसे मार दें। इस तरह वर ढूँढ़ने की मुसीबत से मुक्त होने के लिए राजा की तरह प्रजागण भी अपनी पुत्रियों को जन्म लेते ही मार देते थे। जब स्त्रियों की संख्या बिल्कुल घट गयी और पुरुषों को कुँवारा रहना पड़ा, तो वे आस-पास के प्रांतों से राजपूत परिवारों की लड़कियों को खरीद कर या अपहरण कर शादी करते थे। फिर भी कन्या शिशु होने पर वे उसे मार देते थे, क्योंकि यह प्रथा हैसियत का एक प्रतीक बन गयी थी।

बहरहाल, अमृतसर की उस सभा के बाद ब्रिटिश सरकार और भी चौकस हो गयी। जब सभी प्रयास विफल होते लगे, तो 1870 में एक अधिनियम पारित किया गया। यह ऐतिहासिक अधिनियम है स्त्री शिशु हत्या को रोकने के लिए 1870 का अधिनियम VIII। इसके द्वारा जिस गाँव में लड़कों की तुलना में लड़कियाँ 40 प्रतिशत या उससे कम हों, उसे संदिग्ध गाँव का दरजा दिया गया। ऐसे गाँव सिर्फ संयुक्त प्रान्त (अब उत्तर प्रदेश) में 4959 थे। इन गाँवों में पुलिस, डॉक्टर और दाई की मदद से हर गर्भवती स्त्री पर नजर रखी जाती थी। अगर कन्या शिशु का जन्म होता, तो दाई का फर्ज होता कि वह इस बच्ची की खबर सरपंच को दे। अगर बच्ची की मृत्यु हो जाये तो सरकारी डॉक्टर को मृत्यु का कारण लिखित रूप से देना पड़ता था। इस तरह की चौकसी के कारण 1890 तक सभी 'संदिग्ध गाँवों में लड़कियों की संख्या लड़कों के बराबर हो गयी। 1906 में यह अधिनियम निरस्त कर दिया गया।

लेकिन जहाँ तक राष्ट्रीय अनुपात का सवाल है, 1901 के बाद से प्रति हजार पुरुषों पर स्त्रियों की संख्या दो मामूली अपवाद वर्षों को छोड़ कर, गिरती गयी है, जो निम्नलिखित तालिका से स्पष्ट है :

1901 — 972
1911 — 964

1921	—	955
1931	—	950
1941	—	945
1951	—	946
1961	—	941
1971	—	930
1981	—	934
1991	—	929

1991 की जनगणना पर गौर करें तो हमें साफ दिखता है कि सरकार की जोर-जबरदस्ती के कारण जिन इलाकों में यह प्रथा बंद की गयी थी, वहीं अब आधुनिक तकनीकों की मदद से कन्या शिशु की हत्या फिर बड़े पैमाने पर प्रचलित है। कुछ आँकड़ों पर गौर करें।

उत्तर प्रदेश : यहाँ 1991 में प्रति 1000 पुरुषों के पीछे स्त्रियों की संख्या के कुछ उदाहरण इस प्रकार हैं—

आगरा	—	832
इटावा	—	836
बदायूँ	—	811
मैनपुरी	—	843
वाराणसी	—	896
मथुरा	—	819

पंजाब की स्थिति इस तरह है :

गुरदासपुर	—	875
अमृतसर	—	881
लुधियाना	—	854
होशियारपुर	—	946

हरियाणा राज्य का औसत प्रति हजार पुरुषों पर 870 स्त्रियों का है। तीन जिलों के आँकड़ों पर गौर फरमाइए :

सोनीपत	—	857
रोहतक	—	866
गुड़गाँव	—	887

1901 से आज तक पुरुषों के अनुपात के रूप में स्त्रियों की संख्या घटती ही आ रही है। वैज्ञानिक आर्थिक प्रगति और स्वास्थ्य सुविधाएँ बढ़ने पर भी स्त्री के प्रति हजारों सालों से चले आ रहे दृष्टिकोण में कुछ खास फर्क नहीं आया है। आज आधुनिक तकनीकों से भी उलटे इसे प्रोत्साहन ही मिल रहा है।

1977 में एमनियोसेंटेसिस का इस्तेमाल पहली बार बम्बई के हरकिसनदास अस्पताल में भ्रूण हत्या के लिए किया गया। इस अस्पताल में 1978 और 192 के बीच 8000 स्त्रियों ने यह जाँच अपने भ्रूण का लिंग पता करने के लिए ही करायी। बी. बी. सी. पर भ्रूण हत्या पर दिखायी गयी एक डॉक्युमेन्टरी फिल्म 'बॉर्न टू डाई' में डॉक्टर प्रमिला बंसल कहती हैं कि जब एमनियोसेंटेसिस आम आदमी की पहुँच में नहीं था, तो वे मजबूरी में अपनी लड़कियों को पालने पर मजबूर थे, पर अब जब यह लिंग जाँच 500 रुपये में उपलब्ध है, तो कन्या पैदा करने या रखने का कोई तुक या कारण नहीं है। लेकिन सच यह है कि जिन घरों में बीसों लड़कियाँ पालने की क्षमता है, वहाँ भी लोग कन्या भ्रूण हत्या करवाते हैं। एलिजाबेथ ब्यूमिलर की किताब 'मे यू बी द मदर ऑफ ए हन्ड्रेड सन्ज' में बम्बई के एक बड़े व्यापारी की पत्नी बताती है कि कन्या शिशु को जन्म देना एक सामाजिक अप्रतिष्ठा की बात है।

1989 में 1200 कन्या भ्रूणों की हत्या सिर्फ बम्बई के दो क्लीनिकों ने की (मानुषी, मार्च-अप्रैल, 1991) और यह 1988 में भ्रूण लिंग परीक्षण पर महाराष्ट्र सरकार के निषेध के बाद ! चंडीगढ़ के 'ट्रिब्यून' की एक रिपोर्ट (जून 23, 1993) के अनुसार हरियाणा के सिरसा जिले में सिर्फ एक क्लीनिक में प्रतिदिन लगभग 12 कन्या भ्रूणों का गर्भपात किया जाता है। दिल्ली में जनवरी से अगस्त 1993 के बीच 25 नवजात कन्या शिशुओं की हत्या उनके पिता या अन्य घरवालों ने की, क्योंकि इन माँओं ने गर्भस्थ शिशु का लिंग परीक्षण कराने में सहयोग नहीं किया। इस साल राजस्थान, हरियाणा और पंजाब में भ्रूण के लिंग परीक्षण को निषिद्ध कर दिया गया है। इस कारण यहाँ के क्लीनिक अब लिखित में इस जाँच की रिपोर्ट नहीं देते। अब सब कुछ बिना प्रमाण, मौखिक ही चलता है।

पिछले आठ-दस सालों से दक्षिण भारत में भी यह प्रथा शुरू हो गयी है। तमिलनाडु के सेलम जिले में अब यह घटना आम हो गयी है। परन्तु यह सिर्फ वहाँ के गरीब भूमिहीन मजदूरों में ही पायी जाती है। ये लोग अपनी पहली बेटी को तो रख लेते हैं, पर उसके बाद लड़कियाँ हों, तो उन्हें धतूरे का रस पिला कर मार देते हैं। जाहिर है, इसकी कुछ प्रेरणा आधुनिक मध्य वर्गीय परिवारों से भी आती होगी ।

इस तरह प्राचीन काल की रूढ़ियों में फँसा हमारा आधुनिक समाज अपने अल्पकालिक लाभों के लिए असंतुलित 'डिज़ाइनर' परिवार बनाने को प्रोत्साहित कर रहा है। इसके नतीजे शायद अगले बीस-पच्चीस साल बाद ही हमारे सामने आयेंगे, लेकिन तब तक बहुत देर हो चुकी होगी।

ताकत का खेल

रवीन्द्र वर्मा

स्त्री सबसे पहले अपने गर्भ में अपने लिए जगह ढूँढ़ती है।

यह सिर्फ अपने अर्ध-सामंती समाज में ही नहीं है। विश्व में कहीं भी सामान्यतः माँ पहले लड़का ही चाहती है। गुंथर ग्रास का प्रसिद्ध उपन्यास 'फ्लाउंडर' स्त्री की बेटे के लिए इसी दुर्दमनीय कामना से शुरू होता है। इसमें विषमलैंगिकता का एक तत्व भी है, जो फ्रायड की याद दिलाता है। लेकिन बात सिर्फ इतनी नहीं है। पिछड़े समाजों में इस प्रवृत्ति के पीछे सामाजिक और आर्थिक कारण हैं। राजस्थान के कुछ इलाकों में लड़की को पैदा होते ही मार देने का रिवाज है, क्योंकि सामंती परिवेश में लड़की एक पीड़ा है, एक अपमान है, एक खतरा है।

आजकल अखबारों में जिस तरह 'निरोध' और 'कामसूत्र' के विज्ञापन होते हैं, उसी तरह उन डॉक्टरों के भी, जो गर्भ जाँच से गर्भस्थ शिशु का लिंग बता देते हैं। असल में आजकल यह जिज्ञासा तेज हो गयी है, जिसके पीछे उपभोक्तावादी संस्कृति का भी दबाव है। इस जाँच के पीछे तर्क यही होता है कि लड़का होगा तो उसे गर्भ-अधिकार मिलेगा। लड़की को गर्भ से बेदखल कर दिया जाता है।

यह गर्भ-नियमन कौन करता है ? यह ताकत किसके पास है ? केवल पुरुष समाज और नारी शोषण कहने से बात अधूरी रह जायेगी। इसमें कम से कम भारतीय समाज के संदर्भ में उन सारी अन्तर्राष्ट्रीय राजनीतिक-आर्थिक ताकतों को भी जोड़ना होगा, जो इधर हमारे समाज पर हावी होती जा रही हैं और उपभोक्तावादी प्रवृत्ति को और हवा दे रही हैं। जोर औरत को चीज बना देने पर है। ताकत का अजीब खेल है। एक ओर विश्व बाजार थाइलैंड में औरतों को बाजार में बैठने पर मजबूर करता है, दूसरी ओर भारत में उनके जन्म पर सवालिया निशान गहरा रहा है। जियो तो हमारी शर्तों पर, अन्यथा हम जीने नहीं देंगे। यही नव-साम्राज्यवादी तर्क है।

निस्संदेह असली खेल ताकत का है। हमारे यहाँ इसकी शुरुआत पुरुष-प्रधान समाज में ही हुई थी, जिसकी गूँजें आज भी हमारे कानों में पड़ती हैं। जिस देश में एक महिला एक दशक से ज्यादा प्रधानमंत्री रही हो, उसी देश में यह घोषणा दुहरायी जाती है कि स्त्रियों

को वेद पाठ का अधिकार नहीं है। यह घोषणा धार्मिक गुरु शंकराचार्य करते हैं और लोग सुनते हैं। नारी उत्पीड़न हमारे धर्म के सीखचों में महफूज है। इसी लिए जिस ताकत के खेल में स्त्री ही स्त्री को जन्म देने में हिचकती है, उसी खेल में स्त्री के शोषण का सबसे बड़ा अस्त्र स्त्री ही है। पुरुष-प्रधान समाज की ताकत बहुत सीमा तक स्त्री के द्वारा ही स्त्री को गुलाम बनाती है।

भारतीय स्त्री की गुलामी की अदृश्य जंजीरें पुरुष और पूँजी और धर्म के हाथों में हैं। दूसरे शब्दों में मानव समाज में ताकत के जितने रूप और संस्थान हैं, वे सब या तो नारी का शोषण करते हैं या उसका इस्तेमाल करते हैं। यों तो हर समाज और वर्ग के अपने लक्षण होते हैं और उन्हीं लक्षणों की पृष्ठभूमि में स्त्री की भूमिका भी बदलती है—विशेषकर विभिन्न वर्गों में। मगर एक बात स्पष्ट है। स्त्री पुरुष की अपेक्षा कमजोर मानी जाती है—और यदि उसकी कोमलता का सम्मान नहीं हुआ, तो उसकी कमज़ोरी का इस्तेमाल कर लिया जाता है।

कहना न होगा, ज्यादातर घरों में बचपन में लड़कों को ही वरीयता मिलती है, चाहे वे उम्र में छोटे हों—क्षेत्र चाहे खान-पान और वस्त्रों का हो या शिक्षा का। लड़की यह सब महसूस करती है और मन में छोटी होती जाती है। उसमें सहनशीलता के बीज भी इसी उम्र में बोये जाते हैं, क्योंकि उम्र भर उसे पुरुष-प्रधान परिवार और समाज में ही रहना है। यह उसे पालतू बनाने की प्रक्रियां का आरम्भ है। उसे खुशी से खिलौना बनना सिखाया जाता है—आड़ उसकी कोमलता की ही होती है। यद्यपि इसका जवाब सम्भवतः नारीवाद (फेमिनिज्म) का तीव्र स्वर नहीं है, जो स्त्री से उसका स्त्रीत्व ही छीनने पर आमादा है और जिसकी परिणति समलैंगिकता में भी होती है। नारीत्व उसकी दैहिक और संवेदनात्मक कोमलता में ही है, जिसे अक्षुण्ण रखा जाना चाहिए—बिना उसे पालतू बनाये।

स्त्री मूल रूप से कोमल है और धरती की तरह अभावुक और यथार्थवादी भी। हो सकता है, यह यथार्थवाद उसमें आहिस्ता-आहिस्ता पीढ़ी-दर-पीढ़ी पुरुष-प्रधान समाज में जीवित रहने की परिस्थिति से उपजा हो, जैसे प्रेमचन्द की कहानी 'कफन' के घीसू का विषम स्थिति से पनपा यथार्थवाद है। लेकिन यह जबरदस्त है, एक गहरी जिजीविषा से जुड़ा हुआ। हमें प्रेमचन्द की धनिया (गोदान) और ब्रेष्ट की 'मदर करेज' की याद आती है।

किन्तु नारी का यथार्थवाद क्या करे, यदि समाज की ताकतें उसे एक विशेष दृष्टि से ही देखना चाहती हैं। सामन्ती व्यवस्था में स्त्री देवी है या कुलटा—उसे औरत होने की छूट नहीं है। उपभोक्तावादी समाज में वह पण्य वस्तु है। आज हम अपने चारों ओर इन दोनों का मिला-जुला रूप देखते हैं : तू चीज बड़ी है मस्त-मस्त ! ऐसे फिल्मी गीत की कल्पना हम तीन-चार दशक पहले नहीं कर सकते थे। न तब दहेज के लिए औरतों को मारने का चलन था। आजादी के चार दशक बाद दुनिया इतनी बदली है।

वैसे आज औरत ही नहीं, आदमी भी पण्य वस्तु है—कुछ इस तरह जैसा पहले

कभी नहीं हुआ था। और, हमारे यहाँ तथाकथित उदारीकरण की प्रक्रिया के तहत आदमी रोज सस्ता होता जा रहा है। जब आदमी सस्ता होता है तो स्त्री कौड़ियों के मोल बिकती है। सामान्यतः पुरुष-प्रधान समाज में दोयम दरजे का नागरिक होने की वजह से औरत पर किसी भी सामाजिक विघटन का ज्यादा दबाव पड़ता है। वह एक ज्यादा संवेदनशील इकाई है। उसके इकतारे में पूरे समाज की आह है।

विश्व-बाजार की दुनिया बड़ी बेरहम है। ऐसा असंवेदनशील क्रूर समय इस सदी में पहले कभी नहीं था, जब बाजार के नियम हमारे सामाजिक मूल्यों पर हावी हो रहे हों। यह ऐसा ही वक्त है। राजनेता मंचों से कुछ भी कहें, बाजार में सिर्फ खरीदने और बेचनेवाले होते हैं और वे चीजें होती हैं, जिन्हें बेचा और खरीदा जाता है। बेचनेवाला ज्यादा से ज्यादा बेच कर ज्यादा से ज्यादा पैसा कमाना चाहता है, क्योंकि पैसा ही बाजार में ताकत है। ताकतवर आदमी अपनी हर चीज बेच कर अधिकतम ताकत इकट्ठा करना चाहता है। तब औरत एक चीज हो जाती है। दूसरी ओर बाजार में सारी मानवीय संवेदनाएँ अनजाने आहिस्ता-आहिस्ता बाजार की संवेदनाओं में तब्दील होने लगती हैं। कीमत के परे कुछ नहीं है। जो कुछ कीमत के परे है, वह नहीं है—उसका अस्तित्व नहीं है, जैसे मानवीय करुणा। जो कुछ है, सब बाजार में है।

यह तस्वीर भयावह है।

लेकिन सच्ची है। अमेरिकी समाज में व्यक्ति गरिमा है, मगर वहाँ स्त्री का जैसा अवमूल्यन है, वैसा दूसरे रूप में घनघोर सामन्ती समाज में ही सम्भव है। जैसे हमारे यहाँ गर्भ हत्या या शिशु हत्या है, उसी तरह वहाँ शिशु यौन अपराध और स्त्री की बाजार की चीजों की तरह अदला-बदली है या बाजार की ऊब से उपजी समलैंगिकता है। हमारे महानगरों में इन खतरों की घंटियाँ सुनाई देने लगी हैं, जबकि दूसरी ओर एक गरीब और लालची समाज का उपभोक्ता लोभ औरतों को जला रहा है।

आज हम जिस मुकाम पर खड़े हैं, उसके आगे सामन्ती जड़ता और उपभोक्तावादी मोह की अन्धी गली है। स्त्री की नियति पूरे समाज की नियति के साथ गुँथी हुई है। एक छोटा-सा दायरा मध्य व उच्च वर्ग में मुक्त होती स्त्रियों का जरूर है, लेकिन वह दलित जातियों के आरक्षण की तरह है। स्त्री जाति की मुक्ति बहुत दूर है। जैसे हमारे सम्पूर्ण समाज की। इधर अमर्त्य सेन ने जो मुद्दा शिक्षा बनाम विकास का उठाया है, उसका रिश्ता पुरुषों से ज्यादा स्त्री मुक्ति से है और वह कहीं शुरू से ही हमारी पंचवर्षीय योजनाओं की विकास-प्रक्रिया पर प्रश्न-चिह्न लगाता है। हजारीप्रसाद द्विवेदी की 'बाणभट्ट की आत्मकथा' में महामाया कहती है, 'नारीहीन तपस्या संसार की भद्दी मूल है। यह धर्म-कर्म का विशाल आयोजन, सैन्य-संगठन और राज्य-व्यवस्थापन सब फेन-बुदबुद की भाँति विलुप्त हो जायेंगे, क्योंकि नारी का इसमें सहयोग नहीं है। यह सारा ठाठ-बाट संसार में केवल अशांति पैदा करेगा।' और, नारी तत्व की व्याख्या इस तरह है—'जहाँ कहीं दुःख-सुख की लाख धाराओं में अपने को दलित द्राक्षा के समान निचोड़ कर दूसरे को तृप्त करने

की भावना प्रबल है, वहीं नारी तत्व है।'

विश्व बाजार के छोटी संवेदनाओं के युग में यह बड़ा संदेश है। 'नारी तत्व' समाज में स्त्री की जगह बढ़ाने से ही विकसित होगा, जिसमें संपूर्ण समाज की मुक्ति निहित है।

स्त्री कितना डरायेगी

कृष्ण कुमार

वैसे तो हरेक सामाजिक घटना में हमारी दृष्टि और समझ को एक नयी सतह पर ले जाने की क्षमता छिपी रहती है, पर जिन्दगी का प्रवाह अक्सर यह मौका नहीं देता कि हम इस क्षमता का पूरा लाभ उठा सकें। ज्यादातर घटनाएँ अपने वक्त की जटिल ज्यामिति को छिपाये ही हमारी याददाश्त की साप्ताहिक और मासिक हदें पार कर जाती हैं और हमें अपनी समझ और संवेदना के पुराने धरातल पर छोड़ देती हैं। कुछ खास ही घटनाएँ ऐसी होती हैं जो हमें धक्का देती हैं, कभी-कभी काफी देर तक हिलाती रहती हैं। इस बात की संभावना वे पैदा कर देती हैं कि हमारे मन में टँगा झोला उलट जाये और उसमें इकट्ठा वे चीजें सड़क पर आ गिरें जिन्हें इस तरह एकाएक खुले में बिखरा देख कर हमें पसोपेश ही नहीं, पश्चात्ताप और प्रायश्चित ही नहीं, परिवर्तन की इच्छा महसूस हो। ऐसी एक घटना इस समय महाराष्ट्र और मध्य प्रदेश की सीमा पर स्थित जलगाँव नाम के शहर में घटी है। घटना तो पिछले कई वर्षों से घटती चली आ रही थी, वह प्रकाश में अब आयी है। पत्रकारिता के महात्म्य से ग्रस्त इस युग में किसी बात का प्रकाश में आना ही घटना माना जाता है। इस दृष्टि से जलगाँव की घटना इस लेख के लिखे जाने के समय घटती जा रही है। मेरा वास्ता घटना के इस हिस्से से नहीं है, और वैसे भी मेरा समाजीकृत मन करता है कि कुछ होगा-हवागा नहीं यानी लोग छूट-छाट जायेंगे और हम बाकी लोग भूल-भाल जायेंगे। पर जो पहले घट चुका है और अब प्रकाश में आया है, वह रहेगा और हम चाहें तो हमें वैसा कष्ट देता रहेगा जैसा द्रौपदी ने जीवन भर पांडवों को दिया होगा। यह कष्ट है समाज की सबसे भ्रष्ट ताकतों के हाथों स्त्री को कुचले जाते हुए देखना और इस अनुभव के कारण अपनी निरुपायता के बोझ से दबे रहना।

जलगाँव की कहानी निराली कतई नहीं है, यदि थोड़ा अलग या चौंकानेवाली है तो सिर्फ इसलिए कि वहाँ की लड़कियों का शोषण कई वर्षों तक निर्बाध और इतने बड़े पैमाने पर हुआ। जलगाँव की घटना यह नहीं है कि वहाँ की लड़कियाँ जबरन वेश्यावृत्ति के धंधे में ले जायी गयीं, जैसा कि नेपाल, मुरैना या कि छिंदवाड़ा में आम होता है। जलगाँव में स्कूल और कॉलेज की छात्राओं को राजनीतिक ताकत रखनेवाले जन प्रतिनिधियों और

उनके दोस्तों ने सुनियोजित ढंग से वर्षों तक अपनी हिंसक वासना का शिकार बनाया। ये शब्द—'हिंसक वासना का शिकार'—अपनी अर्थवत्ता इस कदर खो चुके हैं कि इन्हें इस्तेमाल करने या पढ़ते हुए हम उस यंत्रणा का स्पर्श भी नहीं कर पाते जिसकी पीड़ा जलगाँव की लड़कियों ने वर्षों तक लगातार झेली होगी। स्त्री के प्रति हिंसक वासना की सैकड़ों कहानियाँ, तस्वीरें और उनसे जुड़ी धुनें हमारे मस्तिष्क में भरी हैं। उनकी बदौलत हमारी वह सहज अनुभूति कुंद हो चुकी है जो 'हिंसा' या 'वासना का शिकार' जैसे शब्दों के जरिये जाग सकती थी। जलगाँव का वृतान्त किसी भी पत्रिका या अखबार में छपे, वह 'मनोहर कहानियाँ' या 'सत्यकथा' की रचनाओं के अभ्यस्त मन को भेद नहीं सकता। इन पत्रिकाओं का नाम ही बता देता है कि 'मनोहर' और 'सत्य' जैसे शब्द हमारे सामाजिक मन की कैसी घटनाओं से जोड़ दिये गये हैं। क्रूर संक्षेप में कहा जाये तो सारी घटनाएँ स्त्री के मनुष्य होने की अस्वीकृति से उपजी होती हैं। आधुनिक युग में यह अस्वीकृति एक रोगी मनोदशा न रह कर व्यावसायिक लाभ देनेवाली एक वस्तु बन चुकी है और इस कारण उसकी हजारों अनुकृतियाँ नाना माध्यमों में बना कर बेचना 'स्वस्थ' मनोरंजन की सामग्री का अनिवार्य हिस्सा मान लिया गया है। स्त्री का अमानुषीकरण पूँजी में केन्द्रित हमारे युग की सबसे वीभत्स प्रक्रिया है, जिसकी ओर हमारा ध्यान इसलिए नहीं जाता, क्योंकि वह हर क्षण घटती रहती है। यदाकदा, संयोग से जुड़े किसी नाटकीय घटनाचक्र की पृष्ठभूमि में उभर कर कोई माया त्यागी या रिंकू पटेल, गजरौला या जलगाँव हमें स्त्री के अमानुषीकरण की 'खबर' देता है, तो हममें से कुछ थोड़ी देर के लिए क्षोभ या तैश में डूब जाते हैं। कुछ समय बाद ये भाव अपने आप हट जाते हैं और हम फिर अपने परिचित संसार में आत्मविश्वास के साथ तैरने लगते हैं।

इस 'परिचित' संसार की बुनावट पर गौर करें, तो सबसे पहले हमारा ध्यान उस सांस्कृतिक विरासत पर जाता है, जो सामंती व्यवस्थाओं से शुरू हुई और आज के पूँजीवादी वातावरण में पूर्णतः सुरक्षित पल्लवन पा रही है। इस निरन्तरता की बदौलत आज साबुन या पलंग के गद्दे या गुसलखाने की फिटिंग बेचनेवाली कम्पनी आसानी से अपने विज्ञापन में बिहारी के किसी दोहे का इस्तेमाल कर सकती है। यदि वह ऐसा फिलहाल नहीं कर रही, तो इसका कारण भाषा है, बिम्ब या विचार नहीं (और यह अवरोध भी पेंग्विन प्रकाशन द्वारा बिहारी सतसई का अनुवाद छाप दिये जाने से दूर हो गया है। यह स्पष्ट ही है कि सूर, मीरा या तुलसी के मुकाबले बिहारी का अंग्रेजी अनुवाद प्रकाशित करना ज्यादा मुफीद क्यों माना गया होगा)। हमारी सांस्कृतिक विरासत में स्त्री की गरिमा के दृष्टान्तों की कमी नहीं है, पर वे अधिकांशतः स्त्री की कौटुम्बिक भूमिकाओं के दायरे में उभरे हैं। पुरुष के संदर्भ में ऐसा कतई जरूरी नहीं रहा है। स्त्री की केवल स्त्री होने के नाते स्वीकृति हमारी परम्परा में एक अमूर्त या सैद्धान्तिक अर्थ में भले रही हो, समाज के मूर्त संदर्भों में ऐसी स्वीकृति के सबूत दुर्लभ रहे हैं और आज तक दुर्लभ हैं।

अपने रोजमर्रा के जीवन में हम स्त्री की भूमिकाबद्ध उपस्थिति ही पाते हैं। स्वीकृत

भूमिकाओं से अलग किसी स्थिति में स्त्री का दिखना एक घटना मानी जाती है। इस बात की सच्चाई का एहसास प्रेमचंद की 'मनोवृत्ति' शीर्षक कहानी आज तक करा रही है। इस कहानी के केन्द्र में एक युवती है, जो पार्क की बेंच पर सारी रात सोती रही है। सुबह के वक्त पार्क में स्वास्थ्य-लाभ के लिए आनेवाले लोगों का ध्यान इस स्त्री की तरफ इस प्रकार जाता है जैसे बेंच पर लेटा पाया जाना कोई अपराध हो। इन लोगों में युवक, बूढ़े और महिलाएँ भी शामिल हैं। उनकी बातचीत बेंच पर पड़ी स्त्री को तरह-तरह के सन्देहों के घेरे में ला कर लांछित करती है और वे ऐसी बातचीत एकदम सहज हो कर करते हैं। कहानी पढ़ कर हम पार्क और उसमें पड़ी बेंच की सार्वजनिक उपयोगिता की अपनी आम धारणा को खंडित पाते हैं। हम जान लेते हैं कि बेंच पुरुषों के लिए ही 'सार्वजनिक' है। उस पर लेट कर जिस स्त्री ने 'सार्वजनिकता' को चरितार्थ करने का दुस्साहस किया है, वह समाज की दृष्टि में भयानक रूप से हेय हो जाती है। पार्क की बेंच एक बेहद साधारण चीज न रह कर समाज में स्त्री की आजीवन कैद का खुलासा करनेवाला प्रतीक बन जाती है।

शायद ही कोई ऐसा पाठक इस लेख को पढ़ रहा हो, जिसने कभी किसी पार्क की बेंच पर एक स्त्री को लेटे देखा हो। मैंने कभी नहीं देखा। बेंच पर लेटना तो शायद बहुत बड़ी बात है—तभी प्रेमचंद ने इस प्रसंग को चुन कर यह कहानी लिख डाली, सार्वजनिक बगीचे में अकेले टहलती हुई लड़की का उत्तर भारत में दिख जाना असंभवप्राय है। इस तरह से सोचता हूँ तो मुझे अपने बचपन के वे तमाम दृश्य याद आते हैं जिन्हें मैं आज तक दिल्ली की सड़कों पर उसी रूप में देखता हूँ जिस रूप में वे टीकमगढ़ नाम के मेरे कस्बाई नगर की यादों में सुरक्षित हैं। हम लड़कों के लिए सड़क एक खुली जगह थी, जहाँ हम चलते ही नहीं थे, खेलते थे, तरह-तरह के करतब करते थे या यूँ ही खड़े रहते थे और दो-चार मिले तो गप करते थे। किसी लड़की के लिए यह सब एकदम नामुमकिन था। लड़कियों के लिए सड़क एक जगह से दूसरी जगह जाने का माध्यम थी—बस। उस पर निष्प्रयोजन दिखना एक असाधारण घटना थी। मैं वर्षों बाद सोच सका कि यह हमारे शहर की लड़कियों के जीवन की कितनी बड़ी और क्रूर विडम्बना थी कि वे बचपन के छोटे-छोटे सुख लेने के लिए स्वतंत्र नहीं थीं। पता नहीं उनके समाजीकरण ने उन्हें किस हद तक इन सुखों के प्रति उदासीन और अपनी कैद के प्रति संजीदा बनाया था। वे हमें देख कर लगातार न तड़पें, इस उद्देश्य की खातिर ऐसा समाजीकरण आवश्यक था।

अनवरत सोद्देश्यता और जवाबदेही के कठोर साँचों में छुटपन से ही बँध जाना लड़कियों को समाज में स्वीकृत यानी पूरी तरह भूमिकाबद्ध जीवन जीने का पूर्वाभ्यास कराता है। इस पूर्वाभ्यास में जरा-सी चूक भी अपराध मानी जाती है। बचपन की आजादी और खास तौर से समय बोध से मुक्ति कस्बाई और शहरी लड़कियों को पाँच-छह साल की उम्र से ही मिलना बंद हो जाती है। वे अपना रोजमर्रा का जीवन भी किसी आसन्न दुर्घटना के प्रति आशंकित रह कर जीती हैं। शुरू में इस दुर्घटना की कोई निश्चित तस्वीर नहीं होती, बस एक गहरी आशंका और दबी हुई बेचैनी और इन दोनों की अभिव्यक्ति के तौर

पर काया को सिमटाये रखने, ज्यादा न हँसने और कम बोलने की आदतें व्यक्तित्व में पैठती जाती हैं। इस पैठ के अनुपात में व्यक्तित्व यानी मनुष्य को व्यक्ति बनानेवाला तत्व तिल-तिल कर रोज कटता जाता है। अंततः किशोरावस्था आती है—एक अलग इनसान अर्थात व्यक्तित्व का बचा-खुचा भाव समाज से जूझने की एक आखिरी बड़ी कोशिश करता है। जिस दुर्घटना की आशंका में जीने का लम्बा अभ्यास मन करता आ रहा था, उसकी तस्वीर स्पष्ट हो जाती है और तस्वीर स्पष्ट होने के साथ ही आशंका एक पक्के डर में बदल जाती है। उधर भूमिकाबद्ध जीवन की तैयारियाँ हर तरफ बढ़ती जाती हैं। तौर-तरीके, उठना-बैठना, कौशल, पढ़ाई, यहाँ तक कि दिलचस्पियाँ—सभी कुछ भूमिकाबद्ध जीवन के साँचे के अनुसार ढल जाता है।

बलात्कार वह दुर्घटना है, जिसकी आशंका में जीना सीखने का अभ्यास स्त्री के समाजीकरण की धुरी है। मेरा खयाल है कि स्त्री-पुरुष संबंधों के वे तमाम पहलू, जिन्हें अपने दैनिक समाजीकरण के तहत बच्चे हमारी आज की संस्कृति में सीखते हैं, बलात्कार की अवधारणा में ढूँढ़े-पहचाने जा सकते हैं। बलात्कार के प्रतीकार्थों की टोह में जाने के लिए पौरुष और ब्रह्मचर्य की अवधारणाओं पर ध्यान देना जरूरी है। संभोग को पौरुष के लिए एक चुनौती मानने की परम्परा रही है और पितृसत्ता ने इस परम्परा को दुनिया के कई समाजों में ठोस सांस्कृतिक आधार दिया है। हमारे समाज में इस परम्परा को शास्त्र-सम्मत माना जाता रहा है। शायद इसी कारण उसके व्यावहारिक प्रभाव क्षेत्र का दायरा नैतिक और लोकप्रिय अर्थ में धर्म-सम्मत मान लिया गया है। पौरुष की संकल्पना का यह विस्तार ब्रह्मचर्य की अवधारणा में सबसे स्पष्ट रूप में दिखाई देता है। बचपन और किशोरावस्था में लड़कों की शिक्षा-दीक्षा कैसी हो, इस सवाल पर लोक मन में सबसे गहरे पसरी अवधारणा ब्रह्मचर्य की ही है। किशोर होने तक लड़कों का वास्ता ब्रह्मचर्य की लोकप्रिय अवधारणा से पड़ चुका होता है। यह अवधारणा स्त्री को ले कर एक गहरा डर किशोर मन में पैदा कर देती है—डर इस बात का कि स्त्री वह सब छीन लेती है, जो मेरे पुरुष होने की पहचान है। विवाह एक बड़ा जोखिम दिखने लगता है और स्त्री की निकटता की स्वाभाविक चाह स्त्री से निबट लेने की चुनौती में घुल-मिल जाती है। साधु-संतों और महान पुरुषों की कई कहानियाँ और समाज में प्रचलित कहावतें स्त्री की आखेटक छवि को पुष्ट करने में मदद देती हैं।

दूसरी ओर जीवन के दैनिक यथार्थ में लड़का स्त्री की भूमिकाबद्ध उपस्थिति के चारों ओर स्त्री की जिस 'स्वतंत्र' प्रतीकात्मक उपस्थिति से घिरा होता है, वह भी कम आक्रामक नहीं होती। इस प्रतीकात्मक उपस्थिति की रचना सिनेमा, टीवी और हर राह पर लगा विज्ञापन करता है। स्त्री की यह उपस्थिति मुख्यतः एक वस्तु के रूप में होती है, उसकी मनुष्यता बस इतनी रहती है कि वस्तुरूपा होने पर भी वह मनुष्य होने का भ्रम पैदा करे। सिनेमा की कहानियों में स्त्री की भूमिकाबद्ध उपस्थिति भी इस तरह दर्ज की जाती है कि 'वस्तु पक्ष' प्रधान रहे। फिर बम्बइया फिल्म कथा जगत का तो साँचा ही ऐसा है कि स्त्री

के वस्तु रूप को उभारनेवाली सामाजिक भूमिकाएँ हर कहानी में अनिवार्य रूप से रहें। विज्ञापन में स्त्री का वस्तु में रूपान्तरण एकदम साफ रहता है, क्योंकि वहाँ सामाजिक भूमिकाएँ या तो होती ही नहीं हैं या फिर कहने भर को होती हैं, जैसे कपड़े धोने के साबुन के संदर्भ में पत्नी की भूमिका। विज्ञापन में एक वस्तु होती है, जिसे बेचा जाना है; दूसरी वस्तु होती है स्त्री की छवि, जो हमारे संस्कार जगत में पहले से 'बिकी' हुई अवस्था में होती है। इस तरह एक बिकी हुई वस्तु एक अन्य वस्तु को बेचने में मदद देती है। स्त्री का यह सहज और निर्मम वस्तुकरण किशोर लड़के के मन में स्त्री के प्रति डर की भावना से उपजी आक्रामकता और प्रतिहिंसा को एक नयी धार देता है। यह प्रक्रिया आधुनिक प्रसार माध्यमों की तरह निरन्तर चलती है और स्त्री की मनुष्यता के एहसास के फूट निकलने की किसी भी संभावना पर रोक लगा देती है। ऐसी संकुल स्थिति में बलात्कार की पात्र के रूप में स्त्री का अंकन मनोरंजन का विषय बन जाये, तो आश्चर्य की क्या बात है? स्थिति की बुनावट को समग्र रूप से देखें, तो हम इस सत्य को पहचान सकेंगे कि बलात्कार और ब्रह्मचर्य की अवधारणाओं में पूरकता का रिश्ता है।

उधर लड़की की दृष्टि से पुरुष के ब्रह्मचर्य के बारे में सोचें, तो एक ही निष्कर्ष हाथ लगता है। स्त्री का कौमार्य और उससे जुड़े यौन शुचिता व अस्मत जैसे संस्कार पुरुष की कृपा को जीवन का सर्वोच्च तथ्य ठहराते हैं। जिस आशंका और डर से घिर कर लड़की अपना बचपन क्षण-क्षण माँगी जानेवाली जवाबदेही को निभाते हुए बिताती है, वह आशंका किशोरावस्था आने पर एक निश्चित रूप ले लेती है। यह रूप होता है बलात्कार का, जिसकी सैकड़ों छवियाँ आधुनिक प्रसार माध्यमों में पुरुष मन के मनोरंजनार्थ दिखायी जाती हैं। फिल्मी कहानियों में बलात्कार की घटना से आनेवाले निर्णायक मोड़ किशोर लड़की को इस कठिन सामाजिक सत्य को एक आखिरी कड़वे घूँट की तरह पी जाने के लिए तैयार करते हैं कि उसके जीवन की सार्थकता उसके अपने वश में नहीं है। यह सत्य दर्शन ही शायद उस हृदय विदारक आज्ञाकारिता का रहस्य है, जो जलगाँव की शिक्षित लड़कियों ने अत्याचारी व्यभिचारियों के सामने वर्षों निभायी।

बलात्कार पर कुछ प्रस्ताव

राजकिशोर

गम्भीर अपराध और भी हैं, लेकिन बलात्कार को सर्वाधिक घृणास्पद माना जाता है। यहाँ तक कि कुछ स्त्रियों को बलात्कार और हत्या के बीच चुनने की छूट दी जाये, तो वे हत्या को ही चुनेंगी। बहुत-से लोग स्त्रियों से इस बात की अपेक्षा भी करते हैं। जिस स्त्री के साथ बलात्कार हुआ हो और उसने जी-जान से इसका विरोध न किया हो, उसे शंका की निगाह से देखा जाता है। माना जाता है कि बलात्कार को सम्भव बनाने में उसकी भी कुछ भूमिका होगी। कानूनी हलकों का यह दृष्टान्त मशहूर है कि जिस तरह कोई सुई लगातार हिलायी जाती रहे, तो उसमें धागा नहीं डाला जा सकता, उसी तरह एक असहमत तथा संघर्षशील स्त्री से जबरदस्ती सम्भोग नहीं किया जा सकता। लेकिन यह जख्म पर नमक छिड़कने जैसी बात है। सौ में 99 मामलों में स्त्री इतनी दहशत में आ जाती है कि वह न कुछ सोच पाती है न पर्याप्त प्रतिरोध कर पाती है। फिर स्त्रियों को शारीरिक प्रतिरोध का न अनुभव होता है न उसकी तैयारी। यह सवाल भी अपनी जगह है कि बलात्कार से बचने के लिए अपनी कितनी शारीरिक क्षति स्वीकार करनी चाहिए। क्या बलात्कार इतना जघन्य है कि उसे रोकने के लिए जान की बाजी लगा दी जाये ? ऐसा करनेवाली स्त्री पुरुषों के बीच देवी की तरह पूज्य होगी, लेकिन इसी लिए क्योंकि उसके जीवन की अन्य मानवेतर कसौटियाँ भी पुरुषों ने ही तैयार की हैं। एक स्वस्थ आदमी बलात्कृत स्त्री को नहीं, बलात्कारी को घृणा की निगाह से देखेगा।

लेकिन कितनी घृणा से ? क्या अंगोच्छेद ही बलात्कार की उचित सजा है ? अब ऐसे लोगों की संख्या बढ़ रही है, जो हर अपराध की सामाजिक और मनोवैज्ञानिक पृष्ठभूमि जानने-समझने की कोशिश करते हैं तथा हर अपराधी को एक बीमार आदमी मानते हैं। इसके बावजूद क्या यह विचित्र नहीं है कि बलात्कार के अपराध पर परंपरागत रवैया ही दृढ़ होता जा रहा है ? आज किसी डकैत या खूनी का मनोविज्ञान समझने की कोशिश करते हुए लोग पाये जायेंगे, लेकिन बलात्कारी को यह रियायत देने के लिए कोई तैयार नहीं है। क्या इसका कारण पुरुषों का आपसी यौन द्वेष है ? पर मामला उलटा भी है। यह सच है कि अब भी अदालती प्रक्रिया आम तौर पर ऐसी है कि बलात्कारी के छूट जाने

की सम्भावना ज्यादा होती है, लेकिन इसका कारण वैचारिक उदारता नहीं, बल्कि पुरुष वर्ग का वर्ग स्वार्थ है। बलात्कार पुरुष ही करता है और अदालतों पर भी पुरुषों का ही कब्जा है। जिस पुलिस का काम बलात्कारी को सजा दिलाना है, वह स्वयं मौका पाते ही बलात्कार करते हुए पायी जाती है। वस्तुतः बलात्कारों की बढ़ती हुई संख्या ही इस बात के लिए काफी होनी चाहिए कि उसका समाजशास्त्रीय अध्ययन किया जाये। लेकिन इस दिशा में पर्याप्त प्रयास नहीं हो रहे हैं तो इसी लिए कि आधुनिक युग में स्त्री समूह की अपने अधिकारों के प्रति चेतना बढ़ी है। साथ ही स्त्री के प्रति पुरुष का औपचारिक दृष्टिकोण भी बदला है। फलतः स्त्रियों के साथ होनेवाले अपराधों को पहले की अपेक्षा अधिक गम्भीरता से लिया जाता है। बलात्कार अब रफा-दफा करने योग्य मामला नहीं, बल्कि अदालत से भरपूर सजा दिलवाने की चीज है। यह एक स्तर पर स्त्री की मनुष्यता का पुनराविष्कार है, किन्तु इस उत्साह में शायद अनेक ऐसे प्रश्न दब गये हैं, जो हमारी सभ्यता की बुनियादों पर पुनर्विचार करने की माँग करते हैं। यह अकारण नहीं कि आदिवासी समाजों में बलात्कार कम से कम होते हैं और जब होते हैं, न तो कोई स्त्री आत्महत्या करती है और न ही यह मान लिया जाता है कि उसका सर्वस्व लुट गया। इसका मतलब यह नहीं है कि बलात्कार को वहाँ सामाजिक स्वीकृति है। ऐसी स्वीकृति से कोई भी समाज चल नहीं सकता। लेकिन बलात्कार को एक सामान्य अपराध ही माना जाता है और उसके लिए सामान्य दंड तथा प्रायश्चित का ही विधान है। यह सभ्यता ही है, जो बलात्कार के अनुकूल परिस्थितियाँ तैयार करती है और फिर बलात्कार पर उससे ज्यादा हाय-तौबा मचाती है, जितने के वह योग्य है।

बलात्कार के लिए हमेशा विशेष कानूनी प्रावधान किये जाते हैं, लेकिन अब इस पर विचार करने की जरूरत है कि क्या यह सामान्य हिंसा का ही एक प्रकार नहीं है ? जैसे एक पुरुष दूसरे पुरुष को तमाचा मारता है या पिस्तौल की नोक पर उसका पर्स छीन लेता है, वैसे ही एक पुरुष किसी स्त्री के साथ बलात्कार करता है। वस्तुतः बलात्कारी के लिए स्त्री की योनि सिर्फ एक अंग है। यह कहना गलत होगा कि वह स्त्री से काम सम्बन्ध स्थापित करना चाहता है। काम सम्बन्ध में कोमलता होती है। वह शरीर का भी मामला होता है और मन का भी। बलात्कारी अपने शिकार के साथ किसी प्रकार का सम्बन्ध बनाना नहीं चाहता। वह अपना काम करता है और चल देता है। स्त्री की योनि उसके लिए एक मांसल सुराख भर है। निश्चय ही यह स्त्री का अवमूल्यन है—उसका पदार्थीकरण। लेकिन सिर्फ हमारी नजर में, क्योंकि हम स्त्री की गरिमा का सम्मान करना चाहते हैं। बलात्कारी के लिए स्त्री सम्मान की नहीं, अपना यौन आवेग शान्त करने की चीज है। यह पूछना भी जरूरी है कि क्या प्रत्येक यौन क्रिया स्त्री-पुरुष को एक-दूसरे के पदार्थीकरण की ओर नहीं ले जाती। यह प्रश्न तो है ही कि स्त्री की गरिमा कहाँ वास करती है ? क्या यह सिर्फ उसके यौन अंगों में वास करती है ? सामान्यतः किसी भी व्यक्ति को उसकी इच्छा के खिलाफ नहीं छुआ जाना चाहिए, लेकिन स्त्री और पुरुष के मामले में छूने के कृत्य की गम्भीरता

अलग-अलग क्यों होनी चाहिए ? क्या इस भेद-भाव के पीछे स्त्री को असूर्यम्पश्या बनाने की पुरानी दृष्टि ही काम नहीं कर रही है ? सभी सभ्यताओं में सेक्स को जिस तरह हौआ बना कर रखा गया है, उसमें स्वाभाविक है कि स्त्री के शील को एक विशेष मामला बना दिया जाये। हिन्दी में अभी हाल तक बलात्कार को शील-भंग ही लिखा जाता था। आश्चर्य यह है कि किसी भी पत्रकार की नजर इस तरफ नहीं गयी कि बलात्कार के दौरान स्त्री का शील टूटा या पुरुष का। जब तक स्त्री की पवित्रता उसके यौन अंगों के सन्दर्भ में देखी जाती रहेगी, बलात्कार एक खास किस्म का डर पैदा करता रहेगा और बलात्कारी को भी लगेगा कि वह कोई खास काम कर रहा है। यौन अंगों की यह तानाशाही टूटनी चाहिए।

बलात्कार को स्तब्ध कर देनेवाली घटना बनाने के पीछे मुख्य धारणा स्त्री के कौमार्य की चिन्ता प्रतीत होती है। माना जाता है कि सिर्फ वही स्त्री विवाह योग्य है, जिसका कोई यौन सम्बन्ध न हुआ हो। अब भी अनेक देशों में सुहागरात के बादवाली सुबह चादर पर खून के निशान ढूँढ़े जाते हैं। यदि निशान न मिलें तो वधू को दुश्चरित्र करार दिया जाता है। इन्हीं कारणों से विवाहित स्त्री के साथ बलात्कार भी गंभीर घटना बन जाती है। इसके विपरीत पुरुष का कौमार्य या एकपत्नीव्रत उतना महत्त्वपूर्ण नहीं माना जाता। स्त्री से यौन पवित्रता की यह माँग न केवल अस्वाभाविक है, बल्कि इसका उद्देश्य स्त्री को सतत भय में रखना है। कुँवारी स्त्री किसी और की थाती है। विवाहित स्त्री अपने पति की जागीर है। यह नजरिया बलात्कार को एक भयावह घटना बना देता है। इसका अर्थ यह नहीं है कि विवाहित स्त्री का परपुरुष से सम्बन्ध कोई अच्छी चीज है। विवाह की अपनी शर्तें हैं और उनका पालन होना ही चाहिए। दूसरी ओर विवाह-पूर्व देह सम्बन्ध की भी निश्चित मर्यादाएँ होनी चाहिए। विवाह का बन्धन नहीं है, इसका अर्थ यह नहीं है कि जब इच्छा हो, जिसके साथ इच्छा हो, सो लिया जाये। कुमारियों, विधवाओं और तलाकशुदा महिलाओं को या ऐसे ही पुरुषों को समाज का पानी हमेशा हिंडोलते रहने का अधिकार नहीं है। लेकिन कोई भी समाज तभी स्वस्थ ढंग से चल सकता है, जब यौन आवश्यकताओं की स्वस्थ पूर्ति के दरवाजे हमेशा खुले रहें। यौन दमन भी नहीं, यौन उच्छृंखलता भी नहीं। बल्कि स्वस्थ और पूर्वग्रहमुक्त यौन जीवन की आजादी। ऐसे समाज में बलात्कार की घटनाएँ क्रमशः कम होती जायेंगी।

दमित यौन जीवन बलात्कार को बढ़ावा देता है। लेकिन दमन के कारण बलात्कार की घटनाएँ प्रकाश में नहीं आ पातीं। आधुनिक युग के पूर्व का सामाजिक वृतान्त, ऐसा प्रतीत होता है कि, बलात्कार की घटनाओं से मुक्त है। किन्तु यह सिर्फ सतह का किस्सा है। थोड़ी गहराई में जायेंगे, तो तत्काल पता चलेगा कि वहाँ बलात्कार के अनेक प्रसंग दबे पड़े हैं। आज भी समाज के परंपरागत हिस्सों में कितने बलात्कार दबे-छिपे होते हैं या जारी रहते हैं। लेकिन चीखें कम सुनाई पड़ती हैं, क्योंकि हर चीख स्त्री की सम्पूर्ण तबाही का कारण बन सकती है। ऐसे समाज में बलात्कार ज्यादातर नजदीकी सम्बन्धों में होता है। बलात्कारी पुरुष ज्यादातर वे होते हैं, जिनका यौन जीवन अतृप्त है और या जो शोषण

करने की स्थिति में हैं। जो स्त्रियाँ शिकार बनती हैं, वे किसी से कुछ कहने की स्थिति में नहीं होतीं। यहाँ तक कि अपने पति से भी नहीं, क्योंकि बलात्कार की घटना के प्रकाश में आते ही सबसे पहले स्त्री का त्याग वही करेगा। कुमारी के साथ बलात्कार को तो सौ परदों में छिपा कर रखना होगा। कई बार प्रेम सम्बन्ध से शुरुआत हो कर मामला नियमित बलात्कार में बदल जाता है। यह शुद्ध रूप से ब्लैकमेल है। इस तरह दमित समाज बलात्कार की परिस्थितियाँ तो तैयार करता है, किन्तु उससे निपटने के रास्ते तैयार करना नहीं जानता।

मैत्रेयी पुष्पा के सुन्दर उपन्यास 'इदन्नमम' की नायिका मन्दाकिनी के साथ किशोरावस्था में बलात्कार होता है। यह कुकृत्य एक ऐसा व्यक्ति करता है, जिसे मन्दाकिनी मामा कहती है। फफक-फफक कर रोती हुई मन्दाकिनी को कुसुमा भाभी समझाती है, 'बिन्नू, अपने मन में तनिक भी भय मत लाना। हिचक-हिचक में मत रहना। जो हुआ उसे भूल जाना। डर मत मानना कभी। जिन्दगानी में, इतनी बड़ी जिन्दगी में अच्छा-बुरा घट जाता है बिटिया, उसके कारण मन में गाँठ लगाने से क्या फायदा ? जो तुमने किया ही नहीं, उसके लिए अपने को दोषी क्यों मानना ? उस कुकरम की भागीदार, मन्दा, तुम तो बिलकुल नहीं।' कुसुमा भाभी की सीख बिलकुल सही है। लेकिन वह अपराधी कैलास मास्टर के लिए बस इतना ही कह पाती है, 'तनक देर पहले और आ जाते हम, तो खसिया बना देते नासपिटे को।' स्पष्ट है कि बलात्कारी को निजी सजा तो दी जा सकती है, किन्तु मामले को गोपनीय रखने की मजबूरी है, क्योंकि ऐसा विधान कहाँ है, जो बलात्कारी को शान्ति भी दे सके और बलात्कृत किशोरी का भविष्य भी गँदला न करे ? क्या आधुनिक न्याय व्यवस्था या समाज व्यवस्था इस मामले में कुछ बेहतर हुई है ?

मन्दाकिनी कुछ उन्मुक्त माहौल में रहती और अपना पुरुष खोजने की प्रक्रिया में दोस्तियाँ करती, तब इस प्रक्रिया में भी उसके साथ बलात्कार हो सकता था। सामाजिक उदारीकरण के माहौल में ऐसे हलके-फुलके बलात्कार अब बढ़ेंगे। क्या ऐसी घटनाओं को आपसी सम्बन्धों के अनिवार्य जोखिम के रूप में नहीं लिया जाना चाहिए ? इनसे निपटने का शायद एक ही तरीका है कि लड़कियों को शुरू से ही निर्भीक बनाया जाये और हिंसक या अहिंसक प्रतिकार का प्रशिक्षण दिया जाये। साथ ही उनके मन में यह बात बैठा दी जाये कि इसके बावजूद कोई दुर्घटना हो जाये, तो 'तुम पाथर न बनो। नोने हँसो-खेलो। हौसला रखो, हिम्मत से जियो। वैसे ही, जैसे अब तक रही हो। अपनी जिन्दगानी के सही-गलत का निरनय तो हमें ही लेना है, बिन्नु। काट फेंको जीवन से इस कुघड़ी को। तुम अच्छत हो, मन्दा।' स्पष्टतः प्रेम जीवन की दुर्घटना और सुनियोजित बलात्कार में फर्क है। दोनों ही कुघड़ियों को काट फेंकना चाहिए, किन्तु कैलास मास्टरों का कुछ इलाज करने के लिए जरूरी है कि बलात्कार को सामाजिक विचार-विमर्श का विषय भी बनाया जाये।

यह आधुनिक युग की मान्यता है कि जहाँ प्रेम है, वहीं यौन सम्बन्ध होना चाहिए। लेकिन यह मान्यता शायद अधूरी है। अच्छा जीवन कर्तव्य भावना के आधार पर ही जिया जा सकता है। प्रेम उसका एक छोटा-सा हिस्सा है। इस सन्दर्भ में वैवाहिक जीवन में बलात्कार

की मीमांसा उपयोगी होगी। बहुत-से लोगों को तो यह प्रश्न ही अटपटा लगेगा कि क्या वैवाहिक जीवन के भीतर भी बलात्कार संभव है ? कानून इसकी मान्यता नहीं देता, जिस पर हाय-तौबा मचाना अब फैशनेबल हो चला है। प्रायः सभी देशों में कानून है कि पत्नी की इच्छा के विरुद्ध उसके साथ पति का यौन कृत्य बलात्कार नहीं माना जायेगा। इस कानूनी समझ का कारण है। पुरुष और स्त्री विवाह करते हैं, तो वे एक-दूसरे के साथ यह वादा करते हैं कि वे किसी अन्य स्त्री या पुरुष से यौन सम्बन्ध नहीं बनायेंगे। इस तरह दोनों समाज के अन्य व्यक्तियों के साथ यौन सम्बन्ध के अपने-अपने दावे का त्याग करते हैं। इससे उनका परस्पर एक-दूसरे के प्रति एक तरह का दावा पैदा हो जाता है। इसमें सन्देह नहीं कि कोई भी सभ्य पुरुष अपनी पत्नी के साथ, या किसी भी स्त्री के साथ, उसकी इच्छा के विरुद्ध सम्भोग करना तो दूर, उसकी कलाई भी नहीं पकड़ना चाहेगा। लेकिन हमें यह नहीं भूलना चाहिए कि यौन सम्बन्ध एक तरह की वास्तविक भूख भी है और भूख का अपना तर्कशास्त्र होता है। इस भूख का कितना हिस्सा प्राकृतिक है और कितना मानव निर्मित—यह तय करना कठिन है। मध्य युग में अधिकांश लोगों की यौन आवश्यकताएँ सीमित थीं। अब वे असीमित होती जा रही हैं। लेकिन क्या मनुष्य की दूसरी आवश्यकताएँ भी असीमित नहीं हुई हैं ? कामुकता के क्षेत्र में उछाल आने का एक कारण गर्भ नियंत्रण के उपायों का आसान और सुलभ होना भी है। विभिन्न कारणों से यह भी एक तथ्य है कि अनेक पुरुषों की यौन आवश्यकताएँ अक्सर उससे ज्यादा होती हैं, जितने के साथ स्त्री स्वाभाविक ताल-मेल बिठा सकती है। वैसे तो यह पति और पत्नी दोनों का कर्तव्य है कि वे एक-दूसरे की यौन आवश्यकताओं और यौन क्षमताओं के साथ सन्तुलन स्थापित करें, लेकिन आदर्श दाम्पत्य जीवन, जीवन के दूसरे आदर्शों की तरह, एक सुन्दर कल्पना ही है। अतः मानवीय अपूर्णता की स्थितियों में दाम्पत्य जीवन की अनेक यौन घटनाएँ बलात्कार के रूप में वर्गीकृत होने को बाध्य हैं। यह कभी-कभार हो, तो स्त्रियाँ माफ करने के लिए तैयार रह सकती हैं, जैसे पति पत्नी की कई ज्यादतियों को माफ कर देता है। लेकिन प्रेमिल यौन सम्बन्ध की तुलना में ठंडे बलात्कार का ज्यादा होना बताता है कि वैवाहिक सम्बन्ध क्षीण हो चुका है या वह ठीक से बना ही नहीं। यह वस्तुतः यौन नैतिकता का ढहना उतना नहीं है, जितना दाम्पत्य जीवन का नष्ट होना। एक नींव-विहीन या भ्रष्ट दाम्पत्य जीवन में कोई भी नैतिकता अक्षुण्ण नहीं रह सकती। फिर भी स्त्री का ना कहने का अधिकार उसका एक मौलिक अधिकार है। लेकिन यह अधिकार उसे सिर्फ कानून में संशोधन के द्वारा नहीं मिलेगा। बिस्तर पर ना कहने का अधिकार स्त्री तभी प्राप्त कर सकेगी, जब वह अपने अन्य मौलिक अधिकारों को भी वास्तविक जीवन में हासिल कर लेगी। इसके लिए जरूरी है कि परिवार का ढाँचा बदला जाये। एक न्यूनतम प्रावधान यह हो सकता है कि पति की आय को पूरे परिवार की आय माना जाये और जो भी खर्च हो, पूरे परिवार की सहमति से हो। एक स्वाभिमानी स्त्री के साथ उसका पति एक ही बार बलात्कार कर सकता है, दूसरी बार नहीं। तब तक वह उसके जीवन से बाहर जा चुकी होगी।

लेकिन क्या उसे हमेशा ऐसा करना ही चाहिए ? यह सवाल इसलिए महत्त्वपूर्ण है, क्योंकि आजकल स्त्रियों को विद्रोह की शिक्षा कुछ ज्यादा ही दी जा रही है। स्त्री अधिकारों की चेतना एक बात है, किन्तु पुरुष को सतत अपराधी मान कर चलना बिल्कुल दूसरी बात। स्त्री के सन्दर्भ में पुरुष का इतिहास निश्चय ही बहुत गंदा है, लेकिन उस इतिहास का प्रतिशोध लेने की राजनीति भी गंदी ही कही जायेगी। इसी लिए पुरुष द्वारा स्त्री अधिकारों के हर अतिक्रमण को सिर्फ पुलिसिया निगाह से देखना उचित नहीं है। अन्ततः तो कानून ही शरण है, किन्तु बहुत सारी चीजों का निपटारा आपकी समझ और सहानुभूति के विस्तार से किया जा सकता है और किया जाना चाहिए। यही बात अन्य वैवाहिक मतभेदों के बारे में भी कही जा सकती है। दाम्पत्य जीवन को बेहतर बनाने की शर्तों में बलात्कार को निरन्तर बरदाश्त करना नहीं हो सकता। लेकिन पत्नी के साथ बलात्कार करना भी कौन-सा पति चाहेगा ? वस्तुतः दोनों में यह बोध विकसित होना उचित है कि अधिकतम पारस्परिक समझदारी और समन्वय से स्थितियों को मित्रतापूर्ण बनाया जा सकता है।

लेकिन यह सिर्फ परिवार का मामला नहीं है। यह आज की पूरी संस्कृति का मामला है। यह संस्कृति यौन इच्छाओं को बढ़ावा देने और उन्हें बेलगाम छोड़ने की है। अब प्रतिपादित किया जा रहा है कि यौन सुख जितना अधिक लूटा जा सकता है, लूटा जाना चाहिए। चारों तरफ यौन उत्तेजना पैदा करनेवाले दृश्यों की भरमार है। ऐसे माहौल में पुरुषों की काम इच्छाओं का विस्फोट स्वाभाविक ही मानना चाहिए। दुःखद यह है कि स्त्रियाँ भी इस दुश्चक्र में शामिल हो गयी हैं। काम भावना का व्यावसायिक इस्तेमाल स्त्रियों के विरुद्ध जाता है, किन्तु स्त्रियों ने इस तथ्य को अच्छी तरह नहीं समझा है। अतः वे भी कामुकता की इस संस्कृति को तरह-तरह से अपना अर्घ्य दे रही हैं। स्त्री में श्रृंगार की इच्छा स्वाभाविक है। पुरुष में भी यह इच्छा रहती है। उसका एक कारण सौन्दर्य अभिरुचि है। दूसरा कारण अपने को यौन रूप से आकर्षक बनाना है। इन दोनों का महत्त्व है। किन्तु मौजूदा सौन्दर्यशास्त्र कामुकता को ही केन्द्र में रख कर चलना चाहता है। शोभा, शालीनता, भव्यता, सादगी आदि मूल्यों की उपेक्षा की जा रही है। सारा जोर 'सेक्सी' दिखने पर है। जो स्त्री अपने चारों ओर जितनी कामोत्तेजना पैदा करने में सक्षम है, वह मौजूदा मानदंडों से उतनी ही सुन्दर मानी जायेगी। यह यौन इच्छाओं के लिए एक निरन्तर स्फुरण का काम करता है। बलात्कार इस संस्कृति की एक स्वाभाविक निष्पत्ति है।

लेकिन इससे यह निष्कर्ष निकालना उचित नहीं कि जो सबसे सुन्दर यानी सबसे सेक्सी स्त्री होगी, उसी के साथ बलात्कार होगा। यह तर्क कुछ पुराणपंथी लोग देते भी हैं। उनका जोर इस बात पर होता है कि आधुनिक स्त्रियाँ इतनी भड़कीली पोशाक क्यों पहनती हैं। लेकिन भड़कीली पोशाक पहननेवाली सभी स्त्रियों के साथ बलात्कार नहीं होता। यह उनके साथ होता है, जो सबसे कमजोर हैं। हो सकता है, वह अत्यन्त कुरूप हो। परित्यक्त पागल स्त्रियों को गर्भवती कौन बनाता है ? यह सच है कि बलात्कार की संस्कृति पैदा करने में माहौल को कामुक बनाने में सक्षम स्त्रियों का योगदान सबसे ज्यादा है, किन्तु

इसका कहर टूटता है उन स्त्रियों पर, जिन पर आसानी से हमला किया जा सकता है, क्योंकि बलात्कार में सेक्स प्रधान नहीं है, हिंसा प्रधान है। गाँवों में ताकतवर जातियों की स्त्रियों के साथ सामूहिक बलात्कार या उन्हें नंगा घुमाना कामुकता की कम, हिंसा और अपमान की घटनाएँ ज्यादा हैं। जिस समाज में हिंसा का फैलाव जितना ज्यादा होगा, वहाँ बलात्कार उतने ज्यादा होंगे। जिस वर्ग के साथ हिंसा की सम्भावना जितनी ज्यादा होगी, उसके साथ बलात्कार उतना ज्यादा होगा। हिंसकता का एक आयाम यह भी है कि बलात्कार की जरूरत ही न पड़े। इसके उदाहरण अत्यन्त विविधतापूर्ण हैं।

संयुक्त राज्य अमेरिका का एक हाल का सर्वेक्षण हिंसा और बलात्कार के सीधे रिश्ते की पुष्टि करता है। बलात्कारों की बढ़ती हुई संख्या वहाँ की एक प्रमुख समस्या है। किन्तु बलात्कृत स्त्री की उम्र के आधार पर कोई विश्लेषण नहीं किया जाता था। 1992 के बलात्कार के आँकड़ों पर पहली बार इस दृष्टि से विचार किया गया, तो चौंकानेवाले निष्कर्ष सामने आये। पता चला कि जिनके साथ बलात्कार हुआ, उनमें से आधी 18 वर्ष से कम की थीं और 16 प्रतिशत तो 12 से भी कम की थीं। यदि वर्ग के आधार पर विश्लेषण किया जाये तब भी इतने ही सनसनीखेज निष्कर्ष हासिल हो सकते हैं। मेरा खयाल है, आधी से ज्यादा स्त्रियाँ ऐसी मिलेंगी जिनका पहले से ही किसी न किसी रूप में शोषण हो रहा है। बलात्कार कौन करता है ? अमेरिकी आँकड़े बताते हैं कि ज्यादातर वही, जो हिंसा करने की स्थिति में हैं। 12 वर्ष की कम की लड़कियों के मामले में सिर्फ 4 प्रतिशत पर अजनबी लोगों द्वारा आक्रमण किया गया था। 46 प्रतिशत मामलों में परिवार के सदस्यों नें और 50 प्रतिशत मामलों में परिचितों ने आक्रमण किया था। 12 से 17 वर्ष की बलात्कृत लड़कियों के मामलों में 20 प्रतिशत आक्रमणकारी परिवार के सदस्य थे, 65 प्रतिशत परिचित या मित्र और सिर्फ 16 प्रतिशत अजनबी। स्पष्ट है कि बलात्कार यौन उत्तेजना के विस्फोट का मामला उतना नहीं है, जितना एक कमजोर स्थिति में दबोच ली गयी स्त्री के साथ मुँह काला करने का। यह विकृत इच्छा उस समाज में ज्यादा पैदा होती है, जहाँ हिंसा को एक तरह की वैधता मिली हुई है। अतः बलात्कार की समस्या का एक समाधान अधिक से अधिक अहिंसक समाज की रचना है। यह उल्लेखनीय है कि कम्युनिस्ट देशों में बलात्कार की समस्या नहीं के बराबर थी। यह कैसे सम्भव हुआ ? इसका एक रहस्य यही समझ में आता है कि इन देशों में आन्तरिक हिंसा को लगभग असम्भव बना दिया गया था। राज्य की व्यापक हिंसा ने व्यक्तिगत हिंसाओं को दबा दिया था। इसलिए बलात्कार करने से लोग डरते थे। साम्यवाद की समाप्ति के बाद यह डर समाप्त हो गया है। इसलिए बलात्कार की घटनाएँ बढ़ने लगी हैं।

लेकिन क्या कम्युनिस्ट समाजों में बलात्कार बिल्कुल नहीं था ? यह कहना मुश्किल है। हिंसा का अधिकार जब एक विशिष्ट वर्ग में सिमट जाता है, तब बलात्कार भी विशिष्ट वर्गीय हो जाता है। अगर हम बलात्कार को एक कानूनी पद न मानें, तो पायेंगे कि ऐसे सभी यौन सम्बन्ध बलात्कार ही हैं तो लालच या किसी भी प्रकार के भय के तहत होते

हैं। यह शान्त हिंसा है, जहाँ शिकार की आँखों के आँसू किसी और को दिखाई नहीं देते। कम्युनिस्ट देशों में ऐसा ही था। पार्टी और शासन के शक्तिशाली लोग तरह-तरह से स्त्रियों का शोषण करने की स्थिति में थे। मिलान कुन्देरा का उपन्यास 'द जोक' ऐसी ही एक स्थिति की विचित्र परिकल्पना करता है। खुले समाजों में भी ऐसे बलात्कार बढ़ रहे हैं, जो स्त्री पर तरह-तरह के अप्रत्यक्ष दबाव डाल कर किये जाते हैं। पद, पैसे और कैरियर का प्रलोभन अक्सर स्त्रियों की सहमति पाना आसान कर देता है। क्या इन 'ऑफिशियल' बलात्कारों के लिए स्त्रियों को भी दोषी ठहराया जा सकता है ? सिर्फ आंशिक रूप से। मुख्य दोष उन पुरुषों का है, जो अपनी ताकत का अनुचित इस्तेमाल कर सकते हैं। स्त्री सिर्फ एक ही अवस्था में बलात्कार को प्रोत्साहित करती है—जब वह प्रेम में गुलाम हो चुकी हो। बाकी सब गुलामियाँ उस पर थोपी जाती हैं।

असहाय के यौन शोषण का एक ही जघन्य रूप है परिवार के भीतर आत्मीय सम्बन्धों के बीच होनेवाले बलात्कार। यह वैवाहिक बलात्कार से अधिक गम्भीर समस्या है। अगम्य गमन (इनसेस्ट) पर पूरी तरह रोक नहीं लगायी जा सकी है, क्योंकि इसके विरुद्ध अवरोध हमेशा भीतरी होते हैं और अवसर एकदम सामने। यह स्त्री-पुरुष की एक गहरी समस्या है। लेकिन इसके साथ जब बल प्रयोग जुड़ जाता है, तो सभ्यता की सारी दीवारें धराशायी हो जाती हैं। पिता और बेटी के बीच, भाई और बहन के बीच ममता तथा सुरक्षा बोध का रिश्ता बेहद गहरा होता है। बलात्कार न सिर्फ इन रिश्तों में आपराधिक खलल है, बल्कि एक प्रकार की दासता आरोपित करने का प्रयास भी है। प्रश्न किया जा सकता है कि क्या इसका एक कारण दासता के वे सम्बन्ध नहीं हैं, जो हमारे पारिवारिक ढाँचे में पहले से अनुस्यूत हैं ? कम उम्रवाले हर व्यक्ति का काम बड़ों की सेवा करना है, इस कुप्रथा को सुंदर संस्कार माना जाता है। फलतः बच्चे परिवार में बाल श्रमिक बन जाते हैं और बेटियाँ तथा बहनें भविष्य की अर्ध-दास पत्नियों के शिशु संस्करण। परिवार में श्रम विभाजन होना चाहिए, किन्तु मानव गरिमा की बराबरी की कीमत पर नहीं। जिस श्रम विभाजन से ऊँच-नीच की भावना बलवती होती है और कुछ को हुक्म चलाने का विशेषाधिकार हासिल होता है, वह एक प्रकार की जाति प्रथा है। क्या इस जाति प्रथा को बनाये रखने के लिए ही अक्सर अपने से कम उम्र की स्त्री को पत्नी के रूप में तरजीह नहीं दी जाती ? ऐसे वातावरण में अगम्य गमनवाला बलात्कार सिर्फ एक सम्भावना नहीं रह जाता। जब अधिकांश लोगों के जीवन की खिड़कियाँ खुली रहती थीं, यह लगभग असम्भव था। किन्तु बन्द घरों की आधुनिक जीवन शैली में यह समस्या बढ़ सकती है। स्पष्ट है कि परिवार के भीतर की तानाशाहियों को तोड़ने का समय आ धमका है। इसका एक अनिवार्य पहलू यह होगा कि हर व्यक्ति को—खास तौर से बच्चों को—अपने जैविक परिवार से बाहर एक सामाजिक परिवार भी सुलभ रहना चाहिए, ताकि रक्षक ही भक्षक हो जाये तो न केवल इसकी फरियाद की जा सके, बल्कि जरूरत होने पर सुरक्षा भी हासिल की जा सके।

यौन गुलामी के तंत्र का ही एक व्यवस्थित नाम है वेश्या व्यवसाय। वेश्याओं के

साथ जो ग्राहकीय सम्भोग होता है, उसे बलात्कार नहीं माना जाता। लेकिन वेश्या व्यवसाय की इतनी बड़ी मौजूदगी बलात्कार का ही एक संस्थाबद्ध रूप है। बहुत कम स्त्रियाँ अपनी खुशी से इस पेशे में आती हैं। एक संगठित तंत्र द्वारा स्त्रियों को इस पेशे में लाया जाता है। उतना ही संगठित तंत्र वेश्या व्यवसाय को जारी रखने में सहायक बना रहता है। यह वृतान्त मशहूर है कि वेश्यालय में पहुँचा दिये जाने के बावजूद स्त्रियाँ पहली बार ग्राहक के सामने जाने के विरुद्ध कितना प्रतिरोध करती हैं। अधिकांश के साथ भारी हिंसा की जाती है। कई-कई दिन तक भूखों रख कर उनके प्रतिरोध को तोड़ना आम बात है। वस्तुतः प्रत्येक ग्राहक को स्त्री के साथ वेश्यागमन करने के लिए जितनी हिंसा करनी पड़ेगी, वह हिंसा वेश्यालय चलानेवाले लोग उसकी तरफ से पहले ही कर चुके होते हैं। तभी उसे एक ऐसी स्त्री मिल पाती है, जो रुपये ले कर उसके साथ सोने को सहमत हो। लेकिन आज के मानवतावादी कार्यकर्ता वेश्या व्यवसाय का उन्मूलन करने में रुचि नहीं रखते। उनकी मुख्य चिन्ता यही है कि वेश्यालयों में कंडोम उचित संख्या में उपलब्ध रहें, ताकि एड्स और रतिज रोगों का प्रसार न हो सके।

इतनी बड़ी संख्या में वेश्याओं के सुलभ होने के बावजूद, जहाँ बलात्कार के लिए किसी किस्म का प्रयास नहीं करना होता, सिर्फ कुछ द्रव्य देना पड़ता है, बलात्कार क्यों होते हैं ? क्योंकि बलात्कारी अपनी ताकत के बल पर यौन सुख हासिल करना चाहता है। वेश्या फिर भी एक स्वतंत्र नारी है। उसके साथ पेश आने की एक स्वीकृत संहिता है। लेकिन बलात्कारी अक्सर उचक्का होता है। वह झपट कर अपना काम करना चाहता है, भले ही इसके लिए लम्बी योजना बनानी पड़े। बलात्कारी को उचक्का होने का प्रलोभन क्यों होता है ? क्योंकि वह पाता है कि सब ओर ताकत की पूजा हो रही है। ताकतवर लोग दूसरों की जिन्दगी के साथ तरह-तरह से खेल रहे हैं। ताकत के इस्तेमाल का कोई नैतिक शास्त्र नहीं है। इसलिए बलात्कारी सोचता है कि मैं अपनी ताकत का इस्तेमाल इस तरह कर रहा हूँ, तो क्या गलत कर रहा हूँ ? यह वसुन्धरा वीरों के भोगने के लिए है। अतः वह बलात्कार को अपनी वीरता मानता है। ताकत का या हिंसा का यह इस्तेमाल शर्म या ग्लानि की बात बने, इसके लिए ताकत के सभी सम्बन्धों को बदलना होगा। उन्हें मानवीय सम्बन्ध बनाना होगा। यह प्रक्रिया राज्य से ले कर परिवार तक सभी स्तरों पर चलनी चाहिए। लेकिन यह तभी सम्भव है जब हम यह भूल न जायें कि बलात्कारी भी आखिर मनुष्य ही है। बलात्कार मनुष्य करता है, इसलिए मनुष्य ही ऐसी व्यवस्था बना सकता है जिसमें बलात्कार की आशंका न्यूनतम हो सके। इसका अर्थ यह नहीं है कि बलात्कारी को जेल में सुन्दर-सुन्दर औरतें मुहैया की जानी चाहिए, लेकिन यह मानने की जरूरत भी नहीं है कि वह कोई असामान्य व्यक्ति है और किसी सुदूर ग्रह से धरती पर आ टपका है। अच्छी से अच्छी व्यवस्था में भी शायद कुछ बलात्कार होंगे, क्योंकि अनुराग की शक्ति के स्थान पर बल पर भरोसा करना हमारी पाशव विरासत के अनेक अवशेषों में एक है। लेकिन संस्कृति की उचित कसौटी यह नहीं है कि बलात्कार को खत्म किया जा सका या नहीं। कसौटी यह है कि बलात्कार

बढ़ रहे हैं या घट रहे हैं।

स्पष्टतः ताकत का कोई एक रूप नहीं है। ताकत की संस्कृति को खत्म करने में दमन की संस्कृति को समाप्त करना भी निहित है। मनुष्य की यौनिकता की स्वाभाविक अभिव्यक्तियों को रोकना नहीं चाहिए। सामाजिक दमन जितना ज्यादा होगा, आत्म-नियंत्रण उतना ही कठिन होता जायेगा। बेगानापन बलात्कार को प्रोत्साहित करने का अचूक नुस्खा है। मनुष्य के स्वभाव में चोरी अब भी बनी हुई है, क्योंकि निजी सम्पत्ति की अधिकता ने सबको एक-दूसरे से बेगाना बना रखा है। इसी तरह शरीर को भी निजी सम्पत्ति मान कर चलना गलत और अप्राकृतिक है। शरीरवाद का यह नया आतंक व्यक्तिवाद की ही एक संकीर्ण परिणति है। सभ्यता का जैसे-जैसे विकास होगा, हर व्यक्ति विशिष्ट होता जायेगा। पर इसके साथ ही आत्मीय पारस्परिक सम्पर्क भी बढ़ना चाहिए, नहीं तो अजनबीपन की दीवारें ऊँची होती जायेंगी। मानव जीवन के सभी क्षेत्रों में सामूहिकता, खुलेपन और एक-दूसरे के सहज स्पर्श के भलेपन का वर्चस्व होगा और स्त्री-पुरुषों के व्यक्तित्व का समग्र प्रस्फुटन हो सकेगा, तो स्नेह, समानता और निकटता का आम वातावरण बनेगा। इस वातावरण में बलात्कार एक विरल घटना में परिणत हो सकता है। आज की विडम्बना यह है कि एक ओर बढ़ते हुए बलात्कारों पर चिन्ता व्यक्त की जा रही है, दूसरी ओर बलात्कार को सम्भव बनानेवाली स्थितियों का योजनाबद्ध विस्तार किया जा रहा है। स्पष्ट है कि बड़े बलात्कारियों ने छोटे बलात्कारियों के खिलाफ मोर्चा खोल रखा है। अदालत की ओर ले लाया जाता हुआ बलात्कारी वह अभिशप्त आदमी है, जिसकी पीठ पर पूरी सभ्यता का कूबड़ है।

शूद्र पशु नारी

पुरुषोत्तम अग्रवाल

'ढोल गँवार सूद्र पशु नारी। सकल ताड़ना के अधिकारी' —तुलसीदास की यह प्रसिद्ध चौपाई एक लोकोक्ति की हैसियत रखती है। पंडित रामनरेश त्रिपाठी एवं अन्य विद्वानों ने इस बात पर बार-बार बल दिया है कि उपर्युक्त कथन गर्ग मुनि के एक नीति श्लोक का रूपान्तर मात्र है। इस तरह कम से कम इस चौपाई के प्रसंग में तुलसीदास नारी-विद्वेष के आरोप से बरी कर दिये जाते हैं। वैसे भी यह चौपाई दर्प-दलित समुद्र के मुँह से एक ऐसी लोकोक्ति के रूप में कहलायी गयी है जो लगभग सर्वस्वीकृत सामाजिक मान्यताओं को अभिव्यक्त करती है। इसी लिए तो समस्या एक व्यक्ति तुलसीदास के नारी विद्वेष होने या न होने की नहीं है, समस्या उन सामाजिक मान्यताओं तथा उस सामाजिक 'कॉमनसेंस' की है जो सामाजिक मर्यादा का रूप लेता है और समाज की नैतिक अपेक्षाओं को व्यक्त करता है।

क्या कहती है यह चौपाई ? ढोल का काम है बजना। लेकिन जब तक उसकी पिटाई न की जाये, वह बजता नहीं है। इसी प्रकार गँवार, शूद्र, पशु और नारी से काम लेने के लिए उसकी पिटाई अथवा ताड़ना आवश्यक है। पिटाई ताड़ना का स्थूल रूप है, जो सूक्ष्म रूपों के असफल हो जाने पर इस्तेमाल करना पड़ता है। ताड़ना स्थूल हो या सूक्ष्म, आवश्यक है—गँवार के लिए, शूद्र के लिए, पशु के लिए और शूद्र हो या सवर्ण नारी मात्र के लिए। जाहिर है कि यह सामाजिक मान्यता जिस मर्यादा को व्यक्त कर रही है, उसका कर्ता-धर्ता सवर्ण पुरुष है। उसी को दुनिया चलानी है और दुनिया चलाने के लिए शूद्र, नारी और गँवार से उसी तरह काम लेना है जैसे ढोल और पशु से लिया जाता है। यह चौपाई सवर्ण पुरुष के सामाजिक-सांस्कृतिक वर्चस्व से उपजी मर्यादा की इस समझ को दो टूक ढंग से व्यक्त करती है कि जो वर्ग समाज को चलाये रखने के लिए उत्पादन करते हैं, रचना करते हैं, वे सतत प्रताड़ना के बिना काबू में नहीं रखे जा सकते। इस प्रताड़ना का सबसे भीषण रूप है स्वयं इन उत्पादक और उत्पीड़ित वर्गों के मन में यह बैठा देना कि वे उसी सलूक के लायक हैं जो उनके साथ हो रहा है। इसी लिए वर्चस्वशाली सत्ता उत्पीड़ितों को सतत धिक्कार की हृदयहीन धुंध में रखती है।

ऐसी धुंध का अत्यन्त विकराल उदाहरण पुनः तुलसीदास से। रावण सीता का

अपहरण कर ले गया है। राम और लक्ष्मण उन्हें खोज रहे हैं। इस क्रम में व्याकुल राम के मुँह से सामाजिक मान्यताओं को प्रतिबिम्बित करते अनेक वाक्य निकलते हैं। यह स्वाभाविक ही है और तुलसीदास तो मार्मिक क्षणों की अचूक पहचानवाले कवि के रूप में उचित ही विख्यात हैं। सो इस मार्मिक क्षण में राम की वेदना अधिकाधिक सटीक ढंग से व्यक्त हो सके, इसके लिए वे ऐसी उपमाएँ और तुलनाएँ प्रस्तुत करते हैं जो उनके पाठक के भाव जगत में एकदम सटीक चोट करें। ऐसे कथन, ऐसे उदाहरण, जो लोगों को अपने अनुभवों से भी जुड़े हुए लगें और शास्त्र ज्ञान की महिमा से मंडित भी। इसीलिए ऐसे कथन फिर से केवल तुलसीदास की नहीं, सामाजिक मर्यादा मात्र की समस्या बन जाते हैं। पत्नी के विरह में व्याकुल तुलसी के राम कहते हैं—'राखिअ नारि जदपि उर माहीं। जुबती सास्त्र नृपति बस नाहीं।

सवाल यह नहीं है कि उपर्युक्त चौपाई तुलसी और उनके राम की जिस मानसिकता और मनोदशा को व्यक्त कर रही है, उसमें औरत की क्या हैसियत है, बल्कि सवाल यह है कि मर्यादा, सहज बोध और मान्यताओं को धारण करनेवाली भाषा में औरत की क्या हैसियत है ? उसका क्या चरित्र है ? जिस तरह राजा और शास्त्र को वश में रखना कठिन है, जिस तरह उनके व्यवहार के बारे में कुछ अनुमान करना कठिन है, उसी तरह का स्वेच्छाचारी स्वभाव नारी का है। एक स्त्री को राक्षस जबरन उठा ले गया है। उसका पति सच्चे मन से दुःखी है। संवेदनशील कवि इस दुःख का चित्रण कर रहा है और इस चित्रण की भाषा स्त्री मात्र को स्वेच्छाचारिणी मान कर चल रही है। दूसरे शब्दों में, जैसे सीता का अपहरण उनकी विवशता का नहीं, उनके नारी स्वभाव का परिणाम है। कोई 15 बरस पहले इंग्लैंड के एक न्यायमूर्ति ने फतवा दिया था कि स्त्री की प्रकट या अप्रकट इच्छा के बिना बलात्कार संभव ही नहीं है। वर्णाश्रम की मर्यादा के रक्षक और लोकतन्त्र की आधुनिकता के प्रहरी दोनों की नारी स्वभाव संबंधी दृष्टि की यह समानता न केवल रोचक है, बल्कि इसके गहरे सांस्कृतिक अर्थ हैं।

ऊपर चर्चित दोनों चौपाइयाँ एक समग्र बोध को व्यक्त करती हैं। इस बोध के परस्पर निर्भर दो पहलू गौरतलब हैं। एक तरफ स्त्री और शूद्र को पशु के समकक्ष मानते हुए उनके लिए प्रताड़ना की व्यवस्था और दूसरी तरफ इस प्रताड़ना को उचित ठहराने के लिए नारी के विकट स्वेच्छाचारी स्वभाव की कल्पना। यह शब्दशः एक कवि-न्याय (पोयटिक जस्टिस) ही है कि यह बात भी तुलसीदास की ही एक नारी पात्र कहे : 'कत विधि सृजी नारि जग माहीं। पराधीन सपनेहुँ सुख नाहीं।' जहाँ तुलसीदास के मर्यादा प्रेम पर उनकी मानवीय संवेदना भारी पड़ जाती है, वहाँ वे नारी की जन्मजात पराधीनता का दर्द महसूस करते हैं। दर्द के इस एहसास के बावजूद मर्यादा की शुचिता बनाये रखना अपरिहार्य है। अपहृता सीता की मुक्ति के प्रसंग में मर्यादा की यह विकट अपरिहार्यता एकदम स्पष्ट हो उठती है।

अपहरण करने के लिए आये हुए रावण को वाल्मीकि की सीता जिस भाषा में

धिक्कारती है, वह केवल कर्तव्यजनित पतिव्रत धर्म और मर्यादा की नहीं, बल्कि अपने पति से गहरे प्रेम और उस प्रेम पर गर्व की भाषा है। इसी गर्व के कारण वे कह पाती हैं कि 'इन्द्र की भार्या शची का अपहरण कर बचना भी संभव है, किन्तु राम की भार्या मुझको ले जा कर तुम्हें चैन प्राप्त नहीं होगा।' (वाल्मीकि रामायण, 3/48/23) डॉ. सुकुमारी भट्टाचार्य के शब्दों में 'यह बात उस अहंकार की है जो अहंकार राम को ले कर है यानी राम के शौर्य और पत्नी-प्रेम के विश्वास से जो अहंकार जन्म लेता है। इस सहज अनुभूति के महत्त्व को उस धार्मिक एवं सामाजिक विधान ने, जो इस महाकाव्य में यत्र-तत्र प्रक्षेप के रूप में मिला हुआ है, बार-बार क्षीण किया है।'[1]

सहज अनुभूति के महत्त्व को क्षीण करने के अलावा भी प्रक्षेपों का विशिष्ट सांस्कृतिक अर्थ होता है। प्रक्षेप करनेवाला पंडित वर्ग और उसे स्वीकार करनेवाला पाठक समुदाय एक अलिखित सांस्कृतिक समझौते के तहत ही प्रक्षेपों को स्वीकार करते हैं। इस तरह प्रक्षिप्त अंश सहज अनुभूति और पाठ की प्रामाणिकता को भले ही क्षीण करें, लेकिन वे उस सांस्कृतिक प्रकार्य की पूर्ति ही करते हैं जो कोई समाज किसी परम्परा या रचना से हासिल करना चाहता है। उदाहरण के लिए रामायण या महाभारत में हजार तरह के प्रक्षेप स्वीकार करनेवाला समाज ऐसा कोई प्रक्षेप स्वीकार नहीं करेगा कि सीता रावण से प्रेम करती थी। वजह स्पष्ट है। वही प्रक्षेप स्वीकृत होता है, जो रचना की मूल संवेदना, रचनाकार के संभावित अभिप्राय और पाठक-श्रोता समुदाय की सांस्कृतिक विचारणा के अनुकूल पड़ता हो।

बहरहाल, एक तरफ है सीता का यह प्रेम और गर्व और दूसरी तरफ है राम की दो टूक, बल्कि निष्ठुर मर्यादा। सीता समझती रहीं कि युद्ध उनकी मुक्ति के लिए हुआ है। राम इस खुशफहमी की कोई गुंजाइश नहीं छोड़ते : यह जो युद्ध किया, विजय प्राप्त की, यह—'न त्वदर्थम् मयाकृतः'—तुम्हारे लिए नहीं किया। और इसके बाद वाल्मीकि के राम के मुख से बोलती हुई सवर्ण पुरुष की मर्यादा सीता को उनकी हैसियत बता देती है, 'क्या कोई अच्छे वंश में जनमा तेजस्वी पुरुष ऐसी नारी को, जो दूसरे के घर में रह आयी हो, मैत्री के लोभ में पुनर्बार ग्रहण करेगा ? रावण की अंक कलंकिता तथा उसकी दुष्ट दृष्टि से दूषिता तुम जैसी नारी को मैं अपने महान वंश को दूषित कर किस प्रकार तुम्हें दूसरी बार ग्रहण करूँगा ? जिस कारण मैंने तुम्हारा उद्धार किया है, वह उद्देश्य मेरा सिद्ध हो गया—तुममें अब मेरी कोई आसक्ति नहीं। जहाँ इच्छा हो, चली जाओ।' (वाल्मीकि रामायण, 6/115/19-21) महाभारत के रामोपाख्यान में राम का कथन और भी हृदय विदारक है : 'अब तुम सच्चरित्र या दुश्चरित्र जो भी हो—मैथिली, मैं तुम्हारा परिभोग नहीं कर सकता, तुम कुत्ते के द्वारा चाटे गये घी की तरह हो जिसका उपयोग संभव नहीं है।' (महाभारत, 3/275/13)

---

1. सुकुमारी भट्टाचार्य, प्राचीन भारत : समाज और नारी, कलकत्ता, 1992, पृष्ठ 164

उपर्युक्त उद्धरण देने की जरूरत इसलिए पड़ी कि नोट और वोट की रामभक्ति के इस जमाने में बहुत-से विद्याधरों के लिए रामकथा का प्रामाणिक पाठ वाल्मीकि या व्यास का नहीं, बल्कि महर्षि रामानन्द सागर का है, जिनकी सीता स्वयं अपमानित होने के लिए व्याकुल थी। इन उद्धरणों में व्यक्त मर्यादा बोध में स्त्री की हैसियत कुल मिला कर एक प्रतीक की है। परिवार की पवित्रता और समाज की शुचिता का प्रतीक है स्त्री। उसकी यह प्रतीकात्मकता ही सर्वाधिक महत्त्वपूर्ण है। उसका अपना व्यक्तित्व वहीं तक मायने रखता है जहाँ तक वह इस प्रतीकात्मकता के आड़े न आये। सीता का अपराध यही था कि वह बतौर व्यक्ति के प्रेम कर रही थी और बतौर स्त्री के उस प्रेम पर गर्व। मर्यादा ने उसे बताया कि उसका व्यक्तित्व, उसका नारीत्व उसकी प्रतीकात्मकता से अधिक महत्त्वपूर्ण नहीं है। प्रतीकात्मकता का यही तर्क स्त्री से अपेक्षा करता है कि वह पुरुष की चिता पर सती हो जाये और आक्रान्ता के सामने बजाय व्यक्ति के तौर पर मुकाबला करने के सामूहिक आत्मदाह कर ले। ठीक उस तरह जैसे पराजय की आशंका से सेनाएँ अपने हथियार नष्ट कर देती हैं, पुल तोड़ देती हैं, खेत जला देती हैं, ताकि ये सब शत्रु को उपलब्ध न हो सकें, उसी तरह मर्यादावादी सोच पद्मिनी जैसे चरित्रों को आदर्श बताता है। तर्क वही है। उत्पादन का हमारा साधन, आत्मसम्मान का हमारा प्रतीक शत्रु के हाथ पड़े, इससे बेहतर है कि नष्ट हो जाये। स्त्री को निर्जीव प्रतीक बना देने का यह उपक्रम महिमा मंडन का अनोखा अनुष्ठान है। देवी, कुलवधू और परिवार तथा समाज की इज्जत के प्रतीक के रूप में स्त्री के महिमा मंडन का लक्ष्य यही है कि उसे व्यक्तित्व की गरिमा से वंचित कर दिया जाये।

उपर्युक्त विश्लेषण से मैं यह नतीजा नहीं निकालना चाहता कि सवर्ण पुरुष की सत्ता हर पल, हर क्षण स्त्री और शूद्र के साथ केवल क्रूर प्रताड़ना का ही व्यवहार करती है। सवाल प्रसंग विशेष में व्यक्ति विशेष के साथ संभावित व्यवहार का है ही नहीं। प्रश्न है मर्यादा की अवधारणाओं में व्यक्त होनेवाले भावतंत्र का। इसी लिए सीता और शंबूक के प्रति लगाव व्यक्त करने का यह अत्यन्त फूहड़ तरीका होगा कि आप राम को गरियाने लगें। इससे भी फूहड़ यह होगा कि क्षत्रिय राम को निर्दोष ठहरा कर ब्राह्मण वशिष्ठ और विदेशी कैकेयी को ही राम कथा की सारी त्रासदी का दोषी ठहरा दिया जाये—जैसा कि भगवान सिंह अपने उपन्यास 'अपने अपने राम' में करते हैं। असली सवाल परिभाषा और मर्यादा के उस सूक्ष्म तन्त्र से टकराने का है, जिसके शिकार सीता और शंबूक के साथ-साथ राम भी हुए हैं। सीता और शंबूक की मुक्ति में ही राम की मुक्ति है। नयी मर्यादा के गठन में ही मर्यादा पुरुषोत्तम का भी उद्धार है। भारतीय समाज ही नहीं, सारी दुनिया की समान व्यवस्थाओं और परम्पराओं ने आधी दुनिया के जीवन को निरानन्द बना कर बाकी बची अर्थात पुरुष की अपनी दुनिया के जीवन को भी निरानन्द, कुंठाग्रस्त और हिंसक बना दिया है। स्त्री के व्यक्तित्व का रेखांकन और स्वीकार स्वयं पुरुष के आनन्दित, अकुंठ और प्रेमपूर्ण जीवन की पहली शर्त है।

मेहनत करनेवाला आत्मसम्मान से शून्य हो, जिन्दगी भर उन गुनाहों का हिसाब

चुकाये जो उसने पिछले जन्म में किये, जन्म से ही नीच, कमीना और अस्पृश्य मान लिया जाये—ये जाति व्यवस्था में अभिव्यक्त महान भारतीय संस्कृति के चंद पहलू हैं। मजा यह है कि इसके शिकार को ताउम्र समझ में नहीं आता कि वह गुस्सा हो तो किस पर, संघर्ष करे तो किसके खिलाफ और किस तरह ? इसी महाभयानक परिपूर्णता के कारण समाजशास्त्री बैरिंगटन मूर ने जाति व्यवस्था को काफ्का के भीषण संसार का प्रचंड व्यंग्य चित्र कहा है।

सृजनात्मक और उत्पादक श्रम के प्रति विकृत घृणा पर आधारित इस व्यवस्था के लिए यह स्वाभाविक ही है कि इसमें स्त्री मात्र (सवर्ण समेत) शूद्र के समकक्ष रखी गयी है। उसी तरह वंचित, शोषित और उपहासास्पद। यह संयोग नहीं, व्यवस्था के अस्तित्व का तर्क है कि वेद पाठ का अधिकार न स्त्री को है न शूद्र को। अपने शरीर और मन पर अधिकार न स्त्री को है न शूद्र को। स्त्री की प्राकृतिक सृजनात्मकता यानी प्रजनन क्षमता का निर्धारक तत्व उसकी इच्छा-अनिच्छा नहीं है, बल्कि सामाजिक सत्ता की माँग है। जब राज घराने को पुत्र की जरूरत हो और नियोग के लिए ऋषि को आमन्त्रित किया गया हो, तो स्त्री का कर्तव्य है निर्लज्ज समर्पण। संस्कार और संकोच के मारे अभागी स्त्री की आँखें मुँद जायें तो वह स्त्री जन्म भर अंधे की माँ कहलाने के लिए अभिशप्त है। लज्जा के कारण यदि वह पीली पड़ जाये तो वह पुत्र जन्म से ही पीलिया का मरीज होता है। स्त्री का इस मर्यादा में अपने आप पर कोई अधिकार नहीं है। न अपने आकर्षक सौन्दर्य पर और न अपनी आहत आत्मा पर।

इधर कुछ प्रचंड भारतीयता प्रेमी परम मौलिकता का अभिनय करते हुए जाति व्यवस्था का औचित्य निरूपण फ्रेंच समाजशास्त्री डूमाँ के तर्कों के सहारे करते हैं। इसी तरह संस्कृति को वास्तविक जीवन संघर्षों से सर्वथा निर्लिप्त और समस्या-निरपेक्ष रूप में प्रस्तुत करने के लिए ऐसे भारतीयता प्रेमी उन्नीसवीं सदी के अंग्रेज कवि और संस्कृति चिंतक मैथ्यू आर्नाल्ड के तर्कों को शब्द-दर-शब्द राष्ट्रभाषा में उतार देते हैं। जाहिर है कि बेचारे मैथ्यू आर्नाल्ड को कोई श्रेय दिये बगैर। गोविन्दचन्द्र पाण्डेय संस्कृति को जन जीवन के प्रत्यक्ष से नहीं, बल्कि शिष्ट चेतना द्वारा स्वीकृत मूल्यों और मर्यादाओं में देखने का आग्रह करते हैं। ठीक उस तरह जैसे मैथ्यू आर्नाल्ड संस्कृति को 'द बेस्ट दैज इज थाट ऐण्ड डन' कह कर परिभाषित करते थे। गोविन्दचन्द्र पाण्डेय और निर्मल वर्मा या विद्यानिवास मिश्र जैसे चिंतक राष्ट्रीय एकता और सामाजिक समरसता के नाम पर सामाजिक संरचना में निहित उत्पीड़न का ही नहीं, बल्कि आक्रामक फासिज्म की राजनीति का भी समर्थन करते हैं। ठीक उस तरह जैसे 'कल्चर एण्ड एनार्की' के लेखक मैथ्यू आर्नाल्ड इंग्लैंड के सुदूर उपनिवेशों के जन असंतोष के साथ-साथ इंग्लैंड के आन्तरिक जन असंतोष के भी निर्मम दमन का समर्थन करते थे। जिस अराजकता से पीड़ित हो कर मैथ्यू आर्नाल्ड संस्कृति की महान सनातन अवधारणाएँ पेश कर रहे थे, उसमें कुछ योगदान स्त्रियों के आन्दोलन का भी था। मैथ्यू आर्नाल्ड ऐसी अराजकता से उसी तरह कुपित होते थे, जैसे भारतीय परम्परा के अपने

शक्ति संघर्ष की चर्चा भर से श्री गोविन्दचन्द्र पाण्डेय और श्री निर्मल वर्मा संतप्त हो उठते हैं।

यूरोप हो या भारत, हिन्दू धर्म हो या इस्लाम, कोई भी परम्परा या संस्कृति आन्तरिक शक्ति संघर्ष से गुजरकर ही उच्चतर मानवीय मूल्यों को प्राप्त करती है। शक्ति संघर्ष की उपेक्षा अबोधपन का भी परिणाम हो सकती है। ऐसे अबोधपन के खिलाफ संघर्ष स्वयं शक्ति संघर्ष का ही एक रूप है। इससे भी ज्यादा महत्त्वपूर्ण संघर्ष है शक्ति संघर्ष की वास्तविकताओं पर परदा डालनेवालों की चतुराई के खिलाफ। एशिया, अफ्रीका और लैटिन अमेरिका के उपनिवेशीकरण को उचित या स्वाभाविक माननेवाले यूरोपीय लोकतन्त्र प्रेमी की चेतना ऐसे संघर्ष का एक क्षेत्र है। ठीक उसी तरह जैसे भारतीय समाज की आन्तरिक वेदनाओं की उपेक्षा करनेवाले भारतीयता प्रेमी की चेतना अपने आपमें एक समस्या है। दिलचस्प बात यह है कि मर्यादा की भारतीय धारणा हो या 'सिविल ऐंड पोलाइट सोसाइटी' की यूरोपीय धारणा। दोनों ही असंतुष्ट श्रमिक और आत्मसजग स्त्री को अपना शत्रु मानते हैं। इसीलिए इन दोनों की नियति को असम्बद्ध मानना या मनवाना वर्चस्वशाली वर्गों की सांस्कृतिक रणनीति का अनिवार्य अंग है। इस नियति की सम्बद्धता का कोई भी रेखांकन एक ऐसा सांस्कृतिक विक्षोभ उत्पन्न करता है जिसके चलते सामाजिक मान्यताओं और सांस्कृतिक विमर्श की बहुत-सी समस्याएँ एकाएक सतह पर आ जाती हैं।

26 अप्रैल 1991 के नवभारत टाइम्स में मेरा लेख 'सीता, शंबूक और हम' प्रकाशित हुआ तो पूरे एक महीने तक सम्पादक के नाम लिखे गये पत्रों में इस सांस्कृतिक विक्षोभ का एक ठोस रूप दिखता रहा। मुझे व्यक्तिगत रूप से भी अनेक पाठकों के पत्र प्राप्त हुए। इन विभिन्न पत्रों में कुछेक बातें साफ तौर से प्रतिबिम्बित होती थीं। एक तो यह कि जो लोग हिन्दू आस्था को हिन्दू राष्ट्रवाद की फासिस्ट राजनीति में बदलने के लिए कटिबद्ध हैं, वे किसी भी विचार का भीषण विकृतीकरण करने से बाज नहीं आयेंगे। न केवल यह, बल्कि वे एक गहरी सांस्कृतिक व्यथा को घटिया स्कैंडल में बदल देने का अश्लील सुख भी प्राप्त करेंगे। मैंने अपने लेख में शंबूक के वध और सीता के परित्याग को राम की व्यक्तिगत गलती नहीं, बल्कि उस मर्यादा की समस्या माना था, जो सीता, शंबूक और राम की स्थिति को परिभाषित भी करती थी और एक विचारोत्तेजक त्रासदी के धागे में बाँधती भी थी। इस सूक्ष्म अन्तर पर पानी फेरते हुए एक सज्जन ने सवाल उछाला, 'क्या जवाहरलाल नेहरू पर इसलिए तारकोल पोत दें, कि किसी लेडी के साथ उनके सम्बन्धों के किस्से प्रचलित हैं ? महात्मा गाँधी को क्या इसलिए गड्ढे में फेंक दें कि वे अपनी अंतिम अवस्था में सत्य या ब्रह्मचर्य के प्रयोग किया करते थे ? क्या महात्मा बुद्ध को इसलिए विस्मृति-गर्त में डाल देना चाहिए कि उन्होंने ज्ञान की खोज में अपनी पत्नी का परित्याग कर डाला ? क्या ईसा मसीह इसलिए खारिज कर दिये जायें कि वे एक कुँवारी कन्या की संतान थे ?' (नवभारत टाइम्स, 14 मई 91)

इस चतुराई को समझने की जरूरत है, जो परिभाषागत विडम्बनाओं, व्यक्तिगत

प्रयोगों और खुद के बस के बाहर की चीजों, जैसे जाति-विशेष के घर या अविवाहित सती की कोख से जन्म, के बीच घपला कर बहस के असली मुद्दे से ध्यान हटा देना चाहती है। इस चतुराई की चर्चा हम अभी फिर करेंगे। पहले 'सीता, शंबूक और हम' पर व्यक्त की गयी प्रतिक्रियाओं के दो और पहलुओं की बात करें। बड़ौत से श्री सीन अलिफ अली ने व्यक्तिगत रूप से मुझे लिखे एक पत्र में हिन्दू धर्म के नारी विद्वेष के बरक्स इस्लाम में निहित नारी के प्रति सम्मान और उसके साथ इनसानी सलूक को अत्यन्त उत्साहपूर्वक रेखांकित किया। दूसरी ओर नीमच के श्री अर्जुन लाल नरेला ने 'कांग्रेसी' होने का फतवा देते हुए परामर्श दिया कि मैं कुरान के सूरा नौ का अध्ययन करूँ, ताकि मुझे मालूम पड़ सके कि इस्लाम की तुलना में हिन्दू धर्म स्त्रियों के प्रति कितना उदार है। इन सबसे ज्यादा मनोरंजक पत्र वे थे, जिनमें बताया गया कि सीता के प्रति राम के उद्गार राम कथा में कहीं न हो कर मेरे विकृत मन की उपज हैं, शंबूक गलत दिशा में गलत ढंग से दागी गयी मिसाइल की तरह था या उस उद्दण्ड चौकीदार की तरह, जो नवभारत टाइम्स के सम्पादक की कुर्सी हथियाना चाहे और इसी लिए वह दण्ड का भागी था। निस्संदेह इस बहस में कुछ पत्र ऐसे भी थे, जो सीता और शंबूक की नियति से जुड़ाव महसूस करते थे। लेकिन इनमें से अधिकांश राम को एक खलनायक के रूप में भी देखना चाहते थे। विडम्बना यह है कि परम्परा और संस्कृति की जटिल समग्रता की समझ के आड़े आनेवाली ऐसी न्यूनता का उपयोग सांस्कृतिक धरातल पर स्त्री और शूद्र को पशु के बराबर ठहरानेवाली मर्यादा करती है और राजनीतिक धरातल पर हिन्दू राष्ट्रवाद तथा ऐसी ही अन्य विचारधाराएँ। किसी भी समाज में राजनीति वस्तुतः परिभाषाओं के संघर्ष को सतह पर दिखाने का ही काम करती है। इसी अर्थ में सीता और शंबूक का अपराध व्यक्तिगत नहीं, परिभाषागत था और राम का व्यवहार भी। इसी लिए सीता और शंबूक के ही सामाजिक अर्थ को नहीं, राम के भी सामाजिक अर्थ को नये बोध से भरने की जरूरत है। ऐसे प्रयत्न अभूतपूर्व भी नहीं हैं। कबीर के राम का सामाजिक, सांस्कृतिक और मनोवैज्ञानिक आशय तुलसी के राम से एकदम उलटा है। तुलसी के राम जिस वर्णाश्रम धर्म के प्रतीक हैं, कबीर के राम ऐन उसी को चुनौती देने के माध्यम। इस सांस्कृतिक आत्ममंथन की परम्परा को समकालीन संदर्भ में सक्रिय रखना शब्द के बहुत गहरे अर्थ में राजनीतिक और सांस्कृतिक दायित्व है। तभी उस चतुराई को चुनौती दी जा सकेगी जो हर बहस को स्कैंडल में तब्दील कर देना चाहती है। ऐसी चतुराई संस्कृति बोध की पंगुता और दिमाग की तुच्छता से पैदा होती है।

इस चतुराई का संबंध उस सांस्कृतिक संवेदनहीनता से है, जो तमाम सांस्कृतिक प्रतीकों को जीवन्त चरित्र बनाने के बजाय तिजारती माल बना कर बेचती है और ऐसी संवेदनहीन संस्कृति रचती है, जिसमें असत्य ही सत्य हो, घृणा ही प्रेम हो और युद्ध ही शान्ति हो। दोहरेपन और राम को वस्तु बनाने की इस रणनीति के परदाफाश से ही घृणा का वह ज्वार पैदा होता है, जिसकी लपेट में गाँधी, नेहरू तो क्या, ईसा और बुद्ध तक आ गये

हैं। 'मर्यादा' के कारण सीता का निष्कासन हुआ और उसी के कारण शंबूक का वध। विडम्बना यह है कि मर्यादा और परिभाषा के जिस धागे से सीता और शंबूक का भाग्य बँधा था, उसी ने स्वयं मर्यादा पुरुषोत्तम को भी बाँध रखा था। निवेदन राम को खारिज करने का नहीं, इस मर्मभेदी व्यथा को समझने का है कि यह ट्रेजेडी सीता और शंबूक से कहीं ज्यादा, स्वयं राम की है। उनके चरित्र का उपयोग तब भी शूद्रों और स्त्रियों से घृणा करनेवाले यथास्थितिवादियों ने किया और अब भी कर रहे हैं। शूद्रों और स्त्रियों को एक दरजा नीचे का प्राणी माननेवालों के हाथों राम के इस 'वस्तुकरण' की पीड़ा आजकल के राजनैतिक रामभक्तों को तो भला क्यों सतायेगी, लेकिन यह पीड़ा एकाएक 'सीता, शंबूक और हम' में व्यक्त हो गयी हो, ऐसा भी नहीं है। भारतीय संस्कृति में इस पीड़ा के साक्षात्कार की परम्परा है और उस पर हमें गर्व है। भवभूति के 'उत्तररामचरित' नाटक में राम उस तरह बेधड़क शंबूक वध नहीं कर देते, जैसे वाल्मीकि के राम कर देते हैं। बल्कि खड्ग चलाते उनका दायाँ हाथ काँप जाता है तो मार्मिक व्यंग्य से कहते हैं, 'गर्भवती सीता को घर से निकाल देनेवाले दायें हाथ, तुझे करुणा से क्या काम ?, वध के बाद खीझ कर कहते हैं, 'कर दिया राम जैसा कर्म, अब तो जी जाये ब्राह्मण का बालक।'

राम के मानवीय चरित्र और उन्हें वस्तु की तरह बरत रही व्यवस्था के बीच मौजूद तनाव से भवभूति टकराते हैं। इस टकराव की असहनीय व्यथा और राम का अदम्य आत्मविश्वास भवभूति के जिन अमर श्लोकों में परिणत हुआ है, उनका मेरे द्वारा किया गया रूपान्तरण इस प्रकार है :

पड़ते हैं हृदय पर घनभार घन
टुकड़े-टुकड़े तब भी नहीं हुआ मन
काया चाहे अकुलाये बार-बार मोहवश
लेकिन मूर्छित नहीं है तब भी चेतन
एक अग्नि-सी फुँकती है सारी देह में
फिर भी भस्म नहीं हुआ यह तन
कितने ही प्रहारों से भेदे मर्म चाहे भाग्य
नहीं होता, नहीं होता, नहीं होता
नष्ट यह जीवन।

भवभूति राम चरित्र में जिस आत्म-संघर्ष का विधान करते हैं, उसे सामाजिक-सांस्कृतिक धरातल पर और स्पष्ट रूप देने के बजाय समूचे राम को खारिज करना उन्हीं शक्तियों के हाथ में खेलना है, जो राम के करुणा और व्यथा भरे नाम में हिंसक संकीर्णता और अशिष्ट तुच्छता भर देना चाहती हैं। अपनी नयी पुस्तक 'कल्चर एण्ड इम्पीरियलिज्म' में एडवर्ड सईद ने इलेक्ट्रॉनिक मीडिया द्वारा रचित अभूतपूर्व सर्वानुमति (कन्सेंसस) की विस्तार से चर्चा की है। उनके अपने शब्दों में 'पहले कभी ऐसी सर्वानुमति नहीं रही, जिसका विरोध करना इतना कठिन हो और जिसके आगे अवचेतन रूप से ही

समर्पण कर देना इतना सरल और तार्किक रहा हो।'[1] यूरोप के आधुनिकोत्तर समाजों की इस प्रचंड सर्वानुमति के अनेक उदाहरणों का विश्लेषण एडवर्ड सईद ने किया है। एशियाई और अफ्रीकी मनुष्य को जन्म से ही अक्षम और आलसी मानने से ले कर सद्दाम हुसैन को सबक सिखाने की जरूरत तक। सर्वानुमति से एडवर्ड सईद का आशय वही है, जो हमारे संदर्भ में मर्यादा से व्यंजित होता है। शंका-समाधान चलते रहते हैं, लेकिन मर्यादा की मूल मान्यताएँ हर तरह की शंका से परे हैं। इन मूल मान्यताओं को सवाल करती निगाह से देखनेवाला अमेरिका में 'अनअमेरिकन एक्टीविटीज' का अपराधी है, तो हमारे यहाँ अभारतीयता अथवा हिन्दू द्वेष का।

लेकिन यह नहीं भूलना चाहिए कि विभिन्न ऐतिहासिक और सांस्कृतिक कारणों से हमारे समाज में अभी भी मर्यादा या सर्वानुमति की वैसी अभेद्य प्रचंडता नहीं बन पायी है जैसी कि एडवर्ड सईद द्वारा विश्लेषित समाजों में बन चुकी है। यहाँ सवर्ण पुरुष सत्ता द्वारा रची गयी भीषण मर्यादा के भीतर ही तीखी जिरह की प्रेरणाप्रद परम्परा भी है और समकालीन अनुभूति भी। मीराबाई कुल की कानि छोड़ कर अकुण्ठभाव से अपने व्यक्तित्व का रेखांकन करती हैं। आण्डाल अपने नैसर्गिक आवेगों को भक्ति में रूपान्तरित कर देती हैं। सूरदास की गोपियाँ अपने सहज प्रेम के बलबूते न केवल मर्यादा को धता बताती हैं, बल्कि शास्त्र निपुण उद्धव की बोलती भी बन्द कर देती हैं। भक्ति संवेदना से लिये गये इन उदाहरणों का निश्चित समकालीन सांस्कृतिक महत्त्व है। उपर्युक्त कवियों की रचनागत संवेदना हमारे समाज में उस अर्थ में क्लैसिक नहीं बन गयी है, जिस अर्थ में इंग्लैंड में शेक्सपियर की संवेदना बन चुकी है। बल्कि वह एक ऐसा क्षेत्र है, जहाँ स्त्री-शूद्र विरोधी मर्यादा को एक अधिक मानवीय जीवन दृष्टि के सवालों और चुनौतियों का सामना करना पड़ रहा है। इस संवेदना से हमारा जनजीवन आज भी सम्पृक्त है। इसी लिए भक्ति संवेदना के प्रति मर्यादा के भावतन्त्र में एक दुचित्तापन दृष्टिगोचर होता है। साहित्य के इतिहास में मीराबाई का स्थान सुरक्षित है, लेकिन सिसौदिया राजपूत उन पर गर्व कम, संकोच अधिक महसूस करते हैं। और, वे ही क्यों, कुलवधू को मीरा के चरण चिह्नों पर चलने की अनुमति मर्यादा में रचा-पगा कौन-सा परिवार दे सकता है ? सूरदास की गोपियों की वेदना और तीखी जिरह को अपने सांस्कृतिक प्रोजेक्ट में हथिया लेने की कोशिशें मर्यादावादी बोध हर धरातल पर लगातार करता रहा है। मन्दिरों में प्रचलित धार्मिक अनुष्ठानों से ले कर साहित्यिक आलोचना तक। इसलिए भी यह आज की मुक्तिकामी और समतापरक राजनीति की प्राथमिकताओं में से होना चाहिए कि वह पुरुषवादी मर्यादा के खिलाफ जिरह की इस परम्परा का सर्जनात्मक विकास करे।

सर्जनात्मक विकास का अर्थ यह कि स्वयं इस जिरह की परम्परा का अनावश्यक महिमा मंडन करने की जरूरत नहीं है। इस परम्परा के अपने अन्तर्विरोध हैं, जिनसे टकराना उसके सर्जनात्मक विकास के लिए जरूरी है। फिलहाल एक ही उदाहरण लें। जाति व्यवस्था के सबसे प्रखर और सुसंगत विरोधी कबीर भी स्त्री की संगति को साधक के लिए खतरनाक

1. एडवर्ड सईद, कल्चर ऐंड इंपीरियलिज्म, लंदन, 1993, पृष्ठ 392

मानते हैं। मर्यादा की मान्यताओं को धारण करती हुई भाषा यहाँ भी अपना रंग दिखाती है :

नारी की झाईं पड़त अन्धा होत भुजंग।
कबिरा तिनकी कौन गति जे नित नारी के संग।

कितना रोचक है यह विरोधाभास कि यही कबीर जब परमात्मा के प्रति अपना प्रेम और समर्पण व्यक्त करना चाहते हैं तो कविता में नारी बन जाते हैं। जैसे शरीर रचना और समाज रचना से प्राप्त पुरुषत्व का दर्प आत्मा के निश्छल प्रेम को वहन करने में असमर्थ हो। या फिर संभवतः यह विरोधाभास स्त्री और पुरुष के मनोवैज्ञानिक ही नहीं, बल्कि सामाजिक प्रकार्य के एक निश्चित विभाजन की सूचना देता है। ऐसा विभाजन, जिस पर निस्संदेह एक मनमानेपन की छाया है।

स्पष्ट है कि स्त्री-पुरुष का सहज स्वतःस्फूर्त सम्बन्ध मर्यादा के विविध ढाँचों में चरमराहट जरूर पैदा करता है। प्रेमियों के सचेत प्रयत्न तो क्या, स्पष्ट एहसास तक के बिना यह नैसर्गिक आकर्षण मर्यादा की छाती में शूल बन कर गड़ने लगता है। प्रेम की ऐसी अदम्य ऊर्जा की उपेक्षा असंभव है। इसी लिए प्रेमी भले ही पतित मान लिये जायें, लेकिन उनका प्रेम लोककथाओं के रूप में सामाजिक स्मृति में सुरक्षित कर लिया जाता है। औसत व्यक्ति मीराबाई के व्यथित प्रेम के अँसुवन जल से अपने हृदय में भी प्रेम की बेल को सींचता है, भले ही अपने घर में किसी मीराबाई के अस्तित्व की कल्पना तक उसकी बरदाश्त के बाहर हो।

परिवर्तनकामी राजनीति और संस्कृति अत्याचार के विरुद्ध घृणा से अपना रिश्ता बेधड़क जोड़ती है। क्या ऐसा ही बेधड़क रिश्ता मर्यादा को चुनौती देनेवाले प्रेम से नहीं जोड़ा जा सकता ? क्या स्त्री-पुरुष के सहज और नैसर्गिक प्रेम, लोकचित्त में संचित उसकी स्मृतियों और उसकी सर्जनात्मक अभिव्यक्तियों को नयी मर्यादा की रचना का प्रस्थान बिन्दु नहीं बनाया जा सकता ? क्या सचमुच परिवर्तन सिर्फ वर्तमान का निषेध है ? यदि नहीं, तो क्या वैकल्पिक व्यवस्था सिर्फ आज के शोषित और शोषक की भूमिकाओं की परस्पर अदला-बदली पर टिकी रह सकती है ? क्या प्रेम सिर्फ दो व्यक्तियों का परस्पर संवेग मात्र है ? क्या सचमुच स्त्री-पुरुष के प्रेम को सामाजिक परिवर्तन से जुड़े चिंता जगत में निश्चित जगह हासिल नहीं होनी चाहिए ?

ऐसे अनेक सवाल मन में आते चले जाते हैं। इन तथा ऐसे अनेक सवालों का मूल संदर्भ एक ही है। सामाजिक सम्बन्धों की ऐसी पुनर्रचना, जो स्त्री और शूद्र को ही नहीं, बल्कि वर्चस्वशाली पुरुष को भी प्रतिशोध और हिंसा से भरे भावतन्त्र से मुक्ति पाने में सहायता करे।

एक बात निस्संकोच कही जा सकती है। सभी परम्पराएँ और सभ्यताएँ स्त्री के संदर्भ में कहीं न कहीं गहरी हीनता ग्रन्थि और अपराध बोध से ग्रस्त हैं। इसी लिए हिन्दुत्व के ठेकेदार स्त्री की दुर्दशा के लिए इस्लाम को कोसते हैं और इस्लाम के मुजाहिद हिन्दू

धर्म को। और, दोनों मिल कर धर्मनिरपेक्ष आधुनिकता को। उधर आधुनिकता के बहुत-से अलमबरदार तसलीमा नसरीन के लिए तो बेहद चिंतित होते हैं, लेकिन औद्योगिक सभ्यता में स्त्री के वस्तुकरण का जो विशिष्ट रूप प्रचलित है, उसे नैसर्गिक भी मानते हैं। कुल मिला कर ऐसा लगता है कि स्त्री के व्यक्तित्व अर्जन की समस्या किसी सभ्यता परम्परा के उदार और सहिष्णु होने अथवा न होने भर की समस्या है। स्वयं स्त्री तो हर हाल में निष्क्रिय है। वह पुरुषों द्वारा ही रची गयी किसी अपेक्षाकृत उदार और सहिष्णु व्यवस्था की प्रतीक्षा करने के अलावा न तो कुछ कर सकती है और न उसे करना चाहिए। इस तर्क पद्धति का सबसे ताजा उदाहरण तसलीमा प्रसंग है। इस ठोस प्रसंग में तर्क इस प्रकार चलता है : अन्य धर्मों की तुलना में इस्लाम स्त्री के प्रति अत्यन्त उदार है। सातवीं सदी में जबकि स्त्री की दशा पशु से भी बदतर थी, इस्लाम ने स्त्री के प्रति मानवीय व्यवहार का उपदेश दिया। इस उपदेश को लागू करने की नैतिक और कानूनी व्यवस्थाएँ भी कीं। इसलिए इस्लाम पर स्त्री-विरोधी होने का आरोप लगाना अनर्थ है। और, चूँकि मामला इस्लाम का है, इसलिए ऐसा आरोप लगानेवाली तसलीमा नसरीन को प्राणदण्ड दे भी दिया जाये तो कोई हर्ज नहीं। जो मुस्लिम बुद्धिजीवी इस तरह की फतवेबाजी का विरोध भी करते हैं, उनमें से अधिकांश दर्जनों प्रकार के किन्तु-परन्तु लगा कर ही विरोध करते हैं।

बहुत लम्बे तर्क और शास्त्रार्थ में जाये बिना केवल इतना स्पष्ट करना जरूरी है कि किसी भी स्त्री के व्यक्तित्व का अधिकार किसी भी धर्म, सभ्यता या समाज व्यवस्था की कृपा का परिणाम नहीं है। उलटे स्त्री के नैसर्गिक व्यक्तित्व का हनन हर सभ्यता का सबसे बड़ा नैतिक खोखल है। अपने स्त्रीत्व के प्रति जागरूक और आग्रहशील स्त्री व्यक्तित्व की स्वीकृति ही स्वाभाविक स्थिति है, नैसर्गिक न्याय है। इसके विपरीत कोई भी स्थिति अन्याय है, जिसका प्रतिवाद न्याय-चेतस व्यक्ति का कर्तव्य भी है और अधिकार भी। सातवीं सदी में इस्लाम की भूमिका अपने ऐतिहासिक और भौगोलिक संदर्भ में निश्चय ही प्रगतिशील थी। लेकिन क्या आज भी हम सातवीं सदी के अरब में जी रहे हैं ?

तसलीमा नसरीन के प्रसंग में एक और महाभयानक विडम्बना उजागर हुई है। जो महान बुद्धिजीवी 'पांचजन्य' के पन्नों पर तसलीमा के मौलिक अधिकारों के प्रति सहानुभूति के दरिया बहा रहे हैं, वे सूरत की सड़कों पर हुए बलात्कारों के संदर्भ में मौनी बाबा हैं और निखिल वागले तथा मणिमाला पर होनेवाले हमलों के मामले में भी। मानव अधिकारों के सामान्य सवाल की ही तरह स्त्री की हैसियत का विशिष्ट सवाल भी अपने गिरेबान में झाँकने से बचने और दूसरे की तुलना में स्वयं को अधिक सभ्य सिद्ध करने का बहाना बना लिया गया है। दूसरे शब्दों में स्त्री का सवाल फिर से एक बार पुरुष वर्चस्व के विभिन्न रूपों के बीच खेली जा रही शतरंज का मुहरा बना दिया गया है। 'लज्जा' लिख कर तसलीमा ने तो अपने नारीवाद को मानववाद से जोड़ने का प्रमाण दे दिया, लेकिन जो लोग सूरत की लज्जा से आँखें फेर ढाका की लज्जा को ही उछाल रहे हैं, वे खूब जानते हैं कि वे क्या कर रहे हैं। चूँकि वे जानते हैं, इसलिए उन्हें उनकी अपनी आत्मा भी शायद ही क्षमा

कर पाये। दिसम्बर 1992 में बाबरी मस्जिद को ढाह दिये जाने के बाद सिर्फ बाँग्लादेश में ही अल्पसंख्यकों की दुर्गति नहीं हुई थी, भारत में भी हुई थी और पाकिस्तान में भी। इसलिए सवाल हत्या से हत्या को उचित ठहराने का नहीं, हत्या की राजनीति से संघर्ष करने का है।

दुनिया में अगर न्याय का कोई एक विश्वव्यापी संघर्ष है, तो वह है नारी के लिए न्याय का संघर्ष। अगर किसी एक मुद्दे पर हर सभ्यता, हर परम्परा का दामन दागों से भरा हुआ है, तो वह है स्त्री की अस्मिता का मुद्दा। इस न्यूनता का एहसास भी हर समाज के अवचेतन में मौजूद है। इसी लिए अपने स्त्रीत्व के प्रति जागरूक और उसके प्रति आग्रहशील स्त्री से हर परम्परा डरती है, डर कर उसे गरियाती है। लेकिन नारी के लिए न्याय का संघर्ष भूमिकाओं की अदला-बदली का संघर्ष नहीं हो सकता। न ही यह समतापरक समाज के लिए जरूरी अन्य संघर्षों से असम्पृक्त हो सकता है। पुरुषवादी वर्चस्व की जो सत्ता स्त्री को हाशिये पर फेंकती है, वही सत्ता अपने समाज के भीतर और बाहर उपनिवेशीकरण के विविध रूप गढ़ती है। हमारे समाज का स्त्रीविरोधी, श्रम विरोधी आन्तरिक उपनिवेशीकरण वर्णाश्रम की विचारधारा और जाति व्यवस्था की संरचना में व्यक्त होता है। जाति व्यवस्था ने एक तरफ महिमा मंडन, दूसरी तरफ व्यक्तित्व के निषेध की चतुराई के जरिये ऐसा भावतंत्र गढ़ा है जिसमें जीनेवाली सवर्ण स्त्री स्वयं को शूद्र से नहीं, सवर्ण पुरुषवाद से जोड़ती है। दूसरी तरफ जाति व्यवस्था के खिलाफ सामाजिक न्याय के विविध संघर्ष चलानेवाले लोग भी नारी मुक्ति के सवाल को राजनैतिक एजेंडा पर लाने की जरूरत ही नहीं समझते। उलटे स्वयं इन लोगों तथा इनके राजनैतिक-सांस्कृतिक प्रतिनिधियों का व्यवहार और चिंतन रुग्ण पुरुषवाद से ग्रस्त होता है और इस तरह जाति व्यवस्था के विरुद्ध संघर्ष करुण रूप से आधा-अधूरा रह जाता है। समस्या का यह पहलू कबीर से ले कर आज तक बरकरार है। सामाजिक न्याय की शक्तियों की इस सांस्कृतिक न्यूनता का लाभ जाति-व्यवस्था के सांस्कृतिक वर्चस्व को बनाये रखने और उसे राष्ट्रवाद का मोहक नाम देने के लिए उठाया जाता है। पिछले कुछ वर्षों में हमारे समाज में जाति व्यवस्था साफ तौर से राजनीतिक एजेंडा पर आती दिख रही है। परिणामस्वरूप जातिवादी यथास्थितिवाद और परिवर्तनकामी शक्तियों के बीच तीखा ध्रुवीकरण पैदा हो गया है। इसी कारण यथास्थितिवादी ताकतें पूरा जोर लगा रही हैं कि राष्ट्रवाद दलितों, उत्पीड़ितों और स्त्रियों को कुचलनेवाले जातिवादी सत्तातन्त्र और भावतन्त्र का आकर्षक मुखौटा बना रहे। दूसरी ओर परिवर्तनकामी शक्तियों का दूरगामी एजेंडा राष्ट्रीय आत्मचेतना को जातिवाद विरोधी सामाजिक न्याय के पक्ष में ढालने का है। इसके लिए जरूरी है कि नारी मुक्ति के सवाल को सजग रूप से राजनैतिक एजेंडा पर लाया जाये। सामाजिक न्याय का संघर्ष राजनैतिक सत्ता के संघर्ष तक सीमित नहीं है। यह संघर्ष परम्परागत सांस्कृतिक वर्चस्व के खिलाफ है। स्त्री और शूद्र को पशु के समकक्ष रखनेवाली मर्यादा का प्रतिवाद करते हुए मर्यादा की ऐसी अवधारणा गढ़नी है जो पशु के साथ भी मानवीय व्यवहार करे। ऐसी मर्यादा

प्रतिशोध के प्रस्थान बिन्दु से नहीं, बल्कि प्रेम की गंगोत्री से आरम्भ होगी। प्रचलित मर्यादा के सांस्कृतिक वर्चस्व के विरुद्ध इस नयी मर्यादा का संघर्ष सवर्ण पुरुष को भी दण्डित करने के नहीं, बल्कि उसे सूक्ष्म दासता से मुक्त करने के लिए होना चाहिए।

सामाजिक न्याय को व्यापकतर एवं ठोस रूप देनेवाले इस संघर्ष को सांस्कृतिक परम्परा की जीवित स्मृतियों के सर्जनात्मक विकास का रूप लेना होगा। इसलिए सामाजिक न्याय के पक्ष में राजनीतिक-सांस्कृतिक संघर्ष का नारा होना चाहिए :

भारतीयता की नयी पहचान
सीता-शंबूक का हो सम्मान

अपनी बेटी के लिए

अलका सरावगी

अपने मकान की लिफ्ट में आठवीं मंजिल की ओर चढ़ते-चढ़ते 'स्त्री के लिए जगह' पर सोच रही हूँ। अचानक मेरा ध्यान लिफ्ट चलानेवाले 20-21 वर्ष के दुबले-पतले लड़के की ओर चला जाता है, जो साढ़े चार सौ रुपये की अस्थायी-असुरक्षित नौकरी करने के लिए रोज एक-डेढ़ घंटे का सफर तय कर बगल के कस्बे से महानगर की इस बहुमंजिली इमारत में आता है और आठ घंटे ऊपर से नीचे और नीचे से ऊपर जाते हुए लिफ्ट के काले दरवाजे को खींचता-बंद करता रहता है। मेरे मन में प्रश्न उठता है कि इस लड़के के लिए क्या जगह है ? साथ ही साथ यह प्रश्न भी उठता है कि इस लड़के की यदि कोई बहन है, तो उसके लिए क्या जगह है और क्या वह जगह इतनी भी है जितनी इस लड़के के लिए है ?

जाहिर है कि जगह की बात हमारे यहाँ उठाने में बहुत खतरा है, क्योंकि यहाँ जगह अन्ततः बहुत कम लोगों के लिए है। आर्थिक रूप से स्वतंत्र न होने की स्थिति में पुरुष की स्थिति औरत से कोई बहुत ज्यादा अच्छी नहीं, बल्कि अक्सर तो कोल्हू का बैल बनना ही उसकी नियति है, क्योंकि उसे तो किसी-न-किसी तरह दाल-रोटी का जुगाड़ बैठाना ही है। विवाह कर किसी और का आश्रय प्राप्त करने की संभावना भी उसके लिए नहीं है, भले ही इस संभावना में भी किसी प्रकार का कोई उत्कर्ष स्त्री के लिए नहीं है। हकीकत तो यह है कि घर चलाने की इस जिम्मेदारी से बचने की एक बहुत बड़ी कीमत स्त्री को ऐसा व्यक्ति बन कर चुकानी होती है जो किसी प्रकार की व्यक्तिगत महत्त्वाकांक्षा या अपनी प्रज्ञा और प्रतिभा के विकास की कामना से रहित हो। इसलिए आत्मविकास से मिलनेवाला सुख उसके लिए प्रायः वर्जित है, बल्कि सारी तदबीरें इस प्रकार चलायी जाती हैं कि वह उस आत्मविकास के इन्द्रधनुष के दर्शन भी न कर ले जिससे उसके मन में ऐसी कोई इच्छा पैदा हो जाये। कहने को जमाना बदला है, पर सच यह है कि आज भी किसी लड़की को उतने ही आत्मविकास की छूट मिलती है जितनी या तो उसके इर्द-गिर्द सामाजिक रूप से स्वीकृत हो गयी है या जितना विकास न होने पर उसे सामाजिक रूप से पिछड़ा माना जाता है और उसकी शादी तय करने में बाधक होता है।

यह मापदण्ड मेरी माँ की शादी के वक्त यदि छठी-सातवीं कक्षा तक शिक्षित होना था, तो हम बहनों के लिए इसकी छूट बढ़ कर उच्चतर माध्यमिक या कॉलेज में दाखिला होना हो गया था। यदि माँ के लिए सिलाई-कढ़ाई, खाना बनाना वगैरह जरूरी योग्यताएँ थीं, तो हमारे 'बायो-डाटा' (परिचय पत्र) में तैराकी, गाड़ी चलाना, चित्रकारी, संगीत वगैरह-वगैरह योग्यताएँ भी शामिल कर ली गयी थीं। पर सारी शिक्षा का उद्देश्य वही का वही था—प्रचलित पैमाने के आधार पर एक सुयोग्य पत्नी, बहू और माँ बनना। यहाँ तक कि योग्यताओं के इजाफे में पूरी सावधानी बरती जाती थी कि वे इतनी अधिक न हो जायें कि अनुकूल वर ढूँढ़ने में मुश्किल हो। मसलन ग्रेजुएशन के बाद आगे की पढ़ाई का प्रश्न ही नहीं उठता था। उसके बाद निश्चित था कि घर में बैठ कर कुढ़ते हुए लोगों के प्रश्नों 'आजकल क्या कर रही हो ?'—का जवाब देते हुए शादी तय होने की प्रतीक्षा की जाये, क्योंकि ग्रेजुएशन के बाद पढ़ाई जारी रखनेवाले लड़के हमारी बिरादरी में मुश्किल से मिलते थे।

इस तरह की खानापूरीवाली शिक्षा पाते हुए कोई लड़की क्या अपने बारे में कोई स्वप्न पाल सकती है या भविष्य के बारे में किसी प्रकार की कोई कल्पना कर सकती है? ऐसी शिक्षा पानेवाले के लिए यह संभव नहीं होता कि उसकी चेतना पारिवारिक दायरे से बाहर निकल कर विश्व या राष्ट्र के बारे में कोई खाका बनाये। भूगोल हो या इतिहास या विज्ञान—हर विषय पर यह समझते हुए ही पढ़ा जाता है कि यह पढ़ने के लिए ही पढ़ा जा रहा है और यह जीवन में कुछ काम आनेवाला नहीं है। किसी प्रकार की गहरी रुचि या जिज्ञासा के अंकुर इस माहौल में फूट नहीं सकते। मैंने दसवीं कक्षा के बाद एक लेख अपने लिए लिखा था कि दो विवाहित बड़ी बहनों को देखते हुए मेरे लिए आगे पढ़ना कितना निरर्थक है। किन्तु मेरे व्यावहारिक पिता का ही शुक्र है कि कॉलेज की आइरिश प्रिंसिपल सिस्टर मेव के मुँह से यह चुभता हुआ वाक्य सुनने के लिए मैं कॉलेज तक पहुँच ही गयी—'तुम लोग यहाँ पढ़ने थोड़े ही आयी हो, शादी की प्रतीक्षा करते हुए शादी के बाजार में अपनी कीमत बढ़ाने आयी हो।' हमारी पारिवारिक कहानी का अंत यह है कि हम बहनों की शिक्षा-दीक्षा के परिणाम आशातीत रूप से सफल निकले और सबकी शादियाँ नियत समय पर ही नहीं हुईं, बल्कि सबने बहुत बढ़िया 'एडजस्टमेंट' किया, चाहे पति निरंकुश शासक निकला या सास इशारे पर उठाने-बैठानेवाली। यहाँ तक कि सुयोग होने पर भी किसी में आत्मविकास करने की किसी तरह की कुलबुलाहट नहीं हुई और पति-परिवार-बच्चों की सेवा करते हुए किसी-किसी ने तो महीनों अखबार तक नहीं पढ़ा। एक सहेली के साथ शादी के बाद परिवार की सहमति ले कर लॉ कॉलेज में दाखिला लेने की इच्छा जाहिर करने पर मेरे पिता ने मुझे कहा, 'यदि वहाँ दाखिला लो, तो मेरे घर में पाँव मत रखना। तुम्हारे घर-परिवार को कौन देखेगा ? शादी के बाद अब तुम्हारा यही धर्म है।' हालाँकि अब सोचती हूँ तो लगता है कि धर्म-कर्तव्य तो मेरे भाई के लिए भी इतना ही निश्चित और सीमित था, चाहे वह शिक्षा का मामला रहा हो या विवाह और उसके बाद का। किन्तु उस समय

अपने स्त्री होने पर तिलमिलाहट और विवशता का दंश मुझे अब भी याद है।

किशोर वय के साथ ही अपनी स्थिति को समझते-झेलते जो आक्रोश मन में पलने लगा था, वह अब एक पत्नी और माँ बनने के साथ-साथ और जीवन के बहुत सारे पहलुओं को जानने के साथ-साथ मंद हो चला है। अब पारंपरिक व्यवस्था को एकबारगी स्त्री-द्रोही मान लेना संभव नहीं रहा, बल्कि उसकी अमानुषिकताओं के साथ-साथ उसके अपने तर्कों और कारणों की प्रतीति भी दिमाग में बनती रहती है। उदाहरणतः वैज्ञानिक दृष्टि से माँ बनने के लिए सही उम्र 19 वर्ष से 26 वर्ष तक मानी गयी है, जो आत्मविकास या 'कैरियर' की दृष्टि से किसी भी व्यक्ति के जीवन में महत्त्वपूर्ण समय है। इतना ही नहीं, मानव शिशु की माँ-बाप पर निर्भरता के लंबे समय को देखते हुए इस बात का कोई विकल्प भी नहीं दिखता कि मातृत्व को कम-से-कम पाँच से दस वर्षों तक के लिए एक 'कैरियर' के रूप में चुना जाये, ताकि बच्चे की सही परवरिश हो सके। पश्चिम में जहाँ 'कामकाजी माँ' (वर्किंग मदर) आम है और बहुत दिनों से है, वहाँ भी मातृत्व का दायित्व बच्चों की देखभाल करनेवाली संस्थाओं के सिपुर्द कर माँ-बाप निश्चिन्त नहीं हो पाये हैं। 3 मई 1994 की 'टाइम' पत्रिका में ब्रिटेन की महिला लेखिका पैनेलोप लीच की नयी किताब 'चिल्ड्रेन फर्स्ट' का जिक्र है, जिसमें उन्होंने यह पेशकश की है कि तीन साल की उम्र के पहले बच्चों को ऐसी संस्थाओं को सौंपना घातक है और बच्चों को शुरू के वर्षों में चौबीस घंटे माँ की जरूरत होती है। उनका कहना है कि अपनी जिंदगी के पाँच-दस साल पूरी तरह बच्चों को देने के बाद भी एक औरत के लिए आत्मविकास के लिए बहुत सारा समय बच जाता है।

इसी तरह बूढ़ों की देखभाल के लिए पश्चिम में अकेलेपन और ऊब से भरा जो संस्थागत रूप दिखाई पड़ता है, उसे देखते हुए पारंपरिक व्यवस्था की अच्छाइयों पर ध्यान गये बिना नहीं रहता, जहाँ बच्चों और बूढ़ों के लिए हर परिवार के ढाँचे में सुन्दर व्यवस्था थी। उस व्यवस्था ने स्त्री को व्यक्तिगत महात्वाकांक्षा से दूर रख कर उसे परिवार के इर्द-गिर्द रखने और मातृत्व को महिमामंडित करने की जो योजना (षड्यंत्र ?) बनायी थी, उसे आज कई नयी वास्तविकताओं को देखते हुए पूरी तरह खारिज नहीं किया जा सकता। आँकड़े बता रहे हैं कि माँ बनने की इच्छा पश्चिम में इस कदर घट रही है और मातृत्व इस तरह भार हो चला है कि कई देशों में सरकार को गर्भपात को गैरकानूनी घोषित करना पड़ा है। ऐसा प्रतीत होता है कि व्यक्तिगत महत्त्वाकांक्षा में एक तरह का कानापन होता है—इस अर्थ में कि वह सिर्फ एक तरफ ही देख सकती है। उसकी अपनी सीमित गति-मति होती है और वह जीवन को समग्रता में नहीं ले सकती। इस तरह व्यक्तिगत महत्त्वाकांक्षा मातृत्व की नैसर्गिक कामना को खत्म कर मानवता के भविष्य के लिए घातक भी हो सकती है, हालाँकि यह बात स्त्री और पुरुष दोनों ही पर लागू होती है। हकीकत यही है कि मानव शिशु के पालन-पोषण के लिए स्त्री एवं पुरुष दोनों को अपना बहुत कुछ देना होता है और, जैसा कि किसी ने कहा भी है, प्रजातन्त्र एवं विवाह दोनों ही भले ही असंदिग्धि रूप से संस्थाओं का चरम आदर्श रूप न हों, पर सारी अन्य बुरी संस्थाओं या संस्थाहीनता की

तुलना में ये कमतर बुराइयाँ हैं। इसके बाहर जीवन का कोई अर्थ और उत्कर्ष न खोजा जा सकता हो, ऐसा हरगिज नहीं है, पर ज्यादातर साधारण मनुष्यों के लिए विवाह की संस्था के बाहर भी कोई विकल्प नहीं है, जो उन्हें अकेलेपन और बुढ़ापे-बीमारी की असुरक्षा से त्राण दे। इसमें कोई सन्देह नहीं कि परिवार नामक संस्था में स्त्री को ही अपने को अधिक देना होता है, पर ये भी तो तथ्य हैं कि माँ वही बनती है, बच्चे को दूध वही पिलाती है और उसकी शारीरिक संरचना पुरुष के मुकाबले कमजोर होने के कारण वह घर में अधिक सुरक्षित होती है। मेरे कहने का अर्थ इतना ही है कि यदि बच्चे के लिए पुरुष या स्त्री में से एक को रहना हो, तो इस काम के लिए नैसर्गिक रूप से स्त्री ही अधिक उपयुक्त है। इस तथ्य का सामना करने की भी जरूरत है कि आखिरकार यह स्त्री ही होती है, जिससे बलात्कार किया जाता है या किया जा सकता है। जब अनिता हिल जैसी औरत अमेरिका जैसे आजादखयाल और व्यक्तिगत आजादी के स्वघोषित रक्षक देश में भी पुरुष द्वारा दफ्तर में प्रताड़ित होती है, तो स्त्री के लिए अपनी शारीरिक संरचना को नजरअंदाज कर किस बराबरी को प्राप्त करने का अर्थ रह जाता है ? उसे एक पुरुष के मुकाबले अधिक सुरक्षा की जरूरत है, यह तथ्य न स्वीकार करना अपने आपको धोखा देना है।

अर्थ की तलाश की बात की जाये, तो स्त्री को आत्मविकास और बराबरी के लिए लड़ते हुए एक नजर इस बात पर भी रखनी चाहिए कि क्या यह बराबरी एक नया फ्रिज या नयी वाशिंग मशीन खरीदने के लायक बनने के लिए तो नहीं है यानी यह बराबरी वह उसी उपभोक्ता संस्कृति का एक पुर्जा बनने के लिए तो नहीं माँग रही है जिसका पुर्जा पुरुष पहले से ही इस तरह बना हुआ है कि उसकी जिंदगी कोल्हू के बैल से अधिक नहीं है ? आज जापान जैसे समृद्ध और उद्यमी देश में भी औसत नागरिक सोचने लगा है कि उसके जीवन की गुणवत्ता क्या है—सारी भाग-दौड़ के बाद उसे जीवन से क्या मिला है? विज्ञापनों के मोहजाल से उपभोक्ता संस्कृति कहीं बराबरी का झाँसा दे कर स्त्री को और अधिक तो नहीं जकड़ रही है, इस पर स्त्री को विचार करना चाहिए। मार्क्सवादी आलोचक टेरी इग्लेटन ने एक जगह लिखा है, 'उस समाज में सत्य झूठ का नाम है, नैतिकता दुर्गंधमय है और सौंदर्य विष्ठा के समान है, जहाँ लावण्य का अर्थ इत्र का प्रचार करती विज्ञापन में कैद निर्वसन नारी है।' कहीं 'बराबरी' भी इस समाज में ऐसी ही सड़ी-गली चीज न हो, इस बारे में सोचते रहने की जरूरत है।

ये सब बातें परंपरा की वकालत नहीं हैं और इन्हें लिखते समय न मैं अपनी सन्तानहीन, शादी के छह महीने बाद विधवा हो गयी ताई को भूल रही हूँ, जिसने समाज की शुद्धता की कसौटी पर खरे उतरने के लिए जीवन में एक क्षण भी अपनी इच्छाओं और अपने निजत्व को नहीं जाना; न अपनी माँ को, जिसने सारी जिन्दगी पति की इच्छा के सामने अपनी कोई आकांक्षा कभी प्रकट तक नहीं की; और न ही अपनी मातृहीन सास को, जिन्हें शादी के पहले खाना भी नाप-तौल कर दिया जाता था, ताकि उनकी जल्दी बढ़त न हो। आज भी परिवार में लड़की के पैदा होने पर सबके उतरे हुए चेहरे, उससे बचने

के लिए विज्ञान की मदद ले कर की जानेवाली भ्रूण-हत्याएँ, दहेज न दे पाने के कारण बैठी हुई बिनब्याही भार होती कन्याएँ और जलायी जानेवाली बहुएँ हमारे चारों तरफ मौजूद हैं। आज भी मेरी ग्रेजुएट छोटी बहन अपनी इच्छा से, सास से बिना पूछे पिता के घर जाने का मामला तय करने के लिए भी स्वतंत्र नहीं है। निश्चय ही हम उस दासता से मुक्ति चाहते हैं जो स्त्री होने को अपमान का पर्याय बना देती है, जहाँ शान्ति से जीने का अर्थ अन्दर ही अन्दर घुटना और सहना होता है। किन्तु किसी व्यवस्था की असुन्दरता से संघर्ष करने का अर्थ उसके साथ-साथ जीवन के सौन्दर्य और भराव को नष्ट करना नहीं हो सकता। जिस तरह असांप्रदायिक होने के लिए नास्तिक होना जरूरी नहीं, उसी तरह स्त्री को स्वतंत्र होने और अपनी शक्ति जानने के लिए पुरुष विरोधी या मातृत्व विरोधी होने की कोई जरूरत नहीं है। यह लिखते हुए मेरे सामने एक प्रतिष्ठित लेखिका खड़ी है, जिसने व्यवस्था को नकार कर अकेला जीवन स्वीकार किया, किन्तु प्रौढ़ावस्था में उसे लगा कि मातृत्व से वंचित रह जाना उसके स्त्रीत्व की अपूर्णता है और 'टाइम' के पृष्ठों में ही मिली एक पश्चिम की नामी उम्रदराज स्त्रीवादी महिला भी, जो अब डॉक्टरों के चक्कर काट रही है कि इस उम्र में वह अपने प्रेमी के बच्चे की माँ बन सके। पुरुष की दासता से मुक्ति का विकल्प पुरुष की प्रतियोगिनी होना नहीं हो सकता। इस प्रतियोगिता से प्रतिहिंसा, कटुता और बिखराव के सिवाय क्या हासिल होगा ? 'फिफ्टी-फिफ्टी' की बराबरी का रिश्ता तो किसी भी संबंध में संभव नहीं है, बल्कि कहना चाहिए कि अपनत्व और सद्भाव में इतना हिसाब-किताब होता ही नहीं। ऐसा भी तो होता है कि किसी स्त्री-पुरुष के बीच पुरुष संबंध निभाने में अपने को ज्यादा होम करता है, किन्तु उसके लिए समाज में 'जोरू का गुलाम' उपाधि प्रचलित है, जो ऐसे पुरुष की संवेदनशीलता या सहिष्णुता का मजाक बनाती है। ये सारे मानवीय गुण स्त्रियोचित गुण माने जाते हैं और पुरुष में दिखने पर उसे स्त्रैण माना जाता है। इसी तरह खाना बनाना, बच्चों को सँभालना वगैरह काम भी पूरी तरह स्त्रियों के हिस्से के माने गये हैं और इनमें हाथ बँटानेवाले पुरुषों को भारतीय समाज में हास्यास्पद माना जाता है। जरूरत इन पिटी-पिटायी रूढ़ बन गयी आन्तरिक धारणाओं को मिटाने की है, न कि 'फिफ्टी-फिफ्टी' का झंडा ले कर मानवीय रिश्तों की चीर-फाड़ करने की। माँग समानता की न हो कर संबंधों की सम्यकता की होनी चाहिए और उसमें पुरुष को विरोधी न मान कर तलाश सहभागिता और सहयोगिता की होनी चाहिए। पुरुष ने स्त्री को यदि दासी बनाया है, तो वह उस सखा भाव से स्वयं वंचित हुआ है, जो जीवन का सौंदर्य हो सकता था और जीवन को परिपूर्णता प्रदान कर सकता था। इस अर्थ में तो हर शोषक शायद स्वयं भी एक प्रकार से शोषित ही होता है, अलबत्ता स्वयं अपने द्वारा ही। पारंपरिक व्यवस्था का जो भी रूप रहा हो, पर उसकी उदात्त कल्पना तो शायद स्त्री-पुरुष के बीच साझेदारी की ही रही होगी, जहाँ जीवन में दोनों एक-दूसरे के पूरक हों और जहाँ स्त्री के विशिष्ट कार्य प्रजनन के प्रति पुरुष के मन में सम्मान और संरक्षणपूर्ण सहयोग देने की भावना हो। हमारी सांस्कृतिक विरासत से हमारी चेतना में आये स्त्री-पुरुष संबंधों के प्रतिरूपों में शिव के साथ

पार्वती, कृष्ण के साथ राधा और राम के साथ सीता हैं और ये सभी स्त्रियाँ पुरुष की अनिवार्य सहयोगिनी तो हैं ही, जो उसके जीवन को पूर्णता देती हैं—साथ ही ये अपने आपमें भी स्वतंत्र एवं प्रखर व्यक्तित्व भी हैं, जो प्रबुद्ध, चेतनावान और संवेदनशील हैं। वहाँ कहीं शोषक-शोषित या स्वामी-दासी का संबंध नहीं दिख पड़ता (हालाँकि राम के परवर्ती चरित्र के बारे में कई आशंकाएँ हैं)। स्त्री व पुरुष दोनों के व्यक्तित्व का जहाँ पूरी तरह प्रस्फुटन हुआ हो, स्त्री-पुरुष में सम्यक संबंध वहीं संभव है। सौन्दर्य भी वहीं है।

अन्ततः इस बात को अहमियत दिये बिना स्त्री के लिए जगह की बात करना भ्रान्तिपूर्ण होगा कि स्त्री की एक बहुत बड़ी जैविक एवं भावनात्मक जरूरत उसका मातृत्व हैं। मुझे लगता है कि स्त्री की दूसरी सारी भूमिकाएँ इस अहम भूमिका को ध्यान में रख कर ही तय की जा सकती हैं। इसका अर्थ यह नहीं है कि वह माँ होने के साथ-साथ डॉक्टर, वैज्ञानिक या अन्तरिक्ष यात्री नहीं हो सकती, किन्तु अपने आत्मविकास की जरूरतों को पूरा करने के लिए अपनी इस प्राकृतिक भूमिका को कमतर मान लेना उसके अंदर एक भावनात्मक शून्य ही पैदा नहीं करेगा, बल्कि पुरुष की दृष्टि में भी उसे हेय बनायेगा। आखिर हर पुरुष की एक माँ होती है और स्त्री के मातृत्व के प्रति एक विकसित पुरुष के अंदर सम्मान न होना असंभव है। अपनी प्राकृतिक भूमिका यदि स्त्री के लिए जरूरी है, तो उससे जुड़ी माँगों के लिए उसे अपने आपको देने और अपने लिए जीने के बीच तालमेल बैठाना होगा। पुरानी व्यवस्था में उसके पास स्वयं अपने लिए न समय था और न एकांत—उसे हर समय किसी और के लिए उपलब्ध होने के लिए खाली रहना जरूरी था, जैसा कि वर्जीनिया वुल्फ 'ए रूम ऑफ वन'स ओन' में लिखती हैं। किन्तु अपने लिए समय और एकांत की गुणवत्ता भी एक संवेदनशील पुरुष समाज में ही अर्थवान हो सकती है, जहाँ उसकी विशिष्ट शारीरिक संरचना के प्रति विवेकपूर्ण आदर हो। यहाँ हम फिर वहीं पहुँच जाते हैं कि यह विवेक और आदर सीखने-सिखाने का स्कूल परिवार की इकाई के अतिरिक्त और कहाँ हो सकता है, जहाँ स्त्री पुरुष के लिए माँ और बहन के रूपों में उपलब्ध है। 'तुम्हारे घर में माँ-बहन नहीं हैं क्या ?'—हर स्त्री को छेड़नेवाले को यही जुमला सुनाया जाता है। दरअसल, स्त्री वहीं स्वतंत्रता और आत्मविश्वास के साथ जी सकती है, जहाँ एक संवेदनशील, करुणावान मानवीय समाज हो। मेरे अपने बचपन में लड़की होने के कारण लगाये गये बन्धनों का आक्रोश अवाक हो जाता है, जब मेरी आठ वर्ष की लड़की के लिए हमारे फ्लैट के बाहर कोई दीवार पर एक अश्लील इबारत लिख जाता है। मैं आशंकित हो कर सोचने लगती हूँ कि क्या मेरे पिता ही सही थे, जिन्होंने बरामदे में खड़े होने पर भी प्रतिबंध लगा रखा था ? क्या मुझे अपनी लड़की को नीचे खेलने जाने से इसलिए समझा कर रोकना होगा, क्योंकि वह एक 'औरत' है और इसलिए असुरक्षित है ? इस तरह से देखा जाये, तो प्रश्न उठता है कि क्या तथाकथित आधुनिकता ने स्त्री को और अधिक असुरक्षित नहीं बना दिया है ? हाल में एक सर्वेक्षण की रपट में लिखा था कि कलकत्ता की तुलना में, जहाँ अभी भी परंपरागत मूल्य अपेक्षाकृत धीमी गति से गायब हो रहे हैं, बम्बई और दिल्ली

की सड़कों पर एक अकेली औरत अधिक असुरक्षित है। एक कामकाजी महिला को या घर से बाहर निकली महिला को पुरुष एक 'भोग्या' के रूप में अधिक क्यों देखता है ? कहा जा सकता है कि एक बंद समाज में यह अधिक होता है, किन्तु पश्चिम में अनिता हिलों के अनुभव क्या इससे भिन्न हैं ?

मुझे यह प्रश्न उठाना जरूरी लग रहा है कि हम अपनी अगली पीढ़ी की स्त्री के लिए क्या व्यवस्था चाहते हैं ? हमारे सामने पुराना भी है, जिसमें घुटन थी, दासता थी, आत्म-निर्वासन था और नयी चकाचौंध भी है, जहाँ उड़ान है, बराबरी की कल्पना है और आत्मविकास का खुला मैदान भी। किन्तु ऐसा मान लेना भ्रम होगा कि पुरानी पीढ़ियों में स्त्री की मुक्ति और उसकी जगह की जाँच के लिए अंतःसंघर्ष नहीं रहे हैं। मैंने अपनी दादी के अंदर यह संघर्ष देखा था, हालाँकि उनकी अपनी पीढ़ी में यह संघर्ष आश्चर्यजनक रूप से गायब था। शायद हर स्त्री को अपने देश-काल में नये सिरे से अपनी जगह बनानी पड़ती है। किंतु मैं अपनी बेटी के लिए सबसे सुंदर सौदा चाहती हूँ—मैं जितना चाहती हूँ कि वह अपनी रुचि और क्षमता के अनुसार किसी भी ज्ञान या कला के क्षेत्र में उत्कृष्टता हासिल करने का प्रयत्न करे, उतना ही चाहती हूँ कि वह एक पत्नी के रूप में सहयोगिता का, एक बहू के रूप में पुरानी पीढ़ी की देखभाल और सेवा करके आत्मलीनता से मुक्ति का और मातृत्व में स्त्रीत्व की पूर्णता को जाने। किसी घाटे में न रहे—पुराने को ले, ताकि व्यक्तिगत अभीप्साएँ 'मुझे चाँद चाहिए' की परिणति तक न ले जायें और नये को भी, ताकि उसे कभी मेरी ताई जैसा अस्तित्वहीन परावलम्बी जीवन न बिताना पड़े।

रास्ता इधर से है

प्रयाग शुक्ल

पिछले दस-पन्द्रह वर्षों में स्त्रियाँ हर क्षेत्र में आगे आयी हैं। वे घर से बाहर निकली हैं। उनमें नया आत्मविश्वास आया है और उन्होंने हर काम को प्रायः एक चुनौती की तरह स्वीकार किया है। क्षेत्र चाहे उद्योगों के प्रबन्धन का हो, या होटल मैनेजमेंट का, डाक्टरी-इंजीनियरी का, चाहे प्रशासनिक पदों का, पुलिस या वकालत का, पत्रकारिता या विज्ञापन एजेंसी का, डाक-तार-रेलवे का, बसों की कंडक्टरी का, बैंकों का, कम्प्यूटरों का और टेक्नोलॉजी तथा ज्ञान-विज्ञान के अन्य विभागों का, हर जगह अब स्त्रियाँ कामकाज करती हुई दिखाई पड़ती हैं। और, बम्बई हो या बड़ौदा, कलकत्ता हो या कानपुर, आगरा हो या अगरतल्ला, मद्रास हो या मेरठ, चंडीगढ़ हो या चंपारन—स्त्रियाँ अब कार, स्कूटर, मोपेड आदि बड़ी तादाद में चलाती हुई दिख रही हैं। इस मामले में सड़कों-बाजारों का दृश्य बदल चुका है। ऐसे किसी मुकाम पर, जहाँ पहले केवल पुरुषों का वर्चस्व था, अब स्त्रियों को तैनात देख कर हम चौंकते नहीं हैं। कामकाजी स्त्री प्रायः बेझिझक बात करती है, अपनी जिम्मेदारी को समझती है और स्त्री होने के नाते अपने लिए प्रायः कोई छूट नहीं चाहती।

हमारे समाज के लिए यह निश्चय ही एक बड़ी घटना है। लगभग एक 'क्रान्ति', जो धीरे-धीरे और चपुचाप घटित हुई है। यह सचमुच गौर करनेवाली बात है कि यह क्रान्ति एलानिया तौर पर नहीं हुई, इसका मोर्चा किसी फेमिनिस्ट आन्दोलन ने नहीं बाँधा था। हमने यही पाया कि एक दिन बैंक काउंटर पर, डाक टिकटों की बिक्री करनेवाली खिड़की पर, चौराहे पर ट्रैफिक नियंत्रित करनेवाली जगह पर, कलेक्टर की सीट पर, अखबार के दफ्तर में, थाने में, न्यायालय में किसी धरने और जुलूस में स्त्रियाँ फुर्ती और चुस्ती से अपनी जिम्मेवारियाँ निभाती हुई दिखाई पड़ रही हैं—अब वे केवल एयर होस्टेस या रिसेप्शनिस्ट नहीं रहीं। हम लोग, जो अब 50-55 की उम्र में हैं, अपनी किशोरावस्था को याद करें तो यही पायेंगे कि तब ऐसे दृश्यों की कल्पना तक नहीं की जा सकती थी। हम चाहे होटल में जायें या थाने में या कचहरी में या बैंक में—तब वहाँ स्त्री किसी भूमिका में दिखती ही नहीं थी। हाँ, अस्पताल में नर्स या किसी डॉक्टर के रूप में वह जरूर दिख जाती थी।

उस जमाने में अगर कोई मध्य वर्गीय लड़की स्त्री साइकिल पर बैठ जाती थी तो पूरे कस्बे या शहर में यह चर्चा और विवाद की बात बन जाती थी—मोटर गाड़ी या मोटर साइकिल चलाना तो बहुत दूर की चीज थी। वास्तव में स्त्री की दुनिया बहुत बदली है—खास तौर पर मध्य वर्गीय स्त्री की।

यह बदलाव आया कैसे ? नये जमाने की नयी हवा के झोंके से, किसी फैशन से, पश्चिम के अनुकरण से ? आधुनिकतावादी आग्रहों से ? नहीं, इस बदलाव की जड़ें कहीं और भी हैं। संयुक्त परिवारों के टूटने से जो नयी परिवार-इकाइयाँ बनीं, उन्होंने भी स्त्री को नयी भूमिका में उतारा। स्त्रियों के बीच शिक्षा का चलन भी इस बदलाव का एक और बड़ा कारण बना। नौकरी करनेवाली स्त्री के मन में अपनी पसंद का 'कैरियर' चुनने की इच्छा ने भी जोर मारा। अब वह केवल अध्यापिका, टाइपिस्ट, रिसेप्शनिस्ट बन कर संतुष्ट होने को तैयार नहीं थी। अखबारों, पत्र-पत्रिकाओं की भी इसमें एक भूमिका रही। स्त्री किसी नये क्षेत्र में उतरी, तो इसे प्रोत्साहित-प्रचारित किया गया। नये क्षेत्रों की जानकारियाँ तो उसे सूचना और प्रचार माध्यमों से मिलीं ही। लेकिन एक बड़ा कारण यह भी था कि स्त्री को कमाई करना जरूरी लगने लगा। कभी आत्मनिर्भर होने की इच्छा की वजह से, कभी इस वजह से कि वह भी कमाई करने लगे, तो घर-गृहस्थी ज्यादा सुचारु रूप से चलेगी। जाहिर है कि इसमें पुरुषों का भी योग रहा—वे भी यह चाहने लगे कि स्त्री भी कामकाज करे तो अच्छा हो—घर की खुशहाली बढ़ेगी।

बहुतेरे परिवारों में यह खुशहाली किसी कदर बढ़ी भी है। इसका एक बड़ा प्रमाण तो यही है कि स्त्रियाँ अपने कामकाजी जीवन में कोई मुँह लटकाये हुए काम नहीं करतीं और कई बार तो वे अपने काम से एक संतोष और आनन्द उठाती मालूम पड़ती हैं। कामकाजी स्त्रियों की सामाजिक स्वीकृति भी बढ़ी है। बहुतेरी स्त्रियों की दुनिया में निश्चय ही एक नया उजाला हुआ है।

इस उजाले का लाभ आज की पीढ़ी को मिल रहा है। यह भी कुछ इस उजाले का असर है कि जो स्त्री कामकाजी नहीं भी है और केवल घर-गृहस्थी ही सँभालती रही है, वह भी आज अपनी लड़की को नौकरी या कोई अन्य उद्यम करते हुए देख कर खुश होती है। इस उजाले का ही असर यह भी है कि आज 40-45 वर्ष की कोई गृहिणी भी अपने लिए कोई नयी भूमिका तलाश करती हुई दिखाई पड़ सकती है। मैंने दिल्ली में कई दुकानों में, अपने पति का और बेटों का हाथ बँटाने के लिए, इस आयु वर्ग की स्त्रियों को घर से बाहर आते देखा है—यानी अगर वह कोई नया कामकाज नहीं शुरू कर पातीं, तो परिवार के व्यवसाय या उद्योग में ही हाथ बँटाने लगती हैं।

दरअसल, स्त्री ने इस बीच बड़ी शिद्दत के साथ यह पहचाना और माना है कि अगर वह घर की चारदीवारी के बाहर आयेगी तो ज्यादा सुखी रहेगी। उसके ऐसा मानने के वाजिब कारण हैं। घर के बाहर आ कर कामकाज करने से उसे एक नयी पहचान तो मिलती ही है, उसका हौसला भी बढ़ता है और अपना समय भी मानो वह ज्यादा अच्छी तरह बिता

पाती है। अचरज नहीं कि ऐसे परिवारों की स्त्रियाँ भी बाहर निकली हैं, जिन्हें आर्थिक कारणों से कामकाज करने की कोई मजबूरी नहीं है।

मध्य वर्गीय स्त्री की दुनिया में महत्त्वाकांक्षा भी इन्हीं कारणों से बढ़ी है। वह चाहती है कि वह भी जानी या पहचानी जाये। वह कुछ करे। इस प्रक्रिया में वह कई बार अपनी वास्तविक क्षमताओं से अधिक की चाहना भी कर बैठती है—मसलन हो सकता है कि आपको कोई ऐसी स्त्री दिखे, जिसने समाज कल्याण का कोई मामूली-सा काम किया हो, पर वह चाहती हो कि इसके लिए उसे सराहना मिले। उसकी तसवीर अखबारों में छपे। हो सक़ता है आपको कोई ऐसी स्त्री मिले, जिसने कोई अत्यंत साधारण-सी चीज लिखी हो, पर चाहती हो कि वह प्रकाशित हो। हो सकता है आपको कोई ऐसी स्त्री भी दिखाई पड़े जिसने किसी कला माध्यम—नाटक, नृत्य, संगीत, चित्रकला, फोटोग्राफी—में बिल्कुल आरम्भिक या अधकचरा काम किया हो, पर उसे ले कर महत्त्वाकांक्षाएँ बीस गुनी पाल ली हों। लोग ऐसी किसी स्त्री पर खीझ प्रकट करते हैं, पीठ पीछे उसका मजाक भी उड़ाते हैं, मौका मिले तो उसे कुछ छकाते भी हैं, पर वे अक्सर यह भूल जाते हैं कि यह वह दौर है, जब ऐसी चीजें घटित होना कहीं स्वाभाविक भी है। इसलिए ऐसी चीजों को हमें सहानुभूति से देखना चाहिए और यह भी मानना चाहिए कि इनका एक सकारात्मक पक्ष भी है। कुछ कर सकने की इच्छा और भावना के तहत ही आखिरकार कोई स्त्री ऐसा कुछ उपलब्ध कर सकती है, जो आज हमें उसकी सीमा और सामर्थ्य से परे लग रहा हो।

सच्चाई यह भी है कि अगर एक सकारात्मक महत्त्वाकांक्षा न होती तो किरण बेदी वह सब कुछ हासिल नहीं कर सकती थीं जो उन्होंने हासिल किया है। और, बात केवल किरण बेदी की नहीं है—उन सभी स्त्रियों की है, जिन्होंने अपने-अपने स्तर पर वास्तव में उल्लेखनीय उपलब्धियाँ अर्जित की हैं।

आज से कोई 25 वर्ष पहले, दिल्ली में आये एक विदेशी ने बड़े अचम्भे से मेरे एक मित्र से कहा था—मैं जिस रेस्तराँ, होटल या ढाबे में जाता हूँ, ज्यादातर पुरुष ही दिखाई पड़ते हैं, सड़कों-बाजारों में भी स्त्रियों के अनुपात में पुरुष ही ज्यादा दिखते हैं—आखिर यह मामला क्या है ? क्या हिन्दुस्तान की स्त्रियाँ आधुनिक जमाने में भी घरों में रहना ही पसंद करती हैं ? क्या पुरुष नहीं चाहते कि वे भी बाहर निकलें ?

मेरे मित्र ने उनसे इस स्थिति की व्याख्या कई तरह से की थी। पर मैं समझता हूँ, कम से कम दिल्ली को देख कर कोई विदेशी यह सवाल अब किसी हिन्दुस्तानी से नहीं पूछेगा। वह कौन-सी जगह है, जहाँ लड़कियाँ और स्त्रियाँ नहीं दीख पड़ रहीं ?

मैं जानता हूँ कि यहाँ कोई टोक कर यह सवाल पूछ सकता है कि क्या स्त्रियों का हर क्षेत्र में, हर जगह दिख जाना ही पर्याप्त है ? क्या वास्तव में भारतीय स्त्री की समस्याएँ बाहर जा कर कामकाज करने मात्र से समाप्त हो गयी हैं ? क्या उसके जीवन में कठिनाइयाँ नहीं रहीं ? क्या सभी स्त्रियों को कामकाज के अवसर मिल रहे हैं ?

नहीं। कठिनाइयाँ तो आज भी अनंत हैं। पर ऊपर जिन चीजों की चर्चा मैं कर

आया हूँ, वे उसके जीवन में क्रमशः आनेवाले बदलाव की सूचक हैं—इससे भला कौन इन्कार कर सकता है।

बदलाव कुछ और भी हुए हैं। कई रूढ़ियाँ टूटी हैं। और, अच्छे के लिए भी टूटी हैं। मसलन पहनने-ओढ़ने की दुनिया को ही लें। इस दुनिया में विकल्प बढ़े हैं। एक ही उदाहरण दूँगा। इन्हीं 10-15 वर्षों में सलवार-कमीज का चलन प्रायः पूरे देश में बढ़ा है। धुर दक्षिण से ले कर बंगाल तक यह पहनावा नयी पीढ़ी के बीच लोकप्रिय हुआ है। ज्यादा दिन नहीं बीते, जब बंगाल में इस पहनावे को ले कर अच्छी-खासी बहस छिड़ी थी और कई मामलों में कई तरह की परम्पराओं का निर्वाह करनेवाले बंगाली समाज ने यह माना था कि अगर इस पहनावे से बाहर की दुनिया में कामकाज करने में, बस-ट्राम में या पैदल चलने में आसानी होती है, तो बंगाली लड़कियों-स्त्रियों को भी इसे अपनाने की आजादी होनी ही चाहिए।

इन नयी स्थितियों के कारण घर पर भी स्त्री की कुछ साख तो बढ़ी ही है। वह 'देवी' के दरजे से भले ही कुछ नीचे उतार दी गयी हो, पर 'व्यक्ति' के रूप में उसका व्यक्तित्व पहले की बनिस्बत निखरा है, और वह यथार्थ रूप में अधिक प्रभावान और मोहक बनी है। अब यह तो हम पर निर्भर करता है कि उसकी नयी मोहकता के कारण हम उसे और अधिक 'भोग्या' बना डालें या इस मोहकता का सम्मान करते हुए उसके व्यक्तित्व को और निखारने में मदद करें।

आज के किशोर-किशोरियाँ अगर यह चाहते हैं कि उनकी माँ भी 'आकर्षक' दिखे, अच्छी तरह पहने-ओढ़े, तो इसके भी कारण यही हैं कि वे चतुर्दिक इन मामलों में भी अब स्त्री को ज्यादा आत्म-सजग देख रहे हैं। यानी स्त्री की दुनिया में कई बदलाव नयी पीढ़ी तक भी संप्रेषित हुए हैं। 50 के आसपास पहुँच कर पहले मध्य वर्गीय स्त्री प्रायः यही कहा करती थी कि अब हमारा क्या पहनना-ओढ़ना, हमारे पहनने-ओढ़ने के दिन लद गये। आज अगर वही स्त्री अपने में एक नया सलीका चाहती है, अपने स्वास्थ्य और पहनने-ओढ़ने के प्रति ज्यादा सजग है, तो क्या यह भी एक सकारात्मक बात नहीं है ? उसकी इस नयी सजगता का लाभ उसकी संतानों को भी कहीं न कहीं मिलेगा ही—मिल भी रहा है।

दरअसल, दोष तो उस पुरुष वर्ग का है, जिसने स्त्री की नयी इच्छाओं, रुझानों को ठीक से समझा नहीं है—उसका समूचा आदर नहीं किया और फिल्मों, दूरदर्शन, विज्ञापनों में उसके नये मोहक रूप को गलत तरीके से भुनाना चाहा है—उसकी आजादी को और बाहर सड़क पर उसके निकलने को ले कर यह मान लिय। है कि उसने (स्त्री ने) अपने को स्वयं छेड़छाड़ के लिए प्रस्तुत कर दिया है। इस जघन्य दृष्टि की जितनी आलोचना की जाये, उतना कम है।

और, इसे भी स्त्री की दुनिया में आया एक सार्थक और जरूरी आत्मविश्वास मानना चाहिए कि पुरुषों के एक वर्ग द्वारा छेड़छाड़, उत्पीड़न और यौन शोषण के बावजूद वह डरी और घबरायी नहीं है। इसी में यह भी निहित है कि उसने इस बात को भी समझा

और माना है कि उसका घर से निकलना क्यों जरूरी है—क्योंकि अगर उसने इसे समझा न होता, तो वह वापस घर में दुबक जा सकती थी।

सौ वर्षों से भी ज्यादा पहले बंकिमचन्द्र चटर्जी ने अपने एक लेख 'साम्य/स्त्रीजाति' में यह कामना की थी कि स्त्री अपने को आर्थिक रूप से आत्मनिर्भर बनाये—इसी में उसकी मुक्ति है। बंगाली विधवाओं की दुर्दशा पर भी विचार करते हुए उन्हें लगा था कि स्त्री की दुर्दशा है ही इस वजह से कि पुरुष के जीते जी भी वह उसी पर निर्भर है और उसके न रहने पर भी पुरुषों पर ही।

स्त्री के आर्थिक रूप से निर्भर होने की जो कामना बंकिम ने की थी, वह पूरी तरह फलीभूत हो गयी है—सो बात नहीं। पर निश्चय ही इस दिशा में अब स्त्री ने संकल्पपूर्वक कुछ कदम उठाये हैं और वह दूसरी स्त्री को भी घर से बाहर निकलने के लिए बरज नहीं रही—उसे भी ऐसा ही करने के लिए आमंत्रित कर रही है, यह भी गौर करने लायक बात है।

बंकिम का नाम हमने कुछ यह सोच कर भी लिया है कि आज जो दृश्य हम देख रहे हैं, वह चुपचाप भले घटित हुआ हो, पर अचानक घटित होना इसे नहीं कह सकते। बंकिम, गाँधी, रवीन्द्रनाथ, सुभाष बसु, शरतचन्द्र, प्रेमचन्द से ले कर महात्मा फुले, लोहिया और विभिन्न भारतीय भाषाओं के बीसियों लेखकों-विचारकों का इसमें कहीं योगदान है। हम यह नहीं कह रहे कि आज का यह परिदृश्य इन सबके सोच-विचार और सपनों के अनुरूप ही है—कहना केवल इतना चाह रहे हैं कि अगर एक अवरुद्ध धारा प्रवाहित होती लग रही है, तो इसे हम केवल किसी पश्चिमी जादू के तहत प्रवाहित होना न मान लें।

क्या हम यह नहीं देख रहे कि सोनल मान सिंह हों या माधवी मुद्‌गल या किशोरी अमोनकर, कृष्णा सोबती या अर्पिता सिंह और अर्पणा सेन—वे किसी पश्चिमी मुहावरे में न तो बात कर रही हैं, न अपने को किसी वैसे मुहावरे में अभिव्यक्त कर रही हैं। पर निश्चय ही इन सबके दृष्टिकोण में स्त्री की नयी भूमिका को ले कर एक नया रचनात्मक मंथन है और यह अपनी ही परिस्थितियों में और शर्तों पर उन्होंने सम्भव किया है। मेधा पाटकर, मधु किश्वर आदि के लिए भी यही सही है।

बात केवल कला-साहित्य के माध्यमों की भी नहीं है। किरण बेदी हों या पहली पोस्टमास्टर-जनरल पद्‌मा सुब्रह्मणयन या अन्य बीसियों प्रशासनिक अधिकारी और उद्यमी—आप जिधर भी नजर दौड़ायेंगे, एक नयी स्त्री-किरण आपको दिखाई पड़ेगी। क्या हमारी आज की परिस्थितियों में यह आशा की ही किरण नहीं है ? आखिरकार कुछ उदाहरण ही तो समाज़ में औरों को प्रेरित करते हैं और कुछ नया और सार्थक कर गुजरने के जो बीसियों स्त्री-उदाहरण समाज में आज उपलब्ध हैं, उन्हें हम अपवाद कह कर भी छुट्टी नहीं पा सकते। इन उदाहरणों की ओर देखना ही पड़ेगा। फिलहाल यह अपने आपमें स्त्री समाज में आये नये बदलाव की एक उपलब्धि है, क्या हम इससे इन्कार कर सकते हैं ?

संबंधों का नया व्याकरण

सुमिता

असूर्यपश्या वह औरत, जिसका चेहरा परिवार के पुरुष सदस्य भी कम ही देख पाते थे, घर की देहरी लाँघ कर जब बाहर की दुनिया में आयी, तो पुरुष से उसके संपर्क को नये आयाम मिले। ये संबंध पहले के उन संबंधों से बहुत अलग हैं, जहाँ माँ, पत्नी, बहू, बेटी और भाभी जैसे रिश्तों से वह पुरुष से जुड़ी थी। अब वह एक व्यक्ति के तौर पर पुरुष के संपर्क में आयी है।

घर के बाहर चले आने का अर्थ ही है ज्यादा से ज्यादा पुरुषों के संपर्क में आना। स्कूल-कॉलेज, दफ्तर, सड़क, बस और तमाम दूसरी सार्वजनिक जगहों पर अब तक पुरुष का एकाधिकार रहा है। उस एकाधिकार के टूटने से पुरुष हड़बड़ाया भी है, दूसरी तरफ उसने बाहर आयी इस औरत को स्वीकार करने की कोशिश भी की है। स्वीकृति-अस्वीकृति की यह स्थिति औरत ने घर में भी झेली है और बाहर भी। परिवार के पुरुष उसका बाहर जाना सहज रूप से नहीं ले पा रहे हैं, लेकिन वे पूरी तरह इसका विरोध कर पाने की स्थिति में भी नहीं हैं। इसके कारण अनेक प्रकार के असमंजस पैदा हुए हैं।

निश्चय ही यह औरत की उपलब्धि है। साथ ही यह रेखांकित करना भी जरूरी है कि स्त्री का यह संघर्ष पुरुष के खिलाफ संघर्ष नहीं है—उसके साथ एक बराबर के व्यक्ति के तौर पर संबंध बनाने का प्रयास है। वस्तुतः यह संघर्ष पुरुष के नहीं, स्थिति के खिलाफ है। इसीलिए अपने स्वतंत्र अस्तित्व की स्वीकृति की अपेक्षा पुरुष से उसे हमेशा बनी रहती है। दूसरी तरफ पुरुष इस संघर्ष को ले कर कटु रहा है। उसे इसमें सीधे-सीधे अपने खिलाफ संघर्ष नजर आता है, हालाँकि यह भी सच है कि इस आत्मनिर्भर औरत से पुरुष का जीवन कहीं ज्यादा सहज, कहीं ज्यादा आसान हुआ है—वह पुरुष चाहे पिता हो, भाई हो या पति। जर्मन ग्रीअर का मानना है कि पुरुष अगर आज बदला हुआ नजर आता है, तो इसलिए नहीं कि वह फेमिनिस्ट रवैया अख्तियार कर रहा है—वस्तुतः वह आर्थिक दबावों के कारण उदार नजर आ रहा है। यह सच है। लेकिन भारतीय समाज में खास तौर से पुरुष के लिए यह स्वीकृति बहुत अपमानजनक मानी जाती है। इसी लिए इन बदली हुई परिस्थितियों में पुरुष और स्त्री के संबंध ज्यादा उलझे हुए नजर आते हैं। इसी लिए औरत कहीं ज्यादा

अकेली भी पड़ गयी है। परिस्थितियों के खिलाफ इस संघर्ष में पुरुष अपने पूर्वग्रहों के कारण उसके साथ खड़ा नहीं हो पाता, बल्कि उसके संघर्ष को और मुश्किल बना देता है।

जहाँ तक बाहर की दुनिया का सवाल है, स्त्री की उपस्थिति से उसकी संरचना ही बदल गयी है। स्त्री-पुरुष संबंधों को नये आयाम भी मिल रहे हैं। स्वीकृति-अस्वीकृति का द्वंद्व निरंतर चलता रहता है। साथ पढ़ना या साथ काम करना, दिन के सबसे सक्रिय घंटों में साथ रहना, साथ घूमना-फिरना—इस परिवेश में संबंधों के औपचारिक निर्वाह से काम नहीं चल सकता। बरबस कहीं ज्यादा निकटता आती है। वह निकटता, जो पारंपरिक नैतिक मूल्यों की परिधि से बाहर है। अतः ये संबंध फिलहाल बहुत सहज भी नहीं हैं। लड़कियों और लड़कों को जिस समाज में अलग-अलग दायरों में रख कर बड़ा किया जाता है, वहाँ इस तरह के संबंधों को स्वीकृति देना समाज के लिए तो मुश्किल होता ही है, खुद वे स्त्री-पुरुष भी उलझन में होते हैं। मगर इस संपर्क से अब बचा नहीं जा सकता। खुद ही दुविधा में फँसे ये लोग बार-बार भाई-बहन या इसी तरह के किसी संबंध के दायरे में आ कर सुरक्षित महसूस करने की कोशिश करते हैं, मगर इससे संबंधों की जटिलताएँ बढ़ती ही हैं, कम नहीं होतीं।

साथ काम करते हुए क्योंकि ज्यादा समय संपर्क बना रहता है, इसलिए एक सहजता आप ही आप आती है। इस सहजता के बावजूद लड़कियों या महिलाओं में एक दबा-सिमटापन और पुरुष में गलतफहमी की हद तक चला गया खुलापन भी आम तौर पर नजर आता है। मगर बाहर की दुनिया में आने के साथ-साथ जो सबक औरत ने सबसे पहले सीखा, वह इन परिस्थितियों से निबटना ही था। पुरुष की ईर्ष्या को भी उसने झेला, उसकी आक्रामकता को भी और अपना पौरुष साबित करने के लिए शारीरिक स्तर पर उतर आयी उसकी कुचेष्टाओं को भी। अब भी झेल रही है। यह एक आयाम है।

दूसरा आयाम यह है कि पुरुष ने औरत को अपने बीच स्वीकार किया है। दोनों के बीच एक अलग किस्म का आकर्षण भी पनपा है। यों किन्हीं दो व्यक्तियों के बीच के किसी भी संबंध को परिभाषित करना आसान नहीं है, मगर अपने कैरियर, अपने काम के साथ-साथ अपने पारिवारिक जीवन के प्रति प्रतिबद्ध इन स्त्री-पुरुषों के बीच पनपे इन संबंधों को नयी परिभाषा की आवश्यकता है। खास तौर पर दफ्तरी माहौल में, जहाँ सुबह से शाम तक साथ रह कर साझा काम करने होते हैं। दो विरोधी पालों में खड़े हो कर ठीक से काम नहीं किया जा सकता। एक-दूसरे के व्यक्तित्व और काम का सम्मान करना ही होता है। उपलब्धियाँ और परेशानियाँ यहाँ साझा होती हैं। यह संबंध उस संबंध से बहुत अलग है, जहाँ पराये पुरुष का मतलब खुद को किसी खोल में समेट लेना होता था और स्त्री—खास तौर से घर के बाहर काम करनेवाली स्त्री—एक कौतुकपूर्ण या हास्यास्पद घटना मात्र होती थी।

काम की जगह का मतलब वास्तव में काम ही होता है—अपनी क्षमता का भरपूर इस्तेमाल करने का प्रयास। प्रेम या रोमांस में ही स्त्री-पुरुष संपर्क की परिणति ढूँढ़ने के

यहाँ कोई मायने नहीं होते। यौनाकर्षण भी बेशक होता है, मगर अपनी सीमाएँ तय करना दोनों ही पक्षों ने सीखा है। खुद को और दूसरे को भी जब-जब हलके ढंग से लिया गया, तब-तब संबंध विकृत हुए हैं। जहाँ सहजता का विकास होने दिया गया, वातावरण में नयी ऊष्मा आयी है। इसी के समानांतर परिवार में भी नयी पेचीदगियाँ पैदा हुई हैं।

चूँकि बाह्य संपर्क ने परिवार में पुरुषों से औरतों की अपेक्षा को भी बदला है और ये अपेक्षाएँ पूरी नहीं हो पा रही हैं, इसलिए वह कहीं अकेली भी होती चली गयी है। पारंपरिक सामाजिक ढाँचे में औरत ज्यादा आजाद नहीं थी। वह भूमिका उसके स्वतंत्र व्यक्तित्व के विकास में बाधा बन रही थी। इस भूमिका से उसने इनकार किया। इससे एक हद तक उसके पुराने भावनात्मक संबंध भी टूटे। पुरुष ने उसे सुरक्षा दी थी, मगर साथ ही उसे उस सुरक्षित घेरे के अंदर ही रहने को विवश भी किया था। जब वह इस सुरक्षित घेरे से जबरन बाहर चली आयी, तो वही पुरुष उसका प्रतिद्वंद्वी बन कर खड़ा हो गया। यानी जिन हालात ने औरत को ज्यादा स्वतंत्रता और आत्मनिर्भरता दी, उन्हीं हालात ने उसका अकेलापन और मानसिक तनाव भी बढ़ाया है।

परिवार में औरत अकेली होती गयी है, इसका एक बड़ा कारण एक हद तक पुरुष का अहं है। यह भी कहा जा सकता है कि वह उलझन की स्थिति में है। जिस पारंपरिक ढाँचे के भीतर वह अपनी पत्नी, अपनी बेटी की भूमिका को आँकता है, वहाँ से वक्त बहुत आगे चला गया है। सो उसे कुछ खोने का एहसास हो रहा है। आर्थिक सत्ता के साथ-साथ तमाम दूसरे पारिवारिक निर्णयों और औरत के पूरे अस्तित्व पर अभी हाल तक इस पुरुष का नियंत्रण था। अतः अपनी सत्ता को पहचान कर उठ खड़ी इस औरत से पुरुष निकटता महसूस नहीं कर पा रहा। यही अलगाव उसे औरत की मदद भी नहीं करने देता। उसे लगता है कि यह बदली हुई औरत अपनी बुनियादी जिम्मेदारियों से इनकार कर रही है, जबकि हुआ यह है कि उसने कुछ ज्यादा ही उत्तरदायित्व ओढ़ लिये हैं। लेकिन पुरुष उस समस्या को स्त्री के कर्तव्यों और अपनी उम्मीदों के परिप्रेक्ष्य में देख रहा है और औरत के मानसिक अंतर्द्वंद्व को नहीं समझ पा रहा है। खुद औरत अपनी इस नयी स्थिति के कार्य-कारण संबंध स्थापित नहीं कर पा रही है। इसलिए वह निरंतर मानसिक तनाव झेलती है। एक तरह का अपराध बोध उस पर हावी होता जाता है।

तमाम विरोधी परिस्थितियों के बीच खड़े होना और अपनी जगह बनाना आसान नहीं है। औरत के लिए तो यह संघर्ष दोहरा संघर्ष है। किसी भी सामान्य व्यक्ति की लड़ाई तो उसकी है ही, औरत होने की वजह से एक दूसरे स्तर पर भी उसे निरंतर मोर्चाबद्ध रहना होता है। इन दोनों मोर्चों पर सतर्कता से डटे रहने के लिए चाहिए ज्यादा तर्कसंगत दृष्टिकोण, सुलझा हुआ व्यक्तित्व तथा कुछ अन्य मानसिक और शारीरिक क्षमताएँ भी। इनके न होने का अर्थ है किंकर्तव्यविमूढ़ता। सो चलते हुए बार-बार औरत को बार-बार ठिठकना पड़ता है।

मगर सिर्फ नकारात्मक दृष्टिकोण से पूरे परिवेश को नहीं देखा जाना चाहिए। इस

स्वतंत्र औरत से पुरुष का अहं आहत हुआ, यह स्वाभाविक था। इसके बावजूद औरत को पुरुष का सकारात्मक साथ मिला है, इसमें भी कोई संदेह नहीं। सच तो यह है कि जहाँ-जहाँ भी पुरुष ने यह माना कि औरत का यह संघर्ष दरअसल उसका भी है और परिस्थितियों के खिलाफ दोनों को साथ खड़े हो कर अपने संबंधों को नये परिप्रेक्ष्य में देखना है, वहाँ जीवन ज्यादा सहज हुआ है—परिवार में भी और बाहर भी। यह आत्मनिर्भर और आत्मसजग औरत पुरुष को उस रोबीले शासक की भूमिका से मुक्त कराने में एक हद तक सफल हुई है, जो बहुत अकेला था। पिता या पति होने का अर्थ अब किसी भय से नहीं जुड़ा है। परिवार के सारे बोझ को अपने अकेले कंधों पर ढोने के भार से भी वह मुक्त हुआ है। बहुत दिनों के बाद भारत में यह पहली बार है, जब सही मायनों में स्त्री-पुरुष साथी-साथिन हो रहे हैं।

स्वतंत्रता आंदोलन के दौरान गाँधी जी के आह्वान पर पहली बार औरतें घर छोड़ कर बाहर निकली थीं। सार्वजनिक जीवन में सक्रिय भागीदारी ने उन्हें जो आत्मविश्वास दिया, वह शायद सौ साल की आर्थिक आत्मनिर्भरता भी नहीं दे सकती थी। उस समय बाहर आयी यह औरत खुद का आकलन कर सकने में समर्थ हुई थी, अपने अस्तित्व और अपनी क्षमता को उसने पहचाना था और घर की चारदीवारी उसके अशोक वन की चारदीवारी नहीं रह गयी थी। पुरुष ने भी इस औरत को पहचाना था, उसकी शक्ति और सामर्थ्य को पहचाना था। इसके बावजूद यह नहीं कहा जा सकता कि खुद को साबित करने के लिए औरत का आगे का संघर्ष आसान हो गया। पुरुष बार-बार सवाल खड़े करता रहा है, औरत को उसकी सीमाएँ बताने की कोशिश करता रहा है। यह संघर्ष अलग-अलग जगह, भिन्न-भिन्न परिस्थितियों में, विभिन्न आर्थिक दबावों के बीच अलग-अलग स्तर पर आज भी चल रहा है। बड़े शहरों की मध्य वर्गीय और उच्च मध्य वर्गीय नौकरीपेशा महिलाओं की उपलब्धियों से अलग हट कर देखें, तो अभी काफी लंबा सफर बाकी है। यहाँ सामंती दबावों के बीच जीने को विवश उस औरत का जिक्र भी जरूरी है, जिसके लिए उसकी शोषित स्थिति ही उसकी नियति है। वहाँ संबंधों में किसी बदलाव की चर्चा ही बेमानी है। इन्हीं में वह दूर-दराज देहात की लड़की भी है, जिसके लिए आठवीं-दसवीं तक शिक्षा पाना ही बहुत बड़ी उपलब्धि बन जाती है। फिर भी यह आसानी से पहचाना जा सकता है कि वर्फ कई स्तरों पर और लगातार पिघल रही है। स्त्री और पुरुष अपनी नयी ऐतिहासिक भूमिकाओं के साथ एक-दूसरे के सामने खड़े हैं। उन्हें सम्बन्धों का नया व्याकरण चाहिए। हम चाहें या न चाहें, यह व्याकरण विकसित होना ही है। यह जरूर है कि हमारी ग्रंथियाँ जहाँ इसे जटिलतर बना सकती हैं, वहीं हमारा विवेक और हमारी संवेदनशीलता इसे एक स्वच्छ और पारदर्शी स्वरूप प्रदान कर सकते हैं।

लेखक परिचय

पूर्णिमा वाजपेयी : अंग्रेजी साहित्य में एम. ए. के बाद सामाजिक पत्रकारिता में स्नातकोत्तर डिप्लोमा। पत्र-पत्रिकाओं में नियमित लेखन। अपनी विशिष्ट शैली के लिए प्रशंसित। 139, सहयोग अपार्टमेंट्स, मयूर विहार-I, दिल्ली-110091

नयनतारा सहगल : भारतीय अंग्रेजी की प्रसिद्ध और संवेदनशील लेखिका। अब तक आठ उपन्यास प्रकाशित हो चुके हैं। कुछ राजनीतिक लेखन भी किया है। 18 बी, राजपुर रोड, देहरादून-248001

बालेश्वर राय : विशिष्ट शैली के उदीयमान लेखक एवं कहानीकार। भारतीय भाषा परिषद के सहायक पुस्तकाध्यक्ष। 16, लॉर्ड सिन्हा रोड, कलकत्ता-700071

विनोद भारद्वाज : प्रसिद्ध कवि, पत्रकार तथा कला एवं फिल्म समीक्षक। कला एवं फिल्म पर कई पुस्तकें प्रकाशित हो चुकी हैं। 1989 में लेनिनग्राद में अंतर्राष्ट्रीय फिल्म महोत्सव के निर्णायक मंडल के सदस्य। एक अरसे तक 'दिनमान' के सम्पादकीय विभाग से सम्बद्ध रहने के बाद अब नवभारत टाइम्स, नयी दिल्ली के संस्कृति संवाददाता। एफ 16, प्रेस एनक्लेव, साकेत, नयी दिल्ली-110017

लीला दुबे : अंतर्राष्ट्रीय ख्यातिप्राप्त मानवविज्ञानी। जनजातियों, किसानों तथा मातृसत्तात्मक मुस्लिम समुदाय पर अपने शोधपरक काम के लिए चर्चित। स्त्री प्रश्नों से सम्बन्धित अनेक राष्ट्रीय एवं अन्तर्राष्ट्रीय संस्थानों तथा आयोगों से सम्बद्ध रही हैं। डी 504, पूर्वाशा, मयूर विहार-I , दिल्ली-110091

शम्सुल इस्लाम : दो दशकों से नुक्कड़ नाटक आन्दोलन में सक्रिय। 'निशांत' के सचिव। हिन्दी, अंग्रेजी और उर्दू पत्र-पत्रिकाओं में नियमित लेखन। सत्यवती कॉलेज में राजनीति विज्ञान के रीडर। ए 2 /15, रामप्रसाद बिस्मिल मार्ग, मॉडल टाउन, दिल्ली-110009

सुमन केशरी : प्रबुद्ध टिप्पणीकार तथा लेखक। दूरदर्शन महानिदेशालय के इंजीनियरिंग विभाग में अनुभाग अधिकारी। एस डब्ल्यू 1, सतलज, जवाहरलाल नेहरू विश्वविद्यालय, नयी दिल्ली-110067

धर्मवीर : कई विधाओं के लेखक तथा प्रखर दलित चिन्तक। लगभग एक दर्जन पुस्तकों के रचयिता। भारतीय प्रशासनिक सेवा के अधिकारी। जनता शू स्टोर, डी 2, मेन मार्केट, शकरपुर, दिल्ली-110092

अरुण कुमार त्रिपाठी : उदीयमान सामाजिक-राजनीतिक टिप्पणीकार। अपने संतुलित एवं अध्ययनपूर्ण लेखों के लिए चर्चित। आजकल जनसत्ता, नयी दिल्ली के सम्पादकीय विभाग में। जनसत्ता, बहादुरशाह जफर मार्ग, नयी दिल्ली-110002

कथकली बागची : पर्यावरण विज्ञानी तथा बंजर भूमि से सम्बन्धित समस्याओं का विशेष अध्ययन। स्त्री प्रश्नों पर कार्यरत। 'उपलब्धि ट्रस्ट' की निदेशक। 205, कैलास हिल्स, नयी दिल्ली-110065

मिनी फिलिप : पर्यावरण से सम्बन्धित एवं सामाजिक विषयों पर नियमित लेखन। 'पोटेंशियल्स ऑफ वेस्टलैंड्स इन इंडिया' का कथकली बागची के साथ सह-लेखन। भारतीय अंग्रेजी साहित्य पर शोध भी कर रही हैं। ई 7, नाइटिंगल अपार्टमेंट्स, विकासपुरी, नयी दिल्ली-110018

रवीन्द्र वर्मा : विशिष्ट कथा लेखक तथा आलोचक। लघु कहानी को एक नया व्यक्तित्व प्रदान किया है। ताजा कहानी संग्रह : कोई अकेला नहीं है। ए 6, निराला नगर, लखनऊ

कृष्ण कुमार : प्रसिद्ध शिक्षाशास्त्री एवं संवेदनशील लेखक तथा कथाकार। दिल्ली विश्वविद्यालय में शिक्षाशास्त्र के प्रोफेसर। ए, छात्र मार्ग, दिल्ली-110007

राजकिशोर : इस पुस्तक शृंखला के सम्पादक। नवभारत टाइम्स, नयी दिल्ली में वरिष्ठ सहायक सम्पादक। 139, सहयोग अपार्टमेंट्स, मयूर विहार-I, दिल्ली-110091

पुरुषोत्तम अग्रवाल : सम्मानित आलोचक तथा सामाजिक-राजनीतिक टिप्पणीकार। साम्प्रदायिकता विरोधी आन्दोलन के प्रखर कार्यकर्ता। जवाहरलाल नेहरू विश्वविद्यालय में हिन्दी के प्राध्यापक। एस डब्ल्यू 1, सतलज, जवाहरलाल नेहरू विश्वविद्यालय, नयी दिल्ली-110067

अलका सरावगी : विकासमान कहानीकार एवं संवेदनशील लेखिका। फिलहाल 'रघुवीर सहाय और यथार्थ' पर शोध। शिक्षा के सवालों से भी जुड़ी रही हैं। फ्लैट 8 बी, 12 सी, लॉर्ड सिन्हा रोड, कलकत्ता-700071

प्रयाग शुक्ल : प्रसिद्ध कवि, कथाकार एवं कला समीक्षक। कल्पना एवं दिनमान के सम्पादकीय विभाग से सम्बद्ध रहे तथा हिन्दी फेमिना का सम्पादन किया। कला-परख की पुस्तक 'देखना' हाल ही में प्रकाशित हुई है। सम्प्रति नवभारत टाइम्स में।37 डी, डी. डी. ए. फ्लैट्स, फेज 3, मस्जिद मोठ, नयी दिल्ली-110048

सुमिता : स्त्री प्रश्नों पर नियमित तथा अच्छा लेखन। चौथी दुनिया और संडे ऑब्जर्वर (हिन्दी) में काम करने के बाद अब राष्ट्रीय सहारा की स्तम्भकार।101, मैत्री अपार्टमेंट्स, मयूर विहार-I, दिल्ली-110091